Alexandra Ivy vit avec sa famille à Ewing, dans le Missouri. Elle dit avoir découvert la passion de la lecture en se rendant à la bibliothèque, avec les aventures de Nancy Drew. Elle demeure une grande passionnée de lecture.

Du même auteur, chez Milady :

Les Gardiens de l'éternité :
1. *Dante*
2. *Viper*
3. *Styx*

www.milady.fr

Alexandra Ivy

Viper

Les Gardiens de l'éternité – 2

Traduit de l'anglais (États-Unis) par Caroline Nicolas

Milady

Milady est un label des éditions Bragelonne

Titre original : *Embrace the Darkness*

Suivi d'un extrait de : *Darkness Everlasting*

ISBN : 978-2-8112-0513-3

Bragelonne – Milady
60-62, rue d'Hauteville – 75010 Paris

E-mail : info@milady.fr
Site Internet : www.milady.fr

Chapitre premier

La salle des ventes, dans la banlieue de Chicago, ne ressemblait pas à un cloaque.

Derrière les clôtures métalliques, l'élégant édifice en brique se dressait avec arrogance. À l'intérieur, les pièces étaient immenses, avec des plafonds en voûte ornés de fresques magnifiques et de lustres gracieux. Et, sur les conseils d'un professionnel, elles avaient été décorées d'épais tapis couleur d'ivoire, de lambris sombres et brillants, et de meubles sculptés à la main.

L'ambiance feutrée de l'ensemble était de celles que seul l'argent pouvait acheter. Beaucoup d'argent.

Le genre d'endroit huppé où auraient dû être vendus tableaux rares, bijoux précieux et pièces de musée.

Ce n'était pourtant rien de plus qu'un marché de la chair. Un égout où l'on vendait des démons comme de vulgaires morceaux de viande.

La traite des esclaves n'avait rien de plaisant. Même quand ces derniers n'étaient pas humains. C'était un commerce sordide qui attirait tout ce que le pays comptait de salauds dégénérés et de détraqués.

Ils venaient là pour toutes sortes de raisons lamentables.

Certains achetaient des démons pour en faire des mercenaires ou des gardes du corps. Certains convoitaient les esclaves sexuels plus exotiques. D'autres croyaient que le sang de ces créatures pouvait leur apporter des pouvoirs magiques ou la vie éternelle. Et d'autres encore en acquéraient pour les lâcher sur leurs terres et leur donner la chasse comme à des animaux sauvages.

Des hommes et des femmes sans conscience ni moralité. Seulement assez riches pour assouvir leurs désirs pervers.

Et au sommet de ce tas de fumier se tenait le propriétaire de la salle des ventes, Evor. Il faisait partie des trolls inférieurs et vivait du malheur des autres avec le sourire aux lèvres.

Shay comptait bien tuer Evor, un jour.

Malheureusement, ce ne serait pas ce jour-là.

Ou plutôt pas ce soir-là.

Vêtue d'un ridicule pantalon bouffant et d'un minuscule haut à paillettes qui révélait bien plus qu'il ne cachait aux regards, elle faisait les cent pas dans l'étroite cellule située derrière les salles de ventes. Ses longs cheveux noir de jais étaient ramenés en une tresse qui lui tombait presque jusqu'à la taille ; révélant d'autant mieux les yeux bridés et dorés, les traits délicats et la peau ambrée qui indiquaient qu'elle n'était pas humaine.

Moins de deux mois auparavant, elle était l'esclave d'un convent de sorcières qui avait tenté d'exterminer tous les démons. À l'époque, elle pensait que tout aurait été préférable au fait de rester sous leur botte à les regarder ourdir leur complot maléfique, sans pouvoir rien y faire.

Par l'enfer, pas facile de faire pire qu'un génocide.

C'était seulement lorsqu'elle avait été forcée à revenir sous l'emprise d'Evor qu'elle avait compris qu'il existait des sorts pires que la mort.

La tombe n'était finalement rien, comparée à ce qui l'attendait derrière cette porte.

D'un coup de pied impulsif, Shay envoya valser l'unique table à travers la pièce, et le meuble alla s'écraser sur les barreaux de fer avec une violence inouïe.

De derrière elle lui parvint un profond soupir, et elle fit volte-face pour regarder la petite gargouille cachée derrière une chaise dans le coin opposé.

Levet n'était pas une gargouille très impressionnante.

Certes, il en possédait les traits grotesques caractéristiques. Épaisse peau grise, yeux reptiliens, cornes, pieds fourchus. Il avait même une longue queue qu'il lustrait et bichonnait avec une grande fierté. Malheureusement, en dépit de son apparence effrayante, il faisait à peine un mètre de haut ; et, pire encore – de son point de vue –, il était doté d'une paire d'ailes fines et délicates comme de la gaze, qui auraient mieux convenu à un lutin ou à une fée qu'à une dangereuse créature de la nuit.

Comme pour ajouter à son humiliation, ses pouvoirs étaient imprévisibles même dans les meilleures circonstances, et le courage lui faisait très souvent défaut.

Rien d'étonnant à ce qu'il ait été expulsé de la Guilde des Gargouilles et forcé de survivre par ses propres moyens. Ses congénères avaient déclaré qu'il était une honte pour l'ensemble de la communauté, et aucun d'eux n'était intervenu lorsqu'il avait été capturé et réduit en esclavage par Evor.

Shay avait pris la pitoyable créature sous sa protection dès le premier instant où elle avait été ramenée à la salle des ventes. Non seulement parce qu'elle avait une regrettable tendance à voler au secours de tout être plus faible qu'elle, mais aussi parce qu'elle savait que cela agacerait profondément Evor de voir son souffre-douleur préféré lui échapper.

Le troll possédait peut-être le maléfice qui la contrôlait, mais s'il la poussait vraiment à bout, elle n'hésiterait pas à le tuer, même si cela signifiait sa propre mort.

— *Ma chérie* *, est-ce que la table a fait quelque chose qui m'a échappé, ou essayais-tu seulement de lui donner une leçon ? demanda Levet d'une voix basse teintée d'un mélodieux accent français.

Un détail qui ne faisait rien pour accroître son prestige aux yeux des autres gargouilles.

Shay esquissa un sourire.

— J'imaginais que c'était Evor, répondit-elle.

— Bizarre, la ressemblance n'est pas frappante.

---

* Tous les mots en italique suivis d'un astérisque sont en français dans le texte original. (*NdT*)

— J'ai beaucoup d'imagination.

— Ah. (La gargouille remua ses sourcils épais de manière ridicule.) Mais je suppose qu'il n'y a pas moyen que tu imagines que je suis Brad Pitt ?

Shay lui adressa un sourire narquois.

— Je suis douée, mais pas à ce point, gargouille.

— Dommage.

Le bref amusement de Shay se dissipa.

— Non, ce qui est dommage, c'est que c'est seulement une table et non Evor qui vient de voler en éclats.

— Une vision délicieuse, mais un rêve, rien de plus. (La gargouille plissa lentement les yeux d'un air suspicieux.) À moins que tu comptes faire quelque chose de stupide ?

Shay écarquilla les yeux d'un air faussement innocent.

— Qui ? Moi ?

— *Mon Dieu* *, grommela le démon. Tu as l'intention de le combattre.

— Je ne peux pas le combattre. Pas tant que je reste soumise au maléfice.

— Comme si ça t'avait déjà arrêtée.

Levet jeta le coussin qu'il tenait, révélant sa queue qui remuait rageusement à hauteur de ses sabots. Un signe indéniable de détresse.

— Tu ne peux pas le tuer, mais ça ne t'empêche jamais d'essayer de botter son gros postérieur de troll.

— Ça me fait passer le temps.

— Et après, tu hurles de douleur pendant des heures. (Un brusque frisson le secoua des pieds à la tête.) *Ma chérie* *, je ne supporte pas de te voir dans cet état. Une fois de plus. C'est de la folie que de lutter contre le destin.

Shay grimaça. Le maléfice avait pour effet, entre autres, de la punir dès qu'elle tentait de faire le moindre mal à son maître. L'atroce souffrance qui s'emparait de son corps pouvait la laisser au sol, haletante ou même évanouie, pendant des heures. Ces derniers temps, cependant, le châtiment était devenu si brutal que, chaque fois qu'elle allait un peu trop loin, elle craignait que ce soit la dernière.

Elle tira sur sa tresse. Un geste révélateur de la frustration qui couvait en elle.

— Tu crois que je devrais juste céder ? Accepter la défaite ?

— As-tu un autre choix ? Avons-nous un autre choix, tous autant que nous sommes ? Tu peux te battre tant que tu veux, cela ne changera rien au fait que nous appartenons… (Levet gratta une de ses cornes atrophiées.) Comment dit-on, déjà ? Corps et esprit…

— Corps et âme.

— Corps et âme à Evor. Et qu'il peut faire ce qu'il veut de nous.

Shay serra les dents et se retourna pour regarder d'un air mauvais les barreaux de fer qui la retenaient captive.

— Merde. Je déteste ça. Evor. Ce cachot. Ces misérables démons qui attendent là-haut d'enchérir sur moi. Je regrette presque de ne pas avoir laissé ces sorcières nous anéantir jusqu'au dernier.

— Ce n'est pas moi qui te contredirai, ma douce Shay, soupira Levet.

Shay ferma les yeux. Et merde. Elle ne pensait pas ce qu'elle venait de dire. Elle était fatiguée et énervée, mais elle n'était pas lâche. Le simple fait qu'elle ait survécu au siècle qui venait de passer en était la preuve.

— Non, marmonna-t-elle. Non.

Levet agita brièvement les ailes.

— Et pourquoi pas ? Nous sommes coincés ici comme des rats dans un labyrinthe jusqu'à ce que nous puissions être vendus au plus offrant. Que peut-il y avoir de pire ?

Shay esquissa un sourire lugubre.

— Laisser le destin l'emporter.

— Quoi ?

— Jusqu'à présent, le destin, ou le sort, ou quel que soit le nom que tu veux lui donner, s'est bien payé notre tête, gronda Shay. Je ne vais pas renoncer et le laisser se foutre de moi pendant que je glisse lentement vers ma tombe. Un de ces jours, j'aurai l'occasion de lui cracher à la gueule. C'est ce qui me donne la force de continuer à me battre.

Un long moment de silence s'écoula, puis la gargouille s'approcha pour frotter sa tête contre la jambe de Shay. C'était un geste inconscient. Il aurait péri plutôt que de reconnaître qu'il cherchait du réconfort.

— Je ne suis pas sûr d'avoir déjà entendu discours plus inélégant, mais je te crois. Si quelqu'un peut échapper à Evor, c'est bien toi.

Distraitement, Shay repoussa la corne qui lui rentrait dans la cuisse.

— Je reviendrai te chercher, Levet ; ça au moins, je te le promets.

— Eh bien, eh bien, n'est-ce pas là un spectacle touchant ? (Apparaissant brusquement de l'autre côté des barreaux de fer, Evor sourit, révélant ses dents pointues.) La belle et la bête.

D'un mouvement fluide, Shay avait poussé Levet derrière elle et s'était retournée vers son geôlier.

Elle esquissa un sourire moqueur en regardant le troll entrer dans la cellule et refermer la porte à clé derrière lui. Evor passait facilement pour un humain. Un humain incroyablement laid.

C'était un petit homme grassouillet au visage rond et flasque et aux mâchoires proéminentes. Sa chevelure se résumait à quelques touffes éparses de cheveux qu'il ramenait soigneusement par-dessus son crâne à l'aide d'un peigne. Ses petits yeux noirs avaient tendance à virer au rouge flamboyant lorsqu'il s'énervait.

Ses yeux, il les dissimulait derrière des lunettes à monture noire.

Son corps empâté, il le cachait sous un costume sur mesure si coûteux que c'en était indécent.

Seules ses dents permettaient de reconnaître le troll pour ce qu'il était.

Ça, et son manque total de moralité.

— Va te faire foutre, Evor, murmura Shay.

Le sourire mauvais du troll s'élargit.

— Je préférerais te rendre la faveur.

Shay durcit le regard. Le troll essayait de la mettre dans son lit depuis qu'il avait acquis le maléfice qui la contrôlait. Il ne s'était abstenu de la prendre de force que parce qu'il savait parfaitement qu'elle était prête à le tuer, et à mourir avec lui, pour éviter une telle horreur.

— Je préfère traverser les flammes de l'enfer que te laisser me toucher.

Les traits adipeux du troll se tordirent de rage avant de laisser de nouveau place à un sourire mielleux.

— Un jour, ma belle, tu seras ravie de m'accueillir entre tes cuisses. Nous avons tous notre point de rupture. Un jour ou l'autre, tu finiras par atteindre le tien.

— Pas dans cette vie.

Le troll darda sa langue en un geste obscène.

— Si fière. Si forte. Je prendrai plaisir à déposer ma semence en toi. Mais pas tout de suite. Tu peux encore me rapporter de l'argent. Et l'argent passe toujours en premier. (Levant la main, il révéla les lourdes menottes en fer qu'il dissimulait jusqu'alors derrière son dos.) Tu vas les passer sans histoires, ou je dois faire venir mes gars ?

Shay croisa les bras sur la poitrine. Elle n'était peut-être qu'à moitié Shalott, mais elle possédait toute la force et l'agilité de ses ancêtres. Ceux-ci n'étaient pas sans raison les assassins préférés du monde démoniaque.

— Après toutes ces années, tu crois encore que ces brutes épaisses peuvent quelque chose contre moi ?

— Oh, je n'ai aucune intention de leur demander de s'en prendre à toi. Je serais fort contrarié de te voir abîmer avant l'enchère. (Il tourna très posément les yeux vers Levet, recroquevillé, tremblant, derrière les jambes de Shay.) J'attends simplement d'eux qu'ils t'encouragent à bien te conduire.

La gargouille poussa un gémissement étouffé.

— Shay ?

Et merde.

Shay réprima son envie instinctive de faire avaler ses dents pointues à Evor d'un coup de poing. Elle n'y gagnerait rien hormis d'être terrassée par la souffrance. Pire, cela laisserait Levet à la merci des imposants trolls des montagnes qu'Evor employait comme gardes du corps.

Ceux-ci se délecteraient de torturer la pauvre gargouille.

Pour autant qu'elle le sache, leur seul plaisir était de faire souffrir autrui.

Foutus trolls.

— Bien, dit-elle.

Avec une grimace de fureur, elle tendit les bras.

— Sage décision. (Sans cesser de la surveiller d'un œil prudent, Evor lui passa les menottes aux poignets et les referma.) Je savais bien que tu comprendrais la situation lorsqu'elle t'aurait été correctement expliquée.

Shay retint un cri lorsque le métal mordit sa chair. Elle pouvait sentir ses forces s'évanouir et sa peau s'irriter au contact du fer. C'était son seul talon d'Achille avéré.

— Tout ce que je comprends, c'est qu'un jour je te tuerai.

Le troll donna une brusque secousse à la chaîne qui reliait les deux menottes.

— Fais gaffe à ce que tu dis, garce, sinon ton petit copain en paiera les conséquences. Compris ?

Shay lutta contre la nausée qui lui tordait l'estomac.

Une fois de plus, elle allait être exposée sur l'estrade et vendue au plus offrant. Elle allait se retrouver totalement à la merci d'un inconnu qui pourrait faire d'elle tout ce qui lui plairait.

Et elle n'y pouvait strictement rien.

— Ouais, j'ai compris. Allons-y, qu'on en finisse.

Evor ouvrit sa bouche de carpe comme pour faire une remarque moqueuse, mais la referma aussitôt en apercevant l'expression de Shay. Il pouvait manifestement deviner qu'elle était à bout.

Ce qui prouvait seulement qu'il n'était pas tout à fait aussi bête qu'il en avait l'air.

En silence, ils sortirent de la cellule et montèrent l'escalier étroit qui menait à l'arrière de l'estrade. Evor s'arrêta juste le temps d'attacher les menottes de Shay à un poteau fixé dans le sol, puis s'avança vers les rideaux fermés et se glissa entre eux pour aller affronter le public.

Seule dans le noir, Shay inspira profondément et essaya de faire abstraction des murmures de la foule de l'autre côté du rideau.

Même sans les voir, elle percevait la présence des démons et des humains, enchérisseurs potentiels, qui se rassemblaient. Elle pouvait sentir leur sueur malodorante. Leur impatience grandissante. La convoitise dépravée qui régnait dans l'air.

Soudain, elle fronça les sourcils. Il y avait quelque chose d'autre. Quelque chose qui imprégnait subtilement toutes ces perceptions.

Une sorte d'énergie maléfique et putride qui lui fit courir un frisson d'horreur sur la peau.

C'était une impression vague. Comme si l'être dont elle émanait n'était pas véritablement, entièrement dans la pièce. Mais plutôt une présence intangible et menaçante. Un relent de malfaisance qui lui nouait l'estomac de terreur.

Réprimant un hurlement instinctif, elle ferma les yeux et se força à prendre une profonde inspiration pour se calmer. Quelque part derrière le rideau, elle entendit Evor se racler la gorge pour attirer l'attention.

— Et maintenant, mesdames et messieurs, démons et fées, morts et morts-vivants… l'heure est venue de vous présenter le clou de notre collection. Notre plat de résistance. Un article si rare, si extraordinaire, que seuls ceux qui possèdent un coupon doré peuvent rester, annonça-t-il d'un ton théâtral. Les autres peuvent se retirer dans nos salons de réception, où ils se verront offrir des rafraîchissements.

Son impression persistante d'avoir été effleurée par un regard malveillant n'empêcha pas Shay d'esquisser une grimace écœurée. Evor avait toujours été un crâneur vaniteux. Mais ce soir, même le plus ringard des Monsieur Loyal ne lui serait pas arrivé à la cheville.

—Approchez, mes amis, dit Evor alors que le commun des enchérisseurs sortait de la salle, contraint et forcé.

Pour obtenir un ticket doré, il fallait avoir sur soi au moins cinquante mille dollars cash. Les marchands d'esclaves acceptaient rarement les chèques ou les cartes bancaires. Allez savoir pourquoi.

—Vous vous en voudriez de rater votre premier aperçu de mon précieux trésor. Ne craignez rien, j'ai veillé à ce qu'elle soit convenablement enchaînée. Elle ne présente aucun danger. Aucun danger, si ce n'est son charme redoutable. Elle ne vous arrachera pas le cœur avec ses mains nues, mais je ne peux pas vous promettre qu'elle ne vous le volera pas par sa beauté.

—Ferme-la et ouvre le rideau, grommela une voix.

—Vous êtes impatient ? demanda Evor d'un ton où la colère était perceptible.

Il n'aimait pas qu'on interrompe son boniment soigneusement répété.

—J'ai pas toute la nuit. Active un peu.

—Ah, un enchérisseur… précoce ; quel dommage. Espérons pour vous que ce n'est pas là un problème qui affecte vos performances dans d'autres domaines, railla Evor en marquant un temps pour laisser la vague de rires gras se dissiper. Bien, où en étais-je ? Ah, oui. Le clou de ma collection. La plus précieuse de mes esclaves. Démons et goules, permettez-moi de vous présenter dame Shay… La dernière Shalott à vivre parmi nous.

Avec un geste théâtral de sa part, le rideau disparut dans une bouffée de fumée, exposant Shay aux regards d'une grosse vingtaine d'hommes et de démons.

Elle baissa les yeux en entendant les hoquets de surprise envahir la pièce. C'était déjà assez humiliant de sentir leur convoitise brûlante. Elle n'avait pas besoin en plus de lire celle-ci sur leur visage.

— C'est une arnaque ? demanda une voix sombre, pleine d'incrédulité.

Cette réaction n'avait rien de surprenant. Pour autant qu'elle le sache, Shay était la dernière Shalott au monde.

— Ni arnaque, ni illusion.

— Comme si j'allais te croire sur parole, troll. J'en veux la preuve.

— La preuve ? Très bien. (Evor scruta la foule en silence un moment.) Vous, là, approchez, dit-il d'un ton péremptoire.

Shay se crispa en ressentant le froid annonciateur de la proximité d'un vampire. Son sang était plus précieux que de l'or pour ces suceurs de sang. C'était un aphrodisiaque pour lequel ils étaient prêts à tuer.

Shay était tellement concentrée sur le vampire grand et hâve devant elle que ce fut à peine si elle remarqua qu'Evor lui avait attrapé le poignet et ouvert la peau de l'avant-bras à l'aide d'un couteau. Avec un léger sifflement, le vampire se pencha pour lécher le sang qui sourdait de la plaie. Un frisson le parcourut des pieds à la tête et il leva la tête pour la regarder avec une avidité à peine contenue.

— Il y a du sang humain, mais c'est une authentique Shalott, annonça-t-il d'une voix râpeuse.

Evor interposa vivement son corps grassouillet entre le vampire et Shay et chassa le prédateur d'un geste impatient de la main. À contrecœur, ce dernier quitta l'estrade, sûrement conscient de l'émeute qu'il risquait de provoquer s'il cédait à la pulsion qui lui disait d'enfoncer ses crocs dans la chair de Shay pour boire son sang jusqu'à la dernière goutte.

Evor attendit qu'il soit redescendu de l'estrade pour regagner sa chaire. Il empoigna son marteau et le leva au-dessus de sa tête. Quel crétin ridicule.

— Satisfaits ? Bien. (Il abattit le marteau sur le pupitre.) Les enchères commencent à cinquante mille dollars. N'oubliez pas, messieurs, cash seulement.

— Cinquante-cinq.

— Soixante.

— Soixante et un.

Shay baissa de nouveau les yeux tandis que les voix lançaient leurs enchères. Elle serait forcée d'affronter son nouveau maître bien assez tôt. Elle ne voulait pas les regarder se la disputer comme une meute de chiens salivants s'arrachant un os juteux.

— Cent mille dollars, lança une voix stridente depuis le fond de la salle.

Un sourire retors apparut sur les lèvres minces d'Evor.

— Une offre fort généreuse, mon bon monsieur. Qui dit mieux ? Personne ? Une fois… Deux fois…

— Cinq cent mille.

Le silence envahit brusquement la salle. Sans se rendre compte de ce qu'elle faisait, Shay leva la tête pour scruter la foule attroupée devant l'estrade.

Il y avait quelque chose dans cette voix sombre et suave. Quelque chose de… familier.

— Approchez, dit Evor d'un ton péremptoire, les yeux flamboyants. Approchez et présentez-vous.

Les enchérisseurs s'écartèrent de part et d'autre, ouvrant un chemin. Une silhouette haute et élégante émergea des ombres au fond de la salle et s'avança avec grâce.

Un murmure étouffé parcourut la pièce lorsque la lumière tamisée révéla ses traits d'une beauté envoûtante et le rideau soyeux de cheveux argentés qui lui tombait dans le dos.

Un coup d'œil suffisait pour deviner qu'il s'agissait d'un vampire.

Nul humain ne pouvait tant ressembler à un ange tombé du ciel. Tombé récemment. Ou se déplacer avec une telle grâce fluide. Ou faire ainsi reculer avec prudence les démons apeurés.

Shay sentit le souffle lui manquer. Pas devant sa beauté prodigieuse, ou sa présence puissante, ou même l'extravagante cape de velours qui enveloppait sa silhouette svelte.

Mais parce qu'elle connaissait ce vampire.

Il était à ses côtés lorsqu'ils avaient affronté le convent de sorcières quelques semaines auparavant. Et, surtout, il était à ses côtés lorsqu'elle lui avait sauvé la vie.

Et maintenant, il était là à enchérir sur elle comme si elle n'était rien de plus qu'un objet.

Que ce salaud aille rôtir en enfer.

Viper vivait depuis des siècles. Il avait connu la grandeur et la décadence de plusieurs empires. Séduit les plus belles femmes du monde. Pris le sang de rois, de tsars et de pharaons.

Il avait même parfois altéré le cours de l'histoire.

À présent, il était assouvi, saturé, blasé de tout.

Il ne luttait plus pour agrandir son réseau d'influence. Il ne participait plus aux affrontements avec les démons ou les humains. Il ne formait plus d'alliances et ne se mêlait plus de politique.

La seule chose qui lui importait désormais était d'assurer la sécurité de son clan et de maintenir ses affaires assez rentables pour conserver le style de vie luxueux auquel il s'était accoutumé.

Mais d'une manière ou d'une autre, la démone Shalott avait réussi l'impossible.

Elle avait réussi à rester dans ses pensées longtemps après avoir disparu.

Depuis des semaines, elle hantait ses souvenirs, et envahissait même ses rêves. Elle était comme une écharde enfoncée sous sa peau, dont il n'arrivait pas à se débarrasser.

Un constat auquel il était parvenu sans savoir s'il en tirait du plaisir ou de l'agacement tandis qu'il parcourait les rues de Chicago à la recherche de la jeune femme.

En jetant un coup d'œil à son imminente acquisition, il n'eut pas à se poser les mêmes questions sur la disposition d'esprit de Shay. Même à la faible lumière, il était évident que ses magnifiques yeux dorés flamboyaient de fureur.

Elle ne saisissait manifestement pas toute l'ampleur de l'honneur qu'il était en train de lui faire.

Il réprima un petit sourire amusé et reporta son attention sur le troll toujours debout derrière sa chaire.

—Vous pouvez m'appeler Viper, déclara-t-il au démon inférieur d'un ton plein d'antipathie glaciale.

Les yeux rouges s'écarquillèrent brièvement. C'était un nom qui inspirait la peur dans tout Chicago.

—Bien sûr. Je ne vous avais pas reconnu, pardonnez-moi. Vous… euh… (Il déglutit de façon audible.) Vous avez l'argent sur vous ?

D'un geste trop vif pour être perçu par la plupart des yeux, Viper avait glissé la main sous sa cape pour en ressortir un gros paquet qu'il jeta sur les marches menant à l'estrade.

—Oui.

Avec un grand geste, Evor abattit le marteau sur son pupitre.

—Adjugé, vendu.

La Shalott émit un sifflement, mais avant que Viper ait pu lui accorder proprement son attention, un juron étouffé se fit entendre et un petit humain maigre et nerveux apparut, se frayant un passage à travers la foule.

—Attendez. Les enchères ne sont pas finies, protesta-t-il.

Viper plissa les yeux. Il aurait peut-être ri devant l'absurdité de ce petit avorton humain qui jouait des coudes entre des démons deux fois plus grands que lui, mais ni les aigres relents de désespoir qui en émanaient, ni la noirceur qui enténébrait son âme n'échappèrent au vampire.

C'était là un homme qui avait été touché par le mal.

Le troll, Evor, fronça les sourcils en détaillant le nouveau venu, visiblement peu impressionné par son costume trop large de piètre qualité et ses chaussures d'occasion.

—Vous souhaitez surenchérir ?

—Oui.

— Vous avez l'argent sur vous ?

L'homme essuya d'un geste de la main la sueur qui perlait à son crâne chauve.

— Pas sur moi, mais je peux aisément vous l'apporter…

— Paiement immédiat, sinon rien, gronda Evor, en abattant une fois de plus son marteau sur le pupitre.

— Non. Je vous donnerai l'argent.

— L'enchère est terminée.

— Attendez. Vous devez attendre. Je…

— Sortez d'ici avant que je vous fasse jeter dehors.

— Non. (Brusquement, l'homme s'élança vers l'estrade, un couteau à la main.) La démone m'appartient.

Aussi rapide qu'ait été l'agresseur, Viper s'était déjà interposé entre lui et sa Shalott. Avec un grognement étouffé, l'homme se tourna pour s'avancer sur le troll. Une cible plus facile qu'un vampire déterminé. Il faut bien dire que c'était le cas de beaucoup de créatures.

— Allons, allons. Nul besoin de se montrer déraisonnable. (D'un geste hâtif, Evor fit signe aux imposants gardes du corps qui attendaient au bord de l'estrade.) Vous connaissiez le règlement avant de venir.

Les trolls des montagnes s'avancèrent d'une démarche pesante, protégés par leur carrure et leur peau aussi épaisse que de l'écorce, qui les rendait presque impossible à tuer.

Viper croisa les bras. Son attention resta rivée sur l'humain pris de folie, mais il ne pouvait nier ressentir avec une intensité troublante la présence de la Shalott derrière lui.

C'était dans le parfum suave de son sang. La chaleur de sa peau. Et l'énergie chatoyante qui l'enveloppait de ses tourbillons.

Tout le corps du vampire réagissait à sa proximité. C'était comme s'il s'était approché d'un feu couvant offrant la promesse d'une chaleur depuis longtemps oubliée.

Malheureusement, il était forcé de rester concentré sur l'homme apparemment fou qui agitait son couteau d'un geste menaçant devant lui. Il y avait quelque chose de franchement étrange dans la détermination de cet humain. Une panique aiguë qui ne cadrait pas avec la situation.

Il aurait été idiot de sous-estimer le danger que représentait cette soudaine interruption.

— Restez où vous êtes ! glapit le petit homme.

Les trolls poursuivirent leur avancée jusqu'à ce que Viper les arrête d'un geste de sa main fine.

— Je ne m'approcherais pas de ce couteau si j'étais vous. Il est ensorcelé.

— Ensorcelé ? (Les traits d'Evor se durcirent de fureur.) Les objets magiques sont interdits. Le châtiment pour cela est la mort.

— Vous croyez qu'un pitoyable troll et ses hommes de main me font peur ? (L'intrus brandit son arme juste sous le nez d'Evor.) Je suis venu ici pour la Shalott et je ne repartirai pas sans elle. Je vous tuerai tous s'il le faut.

— Vous pourrez essayer, du moins, rétorqua Viper d'une voix moqueuse.

L'homme fit volte-face pour le regarder.

— Je n'ai rien contre vous, vampire.

— Vous essayez de voler ma démone.

— Je vous paierai. Tout ce que vous voulez.

— Tout ce que je veux ? (Viper haussa un sourcil.) Une proposition généreuse, mais plutôt téméraire.

— Quel est votre prix ?

Viper feignit de réfléchir un instant.

— Rien que vous puissiez m'offrir.

L'aigre odeur de désespoir qui flottait dans l'air s'épaissit.

— Comment pouvez-vous en être sûr ? Mon employeur est très riche… très puissant.

Ah. Ça devenait enfin intéressant.

— Votre employeur. Donc, vous n'êtes qu'un simple envoyé ?

L'homme acquiesça, les yeux brûlants comme des braises dans ses orbites creuses.

— Et votre employeur sera probablement déçu d'apprendre que vous n'avez pas réussi à vous procurer la Shalott ?

Le teint pâle de l'humain vira au grisâtre. Viper eut le sentiment que la noirceur qu'il pouvait détecter en lui était directement reliée à ce mystérieux employeur.

— Il me tuera, répondit l'homme.

— Alors vous avez un sérieux problème, mon ami, car je n'ai aucune intention de vous laisser quitter cette pièce avec mon acquisition.

— Qu'est-ce que vous en avez à faire ?

Viper sourit froidement.

— Vous savez sûrement que le sang des Shalotts est un aphrodisiaque pour les vampires ? C'est un délice extrêmement rare dont nous avons été privés pendant trop longtemps.

— Vous comptez la vider de son sang ?

— Cela ne vous regarde pas. Elle est à moi. Je l'ai achetée et payée.

Derrière lui, il entendit un juron étranglé, accompagné d'un bruit de chaînes. Sa belle était manifestement mécontente de sa réponse, et impatiente de montrer sa colère en le taillant en pièces.

Un infime frisson d'excitation le parcourut.

Par le sang des saints, il aimait les femmes dangereuses.

Chapitre 2

Shay maudissait les chaînes qui la retenaient attachée au poteau.

Elle maudissait Evor, cet impitoyable fils de pute cupide.

Elle maudissait l'étrange humain qui dégageait ces relents maléfiques qu'elle avait perçus plus tôt.

Et par-dessus tout, elle maudissait Viper de la traiter comme si elle n'était rien de plus qu'une luxueuse friandise de fête.

Malheureusement, ces vaines imprécations résumaient ce qu'elle pouvait faire face à cet humain manifestement dérangé agitant son couteau.

— Elle est à moi. Il me la faut.

Le vampire ne tressaillit même pas. En fait, il était tellement immobile qu'il semblait plus mort que vivant. Seule la froide énergie qui émanait de lui indiquait qu'il y avait quelque chose d'animé derrière cette splendide façade.

— Vous comptez m'affronter avec pour toute arme un couteau ensorcelé ? demanda-t-il.

L'homme déglutit.

— Je n'ai aucune chance contre un vampire.

— Ah, vous n'êtes donc pas aussi bête que vous en avez l'air.

L'homme balaya rapidement la pièce de ses petits yeux et Shay sentit tout le monde se crisper. Il était assez désespéré pour s'attaquer à un vampire. Lorsqu'il avança, cependant, ce ne fut pas vers Viper mais vers Evor, qui était resté à le regarder la bouche ouverte. Avec une adresse et une rapidité stupéfiantes, il passa le bras autour du cou du troll et pressa son couteau sur la peau flasque de sa gorge.

— Je vais le tuer. Tant qu'il possède le sortilège qui contrôle la Shalott, elle mourra aussi. (Il garda les yeux rivés sur Viper, probablement conscient que ce dernier était de loin le plus dangereux des démons présents dans la pièce.) Elle ne vous apportera rien si elle meurt avant que vous puissiez boire son sang.

Shay eut un hoquet horrifié. Elle n'avait pas peur de mourir. Mais, nom d'un chien, si elle devait connaître sa fin, elle ne voulait pas que ce soit enchaînée à un poteau et incapable de se défendre.

Viper ne bougea pas, mais son énergie emplit la pièce comme un raz-de-marée glacial. Une légère brise agita ses mèches argentées et fit onduler sa cape de velours.

— Vous ne la tuerez pas, dit-il d'un ton qui fit courir un frisson dans le dos de Shay. Je ne pense pas que votre employeur apprécierait que vous la lui ameniez sous forme de cadavre.

L'homme rit tel un dément.

— Si elle finit entre les mains d'un autre, ce n'est pas la mort qui m'attend, mais pire. Autant l'entraîner dans la tombe avec moi.

— Dites-moi, est-ce que votre employeur la désire, ou la craint ? murmura Viper en s'avançant doucement. Qui est-ce ? Un démon ? Un sorcier ?

— Arrêtez, ou je la tue.

— Non. (Viper poursuivit son avancée fluide.) Vous allez lâcher ce couteau et partir.

— Vous ne pouvez pas m'hypnotiser. Je suis immunisé contre ces conneries mystiques.

— Très bien ; dans ce cas, je vais devoir vous tuer.

— Vous ne pouvez…

Sa mise en garde n'avait pas quitté ses lèvres que Viper l'avait saisi à la gorge et projeté contre un mur tout proche.

Malgré sa petite taille, il fit un bruit monstrueux en heurtant le lambris, avant de glisser au sol. Mais le plus surprenant fut qu'il se releva pourtant en un clin d'œil, avant de plonger la main dans son manteau trop large. Il était manifestement plus qu'un simple humain. Probablement un sorcier doué d'assez de magie pour être un minimum protégé.

Il leva le poing, les doigts crispés sur ce qui ressemblait à une petite pierre. Shay fronça les sourcils. Elle avait vécu au contact des sorcières assez longtemps pour savoir que le cristal contenait un sortilège puissant.

— Viper ! lança-t-elle.

Elle n'aurait su dire pourquoi elle l'avait prévenu. Que lui importait qui gagnait la bataille ? Est-ce qu'être chaque nuit vidée de son sang par une meute de vampires était préférable au sort que le monstre inconnu pouvait lui réserver ?

Au bout du compte, cela ne faisait aucune différence.

Mais avant même que son nom se soit échappé des lèvres de la jeune femme, Viper avait déjà esquivé d'un bond la boule de magie noire, qui alla s'écraser sur le mur derrière lui. Les flammes se mirent à dévorer le lambris et, avec des cris de panique, les riches enchérisseurs se précipitèrent vers la porte la plus proche en jouant des coudes. Les feux d'origine magique étaient la seule chose aussi dangereuse pour les démons que pour les humains.

— Allez chercher les extincteurs, bande d'imbéciles ! s'écria Evor en agitant ses mains grassouillettes avec une panique croissante. Je vais perdre tout ce que j'ai !

À contrecœur, les trolls de montagne s'en furent d'un pas pesant combattre les flammes, mais Shay garda les yeux rivés sur le duel entre le vampire et l'homme de plus en plus désespéré.

Viper tournait lentement autour de son adversaire, sa cape noire flottant derrière lui.

— Le sortilège qui vous protège ne m'empêchera pas de vous égorger, dit-il d'une voix suave. Avez-vous tellement hâte de mourir ?

— Plutôt me faire égorger par vous que subir le châtiment que mon maître m'infligerait, répliqua l'homme d'une voix rauque, et il leva de nouveau le cristal pour en déchaîner l'énergie sur le vampire.

Là encore, Viper esquiva la boule de feu avec souplesse. Celle-ci s'écrasa sur la chaire, qui s'enflamma brusquement. Evor poussa un glapissement horrifié.

— Ici ! Apportez l'extincteur ici ! hurla-t-il.

Une nouvelle boule de feu traversa la pièce et Shay se laissa brusquement tomber au sol, ses réflexes seuls lui évitant d'être brûlée vive.

Un grondement sourd emplit la pièce et, relevant la tête, Shay vit Viper se jeter sur l'homme terrifié. Elle sentit ses cheveux se hérisser sur sa nuque en voyant le visage du vampire, mué en masque dur et haineux, et ses canines qui s'allongeaient pour tuer.

Ce n'était plus un bel ange mais un dangereux instrument de mort.

Lorsque les crocs de Viper s'enfoncèrent dans son cou, l'homme poussa un hurlement, qui se transforma rapidement en gargouillis tandis que le sang coulait de sa gorge pour aller goutter sur la moquette beige. À l'article de la mort, il leva pourtant son couteau dans un dernier, vain effort, et poignarda le vampire dans le dos. Encore et encore, la lame s'enfonça dans la chair de Viper.

Shay grimaça. Même si ce couteau ne pouvait pas le tuer, ça devait quand même faire atrocement mal.

Un autre gargouillis atroce se fit entendre, et Shay détourna la tête. Une partie d'elle-même était soulagée de se voir épargner d'être offerte à l'entité maléfique dont la menace polluait encore l'atmosphère, mais elle préférait ne pas regarder le vampire déguster son petit en-cas nocturne.

Surtout quand elle risquait fort de servir de petit déjeuner.

Il y eut un bruit sourd – l'homme, enfin relâché, qui s'écroulait au sol – et un infime bruissement de velours fin.

— Je vous suggère de faire plus attention à qui vous invitez à vos petites enchères, Evor, railla le vampire. Les sorciers, ce n'est jamais bon pour les affaires.

— Oui… Oui, bien sûr.

En s'essuyant les mains, le troll regarda autour de lui. Les flammes avaient été éteintes, mais la chaire et les lambris du mur opposé étaient irrécupérables. Pareil pour la moquette, tachée de sang. Le cachet de la pièce en avait pris un sacré coup.

— Je vous présente mes plus sincères excuses. Je n'arrive pas à comprendre comment il a fait pour tromper la vigilance de mes gardes.

— Comment n'est pas la question. Il est évident qu'il a reçu l'aide d'un maître très puissant. La véritable question, c'est qui peut bien être le maître en question, et pourquoi il est aussi déterminé à mettre la main sur la Shalott.

— Ah… Eh bien, je suppose que ça n'a plus d'importance maintenant, constata Evor en haussant les épaules avec nervosité.

— À moins que son maître vienne à sa recherche.

Un éclair rouge passa dans les yeux d'Evor.

— Vous pensez qu'il va le faire ?

— La prédiction de l'avenir n'est pas au nombre de mes talents.

— Il faut que je déplace le cadavre. (Le troll jeta un coup d'œil au corps sans vie.) Je devrais peut-être le brûler ?

— Ce n'est pas mon problème. (Viper haussa les épaules avec indifférence.) Je vais prendre mon bien, à présent.

— Oh, bien sûr. Avec toute cette confusion… (Evor fouilla d'une main fébrile dans ses poches et finit par en sortir une petite amulette qu'il tendit au vampire impatient.) Voilà.

Viper prit l'objet entre ses longs doigts fins et regarda le troll en haussant les sourcils.

— Expliquez.

— Tant que l'amulette est en votre possession, la Shalott doit venir lorsque vous l'appelez.

Le vampire tourna son regard couleur de nuit vers Shay. Celle-ci se raidit en voyant la lueur de satisfaction qui y brûlait.

— Ainsi, elle ne peut m'échapper ? murmura Viper.

— Non.

— Qu'est-ce que ça fait d'autre ?

— Rien. Vous allez devoir la maîtriser par vous-même, j'en ai bien peur. (Evor fouilla de nouveau dans ses poches et en sortit une lourde clé qu'il tendit au vampire.) Je vous suggère de lui laisser ses chaînes jusqu'à ce qu'elle soit bien enfermée.

Viper ne détourna pas les yeux du visage fermé de Shay.

— Oh, je n'ai pas peur de la maîtriser, dit-il doucement. Laissez-nous.

Evor s'inclina élégamment tout en faisant signe à ses hommes de main.

— Comme vous le désirez, dit-il.

Il prit soin de ramasser l'argent qui traînait encore sur l'estrade et sortit de la pièce en poussant ses trolls devant lui. Une fois seul, Viper vint s'agenouiller devant Shay, toujours accroupie à côté du poteau.

— Eh bien, mon cœur. On se retrouve, murmura-t-il.

Aussi absurde que ça puisse paraître, Shay en eut le souffle coupé. Dieu, qu'il était beau. Ses yeux étaient aussi sombres et captivants que le ciel d'une nuit de velours. Ses traits semblaient avoir été ciselés par un maître sculpteur. Son abondante chevelure argentée chatoyait comme le plus fin des satins.

Comme s'il avait été créé dans le seul but de ravir toutes les femmes assez chanceuses pour se trouver sur son chemin.

L'envie de toucher ces traits parfaits pour vérifier s'ils étaient réels s'empara de Shay.

Elle tendait d'ailleurs la main lorsqu'elle se rendit compte de ce qu'elle était en train de faire. Et merde. Qu'est-ce qui lui prenait ?

Ce… ce rat perfide venait juste de l'acheter, corps et âme, comme aurait dit Levet.

Elle voulait lui enfoncer un pieu dans le cœur, non découvrir s'il était à la hauteur des plaisirs qu'il promettait.

— Je dirais bien que c'est une agréable surprise, mais ce n'est pas le cas, marmonna-t-elle.

— Ce n'est pas agréable, ou ce n'est pas une surprise ?

Ses paroles suaves firent courir un frisson sur la peau de Shay. Même sa voix semblait créée pour faire jouir une femme instantanément.

— Devine, lâcha-t-elle entre ses dents.

Il haussa un sourcil d'une couleur plus foncée que ses cheveux.

— J'aurais cru que tu montrerais plus de reconnaissance, mon cœur. Je viens quand même de te sauver de ce qui, à mon avis, aurait été un avenir très sombre.

— Je ne suis pas ton cœur, et mon avenir n'est pas vraiment moins sombre entre tes mains.

— Tu ne sais pas encore ce que je compte faire de toi.

— Tu es un vampire. C'est tout ce que j'ai besoin de savoir.

De sa main fine, il effleura les boucles qui s'étaient échappées de la tresse de Shay pour tomber sur sa joue. Shay sentit un puissant frisson lui parcourir le corps, et son ventre se contracter brusquement de plaisir.

Maudit suceur de sang.

— Tu penses que nous nous ressemblons tous ? demanda Viper.

— Les vampires en ont après mon sang depuis cent ans. Pourquoi serais-tu différent ?

Il esquissa un bref sourire amusé.

— En effet, pourquoi ?

Shay recula, mais fut arrêtée dans son mouvement par les menottes qui mordaient douloureusement dans la chair de ses poignets.

— Savais-tu que je serais ici lorsque tu es venu ? demanda-t-elle d'un ton péremptoire.

Viper resta un moment silencieux, puis hocha la tête.

— Oui.

— Et c'est pour ça que tu es là ?

— Oui.

— Pourquoi ?

— À l'évidence, parce que je souhaitais te posséder.

Shay sentit de nouveau son cœur se serrer de déception. Quelle idiote elle faisait.

— Même après que je t'ai sauvé la vie ?

Il pencha la tête de côté, laissant ses longs cheveux argentés traîner sur son épaule.

— Sauvé la vie ? Peut-être.

Shay écarquilla les yeux, stupéfaite.

— Comment ça, peut-être ? Edra avait l'intention de te tuer. Je me suis pris un maléfice qui t'était destiné.

Viper haussa les épaules.

— Tu m'as certainement évité une vilaine blessure, mais nul ne peut dire si celle-ci aurait été mortelle.

— Espèce de crétin, souffla Shay, trop énervée pour se soucier du fait qu'elle était maintenant son esclave et complètement à sa merci. Je t'ai sauvé la vie, et pourtant tu es venu ici pour m'acheter.

— Y avait-il quelqu'un d'autre parmi les enchérisseurs que tu aurais préféré ?

— J'aurais préféré tous vous tuer.

Viper rit doucement.

— Quelle violence !

— Non. J'en ai simplement ras le bol d'être à la merci de n'importe quel démon, sorcière, monstre ou dégénéré qui a de quoi m'acheter.

Le vampire s'immobilisa et riva ses yeux noirs sur le visage empourpré de Shay.

— Compréhensible, je suppose.

— Tu ne comprends rien.

Il ne se départit pas de son petit sourire, mais pour la première fois, Shay remarqua les rides de fatigue autour de ses yeux magnifiques.

— Peut-être que non, mais je comprends une chose : je ne suis absolument pas d'humeur à t'affronter ce soir, mon cœur. J'ai été blessé, et j'ai besoin de sang pour recouvrer mes forces.

Shay avait presque oublié les coups de couteau qu'il avait reçus dans le dos lors de son combat avec l'humain. Non qu'elle s'en soucie particulièrement à cet instant.

Elle n'appréciait pas qu'il parle de sang.

— Et alors ? demanda-t-elle.

Viper lut sans peine son embarras, et la lueur amusée réapparut dans son regard.

— Et alors, même si je préférerais t'escorter jusqu'à mon repaire de manière civilisée, je peux te garder enchaînée et t'y traîner de force. Le choix t'appartient.

Shay refusa de laisser voir son soulagement. Ce n'était qu'une question de temps avant qu'elle devienne une donneuse involontaire.

— Tu parles d'un choix.

— Pour le moment, c'est le seul que tu aies. Alors, que décides-tu ?

Elle le dévisagea d'un œil furieux, mais finit par tendre les bras. Il ne servait à rien de lutter contre l'inévitable. Par ailleurs, le fer qui frottait contre sa peau la faisait souffrir plus qu'elle souhaitait l'admettre.

— Enlève-moi ces menottes.

— J'ai ta parole que tu n'essaieras pas de m'attaquer ?

Shay cligna des yeux, surprise.

— Tu me fais confiance ?

— Oui.

— Pourquoi ?

— Parce que je peux lire dans ton âme. (Il soutint son regard sans ciller.) J'ai ta parole ?

Eh bien… merde.

Elle ne voulait pas qu'il sache qu'une fois qu'elle avait donné sa parole, elle ne revenait jamais dessus. Cela lui donnerait encore un peu plus d'emprise sur elle.

L'espace d'un moment, elle refusa de faire cette promesse. Comment pourrait-elle un jour se le pardonner, si elle n'essayait même pas de lui planter un pieu dans le cœur ? Elle avait sa fierté, après tout. Mais en le voyant continuer à la dévisager, dans cette immobilité troublante dont seul un vampire était capable, elle poussa un soupir plein de réticence. Il était prêt à rester dans cette exacte position pendant une éternité, si nécessaire.

— Pour ce soir, je n'essaierai pas de t'attaquer, lâcha-t-elle entre ses dents.

Il sourit devant cette promesse donnée à contrecœur.

— Je n'obtiendrai pas mieux, j'imagine.

— Ça, c'est clair.

Viper sentit un petit sourire se dessiner sur ses lèvres tandis qu'il escortait la Shalott hors de la salle des ventes pour la conduire à sa voiture.

Il ne savait vraiment pas pourquoi il était si content.

Il était venu à cette vente aux enchères parce qu'il n'arrivait pas à ôter la belle démone de ses pensées. Il n'avait pas la moindre idée de ce qu'il allait faire d'elle. Il savait seulement qu'il ne supporterait pas de la voir appartenir à quelqu'un d'autre.

Dans ses projets, cependant, il n'avait pas prévu de se battre avec un sorcier de seconde zone, d'énerver un ennemi puissant qui chercherait probablement à se venger, ou d'être traité comme un monstre assoiffé de sang par sa propre esclave.

Alors pourquoi diable souriait-il ?

Il baissa les yeux sur le balancement furieux des hanches de Shay qui marchait devant lui. Ah, oui. Il se rappelait à présent.

Une flambée de désir lui tordit le ventre.

Le parfum du sang de la jeune femme était assez enivrant pour affoler n'importe quel vampire. Elle rendait jusqu'à l'air autour d'elle lourd de volupté. Mais ce n'était pas ce qui avait attiré et retenu l'attention de Viper.

C'était sa beauté exotique, la grâce fluide avec laquelle elle se mouvait, la détermination farouche qui miroitait dans ses yeux dorés, et le danger qui l'enveloppait comme un nuage de séduction.

Elle ne se laisserait jamais culbuter facilement. Son amant ne saurait jamais, lorsqu'il l'embrasserait, si elle allait l'attirer entre ses jambes ou lui arracher le cœur.

Cela ajoutait du piquant à son attrait, une délicieuse émotion qu'il n'avait pas ressentie depuis bien trop longtemps.

Les yeux toujours rivés sur ses hanches, Viper fut obligé de faire un pas de côté lorsque Shay s'arrêta devant la luisante limousine noire.

— C'est à toi ? demanda la jeune femme d'un ton péremptoire.

— À mon grand dam.

Shay se força à sourire, mais Viper perçut sa méfiance. Elle semblait plus déstabilisée qu'impressionnée par cet étalage éhonté de richesse.

— Sympa, dit-elle.

— J'aime vivre confortablement. (D'un geste gracieux, Viper ouvrit la portière et lui fit signe d'entrer.) Après toi.

Shay se crispa un instant puis, relevant le menton, s'introduisit dans les profondeurs tamisées du véhicule.

— Nom de Dieu ! murmura-t-elle.

Avec un sourire, Viper s'assit sur le siège opposé. La voiture était une œuvre d'art. Somptueuses banquettes blanches, boiseries en bois de citronnier ciré, toit ouvrant, bar intégré et écran plasma.

Qu'est-ce qu'un vampire aux goûts sophistiqués pouvait désirer de plus ?

Viper attendit que la voiture ait démarré en douceur et se soit éloignée du trottoir en ronronnant, puis sortit deux verres en cristal et versa dans chacun une dose généreuse de son millésime préféré.

— Un peu de vin ? C'est un bourgogne particulièrement exquis.

Shay prit le verre mais se contenta d'en renifler le contenu comme si elle craignait que ce soit du poison.

— Je ne ferais pas la différence si tu l'avais fabriqué dans ta baignoire.

Viper dissimula son sourire en prenant avec délectation une gorgée de vin.

— Je vois que je vais devoir t'initier aux joies du raffinement.

Shay plissa ses yeux dorés avec méfiance.

— Pourquoi ?

— Pourquoi quoi ?

— Pourquoi prendrais-tu la peine de faire ça ? Je ne vois pas ce que ça peut te faire, que j'apprécie les vins chers ou les limousines d'un kilomètre de long.

Viper haussa légèrement les épaules.

— Je préfère la compagnie de personnes d'un minimum de goût.

— La compagnie ? (Shay lâcha un rire sec et sans humour.) *Ma* compagnie ?

— J'ai quand même payé un certain prix pour t'avoir. Croyais-tu que j'avais l'intention de te jeter dans quelque cachot humide loin des regards ?

— Pourquoi pas ? Tu peux aussi aisément me vider de mon sang dans un cachot humide que n'importe où ailleurs.

Avec une élégante décontraction, Viper se laissa aller contre son dossier, grimaçant légèrement lorsque ses plaies protestèrent contre la pression qui y était appliquée. Elles seraient guéries dans quelques heures, mais en attendant, elles resteraient un douloureux rappel de son dernier combat.

— Il est vrai que je pourrais gagner une fortune en vendant ton sang, murmura-t-il, en observant le visage fermé de la démone par-dessus le rebord de son verre. Les vampires paieraient n'importe quel prix pour goûter à ce puissant élixir. Cependant, je n'ai nul besoin pressant d'accroître ma richesse, et pour le moment je préférerais te garder pour moi seul.

— Ton stock privé ? demanda Shay d'une voix rauque, en croisant les bras sur son estomac.

— Peut-être, murmura-t-il distraitement en plongeant la main dans un compartiment sous son siège pour en sortir un petit pot en céramique. Tends les bras.

Comme il s'y attendait, la jeune femme se raidit avec un hoquet horrifié. Elle avait clairement fait comprendre qu'elle considérait le fait de partager son sang avec un vampire comme un sort pire que la mort.

— Quoi ?

— J'ai dit : tends les bras.

— Maintenant ?

— Maintenant.

Serrant convulsivement les mâchoires, Shay le dévisagea d'un œil furieux. Viper tendit sa main fine et attendit patiemment.

Un long moment passa puis la jeune femme, avec un juron étouffé, finit par s'exécuter.

— Tiens.

Agrippant son avant-bras d'une main, Viper prit de l'autre un peu de la pommade vert pâle contenue dans le pot en céramique et entreprit de l'étaler avec douceur sur la peau rougie et couverte de cloques de son poignet. Les plaies qu'y avaient creusées les menottes en fer laisseraient des cicatrices si on ne les soignait pas correctement.

— Qu'est-ce que tu fais ? demanda Shay.

— Il est inutile que tu souffres. Je n'ai aucune sympathie pour les sorcières, mais même moi, je ne peux nier qu'elles savent concocter un sacré onguent.

Alors que le vampire tendait la main pour attraper son autre poignet, Shay fronça les sourcils.

— Pourquoi est-ce que tu fais ça ?

— Tu es blessée.

— Oui, mais… qu'est-ce que ça peut te faire ?

Viper leva les yeux et soutint son regard.

— Tu m'appartiens, maintenant. Je prends soin de ce qui est à moi.

Shay pinça les lèvres, pas totalement satisfaite de son explication, mais se détendit sous ses doigts délicats et n'essaya pas de retirer son bras. Du moins jusqu'à ce qu'il soulève son poignet pour poser ses lèvres sur sa peau à vif.

— Non, je t'en prie, chuchota-t-elle. Je…

Soudain, elle écarquilla les yeux, et d'un geste violent qui prit le vampire par surprise, se dégagea de son étreinte pour presser la main contre la fenêtre.

Viper se crispa en sentant le danger soudain qui imprégnait l'air.

— Qu'est-ce que c'est ? demanda-t-il.

— Les ténèbres de la salle des ventes, chuchota Shay. Elles nous suivent.

— Baisse-toi, dit-il aussitôt avec autorité, en plongeant de nouveau la main sous son siège.

Cette fois, il en sortit un élégant revolver.

Soudain, quelque chose heurta l'arrière de la limousine avec un bruit sourd, et Viper lâcha un juron étouffé. Il ne craignait pas qu'ils aient un accident. Sa voiture avait été construite pour résister à une petite bombe nucléaire. Et bien sûr, son chauffeur était un vampire. Il n'avait jamais vu meilleurs réflexes que ceux de Pierre. Sans oublier que ce dernier était immortel.

Le chauffeur idéal.

Mais Viper comptait bien arracher le cœur à quiconque était assez bête pour s'attaquer aussi ouvertement à lui.

Il se pencha sur le côté et ouvrit lentement la vitre en verre fumé. Une bourrasque s'engouffra à l'intérieur du véhicule, dissipant la réconfortante chaleur. L'automne était arrivé, sans merci, et avait rendu l'air nocturne glacial.

Derrière eux, une grosse jeep continuait à accélérer dans un vain effort pour leur faire quitter la route. Même de loin, il pouvait voir qu'elle contenait deux passagers, tous deux humains.

— Donne-m'en un, demanda doucement Shay, le faisant sursauter.

Il se retourna pour l'observer d'un œil méfiant.

— Tu sais te servir d'un revolver ?

— Oui.

Sans détourner le regard des grands yeux de la jeune femme, Viper sortit de sous le siège un autre pistolet semblable au sien, et le lui tendit. Avec une maîtrise saisissante, elle soupesa l'arme avant d'en retirer la sécurité d'un geste vif et fluide.

Viper aurait parié son plus beau rubis que ce n'était pas la première fois qu'elle tenait une arme.

Ce n'était pas précisément rassurant.

Au moins n'allait-elle pas se tirer dans le pied par accident, ou pire, toucher le sien, se dit-il avec ironie en baissant la vitre opposée.

— Vise les pneus, ordonna-t-il avant de se pencher par la fenêtre, en appuyant la hanche contre la portière.

Il marqua un temps, visa, appuya sur la gâchette et fit exploser un des pneus avant d'une seule balle. De l'autre côté de la voiture, Shay tira une série de coups et finit par crever l'autre pneu. La jeep vira brusquement sur la droite et Viper réussit à tirer à travers la fenêtre latérale, touchant le conducteur, même s'il était impossible de savoir s'il l'avait tué.

La voiture sortit brusquement de la route en dérapant, et Viper envoya ses pensées à Pierre, qui ralentissait déjà la limousine. Il voulait ces hommes. Il les voulait entre ses griffes, pour leur extorquer toutes les informations qu'ils pouvaient posséder, jusqu'à la dernière.

Puis, c'était leur sang qu'il avait l'intention de leur prendre.

La personne, ou la créature, qui convoitait sa Shalott se révélait plus qu'un simple nuisible.

Il avait besoin de savoir à quoi exactement il avait affaire.

Ces pensées venaient juste de lui traverser l'esprit lorsque la jeep percuta un lampadaire. Viper marmonna un juron, puis un autre lorsque la voiture prit brutalement feu et explosa.

Par les couilles du diable.

Ce genre de chose n'arrivait-il pas que dans les films ?

Il réintégra l'intérieur de la voiture et tapota la vitre de séparation. La limousine accéléra aussitôt pour disparaître dans l'obscurité.

Viper regarda Shay se rasseoir lentement. Refermant les fenêtres, il tendit la main pour reprendre son revolver. Après une infime hésitation, elle le lui rendit et il se baissa pour replacer les deux armes dans le compartiment secret.

En se réinstallant plus confortablement sur le siège en cuir, il lui adressa un léger sourire.

— Pas mal.

— Il porte à droite.

Le sourire du vampire s'élargit.

— Oui, je sais.

Shay plissa lentement les yeux d'un air méfiant.

— Tu pensais que j'allais le retourner contre toi ?

— Tu n'as pas été tentée ?

— Je ne peux pas te tuer avec un revolver.

— Les balles sont en argent et auraient au moins causé quelques dégâts.

Une lueur passa dans les yeux de la démone, mise en garde silencieuse qu'elle voulait lui infliger bien plus que quelques dégâts.

— Tu disais que tu me faisais confiance.

— Je n'ai pas survécu tous ces siècles sans me rendre compte qu'il m'arrive parfois de me tromper. J'adhère entièrement à la devise « mieux vaut prévenir que guérir ».

Shay se renfonça brusquement dans le coin de sa banquette, en tirant sur sa longue tresse noire ramenée sur son épaule. Elle avait été en colère lorsqu'il lui avait demandé sa parole qu'elle ne lui ferait pas de mal, agacée qu'il ait lu si facilement dans son âme noble. À présent, elle était en colère qu'il soit resté prudent.

À moitié démone ou non, elle était aussi contrariante que n'importe quelle femme.

— Si je voulais t'attaquer, je n'aurais pas besoin d'un pistolet, murmura-t-elle entre ses dents.

Chapitre 3

Shay n'était pas complètement idiote.

Elle savait qu'il était dangereux, quelles que soient les circonstances, de provoquer un vampire. C'était comme jouer à la roulette russe avec un pistolet entièrement chargé. Surtout lorsqu'elle était ainsi complètement à sa merci.

Mais même si son instinct lui hurlait de fermer son clapet et de disparaître dans le cuir mou comme du beurre de la banquette, sa fierté à vif refusait tout simplement d'écouter.

En plus d'être un vampire, Viper représentait tout ce qu'elle détestait.

Il était trop beau, tellement riche que c'en était indécent et, pire que tout, si sûr de lui que cela confinait à l'insolence.

Cela irritait Shay par-dessus tout.

Au plus profond d'elle-même, elle enviait cette arrogance digne et décontractée. Même si elle vivait un millénaire, jamais elle n'aurait une telle foi inébranlable en sa propre valeur.

Elle était une hybride. Moitié démone, moitié humaine. Elle n'appartenait à aucun de ces deux mondes. Et cela ne changerait jamais.

Le vampire se réinstalla confortablement sur sa banquette et la regarda sans ciller.

— Un fascinant sujet de discussion, mon cœur, que nous approfondirons sûrement un jour ou l'autre. Mais pour l'instant, je préfère me concentrer sur l'identité de la personne, ou de la créature, qui cherche si désespérément à mettre la main sur toi.

— Je ne sais pas, répondit Shay avec une totale franchise.

Elle n'avait pas la moindre idée de qui en avait après elle. Elle avait passé toute sa vie dans l'ombre, sans jamais se faire remarquer. Ç'avait été la seule façon pour elle de survivre.

— Pas d'ancien propriétaire aigri ? demanda Viper.

— À part Evor qui détient le maléfice qui me contrôle, Edra a été ma seule et unique propriétaire. (Elle pinça les lèvres de contrariété.) Jusqu'à ce que tu arrives.

— Pas d'ex-amant qui te garderait rancune ?

Shay se sentit bêtement rougir d'embarras.

— Non.

— Pas d'ex-amant ? (Viper dissimula mal un sourire amusé.) Ou aucun qui te garderait rancune ?

— C'est pas tes oignons.

— Ça devient mes oignons lorsque quelqu'un essaie de me tuer.

Shay tira furieusement sur sa tresse en fusillant du regard le vampire aux traits parfaits.

— Alors t'as qu'à me ramener chez Evor.

— Jamais. (D'un mouvement brusque mais souple, le vampire s'avança pour poser les mains de chaque côté de la tête de Shay, qui se retrouva bloquée dans son coin.) Tu m'appartiens.

Son visage était si proche qu'elle pouvait voir les mouchetures dorées dans ses yeux couleur de nuit. Elle eut l'impression que son cœur allait s'arrêter.

En partie de peur. Et en partie... Eh bien, merde, autant être franche : en partie de pur désir.

Elle n'avait pas besoin de l'apprécier pour avoir envie de lui arracher ses vêtements et d'attirer ce magnifique corps viril sur le sien. Tout en lui – du sommet de sa tête argentée à la pointe de ses bottes en cuir fabriquées main – invitait au sexe.

Il aurait fallu qu'elle soit morte pour ne pas vouloir se lover contre sa beauté enivrante et assouvir le besoin qui la torturait depuis plus d'années qu'elle avait envie de l'admettre.

Percevant aisément la bouffée de désir qui l'avait envahie, Viper s'immobilisa au-dessus d'elle et ses canines s'allongèrent en réaction.

Shay écarquilla les yeux.

— Non.

Il entreprit de baisser la tête, lentement et inexorablement.

— L'idée que je boive ton sang te fait peur ?

— Je n'aime pas être un repas ambulant pour qui que ce soit.

Viper lui effleura la bouche puis la joue de ses lèvres froides.

— Il y a plusieurs raisons pour un vampire de communier par le sang. Confiance, amitié, amour... désir.

Shay sentit son cœur faire un bond dans sa poitrine tandis qu'une ténébreuse vague de chaleur s'emparait de tout son corps. Il ne la touchait qu'avec ses lèvres, mais déjà un grisant frisson d'excitation lui contractait le bas-ventre, et le bout de ses seins durcissait.

Dieu, cela faisait si longtemps.

Les cheveux satinés du vampire lui chatouillèrent le nez alors qu'il faisait lentement courir sa bouche le long de son cou. Il émanait de lui une odeur de parfum de luxe ; et quelque chose de bien plus primitif. Quelque chose de crûment viril.

Il laissa ses lèvres s'attarder sur les palpitations affolées de son pouls avant de les faire remonter vers son visage en traçant une ligne humide avec sa langue le long de sa jugulaire.

Shay sentit un élan de panique lui étreindre le cœur et posa les mains sur sa poitrine pour le repousser.

— Viper.

— Dans l'immédiat, ce n'est pas ton sang que je veux, mon cœur.

Il laissa sa bouche courir sur la peau de la jeune femme, faisant naître dans son dos un spasme de plaisir.

— Qu'est-ce que tu veux, alors ?

— Tout le reste.

Il releva la tête et lui captura les lèvres en un baiser qui la fit frémir des pieds à la tête.

Oh, Shay, ne pense pas au goût de ces lèvres viriles. Ou à la promesse de son corps au-dessus du tien. Ou à la chaleur qui tourbillonne déjà dans l'air.

Une tâche ridicule, pour ne pas dire impossible, reconnut-elle alors que la bouche de Viper se faisait plus insistante.

Il n'y avait pas de dureté dans ce baiser, mais une avidité qui lui fit entrouvrir les lèvres, incapable de résister.

Viper lui prit le visage entre ses doigts fins, lui arrachant un léger gémissement. *Bon sang*, songea Shay. Son corps tout entier se réveillait sous les caresses suaves et expérimentées du vampire.

Avec une douce insistance, il introduisit sa langue entre ses lèvres. Elle ferma les yeux et, timidement, avança sa propre langue à la rencontre de la sienne. Pire, ses mains, qu'elle avait levées pour le repousser, agrippaient à présent la lourde cape du vampire pour attirer son long corps sur le sien.

Depuis qu'elle l'avait rencontré, plusieurs semaines auparavant, il envahissait ses rêves et ravivait en elle des sensations qui auraient mieux fait de rester enfouies. À présent, elle payait pour la faiblesse dont elle avait fait preuve en ne bannissant pas ces insidieux désirs.

Viper glissa doucement ses doigts du visage de Shay jusqu'à son cou. Son toucher était aussi léger que celui des ailes d'un papillon. Si léger que c'est à peine si elle sentit ses mains descendre jusqu'à sa poitrine et s'insinuer sous son minuscule haut de danseuse orientale pour épouser la rondeur de ses seins.

Du moins, jusqu'à ce qu'il passe les pouces sur ses tétons devenus si sensibles. Elle laissa échapper un petit gémissement.

—Viper ?

Il fit courir ses lèvres sur sa joue, lui effleurant la peau de ses canines mais sans faire couler le moindre sang.

—Chuut… Je ne vais pas te faire de mal.

—Est-ce que tu vas me mordre ?

—J'avais autre chose en tête pour le moment, répondit-il dans un souffle.

Shay frémit. Avec un grognement à peine audible, Viper laissa son corps s'abaisser sur le sien, la pressant doucement contre la banquette moelleuse en plaçant un genou entre ses jambes pour pouvoir s'allonger contre elle de façon terriblement intime.

Ce fut la joie avide qu'elle éprouva en sentant son érection contre sa jambe qui l'arracha à son état de volupté béate.

Par les flammes de l'enfer, qu'est-ce qu'elle était en train de faire ?

Elle était l'esclave de Viper depuis à peine une heure, et déjà, elle devait lutter contre l'envie de lui arracher ses vêtements et de le guider en elle.

Elle était peut-être à la merci de cet homme, mais cela ne voulait pas dire qu'elle devait être une victime consentante.

N'avait-elle donc aucun amour-propre ?

Prenant une profonde inspiration, elle s'efforça de rassembler ses esprits.

— Non, finit-elle par chuchoter d'une voix rauque.

C'était un murmure à peine audible, mais qui suffit pour que Viper se crispe au-dessus d'elle.

— Qu'est-ce que tu as dit ? demanda-t-il sans écarter ses lèvres des siennes.

Frémissante de frustration, Shay se força à appuyer les mains sur son torse pour le repousser en un geste silencieux de refus.

— J'ai dit non.

Elle s'attendait à ce qu'il rie de ses faibles protestations. Ou du moins à ce qu'il n'en tienne pas compte.

Elle était son esclave, et il était en position de faire ce qu'il voulait de son corps.

Par ailleurs, elle n'avait encore rencontré aucun homme qui n'était pas persuadé qu'un *non* était simplement un *oui* sur le point d'arriver.

À sa grande surprise, pourtant, elle vit l'élégant vampire se redresser avec une nonchalance pleine de souplesse. Stupéfaite, elle le regarda se rasseoir avec sang-froid sur son propre siège. Il n'y eut même pas dans ses doigts, lorsqu'il reprit son verre de vin et le porta à ses lèvres, le moindre tremblement pour indiquer qu'il était le moins du monde affecté par ce qui venait de se passer.

— Tu… (Se redressant, Shay repoussa d'un geste impatient la poignée de boucles qui s'étaient échappées de sa tresse.) Pourquoi as-tu arrêté ?

Il l'observa par-dessus le bord de son verre.

— Tu as dit non. J'ai présumé que ça voulait dire non. Ce n'est pas le cas ?

— Si, mais…

— Je suis un vampire, pas un monstre.

— Perso, je ne vois pas la différence, marmonna Shay.

— Pardon ?

— Qu'est-ce que ça peut te faire, que je sois d'accord ou non ? Je suis ton esclave.

Viper reposa brusquement son verre.

— Mais pas ma putain. Jamais.

Shay plissa les yeux. Il avait l'air sincère. Mais il ne fallait pas oublier que c'était un suceur de sang. L'art de duper autrui était peut-être le plus grand talent de son espèce.

Si un vampire n'arrivait pas à charmer avec son regard, il le faisait par son éloquence.

— Alors tout ce que j'ai à faire, c'est dire non ?

— C'est tout, oui.

— Je ne te crois pas.

Son accusation brutale fit étinceler les yeux couleur de nuit de Viper, mais son visage ivoirin resta imperturbable.

— Tu fais ce que tu veux, bien sûr.

Shay attrapa sa tresse sans le quitter d'un œil soupçonneux.

C'était un piège. Forcément.

— Si tu n'as pas l'intention de me prendre de force, pourquoi m'as-tu achetée ?

Un sourire sardonique se dessina sur les lèvres du vampire.

— Ah… La question à 1 000 dollars.

Shay fronça les sourcils, mais avant qu'elle ait pu l'interroger davantage, la limousine s'arrêta silencieusement. La portière s'ouvrit et Viper tendit la main.

— Nous sommes arrivés. Prête ?

Viper cacha son amusement en regardant Shay inspecter avec méfiance la cuisine à l'électroménager étincelant et au plancher de bois naturel. Le regard de la jeune femme s'attarda sur les rideaux à carreaux vichy et le tapis tissé main avant d'aller se poser sur les casseroles en cuivre pendues au-dessus du billot de boucher.

Le cottage, construit sur deux étages, était magnifique et offrait, selon les mots de l'agent immobilier, une ambiance chaleureuse et confortable ; mais il ne soutenait pas vraiment la comparaison avec la plupart des autres résidences de Viper.

Lorsque celui-ci l'avait acheté, il cherchait seulement une propriété isolée et aisément défendable. Après quelques siècles, tout vampire avait besoin d'un chez-soi où il pouvait se retirer à l'écart du monde et baisser sa garde.

Et surtout, rentrer les crocs.

Se retournant lentement pour le regarder, Shay fronça les sourcils avec une incrédulité visible.

— C'est là que tu habites ?

Viper se débarrassa de sa lourde cape puis de sa veste taillée sur mesure. Il se retrouva en simple chemise de lin et pantalon de cuir.

Il réprima un autre sourire en voyant les yeux de Shay s'égarer malgré elle sur son corps. Leur trajet en limousine lui avait révélé qu'elle n'était pas indifférente à ses caresses. Et qu'elle était aussi ardente et passionnée que n'importe quel homme pouvait le désirer.

Il avait bien l'intention de la sentir tout aussi ardente et passionnée sous lui.

Et au-dessus de lui, à côté de lui…

— Entre autres, répondit-il.

— Combien de maisons possèdes-tu ?

Il haussa les épaules.

— Est-ce important ?

— Je suppose que non.

Il entreprit de s'avancer vers elle à pas lents et mesurés, et ne fut absolument pas surpris de la voir se mettre à reculer. Elle éprouvait peut-être de l'attirance pour lui, mais elle ne se laisserait jamais séduire facilement.

Ç'allait être un pas de deux terriblement excitant, parfait pour distraire un vampire blasé.

— Tu espérais quelque chose d'un peu plus majestueux ?

L'idée fit grimacer Shay.

— Mon Dieu, non.

Viper continua à la faire reculer jusqu'à ce qu'elle se retrouve acculée contre le réfrigérateur.

— Je possède un certain nombre de manoirs qui me servent à recevoir, mais ceci est l'endroit où je me retire pour être tranquille. Il m'arrive parfois de préférer être seul.

— Nous sommes seuls ?

Viper étudia posément ses traits crispés avant de baisser les yeux sur ses vêtements qui la couvraient à peine. Lorsqu'il l'avait vue ainsi accoutrée comme une esclave de harem au début de l'enchère, il avait eu envie d'arracher le cœur à Evor.

Dans l'intimité de sa propre demeure, pourtant, il ne pouvait nier que cette tenue avait un certain attrait.

— Des gardes sont postés tout autour de la propriété et j'ai une gouvernante humaine qui vient pendant la journée, mais la plupart du temps, nous aurons la maison pour nous tout seuls. (Il releva les yeux vers la courbe charnue de sa bouche.) Une pensée délicieuse, n'est-ce pas ?

— Délicieuse n'est pas le terme que j'emploierais.

Il s'avança encore plus près, jusqu'à se retrouver tout contre elle.

— Préférerais-tu être entourée de vampires affamés ? Parce que ça peut s'arranger.

Shay retint son souffle et sa jugulaire se mit à palpiter furieusement.

— Arrête, dit-elle.

Il lui effleura la joue.

— Il va falloir que tu te pousses, mon cœur.

— Hein ?

— Tu es appuyée sur le frigo. Je ne peux pas atteindre mon sang.

— Oh.

Les joues roses d'embarras, elle s'écarta hâtivement pour le laisser passer.

Viper sortit une poche de sang et la vida rapidement. Puis il s'empara des nombreux sacs laissés par sa gouvernante. Il les posa sur le comptoir et entreprit de les ouvrir.

— Je ne connaissais pas tes goûts, alors j'ai demandé à ma gouvernante de te commander à manger. Il y a un peu de tout. Chinois, italien, mexicain ou poulet frit si tu veux faire moins exotique. Prends ce que tu veux.

— Tu avais déjà commandé tout ça ? demanda Shay en regardant, les yeux écarquillés, l'abondance de mets étalés devant elle. Comment pouvais-tu savoir que tu remporterais les enchères ?

Viper balaya rapidement du regard son corps élancé, le bas-ventre irradié d'une délicieuse chaleur.

— J'obtiens toujours ce que je veux. Tôt ou tard.

Une étincelle de colère passa dans les yeux dorés.

— Ça, c'est bien une remarque de suceur de sang.

Sa soif de sang assouvie, à défaut de ses désirs physiques, Viper s'adossa aux placards.

— Tu me parais bien acerbe, mon cœur. (Il croisa les bras sur sa poitrine.) Quelle raison as-tu de détester autant les vampires ?

Shay tendit la main pour prendre un nem dans une des boîtes en carton.

— À part le fait qu'ils essaient de me saigner à blanc depuis le jour de ma naissance ?

— Les vampires ne sont pas les seuls démons à convoiter ton sang. Ton antipathie semble basée sur une expérience plus personnelle.

Le silence retomba alors que Shay mangeait son nem, puis un ravioli à la vapeur. Viper n'insista pas, se contentant d'attendre qu'elle avoue la vérité.

Un autre nem disparut, puis elle finit par pousser un soupir et le regarda avec une expression hostile.

— Ce sont des vampires qui ont tué mon père.

Par les ossements des saints. Cela expliquait certainement la violente aversion de la jeune femme. Et mettait un obstacle de plus en travers de sa propre entreprise de séduction.

— Désolé de l'apprendre, dit-il.

Elle haussa les épaules avec nervosité.

— C'était il y a longtemps.

— Tu as été élevée par ta mère ?

— Oui.

— Une humaine ?

— Oui.

Elle évitait soigneusement de montrer ses émotions, mais cela faisait des siècles que Viper lisait le langage corporel de ses proies. C'était ce que les prédateurs savaient faire le mieux.

— Elle t'a élevée à l'abri du monde démoniaque ?

— Autant qu'elle l'a pu.

— Tu arrivais à passer pour humaine ?

Inutile d'être très perspicace pour reconnaître la colère qui tordit les traits exquis de la jeune femme.

— Tu m'as demandé pourquoi je détestais les vampires, et je t'ai répondu. Est-ce qu'on peut changer de sujet, maintenant ?

Viper sourit et se redressa. Il avait une éternité pour explorer les recoins secrets de l'âme de Shay.

Ce n'était d'ailleurs pas la seule exploration qu'il comptait mener sur elle.

— Mange ton dîner. J'ai quelques coups de téléphone à passer avant l'aube.

Il s'arrêta juste le temps de faire courir un doigt sur la joue veloutée de la démone, puis se dirigea vers le petit bureau situé dans le fond de la maison. Il n'avait pas oublié qu'il y avait quelque chose là, dehors, qui voulait lui voler sa Shalott.

C'était inacceptable.

Il comptait bien faire tout le nécessaire pour retrouver la trace de ce mystérieux ennemi et éliminer le danger le plus tôt possible.

Chapitre 4

La maison, construite sur les hauteurs surplombant le majestueux Mississippi, était assez agréable d'apparence.

Comme la plupart des fermes du Midwest, c'était un bâtiment à deux étages, avec un porche tout autour et un toit pentu. Sa peinture blanche s'écaillait par endroits et ses gouttières ne tenaient plus très bien, mais d'aucuns auraient pu dire que cela ne faisait qu'ajouter à son charme rustique.

Une poignée de bâtiments s'éparpillaient tout autour sur le terrain légèrement vallonné. Et, bien entendu, celui-ci était abondamment planté de frênes, de chênes et de cornouillers.

Au premier abord, l'ensemble offrait l'aspect chaleureux de la plupart des demeures de la région. Dégageait l'impression que l'inconnu de passage serait accueilli avec un sourire et un repas chaud.

Mais seulement au premier abord.

Tout inconnu assez malchanceux pour passer près de la ferme ne rencontrerait nul sourire, et le seul repas chaud serait celui qu'il constituait.

Heureusement, l'endroit était assez isolé pour que les touristes s'égarent rarement dans le coin, et les autochtones avaient appris depuis longtemps à faire un large détour pour éviter l'endroit. Le silence pesant était rarement troublé par autre chose que le chant des oiseaux.

L'emplacement de cette maison n'avait pas été choisi par hasard. Sous les collines vallonnées se trouvait une série de grottes secrètes qui s'étalaient sur plusieurs kilomètres. Une centaine de légendes locales étaient liées à ces grottes. Selon certains, elles avaient été utilisées par l'*Underground Railroad*, cette filière clandestine qui avait aidé des esclaves en fuite à quitter le Sud. Selon d'autres, Jessie James en avait fait sa cachette. D'autres encore prétendaient que c'était à des contrebandiers privilégiant le fleuve pour transporter leurs marchandises mal acquises qu'elles avaient servi.

Aucune de ces histoires n'était vraie, bien sûr. Les grottes étaient la demeure des démons depuis bien avant l'arrivée des premiers colons.

Dans la plus reculée d'entre elles, un sidhe mince coiffé d'une crinière de boucles dorées scrutait un bassin à visions.

Il ne semblait pas à sa place au milieu des rochers lugubres. Avec sa robe en satin du même vert de mousse printanière que ses yeux, et les délicates feuilles dorées qu'il avait entrelacées dans ses cheveux, il chatoyait d'une beauté surnaturelle.

C'était un sidhe fait pour régner sur une clairière ensoleillée, non dans les entrailles sombres de la terre.

Cependant, pour le moment, les ténèbres lui convenaient plutôt bien.

Il passa une main fine au-dessus du bassin pour mettre fin aux visions que celui-ci révélait. De l'ombre au-dessus de lui émanait une rage féroce et étouffante.

— Ton sorcier a échoué, dit l'ombre d'une voix rauque, constatant l'évidence.

— Il semblerait, mon seigneur. (Damoclès se releva et épousseta avec soin sa robe maculée de terre.) Je vous avais prévenu qu'on ne pouvait pas compter sur Joseph.

— C'était un imbécile et un lèche-bottes, mais il n'est pas le seul à blâmer pour ce fiasco, n'est-ce pas ? (L'ombre sembla s'épaissir.) Si j'étais de nature soupçonneuse, je me demanderais pourquoi tu n'as pas donné à mon émissaire des fonds suffisants pour enchérir sur la Shalott.

Un mince sourire se dessina sur le beau visage du sidhe. Ce n'était pas qu'il était indifférent au danger dont l'atmosphère était imprégnée. Il aurait fallu qu'il soit idiot pour croire que l'ombre ne pouvait pas l'atteindre et le tuer d'un seul coup. Ou pire. Mais cela faisait près d'un siècle qu'il travaillait à se rendre indispensable à son maître actuel. Pour le moment, il était à peu près en sécurité.

— Vous me blessez, mon seigneur, protesta-t-il en jouant du bout des doigts avec la fine chaînette qu'il portait au cou. Je n'avais aucun moyen de deviner que le vampire ferait une enchère aussi démesurée. Par ailleurs, auriez-vous vraiment voulu que je remette un demi-million de dollars en liquide à un serviteur ? En dépit de tous les serments de loyauté de Joseph, je ne pense pas que même lui aurait su résister à la tentation de… comment dit-on… prendre l'oseille et se tirer ?

Le feulement de colère de l'ombre irrita les oreilles délicates de Damoclès.

— Il savait que je l'aurais tué s'il s'était enfui.

— Bien sûr, mais la cupidité répond rarement à la raison.

— Donc maintenant, nous nous retrouvons sans Shalott et, qui plus est, elle est entre les mains d'un vampire.

Le sidhe haussa les sourcils d'un air innocent.

— C'est sûrement là une bonne nouvelle ? Vous avez une autorité considérable parmi les clans. Ne pouvez-vous pas tout simplement exiger que ce Viper vous cède la démone ?

— Imbécile ! (Une main invisible gifla violemment Damoclès.) Je ne peux pas révéler mon intérêt dans cette affaire. Cela ne ferait que soulever le genre d'interrogations et de conjectures que je cherche à éviter. Personne ne doit faire le moindre lien entre moi et la Shalott tant que je ne serai pas guéri. Si mes ennemis venaient à apprendre à quel point je suis affaibli…

Damoclès sentit un filet de sang couler sur sa joue mais ne tressaillit même pas.

— Cela n'arrivera jamais, mon seigneur. Pas tant que je serai à vos côtés.

— Oh oui, mon cher sidhe, quelle loyauté, railla la voix.

— Elle est aussi profonde et infinie que l'océan.

— Dis plutôt : aussi profonde et infinie que mes coffres.

Le sidhe esquissa une courbette.

— Nous avons tous nos points faibles, n'est-ce pas ?

— Bah ! (L'ombre s'agita impatiemment.) Je veux cette démone. Réveille ta créature.

Damoclès se redressa, le cerveau en ébullition face à cette demande inattendue. Il s'enorgueillissait d'être paré à toute éventualité. De prévoir l'avenir avec une infaillibilité surnaturelle.

Il n'était jamais pris au dépourvu. Jamais.

Et pourtant cette fois, il devait bien admettre que son esprit rusé lui avait fait défaut.

C'était très agaçant.

— Ma créature ? (Il effleura du bout des doigts sa chaîne en or.) Pas encore, mon seigneur, si ? Elle va forcément éveiller une attention dont nous nous passerions bien. J'ai plusieurs...

Soudain, une pression sur sa gorge lui coupa la respiration et du même coup la parole.

— As-tu oublié qui est ton maître ici, sidhe ?

Des points noirs commençaient à danser devant les yeux de Damoclès lorsque la pression se relâcha enfin et qu'il put reprendre une grande goulée d'air.

Une onde de fureur courut dans ses veines, mais, avec une aisance tirée d'une longue expérience, Damoclès s'agenouilla et inclina la tête comme on l'attendait d'un serviteur digne de ce nom.

Il pouvait altérer ses plans. Sa capacité d'adaptation était l'une de ses qualités majeures.

— Bien sûr que non, mon seigneur. Il en sera fait comme vous le désirez. (Il releva lentement la tête.) Cependant, rien ne garantit qu'il n'y aura pas de victimes collatérales.

— Que m'importe, du moment que ce n'est pas la Shalott ? répliqua l'ombre.

— Le vampire...

— Un sacrifice nécessaire.

Damoclès marqua un temps de pause avant de répondre :

— Nécessaire, peut-être, mais je ne pense pas que vos Corbeaux feront preuve d'autant de compréhension.

Le désagréable sifflement retentit de nouveau dans la grotte.

— Et c'est pourquoi ils ne sauront rien de mon plan. Est-ce clair ?

Damoclès ravala un sourire. Au moins, il n'aurait pas à se soucier de voir cette bande de crétins se mêler de ses affaires. Ils faisaient toujours tout leur possible pour interférer dans ses complots et ses machinations, et il s'était promis de les en punir dignement. Il excellait dans ce domaine.

Mais pas pour l'instant. Pas tout de suite.

— Parfaitement, mon seigneur. En fait, je l'accompagnerai pour veiller à éviter toute erreur regrettable.

— Judicieuse décision.

Damoclès se releva lentement, en réfléchissant à toute allure.

— Mais d'abord, je pense que je vais aller rendre une petite visite au troll.

— Pourquoi ? demanda l'ombre après un silence plein de suspicion. Il est insignifiant.

le sidhe sourit.

— Pas totalement. Il détient le maléfice qui contrôle la Shalott.

— Et alors ?

— S'il meurt, elle meurt. Je pense qu'il serait plus sage de l'avoir sous notre garde afin d'éviter qu'il tombe entre les mains de nos ennemis.

— Oui, oui, évidemment, acquiesça l'ombre d'une voix râpeuse. J'aurais dû y penser moi-même. Nous ne pouvons pas prendre le risque de laisser ce troll en liberté. Il pourrait lui arriver n'importe quoi.

— Je m'occuperai de lui personnellement.

— Bien. (L'ombre s'agita en poussant un soupir rauque.) Il faut que je me repose.

Damoclès s'inclina profondément.

— Certainement, mon seigneur. Économisez vos forces. Vous retrouverez bientôt toute votre santé.

Il y eut un bref instant de silence.

— Damoclès ?

— Oui, mon seigneur ?

— M'enverras-tu ce dont j'ai besoin ce soir ?

Le sidhe cacha son sourire satisfait.

— Tout est déjà prêt.

— Il faut que tu fasses attention. Si les Corbeaux…

— Je serai la discrétion personnifiée.

— Bien. Maintenant, pars avant qu'on remarque ton absence.

Après une dernière courbette, Damoclès disparut dans l'obscurité. Il existait un chemin qui menait droit aux grottes supérieures, mais il avait assez de bon sens pour ne pas s'en servir. Il était parfaitement conscient que ces fichus Corbeaux se donnaient beaucoup de peine pour surveiller ses allées et venues. Il prenait un malin plaisir à passer sous le nez de leurs espions avec autant de facilité.

Il venait d'atteindre l'étroit chemin qui menait à ses propres grottes privées lorsqu'une ombre apparut brusquement devant lui. Il n'eut pas à attendre que la silhouette s'avance dans la lumière dansante de la torche toute proche pour savoir qui lui bloquait le passage.

Il n'en connaissait qu'un seul assez arrogant pour le regarder comme s'il était de la boue collée à la semelle de sa botte.

— Minute, Damoclès ; j'ai à te parler.

Le sidhe dévisagea le grand vampire d'une beauté farouche avec un sourire narquois.

— Ah, mais si c'est pas Monsieur le Grand Sinistre Ténébreux. Quel est le problème ? Vous seriez-vous lassé d'effrayer les rats dans les caves et seriez-vous venu en quête d'un gibier plus difficile à attraper ?

Le visage cuivré resta de marbre. Rien ne semblait jamais toucher le chef des Corbeaux. Ni les insultes. Ni les menaces. Ni même la flatterie la plus éhontée.

Un fait qui énervait prodigieusement Damoclès.

— Où étais-tu ? demanda le vampire simplement connu sous le nom de Styx.

Damoclès haussa les sourcils.

— Je menais à bien une petite tâche pour notre maître commun.

— Quelle tâche ?

— Il est évident que cela reste entre lui et moi.

Damoclès sentit une onde d'énergie glacée passer sur lui alors que l'imposant démon s'avançait d'un pas.

— Je pourrais t'arracher la vérité si je le souhaitais, menaça Styx.

— Et moi je pourrais me découvrir brusquement des ailes et m'envoler pour Paris, répliqua Damoclès d'un ton railleur. Si vous voulez la vérité, demandez-la à notre maître.

— C'est à toi que je la demande. Dis-moi pourquoi tu te faufiles dans ces tunnels comme un voleur.

La sensation de froid devint franchement cuisante, mais Damoclès en fit résolument abstraction.

Seules les âmes fortes survivaient dans ces grottes.

— J'ai juré de garder le secret. Voudriez-vous me voir manquer à mon serment ?

Le Corbeau poussa un grognement écœuré.

— Comme si un sidhe savait quoi que ce soit des serments et de l'honneur.

Damoclès aurait pu lui rétorquer que ses serments étaient plus chers à son cœur que nul ne le saurait jamais. Mais il préféra s'adosser au mur et étudier le fil d'or dont était cousue la manche de sa robe avec une indifférence insolente.

— Êtes-vous venu me voir simplement pour m'abreuver d'insultes assommantes, ou aviez-vous un autre but ?

Le visage rude et anguleux de Styx se durcit.

— En dépit de tout ce que j'ai pu dire pour l'en dissuader, le maître t'a chargé de lui amener la Shalott. Jusqu'à présent, tu n'as fait que de vaines promesses, rien de plus. Où est la démone ?

Damoclès haussa les épaules.

— J'ai eu un léger contretemps, pas de quoi s'inquiéter. Je la tiendrai bientôt.

Soudain, il se retrouva par terre, sur le dos, à masser sa mâchoire endolorie. Styx l'avait frappé si brusquement qu'il n'avait même pas eu la moindre chance de le voir venir.

— Je ne te fais absolument pas confiance, sidhe, et je t'apprécie encore moins. Ton arrivée à notre porte était un sombre présage qui ne nous a apporté que des ennuis. Amène-nous la Shalott ou j'aurai ta tête.

Puis il disparut d'un pas rapide dans l'obscurité, sans un regard en arrière, laissant Damoclès essuyer le sang qui lui coulait au coin de la bouche.

Une fois seul, Damoclès s'autorisa enfin à sourire.

La journée était toujours réussie lorsqu'il parvenait à faire perdre son calme à ce satané Prince des Glaces.

Il comptait bien faire en sorte de vivre beaucoup d'autres journées comme celle-ci.

Chapitre 5

Shay attendit que Viper soit sorti de la cuisine puis rassembla les boîtes de nourriture et en respira à plein nez le fumet délicieux.

Bon sang, elle mourait de faim.

Ces dernières semaines, elle avait à peine mangé de quoi sustenter un oiseau. Evor se complaisait dans les plus petites formes de torture et trouvait follement amusant de la voir se précipiter à quatre pattes pour ramasser la poignée de miettes qu'il lui jetait à travers les barreaux de sa cage.

Et elle avait beau détester l'idée d'accepter quoi que ce soit du vampire, elle ne pouvait pas résister à la tentation de ce qui se trouvait là étalé devant elle.

Elle commença par les boîtes de nourriture chinoise, et elle avait réussi à en engloutir tout le contenu ainsi que la majeure partie du poulet frit lorsque Viper revint d'un pas nonchalant dans la pièce.

Le vampire haussa les sourcils en voyant les boîtes vides mais, heureusement, se retint de faire le moindre commentaire sur sa gloutonnerie.

— Si tu veux laisser une liste à ma gouvernante, je suis sûr qu'elle saura maintenir cette cuisine approvisionnée de tes aliments préférés.

Shay jeta un coup d'œil à la nourriture amassée sur le comptoir.

— Elle l'a déjà approvisionnée de tout ce qui existe ; il ne manque que de la tarte aux pommes.

— Je suis sûr qu'on peut y remédier.

Shay n'en doutait pas un seul instant. La gouvernante semblait du genre à aller bien au-delà du service minimum.

Le tout était de savoir si c'était la loyauté qui l'y poussait, ou la peur.

— Sait-elle que tu es un vampire ? demanda-t-elle.

Un sourire amusé se dessina sur les lèvres pleines et sensuelles.

— Les poches de sang dont est rempli le frigo vendent généralement la mèche.

C'est malin.

Shay prit un air soupçonneux.

— La plupart des humains refusent de croire aux démons. Ou s'ils y croient, ils en ont une peur bleue.

— Cela fait plusieurs siècles que sa famille est à mon service, expliqua Viper. D'ailleurs, elle a quatre fils qui travaillent tous dans l'une ou l'autre de mes entreprises.

— Une véritable dynastie.

Il haussa les épaules avec élégance.

— Cela simplifie les choses.

— Je veux bien te croire.

Il scruta son visage fermé d'un œil curieux.

— Tu donnes l'impression de désapprouver. Cela te gêne-t-il que j'emploie des humains ?

Cela la gênait effectivement, mais pas pour les raisons qu'il imaginait.

— D'après ce que j'ai pu voir, répondit-elle, les humains et les démons ne se mélangent pas.

Viper s'avança pour s'arrêter juste devant elle. D'un geste tendre, il lui repoussa une boucle folle derrière l'oreille.

— Ce n'est pas tout à fait vrai, mon cœur, répondit-il doucement. Tu es justement le fruit du mélange le plus intime qui puisse se faire entre un humain et un démon.

À sa grande stupeur, Shay dut résister à la tentation de frotter sa joue contre les doigts du vampire qui s'attardaient.

— Ça, c'est… différent.

Viper lui souleva le menton pour plonger un regard interrogateur dans le sien.

— En quoi ?

— Ni mon père ni ma mère n'avaient l'intention de tomber amoureux.

Il esquissa lentement un sourire.

— En a-t-on jamais l'intention ?

Shay sentit un frisson lui parcourir la peau et recula légèrement. Il semblait judicieux de rester à distance lorsqu'elle avait affaire à ce troublant vampire.

À une très grande distance.

— Mon père s'apprêtait à partir rejoindre les autres Shalotts lorsqu'il est tombé sur ma mère qui se faisait attaquer par une meute de loups-garous, essaya-t-elle d'expliquer.

Elle avait entendu sa mère raconter cette histoire une bonne centaine de fois. Toujours avec cette même expression de tristesse et de nostalgie qui révélait que sa mère pleurait encore la mort de son époux.

— Il lui a sauvé la vie puis l'a ramenée chez lui et l'a soignée.

— Et le destin a fait le reste ?

Shay hocha la tête.

— Quelque chose dans ce genre.

— Étaient-ils heureux ensemble ?

Les questions inquisitrices de Viper commençaient à se rapprocher dangereusement de ces points sensibles qu'elle ne souhaitait pas qu'on touche.

— Oui. Ils s'aimaient énormément.

Viper ne tint pas compte de la mise en garde dans le ton de sa voix. Évidemment. Il préféra laisser son regard errer lentement sur le corps presque nu de la jeune femme.

— Et ils t'ont engendrée. J'ai envie de dire qu'on n'aurait pas pu faire union plus idyllique entre un humain et un démon.

Shay humecta ses lèvres desséchées. Soit on venait d'allumer un feu dans la cuisine, soit la chaleur du regard du vampire était véritablement palpable.

— Je ne vois pas vraiment ce que ça pouvait avoir d'idyllique pour mon père d'être mis au ban de son peuple, ou pour ma mère et moi d'être obligées de nous cacher.

— S'ils étaient heureux, qu'est-ce que ça pouvait faire ?

Shay réprima une réplique cinglante. À quoi bon ? C'était un vampire. Il n'avait jamais connu un jour de peur ou d'incertitude dans sa longue vie d'immortel.

— Je n'ai pas envie d'en parler, répondit-elle.

Viper marqua un temps, puis hocha lentement la tête.

— Très bien. Si tu as fini de manger, je vais te conduire à ta chambre.

Soudain, les nems que Shay venait de dévorer lui pesèrent comme du plomb sur l'estomac.

Elle avait l'habitude des chambres attribuées aux esclaves. Des cachots humides avec des barreaux en fer. C'était un des détails qui ne changeaient jamais, quel que soit son maître du moment.

— Maintenant ? demanda-t-elle.

Il la regarda avec une légère curiosité.

— Y a-t-il autre chose que tu préférerais faire ?

Avaler du verre pilé. Se planter un couteau dans l'œil. Se jeter du haut du toit.

— Je pensais peut-être visiter la maison. (Elle s'écarta avec nonchalance de sa présence dangereusement proche.) C'est là que je vais habiter, après tout. (Elle pinça les lèvres.) Du moins dans l'immédiat.

— Tu auras tout le temps pour ça demain. Tu es sûrement épuisée.

— Je dors très peu.

Un inquiétant petit sourire se dessina sur la bouche du vampire.

— Quelle agréable coïncidence. Moi aussi.

Rongée par la crainte d'un cachot humide, Shay fut prise au dépourvu lorsqu'il s'avança souplement pour la soulever du sol.

Pressée contre sa poitrine, elle maudit énergiquement son manque d'attention. Elle n'avait peut-être pas la rapidité des vampires, mais elle aurait pu faire plus que rester là bouche bée comme une truite.

C'était épatant ce qu'un coup de pied ou de poing bien placé à la gorge pouvait faire même au plus déterminé des hommes.

— Qu'est-ce que tu fais ? demanda-t-elle entre ses dents.

Avec une agaçante facilité, Viper se dirigea vers la porte.

— Tu m'as dit que tu voulais visiter la maison.

— Je peux le faire toute seule. Inutile de…

Il la souleva un peu plus haut pour la regarder droit dans les yeux. L'espace d'un instant, Shay dut lutter pour reprendre son souffle.

Ce n'était pas seulement son incroyable beauté. La plupart des vampires étaient beaux. Sinon, comment attireraient-ils si aisément leurs proies ? Mais il y avait quelque chose de fascinant dans ces yeux couleur de nuit. Quelque chose qui menaçait de réveiller des sensations qu'elle ne voulait absolument pas voir réveiller.

— Au contraire, c'est très utile, mon cœur, répliqua-t-il dans un murmure suave. Maintenant, tais-toi et laisse-moi remplir mon rôle d'hôte.

Shay détourna sombrement le regard. Elle n'avait jamais pensé qu'elle serait capable de se laisser ensorceler ou séduire par un suceur de sang, quels que soient les pouvoirs de ce dernier. Elle les détestait depuis toujours.

À présent, elle n'en était pas aussi certaine qu'elle aurait dû.

— C'est une habitude chez toi de porter tes invités ? marmonna-t-elle en résistant à l'envie absolument ridicule de se tortiller dans ses bras.

— Tu es la première et la seule de mes invités.

Shay laissa ses yeux se poser de nouveau sur ses traits distingués.

— Tu mens.

Viper haussa les sourcils.

— Qu'est-ce qui te fait dire ça ?

— Tu ne me feras pas croire qu'un homme comme toi soit prêt à se séparer de son harem.

— Un homme comme moi ?

— Un vampire.

— Ah. Désolé de te décevoir, mais je suis pour le moment dépourvu de harem. (Ses yeux couleur de nuit brillèrent de cet éclat ensorcelant qui lui était coutumier.) À moins, bien entendu, que tu te portes volontaire ?

Shay sentit un frisson d'excitation lui parcourir la peau et s'amasser au creux de son estomac. Et merde. Jamais la présence d'un homme ne lui avait fait un tel effet. Certainement pas, en tout cas, celle d'un homme qui avait le mauvais goût d'être un vampire.

C'était franchement agaçant.

Il était temps de changer de sujet.

— Tu n'as encore jamais reçu personne ici, vraiment ?

Une lueur d'amusement entendu apparut dans les yeux de Viper. Ce qui donna envie à Shay d'écraser son poing sur son long nez parfaitement aquilin.

— Je viens ici pour être seul, expliqua Viper.

— Alors pourquoi…

— Ah, le séjour, l'interrompit-il d'une voix ferme, comme si c'était à son tour de vouloir changer de sujet. Tu remarqueras, j'espère, la superbe baie vitrée qui offre une vue saisissante sur le lac. Les planchers sont en chêne ciré, indigène à la propriété, ainsi que le bois de la cage d'escalier, sculpté à la main. Il y a quelque chose d'absolument passionnant concernant la pierre de l'âtre, mais je dois t'avouer que je n'écoutais pas vraiment lorsque l'agente immobilière me torturait avec son boniment interminable.

Shay entrevit brièvement une pièce obscure qui paraissait gigantesque. Étrangement, même dans la pénombre et en dépit de cette vague impression d'immensité qui s'en dégageait, elle semblait chaleureuse.

Non. Shay secoua inconsciemment la tête.

Cette ambiance chaleureuse n'émanait pas uniquement de cette pièce, mais de la maison tout entière.

Comme si ceux qui l'avaient habitée en avaient vraiment fait un foyer et avaient laissé derrière eux les échos de leur bonheur.

Perdue comme elle l'était dans ces réflexions ridicules, il lui fallut un moment pour se rendre compte que Viper ne s'était pas tourné vers la porte voisine, qui menait plus loin à l'intérieur de la maison. À la place, il était en train de monter le vaste escalier.

Merde.

Même s'il lui avait promis de ne pas la prendre de force, elle ne lui faisait pas confiance.

C'était un vampire.

Ça voulait tout dire.

— Il y a forcément d'autres pièces au rez-de-chaussée ? demanda-t-elle durement.

— Oui, mais elles ne sont pas aussi fascinantes que celles de l'étage au-dessus.

Sa voix était du même velours ténébreux que ses yeux. Tout aussi ensorcelante.

Maudit soit-il.

— J'aimerais que tu me reposes, reprit Shay. Je suis parfaitement capable de marcher.

Et de courir. Et de s'enfermer à clé dans la pièce la plus proche.

— J'aime te sentir près de moi, répliqua Viper.

Il atteignit le palier et prit la première porte à droite. Il ne s'arrêta que le temps d'appuyer sur un interrupteur au mur, puis s'avança jusqu'au centre de la pièce.

— Nous y voilà.

Avec raideur, Shay étudia ses environs. Elle n'était pas sûre de ce qu'elle s'attendait à voir. Des fouets. Des chaînes. Des menottes fixées au mur.

À la place, elle découvrit une pièce dont émanait la même impression de convivialité chaleureuse que celle qu'elle avait ressentie à l'étage inférieur.

— C'est ta chambre ? s'étonna-t-elle en observant le large lit à baldaquin recouvert d'un édredon épais et la coiffeuse sculptée à la main sur laquelle était posé un vase de marguerites fraîchement cueillies.

Elle n'aurait rien pu imaginer de moins approprié à l'élégant et raffiné vampire.

Étrangement, le visage de ce dernier se fit de marbre. Même son regard couleur de nuit devint réservé.

— En fait, répondit-il, c'est la tienne.

Shay sentit son cœur s'arrêter.

— La mienne ?

— Elle te plaît ?

— Je… (Shay humecta ses lèvres desséchées. Soudain, le charme moelleux de la chambre lui parut plus effrayant que toutes chaînes ou menottes.) Pourquoi ?

Il étudia son expression avec l'intensité troublante d'un prédateur.

— Pourquoi quoi ?

— Je suis ton esclave. Tu peux faire ce que tu veux de moi. Pourquoi me traites-tu comme une sorte d'invitée d'honneur ?

— C'est justement parce que tu es mon esclave que je peux te traiter exactement comme je le souhaite.

Shay ferma les yeux pour échapper au pouvoir fascinant de son regard.

— Je t'en prie, dis-moi ce que tu veux de moi, chuchota-t-elle. Cette incertitude est pire que tout ce que tu pourrais m'infliger.

Viper hésita un instant, puis se remit brusquement en marche. Sans laisser à Shay le temps de comprendre ce qui se passait, il la laissa tomber au centre du lit moelleux.

Elle rouvrit aussitôt les yeux, mais pas assez vite pour l'empêcher de se pencher au-dessus d'elle et de la coincer sous sa carrure bien plus large.

— Très bien, dit-il. (Il inclina la tête pour presser la bouche sur sa gorge, lui effleurant le visage de ses soyeux cheveux argentés.) Je veux t'avoir dans mon lit et t'entendre hurler mon nom dans les transports de l'extase, murmura-t-il, faisant naître en elle par le frôlement de ses lèvres contre sa peau mille frissons de plaisir. Je veux boire ton sang à longs traits et baigner dans la chaleur de ton corps. Je veux m'enfouir en toi jusqu'à ce que tu arrêtes de hanter mes rêves. C'est ce que tu voulais savoir ?

Shay ferma lentement les yeux tout en luttant contre l'envie de passer les jambes autour de sa taille en le suppliant de la prendre exactement comme il le décrivait.

Il n'était pas le seul à être hanté.

— Pas vraiment, répondit-elle d'une voix rauque.

— Ne t'inquiète pas, mon cœur. Je n'ai jamais forcé une femme. Nous avons l'éternité pour assouvir mes désirs. (Il retroussa les lèvres, lui faisant sentir ses canines pointues.) Et les tiens.

Shay secoua la tête en signe de déni malgré le frisson qui la parcourait.

— Tu ne sais rien de mes désirs.

— Je compte bien y remédier.

Une brusque et poignante tristesse s'empara de la jeune femme, l'aidant à se libérer de la séduisante folie que ce vampire parvenait à lui communiquer avec une aisance si terrifiante.

— Ce que je désire, dit-elle, tu ne peux pas me le donner.

Remarquant sans peine qu'elle avait regagné sa coquille, Viper s'écarta pour l'observer d'un air féroce.

— Ne doute pas de mes capacités, Shay. Je suis un vampire extrêmement compétent.

Il déposa sur ses lèvres un baiser rapide mais d'une terrible familiarité, puis se redressa souplement et se releva. Il esquissa un sourire en la regardant ainsi étendue sur l'édredon moelleux, comme si sa vue à cet endroit, pour quelque raison, lui était agréable.

— Dors bien.

Puis, aussi incroyable que cela puisse paraître, il sortit de la chambre.

Il ne l'avait pas enchaînée au lit.

Il ne l'avait pas enfermée dans le placard.

Il n'avait même pas fermé la porte.

Shay se redressa prudemment et secoua la tête.

Que diable se passait-il ?

Viper retraversa la maison plongée dans le noir pour gagner son bureau privé. L'aube était proche, mais il devait encore s'occuper de quelques détails avant de se coucher.

Dommage que l'un de ces détails ne soit pas la belle Shalott qu'il avait laissée dans sa chambre, songea-t-il avec un soupir de regret. Son corps se remettait encore de l'effort qu'il avait dû faire pour la laisser seule sur ce lit.

Sa raison avait beau lui assurer qu'elle s'offrirait bientôt à lui sans hésitation, il n'arrivait pas à faire taire sa frustration, qui lui chuchotait qu'il ne pourrait jamais attendre si longtemps.

Il ne se sentait même pas la force d'attendre cinq minutes.

Il entra dans la pièce tapissée de livres et se dirigea droit vers la porte cachée derrière un lambris en noyer. Il actionna la manette qui donnait accès à la salle de surveillance, entra et contempla la rangée de moniteurs avec une légère fierté.

À la différence de beaucoup de ceux de son espèce, il n'avait jamais répugné à adopter les plus récentes technologies. Il fallait être sérieusement arrogant, pour ne pas dire carrément stupide, pour refuser de voir que le monde changeait constamment.

Par ailleurs, pour être parfaitement sincère, il devait bien admettre qu'il était comme n'importe quel homme. Il avait besoin de posséder les gadgets les plus fabuleux, les plus brillants et les plus chers qui existaient.

À son entrée, un petit vampire roux qui surveillait les moniteurs se leva d'un bond, les canines allongées à l'extrême.

Viper l'apaisa d'un geste de la main.

— Repos.

En découvrant qui s'était ainsi approché à son insu, le vampire exécuta une profonde révérence.

— Maître.

— Y a-t-il eu le moindre souci ?

— Non, tout est très calme. (Le petit vampire plissa ses yeux verts.) Vous craignez des problèmes ?

— Il est possible que j'aie été suivi ce soir, répondit Viper. Doublez le nombre de gardes, et que tout le monde reste en état d'alerte maximal.

— Bien, maître.

Viper sourit devant cette prompte obéissance. Pas de questions. Pas de protestations. Pas de regards venimeux.

Ses employés étaient bien mieux dressés que sa nouvelle esclave.

— Qui est de garde après vous ?

Le vampire jeta un coup d'œil à la liste posée à côté de l'un des moniteurs.

— Santiago.

— Bien.

Viper hocha la tête. Santiago était encore un jeune vampire, mais il était bien formé et savait réagir vite en situation de crise. Il ne laisserait rien échapper à son attention.

— Prévenez-le de garder un œil sur la propriété.

Le vampire le regarda avec curiosité.

— Doit-il garder l'œil ouvert pour quelque chose en particulier ?

— J'ai une invitée qui séjourne avec moi, reconnut Viper sans pouvoir se retenir de sourire. Une invitée très précieuse. Je crains qu'elle décide d'aller se promener pendant que je dormirai.

— Ah. Vous voulez qu'on la rattrape et qu'on la ramène ?

Viper secoua lentement la tête.

— Non. Si vous la voyez essayer de partir, je veux être réveillé immédiatement.

Le vampire haussa les sourcils d'un air surpris.

— Vous ne voulez pas qu'on l'arrête ?

— Pas à moins que Santiago soupçonne un danger immédiat. (Viper jeta un coup d'œil aux moniteurs.) Il peut se révéler intéressant, je pense, de savoir où mon invitée décidera d'aller.

Shay n'aurait pas dû être surprise de découvrir qu'elle avait dormi si longtemps.

Elle avait arpenté sa chambre pendant plus d'une heure avant d'accepter enfin l'idée que Viper n'allait pas revenir. Qu'il n'y aurait ni torture, physique ou morale, ni viol.

Du moins dans l'immédiat.

Elle n'était pas près de se laisser convaincre que l'avenir en serait également dépourvu.

Néanmoins, ce fut un choc pour elle, lorsqu'elle finit par se réveiller, de se rendre compte qu'il était déjà plus de 17 heures.

Grand Dieu. Non seulement elle avait réussi à dormir, mais son sommeil avait été profond et complètement dénué de cauchemars.

Incroyable.

C'était sûrement dû au moelleux matelas de plumes. Ou au silence qui baignait la propriété, se dit-elle pour se rassurer tout en marmonnant quelques jurons bien choisis et en se dirigeant d'un pas incertain vers la salle de bains attenante pour se passer un coup d'eau sur le visage. Ça ne pouvait pas être parce qu'elle se sentait en sécurité chez un suceur de sang.

Cela aurait été ridicule.

Dans la salle de bains, elle dénicha une brosse à dents neuve et du dentifrice, ainsi qu'une brosse à cheveux dont elle se servit pour démêler ses longs cheveux avant de les tresser et de descendre en hâte à la cuisine.

N'ayant pas de vêtements de rechange, elle fut contrainte de garder son pantalon bouffant et son haut scintillant, mais, alors qu'elle se dirigeait vers la porte de derrière, elle aperçut la lourde cape de velours dont Viper s'était débarrassé la veille au soir.

Elle n'était pas aussi sensible à la fraîcheur automnale qu'un humain normal, mais elle n'avait pas non plus la capacité d'une vraie Shalott à faire abstraction des éléments.

Ni l'un, ni l'autre.

Une hybride.

L'histoire de sa vie.

S'enveloppant dans l'étoffe douce, Shay s'efforça de ne pas tenir compte de cette odeur terriblement séductrice qui n'appartenait qu'à Viper. Elle avait une promesse à tenir, et pas le temps de se laisser distraire. Surtout par l'effet exaspérant que lui faisait ce satané vampire.

Elle sortit de la maison dans un silence que peu auraient pu égaler et parvint à esquiver les gardes dont Viper avait dit qu'ils patrouillaient sur la propriété. Arrivée devant le haut portail qui protégeait celle-ci, elle jeta la cape par-dessus avant d'escalader avec aisance le mur de brique lisse et sauter de l'autre côté.

C'était le dernier obstacle et, se drapant de nouveau dans la cape, elle entreprit de regagner au pas de course la ville et la salle des ventes.

Adoptant un trot rapide qu'elle pouvait maintenir pendant des heures s'il le fallait, elle prit la direction du sud. Au loin, elle distinguait vaguement la ligne des toits de Chicago, et elle garda les yeux rivés sur la tour Sears tandis qu'elle traversait les champs situés en périphérie lointaine de la ville tentaculaire.

Elle fit quand même un petit détour pour récupérer le sac qu'elle avait caché dès qu'elle avait commencé à ressentir la compulsion de retourner auprès d'Evor. Elle ne savait pas alors de quoi elle aurait besoin ; elle avait seulement voulu se réserver quelques surprises au cas où elle aurait l'occasion de s'en servir.

Et c'était là l'occasion parfaite.

Le crépuscule avait peint le ciel d'un camaïeu de roses et de violet pâle lorsqu'elle approcha de la salle des ventes. Si elle n'avait pas eu plus urgent à faire, elle aurait escaladé l'un des imposants bâtiments pour regarder ce badigeon de couleurs s'étaler au-dessus du lac Michigan. Elle ne connaissait rien de plus relaxant que se trouver près de l'eau et en laisser l'influence l'envahir.

Mais elle ne ralentit pas sa course et, lorsqu'elle arriva devant la salle des ventes, il était encore assez tôt pour laisser espérer que la plupart des trolls étaient encore en train de dormir.

Malheureusement, il n'y avait pas que les trolls et les vampires qui attendaient la nuit complète pour se réveiller, et lorsqu'elle descendit furtivement à l'étage inférieur, elle découvrit que Levet était encore statufié.

— Levet, réveille-toi ! chuchota-t-elle, espérant ardemment que le soleil était couché depuis assez longtemps pour que la gargouille l'entende. Bon sang, réveille-toi !

Pendant un long moment, l'épais silence ne fut rompu que par le trottinement des souris. Puis un infime craquement de roche se fit entendre et l'épaisse enveloppe de pierre qui recouvrait la gargouille commença à s'effriter.

Le spectacle de cette petite statue se défaisant de sa peau comme un serpent qui mue pour révéler le démon en dessous ne manquait jamais d'émerveiller Shay.

Un nuage de poussière aveugla un bref instant la gargouille, et Shay se rapprocha des barreaux en fer.

— Levet.

— Aah !

Avec un hurlement perçant, Levet courut se réfugier dans le coin le plus obscur du cachot.

— Pour l'amour de Dieu, tais-toi ! chuchota furieusement Shay.

— Shay ?

— Oui, c'est moi.

Levet sortit lentement de la pénombre, comme s'il s'attendait à moitié à découvrir qu'elle n'était que le fruit de son imagination.

— Qu'est-ce que tu fais ici ? demanda-t-il. *Mon Dieu* *, on t'a déjà rapportée ?

Shay sourit malgré elle. Elle n'en voulait pas à la gargouille d'avoir tiré la conclusion hâtive que son nouveau maître l'avait virée après seulement quelques heures.

Elle n'était pas vraiment faite pour l'esclavage.

Elle détestait recevoir des ordres. S'emportait pour un rien. Avait trop de fierté. Maîtrisait les arts les plus meurtriers. Et tendait à lutter contre le destin plutôt que de l'accepter de bonne grâce.

Il y avait peut-être de pires esclaves qu'elle.

Mais pas beaucoup.

— Je t'avais dit que je reviendrais te chercher. Je ne fais pas de promesses que je n'aie pas l'intention de tenir.

Levet se figea. Comme s'il était redevenu statue.

— Tu es revenue ? Pour… moi ?

— Oui.

Le petit démon se laissa lentement tomber à genoux, sa désinvolture habituelle noyée sous une vague de profond soulagement.

— Oh, Dieu soit loué. (Sa voix résonna à travers la caverne vide.) Dieu soit loué.

— Chut ! (Shay fit un geste inquiet de la main tout en jetant un coup d'œil à l'escalier voisin.) Il faut que je te fasse sortir de là avant qu'Evor se réveille.

— Comment ? Tu ne peux pas toucher les barreaux et je ne suis pas assez fort pour les tordre.

Shay plongea la main sous sa cape et en sortit un petit pot en céramique. Elle en ôta le couvercle avec précaution.

— Écarte-toi.

Levet se releva et recula lentement.

— Qu'est-ce que tu vas faire ?

De la fumée commençait déjà à sortir du pot. Ce qui n'était jamais bon signe.

— Bon sang, Levet, dans le coin, dépêche.

Avec un battement de ses ailes fines comme de la gaze, la gargouille se réfugia précipitamment au fond du cachot au moment même où Shay jetait le pot en plein sur les barreaux de fer.

Un sifflement de mauvais augure et un nuage de vapeur âcre émanèrent du métal rongé par le contenu du récipient.

— *Sacrebleu* *! souffla Levet, effaré. Qu'est-ce que c'est que ce truc ?

— Une potion que j'ai volée aux sorcières.

— Tu l'as volée ?

— Oui.

La gargouille s'avança avec circonspection.

— Euh, Shay ?

— Quoi ?

— La prochaine fois que tu voudras me délivrer, tu peux te contenter de voler la clé ? (Il jeta un regard appuyé au gros trou creusé au centre des barreaux, encore dégoulinant, puis baissa les yeux sur les pavés que la potion était en train de ronger lentement.) Je ne suis pas vraiment sûr que tu devrais être autorisée à manipuler des potions.

Shay posa vivement les poings sur ses hanches. Elle avait réservé cette potion spécialement pour Evor. Un jour, s'était-elle dit, il finirait par la pousser à bout, et elle avait bien l'intention de le regarder avec la plus grande satisfaction se liquéfier en une mare trollesque. Même si cela signifiait sa mort à elle aussi.

— Tu vas rester là à critiquer mes méthodes de sauvetage, ou bien tu viens avec moi ?

— J'arrive, j'arrive.

Se servant de ses ailes pour éviter de toucher le dangereux vitriol qui inondait encore le sol, il sortit précipitamment de la cellule pour atterrir à côté d'elle.

Shay retint son souffle devant la beauté de ces ailes diaphanes qu'il gardait toujours si soigneusement repliées contre son corps. Même dans la pénombre, elle en devinait les rouges et les bleus chatoyants veinés d'or pur. S'il avait été un sylphe, il aurait déployé ces ailes avec tout l'orgueil d'un paon qui se pavane. Mais pour une gargouille, elles étaient seulement une source d'embarras.

Détournant les yeux pour éviter de froisser l'amour-propre exacerbé de Levet en dévorant du regard les magnifiques appendices, Shay resserra la cape autour de ses épaules.

— Je ne perçois pas la présence des trolls, mais on doit se dépêcher. Ils ne vont pas tarder à se préparer pour la nuit.

— Attends. (Alors qu'elle se tournait vers l'escalier, Levet l'attrapa par le bras et indiqua du doigt une petite ouverture au fond de la rangée de cachots.) Par là.

— Ça ne fait que nous emmener plus loin dans les cachots, protesta Shay en frémissant.

Elle ne voulait pas savoir ce qu'Evor cachait dans ces souterrains humides.

— Il y a une porte secrète, répondit Levet.

— Une porte secrète ? (Shay fronça les sourcils.) Comment tu le sais ?

— Je peux sentir la nuit. (Levet pencha la tête en arrière pour humer l'air, sa peau grise parcourue d'un léger frisson.) Elle me parle.

Shay n'était pas prête à contredire une gargouille qui pouvait sentir la nuit. Elle était peut-être têtue, mais pas complètement idiote.

— D'accord, passe le premier.

Sans un regard en arrière, le petit démon se précipitait déjà vers l'étroite ouverture. Ravalant un soupir, Shay s'élança sur ses talons.

Comme elle s'y attendait, les murs étaient bordés de lourdes portes en fer cachant des pièces où pouvaient être enfermés les démons les plus puissants. Sans judas, il était impossible de déterminer ce qui était ainsi emprisonné dans le noir, mais l'odeur froide et humide d'un démon reptilien lui parvint aux narines, suivie de celle, épicée et presque végétale, d'un puissant sidhe. Il y en avait d'autres qui étaient plus faibles, comme si les démons commençaient à dépérir derrière ces portes épaisses et impitoyables.

Elle lutta contre l'envie soudaine de marteler de ses poings le fer massif. Quels que soient les démons qui attendaient derrière ces portes, aucun d'eux ne méritait d'être à la merci d'Evor.

Le son des pas hâtifs de son compagnon la rappela à la réalité.

Non. Elle ne pouvait rien faire dans l'immédiat.

Pas sans mettre Levet en danger.

Elle se soucierait de ces démons-là un autre soir.

Ils poursuivirent en silence leur route à travers le dédale de tunnels. Levet empruntait un passage après l'autre sans jamais hésiter. Shay dut plus d'une fois se courber presque en deux, mais au bout d'un moment, la gargouille finit par s'élancer dans un escalier étroit creusé dans la roche.

Même Shay put bientôt sentir dans leur ascension la caresse légère de l'air frais. Quelques minutes plus tard, ils se faufilèrent tous deux par une ouverture extrêmement étroite, et se retrouvèrent sur la vaste pelouse qui entourait la salle des ventes.

Shay relâcha son souffle, qu'elle n'avait même pas eu conscience de retenir.

Nom de Dieu, ils avaient réussi.

Même lorsqu'elle avait planifié cette mission de sauvetage, elle n'avait jamais vraiment cru qu'elle y arriverait.

Pas avec Evor et sa joyeuse bande de trolls si proches.

Sur le point de partager avec la gargouille l'élan de joie que lui causait ce succès, Shay se figea brusquement. Un picotement glacé lui parcourait la peau.

Un froid qui ne pouvait être associé qu'à une seule créature.

— Levet, envole-toi ! ordonna-t-elle en s'accroupissant pour se préparer à une attaque.

Elle avait à peine eu le temps de lever les mains pour se protéger qu'elle vit une masse sombre fondre sur elle et qu'elle se retrouva sur le dos, un vampire aux cheveux argentés au-dessus d'elle.

— Tiens tiens, mon cœur. Quelle surprise de te rencontrer ici.

Shay avait le souffle coupé, mais pas à cause de ce placage vif comme l'éclair. Viper avait fait bien attention à l'entourer de ses bras pour amortir l'impact.

Non. Ce n'était rien de si terre à terre.

Les narines pleines de son odeur riche, enveloppée dans son nuage de cheveux argentés, c'était à peine si elle parvenait à réfléchir, sans parler de respirer. Il la cernait de toutes parts. Le poids de son corps sur le sien était une sensation terriblement familière.

Pire encore, son visage était si proche que leurs nez se touchaient presque. Si proche qu'elle n'avait qu'à lever le menton pour presser ses lèvres contre les siennes.

La simple idée que cette pensée l'ait effleurée fit courir un frisson de panique dans ses veines.

— Lâche-moi, dit-elle entre ses dents.

Elle sentit le souffle du rire léger de Viper contre sa joue.

— Essaie de m'y forcer, rétorqua-t-il d'une voix douce.

Shay réagit plus par peur de son propre émoi qu'en réponse à son défi.

Abattant ses deux poings sur le large torse du vampire, elle feignit de se battre de la façon généralement attendue des femmes. Par réaction instinctive, Viper se laissa aller plus lourdement contre elle, ce qui lui donna juste assez de latitude pour dégager sa jambe. Avant qu'il ait pu deviner son intention, elle passa celle-ci autour de sa taille et, dans un mouvement brutal, le fit rouler sur le dos.

L'espace d'une seconde, elle resta assise à califourchon sur lui, un sourire de triomphe aux lèvres.

Le beau visage du vampire se figea brièvement de surprise, puis il lui rendit son sourire.

Shay s'arc-bouta, s'attendant à ce qu'il essaie de la faire rouler pour reprendre sa position initiale. Les hommes préféraient toujours tirer parti de leur plus grande taille pour vaincre leur adversaire, sans se rendre compte que leur propre force pouvait être utilisée contre eux. Dès qu'il commencerait à rouler, elle se servirait de son propre élan pour terminer de nouveau au-dessus.

Malheureusement, Viper n'était pas un homme mais un vampire.

Souriant désormais de toutes ses dents, il se contenta de l'enlacer de ses bras pour la soulever alors qu'il se relevait d'un mouvement fluide. Serrant les dents, Shay arqua brusquement le dos en tendant les bras au-dessus de sa tête, tout en enserrant la taille du vampire de ses jambes.

Comme elle l'avait escompté, le mouvement fit perdre l'équilibre à Viper. Il trébucha en avant et elle l'attrapa par les genoux, son dos souple se cambrant aisément selon un angle improbable. Elle tourna la tête pour lui planter les dents dans la cuisse.

— Oh non, ma beauté.

Avec un léger sifflement, Viper la surprit de nouveau. La suivant dans son mouvement, il posa les mains sur le sol et roula avec aisance pour se remettre sur le dos. Mais cette fois, les jambes de Shay étaient coincées sous lui et, l'attrapant par les épaules, il l'attira contre son torse. L'enlaçant vivement, il lui bloqua les bras contre les flancs, et elle se retrouva entièrement à sa merci.

Et merde.

Chapitre 6

Viper n'aurait pu nier le frisson d'excitation que lui causait sa lutte avec la belle Shalott.

Il aurait probablement dû être furieux de sa tentative de fuite. Il avait, après tout, fait tout ce qui était possible et imaginable pour la mettre à l'aise en sa présence. Entre la nourriture qu'il avait fait livrer, la chambre qu'il avait fait décorer et les vêtements dont il avait rempli ses placards, il avait consacré des semaines, sans parler d'une petite fortune, à faire plaisir à cette petite ingrate.

Pour couronner le tout, il s'était conduit en parfait gentleman malgré les hurlements de frustration de ses noirs appétits.

Quel autre démon l'aurait traitée avec plus d'égards ?

Bizarrement, toutefois, c'était plus l'excitation du prédateur que la rage qui l'avait envahi alors qu'il s'élançait à la poursuite de son esclave rebelle.

Peu de choses attisaient davantage ses ardeurs qu'une femme rusée et dangereuse.

Surtout s'il se trouvait qu'elle était belle, en prime.

Pas mal, comme bonus.

Sans desserrer l'étau de ses bras, il esquissa lentement un sourire en plongeant les yeux dans l'or étincelant des siens.

— Tu veux continuer, mon cœur, ou bien tu as assez joué pour aujourd'hui ?

Elle était tellement crispée que c'était un miracle qu'elle n'ait pas de crampes.

— Ce que je veux, c'est que tu me lâches.

— Pas tant qu'on n'aura pas eu une petite conversation.

Shay se tortilla rageusement entre ses bras. Viper laissa échapper un léger gémissement. Ses dernières amantes avaient toutes été des vampires, et il avait presque oublié le plaisir que cela procurait de se sentir enveloppé d'une telle chaleur.

— Bon sang, Viper, laisse-moi me relever.

— Non. Tu as déjà essayé de te sauver une fois ce soir. (Il resserra son étreinte sur elle.) Tu ne le feras pas deux fois.

Quelque chose qui ressemblait à de l'indignation passa fugitivement sur les traits délicats de la jeune femme.

— Je ne me suis pas sauvée.

— Tu as attendu que je ne puisse pas t'arrêter pour sortir en douce de ma propriété. Comment est-ce que tu appelles ça, toi ?

Elle pinça les lèvres avec agacement. Manifestement, elle n'aimait pas qu'on l'accuse de s'être enfuie comme une voleuse au milieu de la nuit.

Une démone dotée d'un sens de l'honneur.

— J'avais quelques courses à faire. J'ai quand même droit à un minimum de liberté, non ?

— Ça dépend. Qu'est-ce que tu faisais ici ?

— J'avais laissé quelque chose.

— Quelque chose ?

Si elle avait eu les bras libres, Viper en fut certain, elle lui aurait décoché un direct au visage. Ce qui était précisément pourquoi elle n'avait pas les bras libres.

— Un ami, finit-elle par répondre entre ses dents.

Ami ? Viper tourna la tête pour étudier la petite gargouille voletante qui tentait de se cacher parmi les branches d'un arbre voisin. Il avait repéré le démon lorsqu'il était sorti par l'étroite ouverture, mais l'avait aussitôt écarté de ses pensées en apercevant Shay.

Celle-ci parvenait à lui faire presque tout oublier quand elle se trouvait dans les environs.

Une révélation plutôt inquiétante, à présent qu'il y songeait.

— Tu veux dire la gargouille ? demanda-t-il d'un ton où perçait une légère surprise.

— Oui.

— Il appartient à Evor ?

— Oui.

Le vampire haussa les sourcils.

— Si tu me l'avais demandé, j'aurais pu l'acheter hier soir. Tu n'avais pas besoin de te mettre en danger.

Shay cligna des yeux, abasourdie par ces douces paroles. Même ses muscles se détendirent, comme si elle avait temporairement oublié qu'il était l'ennemi.

Viper savoura en silence le contact de son corps tout contre le sien.

— Evor n'a jamais essayé de vendre Levet, finit par répondre Shay. (Le souvenir de souffrances passées assombrit son regard.) Il préfère le garder à la merci des tortures de ses trolls.

Viper relâcha juste assez son étreinte pour laisser ses doigts remonter délicatement dans le dos de la jeune femme. Il n'aimait pas voir cette douleur dans ses yeux. Cela lui donnait envie de saigner quelqu'un à blanc.

À commencer par ce troll au teint terreux.

— Si on lui en offrait le bon prix, Evor vendrait sa propre mère, gronda-t-il.

Un moment s'écoula avant que Shay, à contrecœur, accepte de rencontrer son regard insistant.

— Je ne pouvais pas savoir que tu serais prêt à accorder une telle faveur à ton esclave.

Il lui mit la main sur la nuque.

— Pourquoi es-tu si déterminée à te considérer comme une esclave alors que, pour ma part, je ne t'ai encore pas une seule fois traitée comme telle ?

Shay cligna des yeux, surprise par le caractère direct de sa question.

— Que pourrais-je être d'autre ? Tu m'as achetée à un esclavagiste. Tu possèdes l'amulette qui me tient enchaînée à toi quelles que soient mes propres volontés.

— Préférerais-tu que je te rende à Evor ? Préférerais-tu avoir un autre maître ?

— Mes préférences importent-elles vraiment ?

— Réponds à ma question.

Malgré l'obscurité, Viper put aisément lire les émotions qui se succédaient sur le visage de la démone.

Confusion. Embarras. Et pour finir, une résignation pleine de réticence.

— Non, murmura-t-elle, si doucement que tout autre qu'un vampire ne l'aurait pas entendue.

Mais il en était un. Et il l'avait entendue. Et ce fut assez pour lui faire resserrer sa prise sur la nuque de Shay et la forcer à baisser la tête.

Elle exhala brutalement alors qu'il capturait ses lèvres, sa chaleur, et attirait celle-ci au plus profond de lui. Elle avait un goût de miel chaud et de vie. Une saveur assez douce pour qu'un vampire ait envie de s'y noyer.

Viper enfouit les doigts dans les cheveux de la jeune femme et laissa sa main libre glisser jusqu'à sa hanche. Il avait envie d'elle ici, maintenant. Il brûlait pour elle d'un désir âpre, presque effrayant d'intensité.

Introduisant doucement sa langue entre les lèvres de Shay, il explora la cavité humide de sa bouche. Un gémissement guttural lui échappa alors qu'elle lui agrippait les bras et, l'espace d'un instant surprenant, lui rendait son baiser avec la même avidité frénétique que celle qui palpitait en lui.

Une bouffée de chaleur soudaine les enveloppa puis, avec un hoquet de stupeur, Shay détacha brusquement ses lèvres des siennes pour le regarder avec une expression qui frôlait l'épouvante.

— Viper.

Tout le corps crispé de protestation, il ravala un juron avant de se reprocher sévèrement ses pulsions hors de contrôle. Qu'est-ce qui lui prenait, par tous les diables ?

Il était un vampire vieux de plusieurs siècles, d'une puissance et d'un raffinement infinis. Il ne faisait pas dans les orgies publiques. Quelle qu'en soit la tentation.

— Tu as raison, dit-il, ce n'est pas vraiment le cadre idéal pour un rendez-vous galant, murmura-t-il. Ni le moment de se laisser distraire.

Shay prit une profonde inspiration, ce qui pressa ses petits seins fermes contre le torse de Viper.

Enfer et damnation.

— Comment est-ce que tu m'as retrouvée ? demanda la démone.

— Je t'avais dit que la propriété était sous surveillance.

Elle haussa les sourcils.

— J'ai été suivie ?

— Oui.

Viper tourna posément la tête pour regarder le grand et silencieux vampire qui attendait au loin dans l'ombre. Comme il s'y attendait, Shay se crispa, mal à l'aise et méfiante.

Santiago était particulièrement impressionnant dans son pantalon en cuir et son tee-shirt noir qui mettait en valeur ses muscles puissants. Il avait le visage étroit, avec des pommettes hautes, et les yeux du brun profond de ses ancêtres espagnols.

Un simple coup d'œil suffisait pour deviner exactement ce qu'il était.

Un guerrier bien entraîné, prêt à tuer pour protéger ceux de son clan.

Shay déglutit péniblement.

— C'est un vampire ; il ne pouvait pas être en train de patrouiller lorsque je suis partie.

— Ce n'est plus l'âge de pierre, mon cœur, rétorqua Viper d'un ton railleur. La propriété est gardée par un système de pointe qui inclut détecteurs de mouvements, alarmes silencieuses et une série de caméras régulièrement contrôlées. Santiago était bien loin sous terre lorsqu'il t'a repérée en train de t'enfuir.

— Pourquoi est-ce qu'il n'a pas envoyé quelqu'un m'arrêter ?

— Parce que je lui ai dit de ne pas le faire.

Elle reposa aussitôt les yeux sur lui avec une suspicion non dissimulée.

— Pourquoi ?

— Je savais que je n'aurais aucun mal à retrouver ta trace.

— Tu voulais m'espionner.

— Je suis prêt à reconnaître une certaine curiosité de ma part, mais je voulais surtout te prouver qu'il était stupide de ta part d'essayer de t'échapper.

Le visage de la jeune femme se durcit brusquement.

— Je sais bien que je ne peux pas m'échapper. Tu n'as pas besoin de gardes. Tu n'as qu'à utiliser l'amulette et je serai forcée de revenir.

— Il ne s'agit pas de ça.

— De quoi, alors ?

Il lui prit le visage entre ses mains, en plissant les yeux.

— Une entité puissante a déjà essayé de te capturer plus d'une fois. Tant que nous n'aurons pas découvert de quoi il s'agit, je ne te laisserai pas te déplacer non accompagnée.

Il s'attendait à sa colère. Elle avait beau être esclave, elle n'était pas le genre de démone à accepter des restrictions, quelles qu'elles soient, sans protester. Même celles qui visaient à la protéger.

Chose étonnante, pourtant, il ne lut rien d'autre dans ses beaux yeux qu'une pointe d'inquiétude.

— Tu crois que je suis encore en danger ? demanda-t-elle.

— Pas toi ?

Elle se mordilla la lèvre inférieure, puis finit par pousser un soupir.

— OK, tu as gagné. J'ai été idiote de sortir toute seule. Tu peux me laisser me relever, maintenant.

Satisfait de voir qu'elle semblait capable de laisser la raison l'emporter sur sa nature farouchement indépendante, Viper esquissa lentement un sourire.

— Quel dommage, tu ne trouves pas ? (Il effleura de la main la courbe tentante de sa gorge.) Ça faisait longtemps que je rêvais de te voir dans cette position. Même si bien sûr, dans mes fantasmes, nous ne portions pas de vêtements, et aucune gargouille ne voletait à côté.

— Je t'ai dit de…

Shay fut brutalement interrompue dans ses protestations furieuses lorsqu'une légère brise se fit sentir et que Viper, se relevant vivement, la poussa derrière lui.

— Maître, lança Santiago depuis la pénombre.

— Oui, Santiago, j'ai senti.

Shay agrippa le vampire par le dos de sa chemise en soie.

— Senti quoi ? demanda-t-elle.

— Du sang. Frais.

— Merde.

Shay frissonna en regardant Viper se retourner lentement vers elle. Jusqu'à encore quelques instants auparavant, elle avait réussi à chasser de son esprit la menace de cette entité maléfique qui semblait déterminée à la capturer. Elle avait été si occupée à chercher un moyen d'arracher Levet aux griffes d'Evor qu'elle avait oublié qu'elle avait un autre ennemi.

C'était tellement bête.

Et tellement embarrassant que Viper se le soit rappelé alors qu'elle, non.

— As-tu tué Evor et ses trolls ? demanda le vampire.

Son ton n'exprimait que de la curiosité. Comme s'il n'en avait strictement rien à faire qu'elle les ait ou non massacrés.

Ce qui était probablement le cas.

— Non, je n'en ai même pas rencontré un seul.

— Donc tu n'as vu personne ? Tu n'as rien entendu ?

— Non.

Viper pencha la tête.

— Et tu n'as pas trouvé ça bizarre ?

Shay haussa les épaules, en réfléchissant à sa rapide traversée du bâtiment.

—Ils arrivent rarement à la salle des ventes avant la nuit. En plus, je suis entrée par-derrière et je suis aussitôt descendue aux cachots. Tu penses qu'ils ont été attaqués ?

—Quelque chose l'a été. (Il jeta un coup d'œil au bâtiment silencieux derrière lui.) Attends là.

Shay le regarda rejoindre son serviteur et partir avec lui dans l'obscurité. En moins d'une seconde, ils se fondirent parmi les ombres, et même avec sa vue perçante, elle ne put distinguer leurs silhouettes.

Prise d'une étrange sensation de froid, elle s'enveloppa plus étroitement dans la cape tandis que Levet atterrissait en battant des ailes à côté d'elle.

—Peut-être qu'on devrait juste s'en aller, murmura-t-elle.

—Non, tu crois ? (Levet posa les poings sur ses hanches et la regarda d'un œil réprobateur.) Oh, attends. Pourquoi s'en aller quand on peut s'attarder dans le jardin de nos ennemis et rouler des pelles au premier vampire venu ? Et après ça, on pourrait s'asperger d'essence et jouer avec des allumettes. Pourquoi s'arrêter tant qu'on s'amuse, pas vrai ?

Shay sentit le feu lui monter aux joues. Elle n'avait pas roulé de pelles. Enfin, du moins, ce n'était pas elle qui avait commencé.

—Me cherche pas, Levet.

—Ou sinon quoi ? Tu vas me lécher la pomme jusqu'à ce que mort s'ensuive ?

—Tu peux retourner dans ton cachot, tu sais, gronda-t-elle.

—Plutôt mourir.

Shay haussa les sourcils.

—Ça peut se faire aussi.

S'apercevant peut-être qu'il avait poussé le bouchon trop loin, Levet leva les mains en un geste apaisant.

—Allons, allons, *ma chérie* *. Pas de raisons de s'énerver.

Malgré elle, Shay jeta un coup d'œil à l'endroit où elle avait vu disparaître Viper.

—Oh que si, j'en ai plein, murmura-t-elle.

— Oui, je suppose, répondit doucement Levet sur le même ton. Ton nouveau maître est un de ces suceurs de sang que tu détestes tant.

— Il semblerait.

— Un chef de clan.

Shay reporta vivement son attention sur la gargouille à côté d'elle.

— Comment le sais-tu ?

— Je sens la marque de CuChulainn sur lui.

Shay humecta ses lèvres brusquement desséchées. Elle n'était jamais allée à un de ces combats de gladiateurs. Peu de démons étaient jugés dignes d'assister à cette compétition, la plus prestigieuse de toutes. Et encore moins étaient autorisés à y participer.

Ceux qui en ressortaient vivants étaient craints et respectés de tous.

C'étaient des guerriers dignes du titre de maître.

— Il a participé au combat des Durotriges ?

— Et y a survécu. Assez impressionnant. (Levet l'observa d'un air entendu.) Une démone avertie y réfléchirait à deux fois avant d'énerver pareil combattant.

Le fait même de savoir qu'il avait raison ne fit qu'accroître la contrariété de Shay. Même si elle avait été une pure Shalott, elle n'aurait jamais pu espérer l'emporter sur un chef de clan.

Sans qu'elle sache trop pourquoi, cette révélation l'agaça prodigieusement.

— Merci, Levet.

Il lui envoya un baiser.

— À ton service, *ma chérie* *.

Elle leva les yeux au ciel.

— Rappelle-moi pourquoi je me suis embêtée à te délivrer, déjà ?

Le petit visage plein de protubérances étranges se rembrunit.

— Parce que tu ne supportes pas de voir souffrir autrui sans réagir. Même si tu dois te sacrifier pour cela.

Shay se tortilla, mal à l'aise. Elle n'était pas une sainte. Loin de là.

La vérité était tout bonnement qu'elle avait bien peu d'amis. Les démons jugeaient son sang impur et les humains la voyaient comme une sorte de monstre. Quand elle trouvait quelqu'un qui voulait bien l'accepter telle qu'elle était, elle était prête à risquer bien plus que la colère d'Evor pour protéger cette personne.

Ne sachant trop comment rompre le silence gêné entre eux, Shay fut presque soulagée lorsqu'elle sentit la brise froide annonçant le retour silencieux de Viper.

Bien sûr, cela n'empêcha pas son traître de cœur de faire un bond de désir lorsque le clair de lune se déversa sur sa chevelure argentée et son profil parfait.

La beauté des vampires.

C'était vraiment emmerdant au possible.

Secouant inconsciemment la tête, elle s'efforça de mettre un terme à ces réflexions ridicules.

— Tu as trouvé Evor ?

L'expression du vampire était curieusement réservée.

— Pas exactement.

— Qu'est-ce que tu veux dire ?

— Je pense que tu devrais venir voir. Peut-être pourras-tu nous éclairer un peu sur ce qui s'est passé.

Shay n'hésita qu'un instant avant de suivre sa haute silhouette en direction de la salle des ventes. Elle ne doutait pas un seul instant qu'un spectacle horrible l'attendait. Quelque chose qui pourrait bien lui donner des cauchemars.

Mais tout en se forçant à avancer, elle ne put empêcher une ridicule bouffée de tendresse de l'envahir. Bon sang, elle était l'esclave de ce vampire. Sa possession. Mais il ne cessait de lui donner l'impression qu'elle était plus que ça. Qu'elle… valait quelque chose.

Au fond d'elle-même, elle comprenait que les sensations qu'il éveillait en elle étaient bien plus dangereuses qu'être enfermée dans un cachot et battue tous les jours.

Tournant la tête pour s'assurer que Levet les suivait bien, sain et sauf, elle laissa Viper la guider à l'intérieur de la salle des ventes et lui faire monter l'escalier qui menait aux quartiers personnels d'Evor. Lorsqu'il ouvrit brusquement la porte, elle faillit avoir un haut-le-cœur face à l'insupportable puanteur de sang et de carnage.

Elle s'était attendue à quelque chose d'horrible, mais ce qu'elle avait devant les yeux allait bien au-delà de tout ce qu'elle avait pu imaginer.

Elle porta la main à sa bouche, luttant contre l'envie de vomir ce qui lui restait dans l'estomac.

La pièce autrefois pleine d'élégance était désormais entièrement maculée de morceaux de trolls. Sang, membres et organes qui n'étaient pas censés être exposés à la vue étaient étalés dans un tel désordre qu'il était impossible de savoir ne serait-ce que combien de victimes avait faites l'attaque.

Shay se força à observer la vision cauchemardesque, et son regard éberlué finit par s'arrêter sur le manteau en marbre noir de la cheminée, sur lequel la tête d'un troll de montagne avait été déposée tel un trophée.

Les yeux rouges de la créature étaient ouverts et une grimace féroce lui retroussait les lèvres, comme s'il maudissait l'âme de celui qui l'avait tué.

Quoi qu'il ait été en train de faire sur le moment, cela ne l'avait pas sauvé, et les autres gardes du corps non plus. Ils avaient tous été massacrés avec une violente facilité.

Une autre vague de nausée souleva l'estomac de la jeune femme.

— Par tous les saints. Ce n'est pas possible.

La prenant par le bras, Viper l'attira doucement hors de la pièce et referma la porte. Puis, comme s'il devinait la faiblesse qui s'était emparée d'elle, il la força à s'asseoir et s'accroupit devant elle.

— Peu de créatures sont capables de tuer des trolls avec une telle sauvagerie, mais ils ont bel et bien été massacrés. (Il scruta attentivement son visage.) Est-ce que tu perçois quoi que ce soit qui puisse nous donner une indication de qui a fait cela ?

Avec un effort, elle lutta contre l'épouvante insidieuse qui l'envahissait, et se força à réfléchir avec tout le sens logique dont elle était capable à cet instant.

— Ce n'est pas un humain. Il n'aurait pas eu la force de mettre ainsi en pièces un troll à mains nues.

— Est-ce que c'est un sortilège ?

— Non. (Elle prit une grande inspiration.) Je ne sens pas de magie dans l'air.

Viper hocha la tête. En tant que vampire, il n'avait pas la capacité de détecter la magie. Ce qui était sûrement l'une des raisons pour lesquelles il avait fait venir Shay.

— Donc c'est forcément un démon d'une force phénoménale, et capable de masquer sa présence à un vampire, murmura-t-il. Ça réduit la liste des suspects, mais en laisse encore beaucoup trop.

Shay frissonna et serra les bras contre sa poitrine. Sa stupeur commençait à s'estomper, et la sauvagerie de l'attaque la heurta de plein fouet.

— Oh là là, chuchota-t-elle.

Viper la prit par les épaules. Ses mains étaient froides, mais leur contact étonnamment réconfortant.

Peut-être parce que cela faisait si incroyablement longtemps que personne ne l'avait touchée autrement que sous l'emprise de la colère.

— Je n'aurais pas dû te faire voir ça, dit le vampire. Pardonne-moi.

Elle secoua la tête.

— Non, ce n'est pas ça. C'est Evor.

— Evor ? Pourquoi… Ah. (Viper hocha lentement la tête.) Il n'est pas au nombre des victimes.

Shay eut un petit rire bref et tremblant.

— Manifestement. Je pense que je m'en serais rendu compte, si j'étais brusquement devenue un cadavre.

— Oui, c'est difficile à manquer, répondit Viper d'un ton sardonique.

Elle fit la grimace, s'efforçant de reprendre le contrôle de ses nerfs à vif. Nom de Dieu, il s'en était fallu de peu.

De trop peu.

— Si Evor avait été dans cette pièce…, souffla-t-elle.

Viper crispa les doigts sur ses épaules.

— Il est vivant, mon cœur, et toi aussi.

— Oui, mais j'ai eu chaud, répondit-elle d'une voix rauque. Trop chaud.

— On est d'accord sur ce point. (Il jeta un coup d'œil à la porte de la pièce inondée de sang.) Nous devons découvrir qui est l'auteur de ce massacre, et surtout, où est passé Evor.

Shay grimaça en songeant au répugnant petit troll.

— Il s'est sûrement caché dès que les ennuis ont commencé. Ça ne l'a jamais dérangé de sacrifier ses serviteurs pour sauver sa propre peau.

— Il était ici. (Le regard de Viper était sombre lorsqu'il reposa les yeux sur le visage de Shay.) Son sang est mélangé à celui des autres.

— Son sang ?

Il haussa les épaules.

— Une faible quantité seulement, mais assez pour indiquer qu'il était ici pendant l'attaque.

Shay se dégagea de son étreinte. Bien sûr qu'il pouvait sentir le sang d'Evor. C'était un vampire.

Le sang, c'était sa spécialité.

— Donc quelqu'un, ou quelque chose, est venu ici ce soir, a tué les trolls des montagnes et blessé Evor ? (Elle secoua la tête.) Pourquoi ?

— Il est possible que ce soit un démon en quête d'objets de valeur qui a été pris la main dans le sac par les trolls. Ou alors en quête de vengeance. Evor n'est pas vraiment le genre à se faire des amis, et nombreux sont ceux qui trouvent le commerce des esclaves répugnant.

Elle le regarda droit dans les yeux.

— C'est possible, mais, toi, tu ne penses pas que ce soit un cambriolage ou une vengeance.

— Non. (La faible lumière du clair de lune révéla une expression dure sur le beau visage du vampire.) Le moment a été trop bien choisi pour cette attaque pour que ce soit une coïncidence. Je pense que celui, quel qu'il soit, qui en a après toi est revenu à la salle des ventes.

Shay eut soudain la gorge sèche.

— Pour tuer Evor ?

Une ride apparut sur le front du vampire.

— S'ils voulaient tuer Evor, il serait déjà mort. Soit il a réussi à s'enfuir pendant la bataille, soit on est venu le capturer vivant.

— Mais pourquoi ?

— Pour l'utiliser comme appât, intervint brusquement Levet, leur faisant faire volte-face à tous deux.

— Quoi ? s'exclama Viper.

La gargouille agita les ailes avec nervosité.

— S'ils tiennent le troll, ils peuvent menacer de lui couper la gorge et de les tuer tous les deux. Shay n'aura d'autre choix que de faire ce qu'on lui demande.

Shay sentit son cœur s'arrêter. Merde, c'était déjà assez pénible d'être à la merci d'Evor. Voilà qu'elle devait s'inquiéter en plus d'un mystérieux ennemi capable de mettre des trolls en pièces à mains nues.

Pas bon.

Pas bon du tout.

— Tu penses que c'est ce qu'ils veulent ? demanda-t-elle d'une voix rauque.

— Je pense qu'il ne sert à rien de tirer la moindre conclusion tant qu'on n'a pas plus d'informations, répliqua Viper, en se penchant pour la soulever du sol avec aisance. Il faut qu'on s'en aille d'ici.

Shay ne se débattit pas une seule fois tandis que Viper l'emportait hors de la salle des ventes inondée de sang, ce qui montrait à quel point elle avait été troublée par la récente tournure des événements.

Pas un seul coup de pied. Pas un seul coup de poing dans l'œil. Pas même un juron.

Stupéfiant.

Elle se reprit lorsqu'il la reposa doucement à terre et la força à s'adosser contre l'un des gigantesques chênes.

— Avant que nous partions, y a-t-il d'autres possessions que tu souhaites récupérer ? demanda-t-il à voix basse.

Pas assez basse, cependant, car Levet agita les ailes avec colère.

— Possessions ? *Sacrebleu* *. Je suis une gargouille. Un démon à craindre et à respecter entre tous. Je vais...

— Assez, Levet, l'interrompit Shay dans sa diatribe, sans quitter des yeux le beau visage de Viper. Il y a des démons enfermés dans les cachots.

Il haussa les sourcils.

— Également de tes amis ?

— Je ne sais même pas exactement quel genre de créatures se trouvent derrière les portes. Je sais seulement qu'avec les trolls tués et Evor disparu, ils risquent de rester enfermés dans ces cachots pour l'éternité. C'est pire que de la torture.

— Ils sont peut-être dangereux.

Shay ne doutait pas un seul instant qu'ils l'étaient extrêmement, sans doute même mortellement.

Cela ne changeait rien à sa détermination à les voir délivrés.

— On ne peut pas les laisser là.

— Santiago.

Sans quitter des yeux le pâle visage de Shay, Viper fit un signe de la main et une ombre sortit de derrière un arbre voisin.

— Oui, maître ?

— Descends aux cachots et libère les prisonniers.

— Bien.

— On te retrouve à la voiture.

Le vampire disparut silencieusement dans le noir, sans un instant d'hésitation. Shay grimaça face à cette obéissance mécanique. Si c'était ce que Viper attendait d'elle… eh bien, il allait être cruellement déçu.

Et elle pouvait sûrement se préparer à un certain nombre de corrections.

Ce n'était vraiment pas facile d'avoir de la fierté.

— Tu penses que c'est prudent de l'envoyer là-bas seul ? demanda-t-elle.

Viper haussa les épaules.

— C'est un vampire.

L'arrogance typique de son espèce. Shay grinça des dents.

— Très bien. On peut y aller, maintenant ?

Viper ouvrit la bouche, mais ce fut la voix de Levet qui retentit dans le noir.

— Euh… Shay ?

La jeune femme se retourna et le découvrit à distance prudente de Viper.

— Oui ?

— Et *moi* * ?

— Oh… Je… (À contrecœur, elle regarda de nouveau le vampire qui se tenait à côté d'elle, bien trop près.) Viper ?

— Oui, mon cœur ?

Elle voulait lui dire de reculer. À présent qu'elle n'était plus hébétée par la disparition d'Evor, elle trouvait sa proximité bien trop gênante. Mais elle tint sa langue. Elle se trouvait dans la désagréable position de devoir demander une faveur.

Quelque chose qu'elle ne savait pas bien faire même dans les meilleures circonstances.

— On ne peut pas laisser Levet ici comme ça. Il a été exclu de la guilde par les autres gargouilles.

Viper leva lentement les mains pour les appuyer au tronc derrière Shay, de chaque côté de sa tête.

— Es-tu en train de me demander de le prendre sous ma protection ? De l'accueillir sous mon toit ?

Shay fit abstraction des battements irréguliers de son cœur.

— Oui.

Le vampire esquissa un sourire inquiétant.

— Et à quoi aurais-je droit en échange d'un tel acte de générosité ?

— Shay, non ! s'exclama Levet d'un ton pressant.

Elle n'écouta pas sa mise en garde et garda les yeux rivés sur ceux de Viper.

— Qu'est-ce que tu voudrais de moi ?

— Ah ça, c'est une question à laquelle il ne faut pas répondre à la légère. Il y a tant de choses que je veux de toi, murmura-t-il en se penchant encore plus près. Peut-être devrais-je me contenter de te demander une promesse de compensation, à m'accorder lorsque j'y aurai réfléchi un peu plus sérieusement.

Shay humecta ses lèvres desséchées.

— Tu veux dire que je te devrai une faveur ?

— Tu me seras redevable. Et je te ferai t'acquitter de ta dette lorsque je jugerai le moment… opportun.

— Ne fais pas ça, Shay, dit Levet d'un ton impérieux. Ne négocie jamais avec un suceur de sang.

Shay était pertinemment consciente des risques. Tout démon savait que les vampires étaient capables de déformer les mots jusqu'à leur arracher des hurlements de douleur.

Mais qu'avait-elle à perdre ?

Elle était déjà l'esclave de Viper, et à sa merci. S'il voulait vraiment la forcer à faire quelque chose, même la pire horreur, elle n'avait guère d'autre choix que d'obtempérer. Après tout, l'amulette garantissait qu'elle ne pouvait lui échapper.

Pourquoi ne pas tenter de négocier afin d'assurer la sécurité de Levet ?

Bien entendu, il n'était écrit nulle part qu'elle ne pouvait pas essayer de faire jouer le marché à son avantage.

— Est-ce que les termes sont négociables ?

— « Négociables » ? (Viper posa les yeux sur les lèvres de la jeune femme.) Ça dépend. Fais-moi une proposition.

— La dette ne peut être acquittée ni par le sang ni par le sexe.

Avec un petit rire, il baissa la tête pour enfouir son visage dans le creux de la gorge de Shay. Lorsqu'il répondit, ses lèvres, en lui effleurant la peau, firent naître une éruption de frissons dans son dos.

— Tu viens juste d'éliminer deux de mes plus chers désirs. Que peux-tu m'offrir d'autre ?

Shay lutta pour empêcher ses yeux de chavirer.

— Je sais me battre.

— J'ai beaucoup de guerriers à mon service.

— Des guerriers qui peuvent circuler de jour ?

— Quelques-uns. (Du bout de la langue, il traça un chemin humide jusqu'au bord de sa clavicule.) Quoi d'autre ?

Shay avait les jambes en coton.

— J'ai appris à concocter un certain nombre de potions lorsque j'étais chez les sorcières.

Il passa la langue sur son pouls palpitant.

— Intéressant, mais pas vraiment suffisant comme faveur.

Shay se tut un instant, crispant inconsciemment les doigts sur l'écorce rugueuse de l'arbre derrière elle. C'était cela ou elle agrippait le vampire devant elle.

Devinant peut-être la raison de son hésitation, Levet émit un sifflement sourd.

— Ne fais pas ça, Shay.

Viper recula la tête pour la scruter d'un œil curieux.

— Quoi donc, mon cœur ?

— Je… (Shay ravala son inquiétude.) Mon père était un Lumos, le guérisseur de notre tribu. Son sang était un remède à tout sauf la mort.

Viper écarquilla lentement les yeux.

— Et toi ?

— J'ai hérité de son… don.

— Un talent rare. (Un éclair passa dans ses yeux noirs. De la curiosité ?) Un talent rare, mais peu utile à un immortel.

Shay porta inconsciemment la main à l'endroit, encore frissonnant, que les lèvres du vampire venaient de quitter.

— Même les immortels peuvent être blessés. Ma mère m'a toujours dit que c'était la raison pour laquelle mon père avait été tué. Son sang a servi à sauver la vie d'un vampire.

— Un vampire ? (La curiosité de Viper s'accrut.) Tu en es sûre ?

— Oui.

— Étrange ; je n'ai jamais entendu la moindre rumeur à ce sujet. (Il médita un instant sur la question, puis sembla l'écarter de ses pensées.) Et donc, qu'est-ce que tu proposes exactement ?

— Si… Si tu es blessé, je te donnerai mon sang pour te soigner. Mais seulement pour te soigner. Pas pour un en-cas de temps en temps. (Elle leva le menton.) Marché conclu ?

Une fois de plus, une séduisante expression d'amusement adoucit les traits du vampire.

— Marché conclu, confirma-t-il d'une voix douce.

— Pas de sang, sauf en cas d'absolue nécessité, et pas de sexe.

— Je n'ai besoin de marchander ni sang ni sexe. Tu me les accorderas bientôt de ton plein gré.

Sans laisser à la jeune femme le temps de protester, il se pencha pour effleurer rapidement sa bouche de la sienne, d'abord dans un sens puis dans l'autre, avec une exquise délicatesse. Shay sentit un frisson d'électricité naître dans le sillage de cette caresse affolante et, avant de comprendre ce qu'elle était en train de faire, elle écarta les lèvres.

Alors seulement l'embrassa-t-il, d'un baiser si ardent et si possessif qu'il lui alla droit au cœur en brûlant tout sur son passage.

C'était le genre de baiser dont les femmes rêvaient dans leurs fantasmes les plus intimes. Brûlant, fougueux, dévorant. Elle s'apprêtait d'ailleurs à agripper le vampire pour l'attirer plus près d'elle lorsqu'il recula d'un pas et jeta un coup d'œil en direction des ombres.

— Ah… Santiago a accompli sa mission. Peut-être devrions-nous partir avant que les créatures qu'il a relâchées aient l'occasion de nous manger.

Difficile de contester la logique de cette remarque.

Chapitre 7

Viper était distrait lorsqu'ils gagnèrent son domaine à l'extérieur de Chicago.

Et pas agréablement.

Un léger trouble dû à la douce odeur de Shay qui lui collait encore à la peau comme une promesse malicieuse ne l'aurait pas dérangé. Ni la chaleur qui continuait à lui dévorer le corps.

Cela faisait bien trop longtemps qu'il n'avait pas connu le plaisir de pareille distraction.

Mais ce qui le préoccupait à présent, c'était sa conviction de plus en plus forte qu'une puissante créature en avait après sa Shalott. Une créature si dangereuse et féroce qu'il n'arriverait peut-être pas à protéger la jeune femme.

Cette pensée lui serrait le cœur d'une peur indéfinissable.

Cependant, même avec l'esprit ainsi occupé, il perçut une présence dès l'instant où il passa la porte de la cuisine.

— Il y a quelqu'un ici. (Il poussa Shay derrière lui et se tourna vers son garde.) Santiago, fouille le domaine et vérifie que nous n'avons pas d'autre visiteur inattendu.

Il attendit que le vampire ait disparu, puis leva la tête et analysa l'atmosphère. Ce fut seulement lorsqu'il fut certain qu'il n'y avait pas de danger immédiat qu'il se retourna pour regarder le pâle visage de Shay.

Il lut de la fierté sur ses traits ravissants, et un refus déterminé de montrer la moindre peur, mais même la volonté de fer de la jeune femme ne pouvait faire disparaître les ombres de ses yeux dorés. Elle affronterait sa peur la tête haute. Ce soir, cependant, cela ne serait pas nécessaire. Elle était à lui. C'était à lui de la protéger.

— Ma chère, il vaudrait mieux, je pense, que tu retournes dans ta chambre et que tu fermes la porte à clé.

Elle fronça les sourcils et releva le menton d'un air obstiné. C'était une expression que Viper, à force, apprenait à connaître, et trouvait ridiculement charmante.

— Les Shalotts sont des guerriers. Nous ne nous cachons pas, tremblants, derrière des portes fermées.

Il esquissa lentement un sourire.

— Ce n'est pas que je doute de ta capacité à te battre, mon cœur, mais notre intrus est un vampire. Je préférerais ne pas être obligé de tuer un membre de mon clan parce qu'il te trouve irrésistible.

Elle ouvrit la bouche, puis la referma et hocha la tête avec réticence. Elle détestait avoir l'air d'une lâche, mais elle abhorrait encore plus l'idée de rencontrer un autre vampire.

Viper ressentit un petit pincement au cœur en la regardant traverser la cuisine, suivie de la gargouille. Elle avait de bonnes raisons de détester ceux de son espèce et de se méfier d'eux. C'était un préjugé dont il ne serait pas facile de venir à bout.

Secouant la tête, il se retourna pour suivre l'odeur du membre de son clan jusqu'à l'arrière de la maison. Il ne fut pas surpris, en entrant dans sa bibliothèque, de trouver le grand vampire aux cheveux de jais calmement assis derrière son bureau massif.

Parmi tous les membres de son clan, c'était peut-être de Dante qu'il était le plus proche. Ensemble, ils avaient récemment mis fin à la menace d'un convent de sorcières déterminées à exterminer tous les démons et sauvé le Phénix, la Déesse de la Lumière qui protégeait le monde du Prince des Ténèbres.

C'était à cette occasion que Viper avait rencontré Shay pour la première fois. Il ne savait pas s'il devait remercier son ami ou l'étrangler pour avoir provoqué cette rencontre qui avait ébranlé son monde paisible jusqu'à ses fondations.

Sa solution à ce dilemme fut de se diriger vers le bar pour y prendre une bouteille de sang. C'était un piètre substitut à la magie puissante qu'il devinait dans le sang de Shay, mais dans l'immédiat, au moins, cela lui rendrait ses forces défaillantes.

Observant ses gestes méticuleux, Dante laissa un sourire se dessiner sur ses lèvres. C'était l'une des rares personnes à ne pas se laisser impressionner par son chef de clan.

— Bonsoir, Viper.

L'intéressé s'appuya contre le bar et croisa les bras.

— Je vois que tu as fait comme chez toi, même si tu savais parfaitement que je ne reçois jamais personne ici.

Son ami garda le sourire.

— Estime-toi heureux que ce soit moi qui sois assis ici et non ma compagne. Abby est plutôt impatiente de te faire savoir ce qu'elle pense du fait d'acheter des jeunes femmes à une vente aux enchères d'esclaves. (Il plissa ses yeux gris argent.) Plus particulièrement une jeune femme qui t'a sauvé la vie.

Viper n'entretenait aucun doute sur le fait que la compagne de Dante l'aurait volontiers réduit en cendres. Elle avait beau être devenue une déesse, elle avait conservé sa compassion humaine et était toujours prête à combattre ce qu'elle considérait comme une injustice.

Aucun démon doué d'un tant soit peu de bon sens ne souhaitait s'exposer au courroux du Phénix.

Cependant, Viper était chef de clan. Un meneur parmi les vampires.

Il ne rendait de comptes à personne.

— Lorsque je t'ai appelé pour te dire que j'avais acheté la Shalott, dit-il, c'était seulement pour te demander ton aide afin de trouver quelle entité maléfique la traque, et non ton avis sur ma vie privée.

Dante haussa les épaules.

— Tu m'as donné ton avis sur ma vie privée assez souvent.

— Et tu n'en as pas tenu compte. Tout comme j'ai l'intention de le faire. Maintenant, si tu en as terminé…

Dante se releva vivement, ses yeux argentés étincelant dans la lueur tamisée de la lampe.

— À quoi est-ce que tu joues, Viper ?

Son ami reposa sa bouteille vide.

— Je ne joue pas.

— J'en doute.

Dante contourna le bureau, son pantalon en cuir noir et sa chemise en soie du même ton lui donnant l'apparence d'un dangereux prédateur. Ce qu'il était.

— Tu as condamné à mort tout marchand d'esclaves qui tenterait de capturer ou de vendre un vampire sur ton territoire.

— Shay n'est pas un vampire.

— Cela ne change rien au fait que tu hais les trafiquants de chair.

Viper esquissa un sourire ironique. Il était propriétaire de plusieurs lieux de plaisir. D'élégants et luxueux établissements où démons et fées, et même quelques rares humains, pouvaient venir goûter toutes les délices dont ils pouvaient rêver.

— Certains te diront que je suis moi aussi trafiquant de chair.

Dante fronça les sourcils.

— Jamais de chair non consentante.

Viper haussa les épaules. Il ne pouvait guère dire le contraire. Ceux qui le servaient le faisaient de leur propre gré. Il indiqua le bar d'un geste de la main.

— Vin ? Ou peut-être une goutte de ma réserve personnelle de cognac ?

Dante plissa les yeux d'un air soupçonneux. Il n'allait pas se laisser détourner du sujet si facilement.

— Qu'est-ce que tu fabriques avec Shay ?

Ça, c'était une question intéressante, se dit Viper. Dommage qu'il n'ait pas de réponse à y apporter.

— Qu'est-ce que ça peut te faire ?

— Personnellement, je n'en ai strictement rien à faire. Mais Abby, elle, ne me laissera pas de répit tant qu'elle n'aura pas l'assurance que tu ne veux aucun mal à la démone.

Viper émit un rire sec.

— Au moins, tu es franc. Mais dis-moi, Dante, ta si radieuse compagne aurait-elle préféré que je m'efface et laisse Shay être achetée comme pute de sang ? Ou peut-être comme trophée à accrocher au mur d'un chasseur de démons ?

— Elle préférerait que tu l'affranchisses.

Laisser Shay lui filer entre les doigts ? Disparaître comme elle l'avait fait après la bataille contre les sorcières ?

Plutôt mourir… Ce qui n'était pas près d'arriver.

Je t'ai déjà dit que ce n'est pas possible. Je possède une amulette qui la force à venir quand je l'appelle, mais le maléfice qui la contrôle est détenu par un troll inférieur du nom d'Evor. Un troll qui a subitement disparu.

Dante haussa les sourcils.

— Comment ça ?

De façon aussi concise que possible, Viper révéla ce qu'ils avaient découvert à la salle des ventes. Il fit bien attention à décrire la mutilation des trolls avec force détails. Il était possible que Dante reconnaisse quelque chose dans cette attaque brutale, qui les aiderait à en retrouver le coupable.

— Tu es certain que c'est un démon qui est responsable de ce massacre ? demanda son compagnon.

— Quoi d'autre ?

— Une sorcière ou un sorcier, peut-être.

Viper dissimula un sourire. Qui aurait pu en vouloir à son ami de soupçonner les sorcières ? Voir quelqu'un essayer de vous tuer à plusieurs reprises avait de quoi vous rendre méfiant à son égard.

— Shay n'a perçu aucune trace de magie.

Dante secoua la tête.

— Si c'était un démon, tu aurais dû pouvoir retrouver sa piste. Peu sont capables de dissimuler leur odeur à un vampire.

— Un Hunding, un Irra, un Napchut, peut-être.

— Est-ce qu'ils sont assez puissants pour tailler en pièces tout un nid de trolls ?

C'était la question qui taraudait Viper depuis qu'il avait découvert les morceaux de trolls éparpillés dans la pièce. Malheureusement, il ne pouvait penser qu'à un seul démon qui soit assez fort pour vaincre les trolls et possède également les pouvoirs magiques nécessaires pour cacher son odeur.

— Un guerrier Lu, oui.

Dante se raidit. Viper ne pouvait pas lui en vouloir. Les Lus étaient les croque-mitaines du monde de la nuit. Les créatures cauchemardesques qui sortaient en rampant de la terre pour tout dévorer sur leur passage.

— On n'a pas vu de Lu depuis des siècles, souffla Dante.

— De Shalott non plus.

— Certes. (Dante s'avança lentement, la mine grave.) Un vampire, même un chef de clan, ne serait pas de taille face à un Lu. Ils sont capables de couper la tête même à un immortel avec leurs dents.

— Je ne laisserais rien – à moins que ce soit nu dans mon lit – me mordre, répondit Viper avec un sourire.

L'inquiétude de Dante resta entière.

— Ton esclave a attiré l'attention d'un ennemi très dangereux. Tu ferais mieux d'en céder la responsabilité à quelqu'un d'autre.

— Je me rappelle t'avoir tenu exactement les mêmes propos il y a seulement quelques semaines.

— Abby est mon âme sœur. Elle est mienne et je donnerais ma vie pour la protéger. (Il observa Viper d'un œil bien trop perspicace.) Mais toi, pourquoi te mets-tu en danger pour cette Shalott ?

Viper refoula un élan de rage inattendu. Il ne voulait pas avoir à expliquer sa fascination pour Shay. Ni à Dante, ni à personne d'autre.

Pas même à lui-même.

— Ça, c'est personnel.

Dante ne répondit pas immédiatement, devinant aisément que la patience de Viper avait atteint des limites qu'il n'osait dépasser. Il inclina la tête presque imperceptiblement.

— Comme tu veux. (Un soupçon d'amusement se ralluma dans ses yeux argentés.) Mais je te préviens qu'Abby ne s'estimera pas satisfaite tant qu'elle ne sera pas certaine que Shay n'est pas maltraitée.

Viper serra les dents. Il était chef de ce clan. Il avait des centaines – non, des milliers – de vampires et de démons inférieurs à ses ordres. Mais même lui était trop prudent pour essayer d'argumenter avec une femme.

— Et comment compte-t-elle se satisfaire ?

— Elle souhaite que Shay vienne passer une journée avec elle.

— Une journée ?

Dante esquissa un geste d'impuissance.

— Elle a bien insisté pour que cette visite se fasse de jour.

— De sorte que je ne puisse pas m'en mêler ?

— En partie. (Le vampire sourit.) Mais en fait, je soupçonne Abby de désirer vivement la compagnie d'une autre femme. Elle a beau être une déesse, elle reste encore assez humaine pour avoir envie de passer des heures à faire du shopping au centre commercial et à papoter autour d'un café.

Viper frissonna d'horreur.

— Par le sang des saints, pourquoi ?

— Ça, mon vieil ami, c'est une question qui défie la logique vampirique.

Viper haussa les épaules avec impatience. Sang et ossements. Il ne voulait pas partager Shay. Avec personne. Malheureusement, il n'arrivait pas à oublier les ombres dans le regard de la jeune femme ni la détermination farouche dont elle avait fait preuve pour sauver sa gargouille.

Elle se sentait seule.

Profondément, douloureusement seule.

— Je transmettrai l'invitation d'Abby à Shay ; le choix d'accepter ou non lui reviendra.

Dante prit ses paroles désinvoltes au bond.

— Donc elle n'est pas ton esclave ?

— Elle est mon… invitée.

— Tu savais qu'elle serait à la salle des ventes quand tu es allé là-bas ?

Brusquement, la patience de Viper fut à bout. S'il devait se prendre le bec toute la nuit avec quelqu'un, il avait bien l'intention que ce soit avec Shay.

Ça, c'était le genre de dispute qu'un vampire pouvait apprécier.

— Je pense qu'il est temps pour toi de retourner auprès de ta charmante compagne, dit-il.

Dante esquissa ce qui ressemblait fort à un sourire moqueur.

— Elle a capté ton attention et tu as remué ciel et terre pour la retrouver. Tiens, tiens.

— Tu joues avec le feu, mon ami.

Dante leva les mains avec un petit rire.

— Je m'en vais.

— Bien.

Le sourire du vampire s'effaça tandis qu'il tendait la main pour agripper fermement l'épaule de son aîné.

— Viper, tu es plus que mon chef de clan, tu es mon ami. Si tu te trouves dans le besoin, je veux ta parole que tu m'appelleras.

— Et risquer la colère du Phénix pour t'avoir mis en danger ? (Viper haussa les sourcils.) Je ne suis pas complètement idiot.

— Personne n'a plus conscience de ce que nous te devons qu'Abby. Elle utilisera ses propres pouvoirs si cela permet de te protéger.

— Et ce sont des pouvoirs considérables.

Dante accentua la pression de ses doigts.

— Tu m'appelleras ?

Viper marqua un temps, puis finit par hocher la tête avec réticence. Dante était presque aussi entêté que lui-même. Il ne partirait pas tant qu'il n'aurait pas cette promesse.

— Je t'appellerai.

Dante recula de deux pas et, à la surprise de son ami, s'inclina.

— Le pacte est conclu, maître. (Il se redressa, les yeux étincelants d'une lueur malicieuse.) Pense à embrasser ta démone de ma part et de celle d'Abby.

Une vague de chaleur envahit le cœur de Viper.

— Oh, non, mon ami. Lorsque j'embrasserai Shay, je peux t'assurer que ce ne sera pas de ta part.

Avec un rire, Dante tourna les talons et, d'un grand bond, disparut par la fenêtre. Laissé seul, Viper se servit une bonne dose de cognac et entreprit d'arpenter la pièce.

Ce qu'avait dit son ami était juste.

Shay était traquée par un ennemi qui menaçait peut-être l'existence de Viper lui-même. La sagesse accumulée au cours des siècles aurait dû lui souffler de les jeter, elle et sa fichue amulette, dans la rivière la plus proche.

Qu'est-ce qui pouvait bien valoir le risque de mourir ? Et pire, de voir mourir les membres de son clan ?

Il but son cognac tiédi à petites gorgées, conscient que la réponse à ses questions était peut-être plus effrayante que le plus menaçant des démons.

Près de deux heures s'étaient écoulées lorsque Viper remonta lentement à l'étage.

Ç'avaient été deux heures de torture, à tenter de penser à autre chose qu'à la femme magnifique qui embaumait toute la maison de son parfum suave.

Il avait essayé de chercher dans sa bibliothèque des indices sur le démon qui avait attaqué les trolls. Il avait appelé ses diverses entreprises pour s'assurer que ses employés n'avaient pas rencontré d'ennuis imprévus. Il avait même effectué une rapide inspection du domaine pour parler avec ses gardes et vérifier que tout était calme.

Enfin, il n'avait pu nier plus longtemps son ardent besoin.

Il voulait voir Shay.

Entendre sa voix et sentir sa peau douce sous ses doigts.

Être près d'elle, tout simplement.

C'était franchement ridicule.

En atteignant le palier, Viper s'arrêta pour regarder la petite gargouille recroquevillée sur le sol près de la porte de Shay. À l'évidence, la capricieuse créature jouait les protecteurs. Ce que Viper aurait pu trouver amusant s'il n'avait pas su pertinemment que l'amour et la loyauté étaient bien plus puissants que la force, si grande soit-elle.

À choisir, il préférerait combattre un guerrier féroce qu'un ami protégeant son camarade.

Être prêt à mourir pour autrui faisait de n'importe qui un dangereux ennemi.

Viper s'avança et vit la gargouille se relever précipitamment pour s'adosser au mur avec une fausse nonchalance. Le petit démon ne faisait peut-être pas la taille de la plupart des représentants de son espèce, mais il en avait toute l'imposante fierté.

Viper vint s'arrêter juste devant lui. Étrangement, il n'éprouva pas la flambée d'agacement qu'il s'était attendu à ressentir devant l'intrusion de cet invité forcé. Au lieu de cela, il ressentait quelque chose qui ressemblait beaucoup à du respect. Peut-être parce que Levet lui avait laissé voir qu'il accordait tout autant d'importance au bien-être de Shay que lui.

— Cette demeure compte plusieurs chambres agréables, murmura-t-il. Dont la plupart, j'en suis certain, seraient plus confortables pour une gargouille que ce couloir.

— Je chercherai une chambre quand l'aube arrivera. En attendant, je vais rester ici.

— Ah. Vous êtes de faction ?

Viper avait dit ces mots d'un ton léger, mais le petit visage indéniablement laid se durcit de fierté blessée.

— Vous ne me croyez pas capable de protéger Shay ?

— Au contraire, je crois que vous vous révéleriez un adversaire très dangereux. Heureusement, vos inquiétudes sont sans fondement pour cette nuit. Mon hôte est parti et le terrain est protégé.

— Mais vous, vous êtes encore là.

Viper haussa les sourcils. Peu de démons, quelle que soit leur taille, auraient osé le défier aussi ouvertement.

— Je ne suis pas une menace, mon petit guerrier.

— Vous voulez dire qu'elle est en sûreté entre vos mains ?

— J'ai payé une somme importante pour acquérir Shay, fit remarquer Viper d'un ton raisonnable. J'ai assez le sens des affaires pour ne pas dépenser une petite fortune sur quelque chose que j'ai l'intention de malmener.

La gargouille plissa ses yeux gris.

— Je vous ai demandé si elle était en sûreté.

Viper esquissa lentement un sourire. Levet était assez mâle pour deviner le désir qui courait dans ses veines.

— Elle est sous ma protection. Je ne lui ferai jamais aucun mal, ni ne permettrai à quiconque de lui en faire tant qu'il sera en mon pouvoir de la protéger.

La gargouille médita longuement cette réponse, se demandant peut-être s'il pouvait extorquer une promesse plus précise au vampire. Il finit par hocher lentement la tête.

— Vous m'en feriez la promesse ?

Sa demande prit Viper au dépourvu.

— Vous accepteriez la promesse d'un vampire ?

— J'accepterais celle d'un chef de clan.

Viper porta inconsciemment la main au dragon tatoué en travers de sa poitrine. Il avait oublié que les gargouilles étaient si sensibles aux marques démoniaques.

— Dans ce cas vous l'avez.

— Bien. (La grande queue de Levet s'agita vivement.) Alors je vais la laisser à votre garde et aller me trouver quelque chose à manger.

— Il y a tout ce qu'il faut dans la cuisine.

— Bah ! s'exclama Levet avec une grimace de dégoût. J'en ai assez de la nourriture humaine.

Viper le regarda fixement.

— Vous avez l'intention de chasser ?

— Bien sûr. Ça fait trop longtemps.

—Alors je vous suggère de rester près du domaine tant que nous n'aurons pas déterminé ce qui traque Shay.

La gargouille haussa les épaules.

—L'aube est trop proche pour que j'aille bien loin.

—Et pas d'humains ni de vampires au menu, le mit sévèrement en garde Viper.

La gargouille écarquilla ses yeux gris.

—*Sacrebleu* *. Est-ce que j'ai l'air de manger souvent des humains ou des vampires ?

Viper cacha son sourire en baissant les yeux sur le minuscule démon.

—Je préfère que le règlement soit clair.

Avec un battement de ses jolies ailes, Levet tourna les talons et se dirigea d'un pas plein de colère vers l'escalier. Un chapelet de jurons flotta derrière lui, marmonnés à voix basse et la plupart en français, mais assez clairs cependant pour que Viper comprenne qu'il était comparé de manière peu flatteuse à un âne.

Ah, eh bien.

Avec un haussement d'épaules, il se retourna vers la porte qui menait aux appartements de Shay. Il avait été traité de pire. Et le serait probablement encore.

Probablement par la femme qui l'attendait derrière cette porte.

Shay avait fait les cent pas dans sa chambre pendant plus d'une heure avant de réussir à se convaincre qu'ils n'étaient pas attaqués. Manifestement, le vampire qui les attendait était passé pour une petite conversation, et non une collation nocturne.

Dieu merci.

Elle avait eu sa dose de bains de sang pour la journée.

Sûre que quelque chose d'autre occupait l'attention de Viper, elle s'était déshabillée pour entrer dans la douche. Elle ressentait un besoin irrésistible de se laver de la vision atroce des trolls massacrés.

Elle poussa un profond soupir de contentement en sentant l'eau chaude tomber en cascade sur ses muscles crispés. Et un encore plus profond en découvrant l'énorme collection de savons et d'huiles alignés sur les étagères en verre au fond de la douche.

Cela faisait bien trop longtemps qu'elle n'avait pu s'adonner à un tel luxe, reconnut-elle en se lavant les cheveux avec un shampoing au parfum fleuri.

Trop longtemps ?

Un sourire ironique se dessina sur ses lèvres.

Presque jamais, plutôt.

Elle s'attarda sous l'eau jusqu'à avoir la peau fripée et rosie par son savonnage énergique, puis finit, à contrecœur, par s'envelopper dans une serviette pour retourner dans sa chambre.

Elle s'attendait à trouver Levet sur son lit, en train de l'attendre. Il avait montré une étrange réticence à la laisser toute seule depuis qu'ils étaient arrivés dans cette demeure.

Mais ce ne fut pas Levet qu'elle découvrit.

Ce ne fut même pas une gargouille.

Ce fut un grand vampire aux cheveux argentés et aux yeux couleur de nuit dont la vue lui coupa le souffle et fit naître d'étranges palpitations au creux de son estomac.

Et merde.

Resserrant sa serviette autour de son corps nu, elle soutint furieusement ce regard de tentateur.

— Qu'est-ce que tu veux ?

D'un mouvement plein d'élégance, Viper se releva, en détaillant ouvertement sa silhouette élancée d'un œil d'acheteur averti.

— J'ai pensé que tu aimerais peut-être savoir que mon invité est parti.

Sa voix suave coula droit dans le dos de Shay. Elle sentit les palpitations dans son ventre s'accentuer.

— C'est tout ?

— Ma gouvernante a laissé de quoi dîner pour toi dans la cuisine.

— Oh… merci. (Elle s'humecta les lèvres.) Je descendrai plus tard.

Une fois de plus, Viper laissa errer son regard sur le corps de la jeune femme, s'attardant sur le léger renflement de ses seins. Son sourire s'élargit comme s'il pouvait sentir ses tétons se durcir sous son attention.

Putain de merde.

— Tu es sûrement affamée ? demanda-t-il d'une voix douce. Je sais que tu as un appétit solide.

D'un mouvement brusque, Shay lui tourna le dos. Il était peut-être capable de la séduire d'un seul regard, mais elle n'était pas obligée de lui laisser voir l'effet qu'il lui faisait.

— Je ne peux pas vraiment descendre dans cette tenue.

Il éclata d'un rire ténébreux.

— Pourquoi pas ? Je t'assure que je n'y vois aucun inconvénient.

— Moi, si.

— Très bien.

Elle l'entendit traverser la moquette et ouvrir une porte. L'espace d'un instant, elle crut qu'il était sorti de la pièce et s'efforça de faire abstraction du léger pincement de déception qui lui étreignit le cœur. Puis, soudain, elle sentit un picotement glacé lui parcourir la peau et découvrit Viper à côté d'elle.

— Tiens.

Elle tourna la tête et regarda le peignoir en soie cramoisie qu'il tenait entre ses doigts graciles. Elle fronça les sourcils et prit lentement le vêtement pour en caresser distraitement l'étoffe luxueuse.

— Je croyais que tu ne recevais jamais personne ici.

D'un geste de la main, il indiqua le placard resté ouvert, où se voyaient un certain nombre de tenues manifestement féminines.

— En effet.

— Tout ça est à toi ? (Shay cligna des yeux, surprise.) Je savais que les vampires avaient des goûts exotiques… mais je n'aurais jamais imaginé.

— C'est pour toi.

— Moi ?

Il haussa les sourcils devant son expression ébahie et incrédule.

— Tu croyais donc que j'allais te garder enchaînée toute nue dans un cachot ?

— Je… (Shay secoua la tête tout en s'approchant lentement pour regarder dans le placard. Celui-ci contenait des tenues décontractées comme des jeans et des tee-shirts ainsi que des pantalons en toile, des pulls doux, et des robes habillées à faire saliver. Jamais dans toute sa vie elle n'avait eu en sa possession autant de vêtements. Et certainement aucun d'aussi coûteux.) Je ne m'attendais pas à ce que tu m'achètes toute une garde-robe.

— Une garde-robe, c'est un peu excessif. Seulement deux ou trois choses pour te dépanner en attendant que tu puisses aller faire les magasins toi-même. (Il marqua un temps, puis poussa un petit soupir.) Ce qui me fait penser : Abby souhaite te traîner au centre commercial le plus proche pour goûter avec toi les plaisirs d'une amitié féminine.

Encore tout étourdie par l'idée que Viper ait pu se donner tant de mal pour elle, Shay se retourna pour le regarder d'un air incertain.

— Abby ?

— Tu l'as rencontrée lors de notre affrontement avec les sorcières.

La confusion de Shay ne fit que s'accroître.

— Tu veux dire le Phénix ?

— Je crois qu'elle préfère Abby.

Shay tendit la main pour toucher le bord de la porte du placard. Les jambes étrangement en coton, elle lutta pour essayer de saisir le sens de ce que disait Viper.

— Mais… pourquoi ? Pourquoi se souviendrait-elle seulement de moi ?

Il haussa les épaules.

— Tu l'as quand même aidée à vaincre les sorcières.

— Je n'ai rien fait.

— Tu as refusé de la capturer comme les sorcières te l'ordonnaient, et tu as préféré les laisser te battre presque à mort pour cela. Tu étais également à ses côtés lorsqu'elle a combattu Edra. (Son expression se fit plus grave.) Elle ne l'a pas oublié. Et Dante non plus.

C'était la vérité. Shay avait fait tout ce qui était en son pouvoir pour contrarier les projets des sorcières qui avaient voulu se servir du Phénix pour tuer les démons.

Cependant, elle ne voyait pas pourquoi cette femme pouvait bien réclamer sa présence. Surtout pour aller faire les magasins.

— Ça ne fait pas vraiment de nous des amies, marmonna-t-elle.

Viper esquissa un sourire plein d'ironie.

— Va dire ça à Abby. Elle semble croire que frôler la mort avec toi lui donne le droit non seulement de t'appeler son amie, mais également de s'assurer que tu n'es pas horriblement maltraitée sous mon toit.

Oubliant qu'elle tenait toujours le peignoir à la main, Shay alla s'asseoir tout au bord du lit. Une émotion indéfinissable lui étreignait le cœur.

Une émotion qui ressemblait fort à de la peur.

— Est-ce qu'elle sait ce que je suis ? demanda-t-elle à voix basse, sans lever les yeux de l'épaisse moquette à ses pieds.

Elle le sentit plutôt que l'entendit s'approcher avec prudence pour venir se placer devant elle. Elle garda les yeux rivés sur le sol. Elle ne voulait pas lui laisser voir son visage. Pas quand elle était incapable de maîtriser son expression.

— Ce que tu es ? répéta Viper d'un ton interrogateur.

— Est-ce qu'elle sait que je suis une démone ?

Il hésita, comme s'il choisissait soigneusement ses mots.

— Elle sait que tu as du sang de Shalott dans les veines.

— Et elle veut que je… que j'aille faire du shopping avec elle ?

— Seulement si tu en as envie. Je suis sûr qu'elle sera prête à modifier ses projets s'il y a autre chose qui te fait plus envie. (Soudain, il s'assit à côté d'elle, tout près, mais en évitant prudemment de la toucher.) Qu'est-ce qui ne va pas, Shay ? J'ai dit quelque chose qu'il ne fallait pas ?

— Je ne sais pas ce qu'elle veut de moi. Je suis une démone.

Viper laissa échapper un rire léger.

— Abby n'est plus exactement humaine non plus.

— Non, c'est une déesse.

— Une déesse, peut-être, mais c'est également la femme qui a affronté les sorcières pour sauver tous les démons et qui est maintenant la compagne d'un vampire. Elle n'entretient aucun préjugé contre nous, si c'est ça qui t'inquiète.

Était-ce ce qui inquiétait Shay ?

Elle courba les épaules. La vérité, c'était qu'elle n'avait pas confiance en cette Abby. Pas lorsqu'elle offrait quelque chose d'aussi précieux qu'une amitié. L'expérience avait appris à la jeune femme que ce genre d'offre avait souvent un prix. Un prix qu'elle n'était généralement pas prête à payer.

Sentant le poids du regard de Viper sur elle, elle finit par pousser un soupir.

— C'est la première fois que quelqu'un me demande de l'accompagner pour faire les boutiques.

— Ah.

Elle le sentit se rapprocher pour passer le bras derrière elle et se raidit, croyant qu'il avait l'intention de l'attirer contre lui. Pas question. Elle ne voulait pas de sa pitié. Pas quand elle était si vulnérable qu'elle risquait carrément d'éclater en sanglots.

Ce qui serait carrément gênant.

Il ne fit aucune tentative pour la toucher, cependant, se contentant d'attraper la brosse qui traînait sur la table de nuit à côté du lit. Ce fut seulement lorsque, sans se départir complètement de sa méfiance, elle se fut détendue qu'il s'installa de façon à pouvoir passer la brosse dans ses cheveux emmêlés qui lui tombaient jusqu'à la taille.

— Tu m'as dit que ta mère t'avait élevée en humaine ?

La petite voix de la prudence dans le fond de sa tête conseillait à Shay de s'écarter. La sensation de ses gestes doux et apaisants était bien trop intime, bien trop agréable.

Malheureusement, son cerveau et son corps ne semblaient plus connectés.

— C'était il y a longtemps, murmura-t-elle.

— Ça a marché ?

Shay grimaça. Certains démons arrivaient à vivre parmi les humains sans être repérés. Beaucoup d'entre eux n'avaient pas une goutte de sang mortel dans les veines.

Les saints savaient que Shay avait tout essayé pour y parvenir. Elle aurait fait n'importe quoi pour faire plaisir à sa mère. Pour s'intégrer.

— Non, répondit-elle.

La brosse poursuivit son mouvement sans la moindre hésitation.

— Tu as pourtant l'air plutôt humaine.

Shay ferma lentement les yeux malgré elle. Elle n'avait jamais parlé de son passé. À personne. Mais dans le silence paisible qui les entourait, et sous ses tendres coups de brosse, les mots s'échappèrent de ses lèvres avant qu'elle ait pu les arrêter.

— Mais je ne vieillis pas comme une mortelle. Ma mère était forcée de déménager constamment pour que personne ne remarque que je ne grandissais pas aussi vite que j'aurais dû.

Le souvenir de sa mère lui déchira le cœur d'un sentiment de nostalgie acéré comme une flèche.

— Une difficulté, certainement, mais pas insurmontable.

— Peut-être pas, mais ma force et ma rapidité l'étaient. Il n'y avait rien d'humain en elles.

Viper souleva une autre mèche de ses cheveux pour y passer la brosse.

— Les autres enfants avaient peur de toi ?

— Oui.

— Ils peuvent parfois être très cruels.

Shay serra les poings sur ses genoux.

— Pas autant que leurs parents. Au fil des ans, on a vu nos maisons être incendiées, des pierres nous être jetées, et des prêtres essayer d'exorciser le diable en moi. Une nuit, j'ai même été lynchée.

— Lynchée ?

— Une bande de demeurés m'a arrachée de mon lit et m'a pendue par le cou à un arbre dans notre cour. Tu ne peux pas imaginer leur surprise quand je suis venue à leur recherche le lendemain matin.

Il y eut un long silence, comme si Viper méditait ce qu'elle venait de lui raconter. Ses gestes restèrent doux, mais Shay pouvait sentir une frustration grandissante émaner de lui.

Étrange.

— Pourquoi ta mère n'a-t-elle pas cherché de l'aide auprès des démons ? finit-il par demander.

Elle tourna la tête, tirant sans y prêter attention sur la mèche de cheveux qu'il tenait toujours fermement dans sa main.

— Mon père avait déjà été tué par un vampire. Elle essayait de cacher mon existence aux démons.

Le regard de Viper s'assombrit, comme s'il ne voulait pas se voir rappeler qu'elle avait de bonnes raisons de détester les vampires.

— Il y a des démons qui vous auraient donné asile. Ce ne sont pas tous des brutes sanguinaires.

— Ma mère était humaine. Elle ne savait pas à qui elle pouvait faire confiance. (Soudain, les yeux de Shay se remplirent de larmes.) Et moi non plus.

Viper lâcha brusquement la brosse pour prendre le visage de la jeune femme entre ses mains.

— Shay.

Chapitre 8

Oubliant de respirer, Shay regarda Viper pencher la tête vers elle.

Il le fit lentement, assez lentement pour qu'elle comprenne qu'il lui donnait tout le temps de dire non. L'espace d'une seconde, elle se raidit et il resta à quelques centimètres de ses lèvres, sans la toucher, attendant qu'elle le repousse.

Mais si le cerveau de Shay s'efforçait désespérément de lui rappeler que c'était un vampire qui la touchait si délicatement, un vampire qui la tenait en sa possession comme un vulgaire objet, son corps restait obstinément sourd au bon sens.

Elle avait envie qu'il la touche. Non, elle en avait besoin.

Elle voulait goûter ses lèvres. Sentir sa peau contre la sienne. La caresse de ses mains sur ses seins.

Elle n'avait jamais compris comment une femme pouvait se laisser séduire. Soit on décidait qu'on voulait faire l'amour avec quelqu'un, soit non.

À cet instant, pourtant, elle comprenait le pouvoir du simple désir sexuel. Le besoin intense de toucher et d'être touchée, en dépit de toutes les mises en garde que votre cerveau pouvait vous chuchoter.

— Tu dois me dire oui, mon cœur, murmura doucement Viper. Je ne veux pas être accusé d'avoir manqué à ma promesse. Tu dois me dire que tu veux tout cela.

Sa voix aurait dû sortir Shay de sa transe. Lui faire retrouver un minimum de bon sens. Mais elle ne fit que couler en elle comme un bon whisky.

Avec le même pouvoir grisant.

— Oui, souffla-t-elle.

Viper happa le mot avant qu'il ait quitté les lèvres de Shay, capturant sa bouche en un baiser qui lui fit courir une onde de chaleur dans tout le corps. Elle s'attendait à ressentir du plaisir, mais la pure intensité de celui-ci la prit par surprise.

Oh, oui, c'était exactement ce dont elle avait besoin. Ce dont son corps rêvait depuis qu'elle avait aperçu Viper pour la première fois, toutes ces semaines auparavant.

Elle cambra le dos pour se rapprocher de lui, savourant le goût de cognac qui imprégnait encore les lèvres de Viper et la froide virilité qui lui était si propre. Mais elle n'était pas encore assez près de lui. Elle posa les mains sur son torse, caressant la soie de sa chemise.

Avec un grognement sourd, Viper agrippa le bas du vêtement et en défit les boutons d'une seule saccade, pour écarter l'étoffe de part et d'autre de son torse.

— Touche-moi, mon cœur, chuchota-t-il sans écarter ses lèvres des siennes. Laisse-moi sentir tes mains sur mon corps.

Shay recula. Non dans un mouvement de rejet, mais simplement parce qu'elle voulait voir ce qu'elle touchait. Elle avait imaginé des centaines de fois ce qui se cachait sous ces manteaux de velours et ces chemises en soie. À présent, elle voulait en apprécier pleinement la vue.

Elle écarquilla les yeux et entrouvrit la bouche sur un soupir muet.

Dans la pénombre, son torse était large et tout aussi finement musclé qu'elle l'avait fantasmé dans ses rêves. Mais dans ces derniers, aucun dragon exotique n'était tatoué en travers de la perfection ivoirine de sa peau.

Émerveillée, elle suivit du bout des doigts le contour doré de la créature mythique avant d'en effleurer les ailes d'un cramoisi éclatant et le corps de jade sombre.

— Qu'est-ce que c'est ? demanda-t-elle dans un souffle.

Il frémit sous sa caresse légère, tout en baissant la tête pour faire courir ses lèvres sur sa joue.

— C'est la marque de CuChulainn.

— Oh. (Shay trouvait de plus en plus difficile de réfléchir sous les baisers de Viper, qui remontaient lentement vers la courbe de son oreille.) Ça a été douloureux ?

— Le tatouage ?

— Oui.

Il fit remonter ses mains le long des bras nus de Shay, faisant naître sur sa peau un frisson d'excitation.

— Non, répondit-il. Je ne l'ai même pas senti. (Il lui mordilla le lobe de l'oreille.) Il est simplement apparu après mon dernier combat dans l'arène.

— Pour te désigner comme chef de clan ?

— Oui.

— Je…

Ce qu'elle s'apprêtait à dire se perdit dans les brumes du plaisir lorsqu'il fit courir sa langue en un trajet humide le long de sa mâchoire.

— Quoi ? chuchota-t-il.

— Je ne me rappelle plus.

Il rit doucement tout en faisant remonter lentement ses mains vers ses épaules, avant de les baisser avec détermination, s'arrêtant au bord de la serviette dans laquelle elle était drapée.

— J'ai besoin de te voir, mon cœur, murmura-t-il en appuyant les lèvres sur la veine palpitante à la base de son cou. J'ai besoin de te toucher. Dis oui.

Shay frémit en sentant une pression croissante s'installer au creux de son ventre. Elle trouvait étrangement érotique d'être si totalement maîtresse de la séduction. Cela lui donnait une sensation de puissance qu'elle avait rarement eu l'occasion d'expérimenter. Pour une fois, c'était elle qui contrôlait la situation, et c'était aussi grisant que le plus rare des aphrodisiaques.

— Oui.

Viper crispa brièvement les doigts, comme pris au dépourvu par sa prompte capitulation, puis tira avec lenteur sur les extrémités de la serviette.

Shay, les joues rosies par le plus infime soupçon d'embarras, frissonna en sentant l'air frais toucher sa peau. Un silence épais s'installa et elle finit par lever les yeux. Toute sensation de froid s'évanouit devant la chaleur brûlante qu'elle lisait dans le regard couleur de nuit de Viper.

— Par le sang des saints, s'exclama le vampire d'une voix râpeuse, en laissant tomber la serviette pour pouvoir refermer hardiment les mains autour de ses petits seins fermes. Tu es… parfaite.

Shay rejeta la tête en arrière sous la caresse de ses pouces sur ses tétons durcis. Elle n'était pas parfaite. Loin de là. Trop maigre. La peau trop ambrée. Les seins trop petits.

Mais en cet instant, elle se sentait belle.

Sous son regard de prédateur, elle se sentait désirée.

Avec un grondement sourd, Viper l'attira contre son torse puissant, en traçant une ligne de baisers voraces le long de sa gorge jusqu'à sa clavicule. Il l'embrassa avec assez d'ardeur pour qu'elle sente la pointe aiguisée de ses canines, mais elle ne fit aucun effort pour s'écarter.

À cet instant, elle lui faisait confiance.

Il n'exigerait pas d'elle plus que ce qu'elle était prête à lui accorder.

Faisant courir ses mains avec fébrilité sur le torse du vampire, elle se délecta de la douceur satinée de sa peau. Celle-ci formait un contraste fascinant avec la dureté des muscles qu'elle recouvrait. Comme du velours drapé sur de l'acier.

Captivée par son exploration du corps de Viper, Shay remarqua à peine lorsque ce dernier la força doucement à s'allonger sur le matelas moelleux. Du moins jusqu'à ce qu'il se penche au-dessus d'elle pour capturer l'un de ses seins entre ses lèvres.

Elle poussa un gémissement en sentant sa langue faire des cercles autour de son téton si sensible désormais, le taquinant jusqu'à ce qu'elle cambre le dos de plaisir. Bon sang. C'était si bon. Si terriblement bon.

— Déesse toute-puissante, gémit-elle, parcourue d'un frisson, alors qu'il déposait une série de baisers dans le vallon séparant ses seins, avant d'aller tourmenter son autre téton.

Avec des doigts fébriles, Shay tira sur la barrette qui retenait les cheveux du vampire, les laissant retomber sur elle tel un lourd rideau parfumé. Les mèches soyeuses lui effleurèrent la peau, accroissant encore son excitation.

Respire, Shay, respire, se rappela-t-elle avec fermeté tandis que Viper suivait avec ses mains les contours de ses hanches puis de ses cuisses. Sa caresse était froide, mais Shay fondait littéralement sous la chaleur du feu qui lui brûlait les veines.

En lui tiraillant le téton du bout des dents, Viper glissa la main entre ses jambes pour trouver la chaleur moite qui s'y cachait.

Shay remonta les mains vers les épaules du vampire, enfonçant involontairement ses ongles dans sa chair lorsqu'il effleura du doigt le point sensible de son plaisir. Elle était en train de basculer dans un maelström de sensations presque trop fortes.

— Viper.

Percevant aisément l'infime panique dans sa voix, le vampire releva la tête pour l'embrasser juste en dessous de l'oreille.

— Chuut, mon cœur…, lui murmura-t-il d'un ton apaisant. Je ne vais pas te faire de mal.

— Ce n'est pas de ça que j'ai peur.

— De quoi, alors ?

Shay frissonna tout en soulevant instinctivement le bassin pour se presser plus fermement contre la caresse de son doigt.

— Je ne sais pas.

Il se souleva sur un coude et scruta les grands yeux de la jeune femme.

— Fais-moi confiance, Shay.

Pendant un long moment, elle ne fit que contempler son beau visage. Avec ses cheveux argentés qui lui tombaient en cascade sur les épaules et la lumière tamisée qui jouait sur ses traits élégants, il ressemblait à un ange déchu tombé du ciel.

Ne fais pas ça, Shay, la mit en garde un chuchotis au fond de ses pensées. *Tu ne peux pas faire confiance à un vampire. Jamais.*

Elle entrouvrit les lèvres, mais *non* ne fut pas le mot qui s'en échappa. À la place, elle ferma lentement les paupières et passa les bras autour du cou de Viper pour l'étreindre fortement.

— Oui.

Lui couvrant la bouche de la sienne, il déplaça sa main pour enfoncer son doigt en elle. Avec un cri de plaisir étouffé par leur baiser, elle souleva le bassin du matelas et manqua d'étrangler le vampire avec ses bras.

Il n'était pas son premier amant, mais rien n'aurait pu la préparer à cela. À la douceur experte de ses doigts ou à l'ardeur insatiable de sa bouche.

Elle brûlait de l'intérieur et elle n'arrivait pas à s'en soucier. Juste l'espace d'un instant éphémère, elle voulait être dévorée. Elle voulait être enlacée dans les bras d'un homme et ressentir ce qu'une femme était censée ressentir.

Glissant la langue entre ses lèvres entrouvertes, Viper accrut l'intensité de ses caresses. Shay l'agrippa encore plus fort tout en cambrant le dos sous l'effet de la pression qui s'intensifiait au plus profond de son être.

Elle était si près. Si près.

— Viper!

— Je sais, mon cœur, murmura-t-il sans écarter les lèvres des siennes, en se collant à elle de sorte qu'elle sente son érection contre sa hanche. Ne résiste pas.

Shay se mit à haleter, en proie à une jouissance de plus en plus dense et vibrante. Puis Viper enfonça son doigt le plus loin possible en elle tout en effleurant du pouce l'épicentre de son plaisir, et Shay sentit celui-ci atteindre son paroxysme.

Le souffle coupé, elle se tendit de tout son corps et resta comme suspendue dans le vide, hors du temps. Puis l'orgasme arriva et ce fut comme une petite explosion qui envoya dans tout son corps des ondes de volupté d'une intensité inattendue qui la laissèrent tremblante.

Ils restèrent allongés un moment en silence, sonnés. Shay pouvait sentir le corps encore dur de Viper contre le sien. Elle avait l'impression de flotter. Comme si on l'avait jetée à l'eau dans une mer chaude dont les vagues la poussaient doucement vers le rivage.

À côté d'elle, Viper se redressa pour lui prendre délicatement le visage entre les mains comme si elle était quelque trésor fragile qu'il craignait de briser, et lui déposer une série de baisers légers sur la joue.

Incapable de bouger, Shay réussit enfin à reprendre son souffle et ses esprits.

— Oh... Bon sang...

Viper regardait Shay, assise de l'autre côté de la table, en souriant sans savoir pourquoi.

Nul homme sain d'esprit n'aurait ainsi souri dans l'état de frustration sexuelle où il se trouvait à cet instant. Et alors qu'il se trouvait confronté à la perspective très probable de voir cette frustration perdurer. Au moins pendant quelques heures, et sans doute même quelques jours.

Mais en dépit des protestations de son corps encore raidi, il ne pouvait s'empêcher de sourire. Peut-être était-ce la vue de la mince silhouette de Shay caressée si tendrement par la soie cramoisie de son peignoir. Avec ses cheveux de jais qui lui tombaient en cascade dans le dos et sa peau dorée dont la riche étoffe faisait ressortir l'éclat, elle ressemblait à un papillon exotique.

Ou peut-être était-ce de l'amusement face aux trois bols de ragoût de bœuf qu'elle avait réussi à dévorer en moins de temps qu'il ne lui en avait fallu à lui pour vider sa bouteille de sang.

Ou peut-être encore était-ce le fait de savoir que, si son désir restait douloureusement inassouvi, il avait néanmoins réussi à percer une brèche dans le mur qu'elle avait érigé autour d'elle. Elle s'était peut-être de nouveau réfugiée derrière ses défenses, mais il savait désormais qu'elle n'était pas invulnérable.

Il avait trouvé son point faible et n'allait certainement pas hésiter à s'en servir pour la revendiquer comme sienne.

Sienne.

Un perturbant élan de satisfaction possessive le parcourut et il se demanda ce qui n'allait pas chez lui.

Par les couilles du diable. Il avait manifestement perdu la tête, et n'avait plus assez de bon sens pour s'en inquiéter.

Relevant les yeux de son bol vide, Shay fronça les sourcils d'un air méfiant.

— Tu peux arrêter de faire ça ?

— Quoi donc ?

— Me regarder comme si j'étais ton dîner.

Viper se laissa aller contre son dossier, en faisant courir ses yeux sur le peignoir cramoisi de la jeune femme.

— Je n'aurais rien contre une bouchée ou deux.

Elle se figea brusquement, percevant probablement le désir vorace qui palpitait en lui. Un désir qu'il ne cherchait plus à dissimuler.

— On a un accord, répondit Shay. Tu ne peux pas boire mon sang pour le plaisir.

— Ce n'était pas à ton sang que je pensais.

La jeune femme s'empourpra brusquement. Le sourire de Viper s'élargit, teinté d'un soupçon d'arrogance masculine. Elle ne pouvait pas totalement feindre d'avoir oublié qu'elle avait tremblé de jouissance entre ses bras.

— L'aube approche ; tu ne devrais pas être dans ton cercueil ? demanda-t-elle.

Il éclata de rire.

— Cela fait plusieurs siècles que je ne suis plus assujetti à la nuit. Je ne supporte pas la lumière du jour, mais je suis capable de rester éveillé lorsque je le souhaite.

— Quel âge as-tu ?

— Tu sais sûrement que les vampires révèlent rarement leur âge ? répliqua-t-il en haussant les sourcils. C'est un secret presque aussi bien gardé que l'emplacement de leur repaire.

Shay haussa les épaules en repoussant son bol vide.

— Je n'ai jamais compris pourquoi. Lorsqu'on est immortel, peu importe l'âge qu'on a.

— Les pouvoirs d'un vampire augmentent chaque année. Connaître son âge, c'est connaître sa force.

— Donc plus tu es vieux, plus tu es puissant ?

Viper haussa les épaules. Il n'aurait pas dû être trop surpris de son ignorance au sujet des vampires, supposa-t-il. Sa mère avait manifestement essayé de la maintenir le plus possible à l'écart du monde démoniaque.

— En théorie, mais il en va de nous comme de n'importe quelle autre espèce. Il y en aura toujours qui seront plus forts, ou plus intelligents que les autres, indépendamment de leur âge.

Shay passa vivement la pointe de la langue sur ses lèvres. Viper refoula un gémissement. Il avait toute une liste d'endroits intimes qu'il aimerait voir explorer par cette langue.

— Comme toi, par exemple ?

Viper lutta pour écarter ces visions importunes de ses pensées. Il souffrait déjà assez comme ça, pas la peine de se torturer encore davantage.

— Oui, comme moi.

La jeune femme gardait une expression soigneusement neutre.

— Et c'est pour ça que tu es chef de clan ?

Il ne répondit pas immédiatement, pesant ses mots. Il se doutait que ce n'était pas en mettant en avant son pouvoir écrasant qu'il allait impressionner cette femme. Pas alors qu'elle était, dans les faits, complètement à sa merci.

— En partie.

— Et l'autre partie, c'est quoi ?

Il ébaucha un sourire.

— Ma charmante personnalité ?

Elle leva les yeux au ciel.

— Mais bien sûr.

Il l'observa longuement.

— Les Shalotts ne diffèrent pas tant des vampires. Leur chef n'est-il pas sélectionné grâce à une épreuve de combat ?

— Je n'en ai pas la moindre idée. (Elle avait pris un ton désinvolte, mais son expression tendue n'échappa pas à Viper.) Pour ce que j'en sais, il leur tombe du ciel.

— Tes parents doivent bien t'avoir parlé un minimum de ton héritage culturel.

— J'ai été élevée en humaine. Ma mère pensait que moins j'étais… exposée au monde des démons, mieux c'était. Après la mort de mon père, elle m'a même interdit de prononcer le mot Shalott.

Viper fronça les sourcils. Pas étonnant que la pauvre se voie comme une bâtarde. Sa mère y avait veillé.

— C'est un peu borné comme vision des choses.

Shay se hérissa face à cette critique implicite.

— Elle voulait me protéger.

— C'est compréhensible, mais refuser de t'apprendre l'histoire de ton peuple, c'était te priver d'une part de toi-même. Tu devais bien être un minimum curieuse ?

— Pourquoi l'aurais-je été ? Être à moitié démone ne m'a jamais apporté rien de bon.

— Les Shalotts sont une espèce fière et très respectée, insista Viper. Avant de suivre le Prince des Ténèbres dans son exil hors de ce monde, ils étaient les assassins les plus redoutés parmi les démons. Même les vampires craignaient leurs talents.

— Je ne vois vraiment pas ce que ça a de réconfortant de savoir ça.

Viper réprima son impatience.

— Tu trouves que les humains sont mieux ? Ils sont violents, passent leur temps à se faire la guerre, quand ils ne s'adonnent pas au génocide pur et simple. Au moins les Shalotts ne s'entre-tuent jamais. C'est leur loi la plus sacrée.

Malgré elle, une lueur de curiosité s'alluma dans le regard de Shay.

— Jamais ?

— Jamais. Ils croient que verser le sang d'un autre Shalott revient à se condamner, ainsi que toute sa famille, à la fureur de leurs dieux. C'est un péché impardonnable. Je ne peux que regretter que les vampires n'entretiennent pas la même croyance.

Shay baissa les yeux tout en jouant distraitement avec son verre de vin.

— Tu as connu beaucoup de Shalotts ? demanda-t-elle.

— Quelques-uns. Et avant que tu me poses la question, je n'ai pas bu leur sang, je ne les ai pas réduits en esclavage et je n'ai entretenu de liaison avec aucun d'eux.

— Ne me dis pas que c'étaient juste de belles histoires d'amitié interdémoniaque ? demanda-t-elle d'un ton incrédule.

Il fit claquer ses canines. Si elle essayait délibérément de l'énerver, elle faisait du bon boulot.

Bien sûr, il était plus probable que ses piques partaient d'un instinct de conservation. Si elle feignait l'indifférence, alors rien ne pouvait la blesser.

— Il se trouve que je compte beaucoup de démons parmi mes amis, mais les Shalotts étaient davantage des… associés. Un chef de clan a beaucoup d'ennemis.

Shay releva brusquement les yeux.

— Tu les employais comme assassins ?

— En fait, je les ai embauchés pour m'entraîner, clarifia Viper.

— T'entraîner à quoi ?

— La majorité des Shalotts sont des maîtres dans l'art de se battre et, surtout, ont une connaissance approfondie des armes. (Il haussa les épaules.) C'était sûrement le cas de ton père aussi ?

Un éclair de fierté qu'elle ne put réprimer illumina brièvement le visage de la jeune femme.

— Bien sûr.

Viper réprima le sourire qui lui venait aux lèvres. Il n'était pas complètement stupide.

— Et toi ?

— J'ai un peu d'expérience avec les armes blanches, mais mon père est mort avant d'avoir terminé ma formation, avoua-t-elle d'un ton prudent.

Elle craignait probablement d'être en train de renseigner l'ennemi.

— Eh bien, je ne prétends pas avoir le talent de ton père, mais si tu veux, on peut s'entraîner ensemble.

Silence.

Le genre d'épais silence qui lui donna la certitude que Shay était en train d'essayer de déterminer s'il préparait un sale coup, ou s'il avait tout simplement perdu la raison.

Peut-être pourrait-elle lui faire part de sa conclusion, lorsqu'elle l'aurait tirée.

— S'entraîner ensemble ? répéta-t-elle en fronçant les sourcils. Tu te fiches de moi ?

Il haussa les épaules.

— Pourquoi pas ? Ça fait des années que je n'ai pas eu un adversaire digne de ce nom.

— En général, les propriétaires ne sont pas impatients de montrer à leurs esclaves comment les tuer, répliqua Shay d'un ton sarcastique.

— As-tu l'intention de me tuer ?

— Je n'ai pas encore pris de décision définitive sur le sujet.

Il éclata d'un rire bref et surpris.

— Tu me feras savoir quand tu l'auras prise ?

— Peut-être.

— J'espérais une réponse plus rassurante, murmura Viper en laissant errer son regard sur les traits ravissants de la jeune femme. (Enfin, une adversaire digne d'un vampire.) Alors ?

— Alors quoi ?

Il lui effleura les doigts.

— Veux-tu t'entraîner avec moi ?

Elle l'observa d'un œil circonspect, mais avant qu'elle ait pu répondre, le calme de la nuit fut brusquement rompu.

Au loin, un aboiement caractéristique se fit entendre.

Ils s'immobilisèrent tous les deux. Cela aurait pu être le hurlement d'un coyote ou même d'un chien errant saluant la fin de la nuit, mais ils savaient l'un comme l'autre que ce n'était pas le cas. Un simple animal n'aurait pas pu imprégner l'air ambiant d'une telle épouvante.

— Des chiens de l'enfer, murmura Shay.

Viper s'était déjà relevé pour contacter mentalement ses serviteurs.

— Les gardes ont été attaqués, annonça-t-il.

— Pourquoi des chiens de l'enfer iraient-ils s'attaquer à tes gardes ? Ils n'ont aucune chance face à des vampires.

Viper secoua la tête, occupé à percevoir à distance la bataille qui se déroulait près des grilles de son domaine. Pour le moment, Santiago et son équipe tenaient bon, mais les chiens de l'enfer étaient bien trop nombreux pour être tous tués du premier coup. Les vampires étaient en train de recevoir des blessures qui les obligeraient à recourir au pouvoir régénérateur des profondeurs de la terre.

— Je ne sais pas. (Il tendit la main pour l'aider à se relever.) Viens.

Bien sûr, elle ne put pas se contenter de le suivre. Se braquant, elle le regarda d'un œil inquiet.

— Où est-ce qu'on va ?

— Il y a des tunnels au sous-sol. Ils nous mèneront au garage.

— On est sûrement plus en sûreté ici qu'au garage ?

— Il y a des voitures, là-bas.

Elle écarquilla les yeux.

— Non.

Viper poussa un soupir exagéré.

— Qu'est-ce qu'il y a ?

— Pour l'amour de Dieu, Viper, l'aube est presque levée, lâcha-t-elle entre ses dents, comme s'il était d'une bêtise à la limite du supportable. Tu ne peux pas te balader en voiture.

— Moi, non, mais toi, si.

— Tu veux que je m'en aille ? (Elle fronça les sourcils d'un air farouche.) Toute seule ?

— Je vais rester ici et m'assurer que tu n'es pas suivie.

— Non. On reste tous les deux et on se bat.

Ce n'était pas souvent que Viper se trouvait pris au dépourvu. Il était difficile de surprendre un vampire vieux de plusieurs siècles. Mais il ne put nier une certaine stupeur.

— Shay, ce n'est pas le moment de discuter. (Il la regarda d'un air sévère.) Les chiens de l'enfer ne représentent peut-être pas une grande menace, mais je doute sérieusement qu'ils soient ici tous seuls. Quelque chose en a après toi. Et est assez déterminé pour risquer une attaque frontale. Tu dois partir tout de suite.

Brusquement, elle se posta juste devant lui, les poings sur les hanches.

— Et si c'est ça qu'il ou elle veut ?

Il fronça les sourcils.

— Qu'est-ce que tu veux dire ?

— Et si les chiens de l'enfer n'étaient qu'une diversion pour me forcer à fuir d'ici sans toi ? Ce qui est là-dehors attend peut-être que je sois seule pour s'en prendre à moi.

Viper poussa un grognement sourd. Elle avait raison. Il était fort possible que les démons soient en train d'essayer de les séparer.

— Bon sang ! Ça expliquerait pourquoi ils ont attaqué si peu avant l'aube.

— Et pourquoi ils ont envoyé les chiens de l'enfer en premier.

— Oui.

Viper passa les mains dans ses cheveux d'un geste anxieux. Ce n'était pas qu'il craignait de se battre. Merde ! Cela faisait bien trop longtemps qu'il n'avait pas savouré une bonne bataille.

Mais pour la première fois de sa longue vie, il devait se soucier de quelqu'un d'autre que lui.

C'était un sentiment troublant.

Et il n'était pas sûr de savoir comment y faire face.

Shay jeta un coup d'œil autour d'elle et porta brusquement une main à son cœur.

— Où est Levet ?

— Il chasse, répondit Viper en haussant distraitement les épaules. Les chiens de l'enfer ont dû le faire détaler, et il est probablement à mi-chemin de Chicago à l'heure qu'il est.

— Ou alors en train de faire quelque chose de complètement stupide, marmonna-t-elle en tournant les talons pour se diriger vers la porte qui menait à l'arrière-cour.

Il fallut un petit instant à Viper pour comprendre qu'elle avait l'intention de sortir à la recherche de la gargouille. Rapide comme l'éclair, il se précipita pour lui bloquer la route, et la regarda d'un air incrédule.

Elle pouvait mettre à l'épreuve la patience d'un saint. Un simple vampire n'avait aucune chance.

— Tu ne peux pas sortir, protesta-t-il d'une voix rauque.

Une lueur dangereuse s'alluma dans les yeux dorés.

— Viper…

— Non. Les démons ne s'intéressent pas à Levet. Il est beaucoup plus en sécurité que toi en ce moment.

— On n'a aucune preuve de ça. (Elle leva le menton, d'un air de mise en garde.) C'est mon ami et je ne vais pas le laisser là-dehors au péril de sa vie.

Viper savoura brièvement l'idée de jeter cette femme exaspérante sur son épaule et d'en finir. Oh, elle ne se laisserait pas faire. Elle était à moitié Shalott et se défendrait furieusement. Mais il était certain qu'il finirait par réussir à la plier à sa volonté. Malheureusement, une solution si simple créerait forcément, au final, plus de problèmes qu'elle n'en résoudrait. Shay n'était qu'à moitié Shalott, mais elle était femme jusqu'au bout des ongles.

Maudissant sa faiblesse, il secoua impatiemment la tête.

— Descends au sous-sol. Je m'occupe de récupérer ta gargouille disparue.

Comme s'il avait attendu ce signal, Levet ouvrit la porte à ce moment-là et entra dans la cuisine en se dandinant.

— Pas besoin de jouer les héros, vampire, dit-il d'une voix moqueuse. Je suis là.

Viper fronça les sourcils.

— Et les chiens de l'enfer ?

Levet n'essaya même pas de réprimer son frisson de dégoût.

— Ils ont été repoussés pour l'instant, mais ils vont revenir à la charge, j'en suis sûr.

Il y eut du mouvement derrière le petit démon et Viper croisa le regard des vampires qui étaient de garde. Il poussa un grognement sourd en voyant le sang qui maculait leurs vêtements et les blessures qui les défiguraient.

Il était chef de clan. Celui, quel qu'il soit, qui était derrière l'attaque des chiens de l'enfer regretterait bientôt cette décision fatale.

— Santiago, rassemble les autres gardes et conduis-les à ton repaire.

Le grand vampire se raidit en recevant cet ordre.

— Nous ne vous abandonnerons pas.

Viper secoua la tête. Ses gardes étaient encore jeunes et étroitement assujettis à la nuit. Une fois le soleil levé, ils seraient incapables de se protéger.

— Vous êtes blessés et l'aube est trop proche. Il n'y a rien que vous puissiez faire.

Un sentiment vibrant de frustration envahit la pièce tandis que les gardes reconnaissaient de mauvaise grâce la justesse de sa remarque.

— Vos serviteurs humains seront bientôt là, finit par marmonner Santiago.

— Ils ne seront pas de taille contre le démon qui nous traque. Nous allons devoir essayer de lui échapper. (Viper posa une main sur l'épaule de Santiago.) Tu dois t'occuper des autres, mon ami. Maintenant, partez.

Coincé par l'ordre que lui avait donné Viper de protéger ses cadets, Santiago n'eut d'autre choix que de s'incliner à contrecœur.

— Bien.

Viper attendit que ses serviteurs se soient fondus dans les ténèbres, en direction du repaire secret que Santiago avait construit lorsque son maître l'avait amené pour garder le domaine. Ils y seraient en sécurité, enfouis dans la terre régénératrice. Ce qui était déjà plus que ce qu'il pouvait dire pour lui-même, reconnut-il avec ironie en entendant les aboiements sinistres retentir au loin.

Il se retourna vers Shay et croisa son regard inquiet.

— Les chiens de l'enfer reviennent à la charge. On doit y aller.

Chapitre 9

Cette fois, Shay ne protesta pas lorsque Viper l'attrapa par la main pour lui faire traverser la cuisine et passer une porte étroite qui menait au sous-sol.

Un petit miracle, mais en cet instant elle était bien plus préoccupée par ce qui se rapprochait lentement de la maison que par le besoin de faire valoir son indépendance.

Levet agrippé à son peignoir, elle suivit Viper rapidement et en silence. Ils passèrent devant plusieurs pièces plongées dans l'ombre. Probablement des chambres d'amis pour les occasions où Viper décidait d'inviter d'autres vampires à rester dormir.

Viper lui-même devait y avoir une chambre, mais ce ne serait pas son repaire. Du moins pas son repaire secret.

Prouvant la justesse de son hypothèse, le vampire s'arrêta devant les lambris au bout du couloir. Un geste de la main de sa part, accompagné d'un chuchotement, fit s'ouvrir le panneau de bois, révélant des marches qui menaient encore plus profondément sous terre.

— Par ici, chuchota Viper en les laissant passer pour pouvoir refermer le lambris derrière eux.

Shay put sentir les sortilèges qui gardaient la porte. Ils étaient puissants, mais ne les protégeraient pas du démon qui la pourchassait. Pas si celui-ci était vraiment déterminé à la suivre.

Une odeur de terre chaude et riche submergea Shay tandis qu'elle descendait prudemment l'escalier et entrait dans ce qu'elle supposa être le repaire de Viper. Une fois arrivée en bas des marches, le noir complet qui l'enveloppait la força à s'arrêter.

À la différence de Viper, elle n'avait pas la capacité de voir dans l'obscurité la plus épaisse.

Le vampire dut deviner ce qui la retenait car un bruit se fit entendre dans le noir, puis une faible lueur s'épanouit, produite par une mince bougie dont Viper se servit pour allumer un grand candélabre en argent.

La vue de Shay s'accoutuma lentement, et elle retint son souffle.

— Nom de Dieu ! murmura-t-elle, en balayant du regard la vaste caverne où elle se trouvait.

Elle n'avait jamais vu autant d'armes réunies au même endroit. Épées longues, courtes, dagues, armes de ninja, arcs et flèches, pistolets et armures anciennes, tous soigneusement rangés dans des meubles vitrés. Il y en avait même un d'où émanait l'énergie d'armes consacrées par la magie.

— D'où est-ce que ça vient, tout ça ?

Viper prit une clé et ouvrit une des vitrines pour en sortir une élégante épée qu'il attacha dans son dos. Il tendit un poignard à Levet, bizarrement silencieux, et une épée à Shay, qui la prit en main avec l'assurance d'une femme habituée à manier une telle arme.

— C'est une partie de ma collection, répondit-il en se dirigeant vers une autre vitrine pour y choisir un petit revolver qu'il chargea avec aisance et rapidité.

Shay s'approcha et lui jeta un coup d'œil incrédule.

— Une partie seulement ? Tu as l'intention d'envahir le Canada ?

Viper releva ses yeux couleur de nuit, révélant ainsi la légère lueur d'amusement qui y scintillait. Shay sentit le souffle lui manquer devant la pure beauté de son visage à la lumière des chandelles. Il était presque indécent qu'un homme possède des traits aussi angéliques.

Viper se rembrunit en percevant le léger frémissement qui agitait tout le corps de la jeune femme.

— Ce n'est pas au programme, répondit-il d'une voix rauque, en s'avançant bien trop près d'elle. Du moins pas pour aujourd'hui.

Un sifflement écœuré se fit entendre derrière eux et Levet tira violemment sur le peignoir de Shay.

— Je m'en veux d'interrompre une scène aussi touchante, mais ces chiens de l'enfer ne vont pas attendre que vous ayez fini de vous bécoter. Alors à moins que vous ayez l'intention de me clouer un morceau de rosbif au cul et de me faire courir de-ci de-là pour faire diversion, je vous suggère qu'on se prépare à se battre.

Le regard assassin que lança Viper à la petite gargouille aurait dû pétrifier celle-ci sur place, mais le vampire s'écarta de Shay et leur fit signe à tous les deux de gagner le fond de la pièce.

— Ils n'auraient pas dû pouvoir percer mes défenses, marmonna-t-il. Il y a quelque chose avec eux.

Levet battit légèrement des ailes.

— Quelque chose de maléfique.

Shay pouvait le sentir elle aussi. Une terreur ténébreuse et rampante qui imprégnait l'air et le rendait difficile à respirer. Elle n'était pas encore à la porte, mais assez près déjà pour faire naître un frisson dans le dos de Shay.

Assez près pour que la jeune femme sache qu'elle ne voulait pas la voir approcher davantage.

Mais alors pas du tout.

Prenant son épée bien en main, elle ploya les genoux et écarta les pieds. Son peignoir s'entrouvrit, révélant la longue ligne de ses jambes, mais elle s'en rendit à peine compte.

À cet instant, la pudeur était le cadet de ses soucis.

Les hurlements des chiens de l'enfer retentirent et elle rassembla son courage alors qu'ils se jetaient sur la porte. Il y eut un bruit sourd puis celui, écœurant, des créatures démoniaques dévorant frénétiquement l'un des leurs, manifestement blessé.

Shay entendait la respiration rauque de Levet à côté d'elle, mais Viper n'avait pas bougé. Telle une statue, il attendait la mort.

Shay ne savait pas si elle devait être rassurée ou terrifiée de le voir ainsi.

Et en vérité, elle cessa rapidement de se poser la question en entendant les hurlements reprendre et en voyant la porte trembler sous les assauts renouvelés de leurs attaquants. Le bois se fissura, se fendit et finit par voler en éclats sous la vague mouvante de chiens de l'enfer.

Ceux-ci essayèrent de charger tous en même temps et se retrouvèrent coincés dans l'ouverture étroite, laissant ainsi aux assiégés le temps de se préparer. L'espace d'un instant, il n'y eut rien qu'un enchevêtrement de corps sombres, accompagné de hurlements de rage. Puis le barrage céda et les démons affluèrent par l'encadrement, prêts à tuer.

Shay affermit sa position et regarda les premiers d'entre eux la charger. Des créatures effroyables de la taille de poneys, aux yeux cramoisis et munies de crocs d'où coulait un acide corrosif. Heureusement, elles étaient presque aussi bêtes qu'elles étaient méchantes, et il n'y avait aucune stratégie, aucune tentative d'action coordonnée dans leur attaque.

Empoignant son épée à deux mains, Shay attendit que le premier démon s'empale dessus. Elle vit des mâchoires claquer près de son visage, sentit un sang chaud couler le long de ses bras, et tourna souplement sur elle-même pour faire glisser la bête, entraînée par son poids, de sa lame.

Le chien mort alla s'écraser au milieu de la meute et fut immédiatement mis en pièces par ses compagnons enragés, mais Shay, qui terminait sa pirouette, n'eut qu'un bref aperçu de la curée. Elle baissa son épée, puis la releva pour décapiter un autre chien.

Le sang et la puanteur des monstres agonisants envahirent l'air tandis que Shay continuait sa danse meurtrière au milieu de leur masse grouillante. Cela faisait des années qu'elle ne s'était pas retrouvée dans une bataille de cette ampleur, mais elle avait pratiqué son art tous les jours comme elle avait juré à son père de le faire, et elle découvrit qu'elle maniait son arme avec aisance et fluidité.

Elle avait vaguement conscience de la litanie de jurons émaillée de grognements que poussait Levet en jouant de son poignard pour tenir les chiens de l'enfer à distance, et des gestes rapides et précis de Viper qui se frayait un chemin à travers la pièce en laissant un chapelet de chiens agonisants dans son sillage. Mais elle concentrait toute son attention sur les démons les plus proches, qui chargeaient sans peur ni hésitation.

À coups de taille courts et contenus d'une efficacité meurtrière, accompagnés de violents coups de pied, elle réussit à tenir les monstres à l'écart.

Et brusquement, tout fut fini.

Un moment, elle tranchait la gorge d'un chien, et le suivant, un lourd silence avait envahi la pièce.

Avec un soupir, Shay s'adossa au mur. Elle avait une morsure à l'arrière du mollet et une profonde griffure sur le bras, mais elle était vivante. C'était déjà pas mal.

Elle tourna les yeux vers Levet pour vérifier qu'il était encore debout, puis vers le grand vampire qui nettoyait calmement sa lame.

Partout sur le sol, les démons morts ou mourants commençaient à se désintégrer pour former une couche de cendre grise. Même le sang dont les bras de Shay étaient maculés s'écaillait en flocons qui flottaient dans les airs.

Viper glissa son épée dans le fourreau attaché dans son dos et s'approcha d'elle.

— Tu es blessée ? demanda-t-il.

Shay ravala un rire fatigué. Elle donnait l'impression de s'être roulée dans un tas de poussière, et lui n'avait pas un cheveu de travers.

— Rien de bien grave, marmonna-t-elle, les sourcils froncés, en le voyant s'agenouiller pour examiner la blessure qu'elle avait à la jambe.

En lui effleurant la peau de ses doigts froids, le vampire lui fit courir une onde de chaleur par tout le corps. Elle serra les dents et posa un regard noir sur sa tête argentée.

— Ça va.

Il leva les yeux, une expression indéchiffrable sur le visage.

— Est-ce que tu cicatrises comme une humaine ou comme une Shalott ?

— Je ne sais pas comment c'est chez les Shalotts, mais je cicatrise beaucoup plus vite que les humains.

— Tu es immunisée contre les infections ?

— Oui.

Viper reporta son attention sur la plaie qui avait déjà cessé de saigner et commençait à se refermer. Sa force surhumaine n'était pas la seule chose qui avait valu à Shay d'être traitée de monstre toutes ces années. Avec un léger hochement de tête, le vampire se releva.

— Est-ce que tu sens le démon approcher ? demanda-t-il.

— Oui, répondit Shay en frissonnant.

— Est-ce le même que celui qui a essayé de te voler à moi la nuit de la vente ?

La démone se força à se concentrer. Une tâche qui aurait été bien plus facile si Viper avait eu la décence d'aller se mettre à l'autre bout de la pièce. La froide énergie qui émanait de lui était une distraction dont elle n'avait pas besoin.

Elle prit une grande inspiration, ferma les yeux et, avec réticence, ouvrit ses perceptions au démon qui approchait. Il lui avait fallu des années pour apprendre à mettre sa raison humaine de côté pour se fier à ses sens délicats de démone. Elle ne comprenait peut-être pas ce qui lui permettait de reconnaître ainsi à distance l'essence d'autrui, mais elle ne remettait plus en question cette capacité.

Il lui fallut un long moment, mais elle finit par esquisser un petit signe de dénégation. Elle percevait bien un danger froid et menaçant, mais il était différent.

— Ce n'est pas le même démon.

— Je ne sais pas si je dois être soulagé ou déçu, constata Viper en secouant la tête, avant de lui tendre la main. Viens, il faut qu'on sorte d'ici.

Shay écarquilla les yeux.

— Il ne serait pas plus sûr de rester ?

— On serait pris au piège.

— Au moins, on aurait de quoi se battre, fit remarquer la jeune femme.

Le vampire haussa les épaules.

— Il nous faut un endroit d'où on pourra s'enfuir si les choses tournent mal.

— *Si* les choses tournent mal ? répéta Shay en s'étranglant d'incrédulité.

Un mince sourire se dessina sur les lèvres de Viper, et il se pencha pour lui déposer un baiser juste sous l'oreille.

— Les réjouissances ne font que commencer, mon cœur, chuchota-t-il.

Viper s'empara d'une paire de poignards, qu'il glissa dans ses bottes, et d'une petite amulette enfilée sur un cordon de cuir, puis conduisit Shay et la gargouille hors de l'arsenal.

Les chiens de l'enfer étaient morts, mais le démon qui rôdait là, tout près, était une menace dont il leur fallait tenir compte. Le vampire ne voulait pas se retrouver acculé sans porte de sortie lorsque celui-ci se déciderait enfin à attaquer. Pas tant qu'il n'était pas certain de pouvoir le vaincre.

Il s'engagea dans un tunnel étroit qui menait à l'écart de la maison, avec une hâte silencieuse qui arracha un murmure mécontent à Shay et fit trébucher la minuscule gargouille dans ses efforts pour ne pas se laisser distancer. Sans écouter leurs protestations, il poursuivit sa course dans l'obscurité et finit par atteindre l'escalier qu'il cherchait.

— Par ici, dit-il d'un ton autoritaire, en s'effaçant pour laisser passer ses compagnons.

Tous deux s'arrêtèrent pour le regarder avec méfiance. Il aurait dû se douter que c'était trop attendre de leur part qu'ils obéissent sans discuter.

— Où est-ce que ça mène ? demanda Shay.

— À une petite pièce sous le garage. Nous allons tenter de repousser le démon de là, mais, si nous échouons, cela te donnera une chance de fuir.

Le visage de la jeune femme se durcit.

— Tu t'imagines que je vais te laisser… enfin, laisser à Levet le soin de repousser un démon qui en a manifestement après moi ?

— Nous n'avons pas le choix, répondit Viper en lui agrippant le bras. Ni lui ni moi ne pouvons sortir de ces tunnels, pas tant que la nuit n'est pas tombée. Nous pouvons seulement te donner le temps de t'échapper.

Levet poussa un soupir rauque.

— Il a raison, Shay. Il faut que tu t'en ailles.

— Pas question. Je… (Shay fut interrompue par un grondement derrière eux.) Merde.

— Plus le temps de discuter.

Sans lâcher le bras de Shay, Viper la força à monter les marches jusqu'à la petite pièce. Une fois arrivé en haut, il plongea la main dans sa poche pour en ressortir l'amulette, qu'il lui passa au cou.

Shay baissa les yeux sur l'objet, déconcertée.

— Qu'est-ce que c'est que ça ?

— Cette amulette contient un charme qui dissimulera ta présence au démon.

Une expression étrange passa sur le pâle visage de la jeune femme.

— Magique ?

— C'est ce qu'on m'a assuré, murmura Viper. Pardonne-moi.

— Quoi ? (Shay poussa un glapissement de douleur en sentant le vampire lui arracher plusieurs cheveux de la tête.) Qu'est-ce qui te prend ?

Viper mit les cheveux dans sa poche.

— Au moins une partie de ton odeur doit rester ici, sinon le démon va se douter de quelque chose. Maintenant, va-t'en.

S'attendant à d'autres protestations, Viper fut surpris de la voir hocher brièvement la tête.

— Oui.

— Attends que je sois sorti de la pièce, puis grimpe à l'échelle et pousse la trappe. Les clés des voitures sont accrochées au mur. Prends-en une et fuis aussi loin que tu le peux.

— D'accord.

Cette soudaine obéissance éveilla les soupçons de Viper. Shay était précisément le genre de femme à insister pour couler avec le navire. Une Jeanne d'Arc en puissance. Bon sang, il s'était attendu à devoir employer la force pour lui faire quitter les tunnels.

Il lui prit le visage entre les mains et la regarda droit dans les yeux.

— Je veux ta parole que tu vas t'en aller, Shay.

Un éclair d'agacement passa dans les grands yeux dorés, mais à sa grande stupeur, elle hocha la tête.

— Je vais m'en aller.

— Promis ?

— Promis.

Viper poussa un grognement sourd. Il ne doutait pas de la parole de la jeune femme, mais il ne pouvait se défaire de la certitude qu'elle mijotait quelque chose de ridiculement dangereux.

Malheureusement, tout sermon qu'il aurait pu lui faire sur la différence entre le courage et la stupidité lui sortit de la tête lorsqu'il entendit un bruit de bois qui volait en éclats et de terre qui s'éboulait.

Le démon avait perdu patience et se forçait un passage à travers les tunnels malgré sa corpulence.

Par les couilles du diable.

Sans hésiter, Viper baissa la tête pour plaquer un baiser bref et vorace sur les lèvres de la jeune femme.

— Va, Shay, murmura-t-il en la poussant doucement vers l'échelle, avant de se retourner vers la porte de l'escalier.

Là encore, il se crispa, s'attendant à la voir protester, mais Shay était déjà en train de gagner l'échelle au pas de course. Il se hâta de sortir, refermant la porte derrière lui. Il sentait déjà le poids de l'aube qui envahissait le ciel. Il n'avait aucune envie de l'accueillir en personne.

De retour dans le tunnel, il vint se poster à côté de Levet, visiblement nerveux.

— Elle est partie ? demanda la gargouille à mi-voix.

— Oui.

— Vraiment ? (Levet cligna des yeux avec stupeur.) Vous ne lui avez pas fait de mal, j'espère ?

— Pour une fois, ça n'a pas été nécessaire. (Viper tira son épée de son fourreau, se préparant à accueillir le démon qui arrivait en fracassant tout sur son passage.) Elle a accepté relativement volontiers.

— *Sacrebleu* *. Ça ne peut vouloir dire qu'une chose : elle mijote quelque chose de stupide.

— Sans aucun doute, acquiesça Viper avec une grimace. Dans l'immédiat, cependant, elle est hors de danger. Nous n'avons plus qu'à espérer vaincre le démon avant qu'elle décide de revenir.

— Vaincre le démon, qu'il dit, marmonna Levet dans sa barbe, en levant son poignard devant lui d'un geste gauche. On est plus probablement sur le point de servir d'en-cas matinal.

Viper afficha un sourire sinistre.

— Il va d'abord falloir me tuer, mon ami. Ce démon va découvrir que la viande de vampire n'est pas si facile à se procurer.

La gargouille exprima son exaspération d'un mouvement de la queue, mais se retint heureusement de répliquer, et au même instant une lueur étouffée envahit le tunnel et le démon apparut.

Viper serra les dents en voyant sa tête étroite, couverte d'écailles, au museau long et sa gueule garnie de crocs acérés. Beaucoup auraient pris le démon pour un petit dragon, mais Viper savait faire la différence. C'était un de ces Lus oubliés depuis longtemps. Une créature redoutée par tout le monde démoniaque. Presque impossible à vaincre sans magie. Et Viper se trouvait justement à court de magie.

— Merde, murmura-t-il.

— Merde, en effet, dit Levet à côté de lui. Et maintenant ?

— Qu'est-ce que tu as comme sortilèges à ta disposition ?

Levet poussa un grognement écœuré.

— Tu crois que, si j'en avais, je serais encore là ? Mon amitié pour toi est encore loin d'être assez grande, vampire, pour que je reste volontairement affronter la mort à tes côtés.

— Je croyais que toutes les gargouilles avaient un minimum d'aptitudes magiques, marmonna Viper en faisant lentement un pas de côté pour se préparer à l'attaque.

— Oh, bien sûr, moque-toi de moi alors que je suis sur le point de mourir, râla Levet.

— Tu n'es pas sur le point de mourir, Levet. Tu es immortel, comme moi.

— Pff ! Tu sais aussi bien que moi que même les immortels peuvent mourir. Généralement de manière particulièrement atroce.

Ça, Viper ne pouvait guère le contester. C'était la vérité.

— Si tu préfères, je peux me contenter de te jeter au démon en espérant qu'il te tuera rapidement.

La gargouille se mit à marmonner des jurons en français, mais ceux-ci furent couverts par le grondement sifflant du Lu.

Même si le démon était trop corpulent pour glisser sans effort dans le tunnel, son cou de serpent lui permettait de balancer sa tête aux écailles noires effroyablement près d'eux.

— Je sens la Shalott. (Une langue fourchue goûta l'air.) Où l'avez-vous cachée ?

Viper resta impassible, cachant son soulagement au constat que le Lu n'avait pas encore compris que sa proie s'était échappée. Rien de tel que des siècles d'entraînement pour parfaire sa capacité à cacher ses émotions.

— Elle n'est pas loin, mais je crains qu'elle n'ait pas particulièrement hâte de te rencontrer, répondit-il d'une voix railleuse. Il semble que les charmes des insaisissables Lus soient largement surestimés.

Les yeux cramoisis étincelèrent de rage. Les Lus n'avaient jamais été réputés pour leur sens de l'humour.

— Tu te moques de moi à tes risques et périls, vampire.

Viper se rapprocha discrètement du mur. La faible lueur chatoyante qui émanait des écailles du démon deviendrait éblouissante dans une bataille. Il voulait être en mesure de surveiller cette gueule meurtrière lorsque le pire arriverait.

— Je doute que mes risques et périls aient quoi que ce soit à voir avec le fait de me moquer de toi. (Il retint fermement l'attention du démon sur lui-même, l'écartant du tremblant Levet.) Ce n'est pas pour ma brillante personnalité que tu es ici.

— Certes. (Au moins, le démon n'essayait pas de nier ses intentions meurtrières.) Mais je ne suis pas déraisonnable. Livre-la-moi et tu n'auras pas à mourir, vampire.

Viper afficha un froid sourire de dédain.

— Oh, je n'ai aucune intention de mourir. Pas de ta main. Ou plutôt, pas de tes dents.

Le sifflement furibond du démon fit trembler tout le tunnel.

— Tu parles courageusement, mais à moins que tu aies plus qu'une gargouille naine pour t'aider, tu n'as aucune chance contre moi.

Levet produisit un furieux vrombissement d'ailes, indigné par cette insulte.

— « Naine » ? répéta la gargouille d'un ton vexé. Attends voir, espèce de ver de terre géant, je vais…

— Pourquoi t'intéresses-tu à mon esclave ? l'interrompit Viper, ramenant l'attention du Lu sur lui.

Shay ne lui pardonnerait jamais s'il laissait la petite peste finir dans le ventre d'un démon.

Celui-ci tourna de nouveau sa tête de léviathan vers le vampire pour le transpercer d'un regard brûlant.

— C'est entre mon maître et la Shalott.

— Ton maître ? Depuis quand les puissants Lus ont-ils permis à d'autres de se déclarer leurs maîtres ?

— Tu serais surpris, vampire. Très surpris.

Le petit rire moqueur du Lu fit courir un frisson sur la peau déjà froide de Viper. Il n'aimait pas l'idée que le démon lui cachait quelque chose. Quelque chose qui lui procurait manifestement un grand plaisir.

— Pourquoi parler ainsi par énigmes ? Ton maître est-il donc si lâche qu'il doive se cacher parmi les ombres ?

— Ah ah, non. Si tu veux des réponses, il faudra d'abord me vaincre.

Viper brandit son épée.

— Ça, ça peut s'arranger.

Les yeux rouges du démon devinrent deux fentes menaçantes.

— Ridicule, vampire ; j'aurai la Shalott. Ce n'est pas un morceau de métal qui m'arrêtera.

Preuve de ce qu'il disait, il avança brusquement son long museau avec une rapidité effarante et planta ses crocs dans le bras de Viper avant que celui-ci ait eu le temps d'esquiver l'attaque. Serrant les dents, le vampire enfonça son épée dans la gorge exposée du démon. Avec un sifflement de souffrance, le Lu recula, laissant dans la chair de Viper de profonds sillons d'où jaillit le sang, accompagné d'une douleur lancinante.

Viper se retrouva projeté contre le mur, et il lui fallut un moment pour retrouver ses esprits. Bon sang. Il y avait plus d'une façon de combattre cet immense démon.

Orientant la pointe de son épée vers le sol, Viper fit abstraction du sang qui coulait lentement le long de son bras engourdi et se concentra sur la riche terre à ses pieds. Il n'avait pas de pouvoirs magiques. Les vampires étaient incapables de jeter un sort. Ou même d'en percevoir la trace. Mais en revanche, ils contrôlaient les énergies ancestrales. Ces énergies qui émanaient des éléments eux-mêmes.

Sa volonté farouche se propagea de sa lame au sol, dont les profondeurs se mirent à trembler. Le tunnel trépida, et de son plafond bas se détacha une pluie de terre.

— Halte, ordonna le démon, dardant sa langue entre ses dents pointues. Pas d'astuces de vampire.

— Contrairement à toi, je suis mon propre maître et ne reçois d'ordres de personne, répondit Viper entre ses dents.

— Imbécile.

Le Lu attaqua de nouveau, mais cette fois Viper réussit à bondir de côté assez vite pour éviter le gros du coup. Les crocs du monstre lui égratignèrent l'épaule, mais il garda son épée fermement pointée vers le sol qui s'éboulait désormais sous les pattes du démon.

La terre bougeait, mais pas assez vite, constata furieusement Viper. L'énergie qu'il avait invoquée était utilisée par les vampires pour enfouir leurs victimes dans la terre lorsqu'ils les avaient complètement vidées de leur sang. Il était mal vu de laisser derrière soi des cadavres qui risquaient d'attirer l'attention d'un clan local.

Malheureusement, par les temps qui couraient, la plupart des vampires préféraient le sang synthétique aux dangers qu'il y avait à chasser une proie vivante, et les talents de Viper étaient rarement sollicités. Sans parler du fait que c'était la première fois qu'il essayait d'enterrer une créature aussi grosse que le Lu.

Ignorant encore que le sol recouvrait à présent ses pattes griffues et remontait lentement le long de ses écailles épaisses, le Lu tendit le cou pour happer la tête de Viper avec un sifflement rauque. Mais le vampire, en reculant d'un bond, réussit à l'éviter et les mâchoires du monstre se refermèrent bruyamment sur le vide. Viper se cogna douloureusement la tête contre le mur, mais c'était un bien faible prix à payer pour pouvoir la garder sur ses épaules.

Luttant farouchement pour se remettre de l'étourdissement dû au choc, le vampire se baissa et attrapa l'un des poignards cachés dans ses bottes. Il fallait qu'il déconcentre le démon s'il ne voulait pas se retrouver taillé en pièces.

Sans relâcher son invocation de la terre, il recula le bras et lança violemment la dague. Un bruit sourd et écœurant se fit entendre, suivi d'un hurlement de souffrance : l'arme s'était enfoncée jusqu'à la garde dans l'œil en amande du Lu.

— Tu vas payer de ta vie pour ça, vampire, rugit le démon, qui s'enlisait plus profondément dans le sol à chacune de ses convulsions de douleur.

— Inutile que je meure, et toi aussi, lança Viper, retenant l'attention du démon sur lui tout en faisant signe à la gargouille silencieuse de se plaquer contre le mur.

S'il réussissait à coincer le Lu, Levet et lui sortiraient peut-être de là à peu près sains et saufs. Il grimaça en sentant son sang imbiber ses vêtements. « À peu près sain et sauf » était tout ce qu'il pouvait espérer à présent.

— Dis-moi ce que tu veux de la Shalott, et nous pourrons peut-être nous arranger.

— Je t'ai dit qu'il faudrait me vaincre si tu voulais avoir des réponses, vampire, et je suis loin d'être vaincu.

Le Lu regarda Viper d'un air mauvais, le poignard toujours planté dans son œil faisant de sa gueule reptilienne un masque de sang et de fureur. Il essaya de se jeter en avant, mais poussa aussitôt un hurlement de frustration en découvrant qu'il était solidement retenu par le sol.

— Nooooon !

— Dis-moi ce que tu veux de la Shalott, répéta Viper d'un ton autoritaire.

— Tu vas mourir pour ça, gronda le démon.

Viper souleva son épée et il s'apprêtait à la plonger dans l'autre œil de son adversaire lorsque celui-ci redressa brusquement sa tête étroite pour heurter violemment le plafond. Une pluie de terre en tomba et Levet poussa un glapissement inquiet.

— *Mon Dieu* *, il est devenu fou ? s'écria-t-il.

C'était là une réelle possibilité, reconnut Viper en regardant le démon baisser la tête et, de nouveau, se redresser pour la cogner contre la terre au-dessus de lui. Les Lus avaient toujours été une espèce instable. Les croisements consanguins, ce n'était jamais une bonne idée.

Il était en train de se demander si le Lu était piégé assez solidement pour lui permettre de risquer une retraite stratégique ou de profiter de l'occasion pour lui porter quelques coups de plus lorsqu'il comprit soudain. Le démon n'était pas devenu fou. Il faisait exactement ce qu'il avait prévenu qu'il ferait.

Le tuer.

Une puissante secousse ébranla le tunnel et la terre se mit à tomber du plafond à une vitesse alarmante. Bientôt, le démon aurait fait s'effondrer toute la voûte du tunnel sur eux. Ils se retrouveraient enterrés sous les décombres.

Mais pas assez profondément, se rendit compte Viper en levant les yeux avec inquiétude. Le sol au-dessus d'eux commençait à se fissurer, et lorsque ce serait fait, les premières lueurs de l'aube arriveraient jusqu'à eux.

Par les couilles du diable.

— Levet ! lança-t-il pour avertir la gargouille.

Le petit démon ne serait pas tué par la lumière du jour, mais il redeviendrait statue. Il serait sans défense si le Lu décidait de l'emporter avec lui.

Étrangement, pourtant, Levet ne l'écouta pas. À la place, il s'agenouilla sur le sol qui se soulevait et marmonna quelque chose à voix basse.

Viper s'apprêtait à répéter sa mise en garde lorsque la gargouille leva les bras en l'air et cria :

— J'appelle la nuit.

Ses mots furent presque entièrement couverts par le bruit du plafond qui s'effondrait. Mais on ne pouvait se tromper sur la nature de l'épais nuage d'un noir d'encre qui les enveloppa brusquement.

Viper se figea, stupéfait, les mains toujours crispées sur son épée comme s'il ne savait pas encore avec certitude si ce nuage était une bénédiction ou un fléau.

Non loin de lui, il entendit Levet pousser un hoquet de surprise, puis un hurlement de triomphe.

— Ça a marché ! (Le battement excité de ses ailes agita l'air nocturne.) Par les couilles de pierre de mon père, ça a marché.

Chapitre 10

Shay avait déjà conduit auparavant. Rarement et mal. Mais elle connaissait les bases pour se déplacer d'un endroit à un autre.

Elle n'avait jamais eu entre les mains, en revanche, quoi que ce soit qui ressemble de près ou de loin à cette élégante Porsche. Elle avait à peine touché l'accélérateur que la voiture s'élança à une vitesse terrifiante dans l'aube naissante.

Rien d'étonnant donc à ce qu'elle ait réussi à froisser un peu de tôle et casser un phare lorsqu'elle arriva enfin à la salle des ventes pour récupérer le petit stock de potions magiques qu'elle avait laissé derrière elle.

Nul n'attendait d'elle qu'elle conduise à plus de cent soixante kilomètres à l'heure sans que cela ait quelques conséquences, se dit-elle pour se rassurer alors qu'elle regagnait la voiture clairement abîmée pour retourner chez Viper. Par ailleurs, le vampire serait sûrement tellement furieux de la voir revenir qu'il ne remarquerait même pas qu'elle avait réussi à esquinter son luxueux véhicule.

Ayant ajouté à la liste des dégâts un peu plus de tôle froissée, une vitre brisée et un pneu crevé en passant à travers champs et chemins de campagne, elle réintégra le garage dans un crissement de freins.

Elle avait fait l'aller-retour aussi vite qu'il était humainement, ou démoniaquement, possible de le faire. Elle ne pouvait cependant nier l'affreuse terreur qui lui tordait le ventre.

Une terreur qui faillit la mettre à genoux lorsqu'elle se faufila par la trappe dans la pièce sous le garage. Elle vit la porte tordue et arrachée de ses gonds par une force inconnue. Mais ce n'était pas ce qui lui glaçait le sang.

Même à cette distance, elle pouvait voir que le tunnel s'était écroulé et que le soleil matinal y entrait à flots.

Elle traversa la pièce en courant avant même de se demander pourquoi elle avait la gorge nouée et le cœur étreint d'un pincement douloureux.

Ça ne pouvait pas être parce qu'elle craignait que Viper soit mort.

Ç'aurait été… complètement fou de sa part. Non ?

Refusant d'analyser la panique qui faisait bouillonner son sang, Shay serra son sac contre elle avec précaution et entreprit de se frayer un passage par l'étroite ouverture.

Elle n'était pas sûre de ce qu'elle s'attendait à trouver, mais certainement pas ces épaisses ténèbres qui emplissaient le tunnel, presque palpables dans l'air.

— Levet ? appela-t-elle à voix basse. Viper ?

Elle entendit un léger raclement, puis une faible lueur perça brusquement les ténèbres. Shay crut d'abord que quelqu'un avait réussi à allumer une bougie, mais en tournant la tête, elle se rendit compte que ce n'était pas du tout ça.

Mais alors pas du tout.

Pétrifiée de terreur, elle parcourut du regard l'énorme démon aux écailles luisantes et aux yeux rouges. C'était la première fois qu'elle voyait une créature pareille. Et, elle l'espérait bien, la dernière.

Alors qu'elle le regardait, le démon tordit son museau ensanglanté en ce qui, elle le craignait fort, était un sourire de triomphe.

Oh… Merde, merde, merde.

— La Shalott, siffla la bête.

Hypnotisée par ses yeux flamboyants, Shay mit un long moment à entendre la voix froidement furieuse qui s'était élevée plus loin dans l'ombre.

— Bon sang, Shay, je t'avais dit de partir. Fiche le camp d'ici.

La jeune femme reprit brusquement ses esprits et grimaça. Tous les vampires étaient-ils de tels ingrats, ou Viper formait-il une espèce à part ?

Le démon dressé devant elle émit un rire guttural qui se réverbéra dans tout le tunnel. Dérangeant. Très dérangeant.

— Où que tu t'enfuies, je te retrouverai, Shalott ; mais si tu viens à moi, j'épargnerai la vie de ces deux-là, promit-il d'une voix râpeuse.

Shay prit une grande inspiration tout en plongeant discrètement la main dans son sac pour attraper l'un des pots en céramique.

— Viens à moi maintenant ! rugit le démon.

— J'arrive, j'arrive, marmonna Shay.

— Shay. (Il y avait dans la voix douce de Viper une nuance qui ressemblait à de la panique.) Le Lu est coincé pour le moment, mais je ne vais pas pouvoir le retenir très longtemps. Sors d'ici.

— Fais ce qu'il dit, Shay, renchérit Levet. Tu ne peux pas vaincre ce monstre.

Le monstre en question adressa un sifflement sourd à la gargouille, avant d'essayer de prendre l'air inoffensif. Sans succès, bien sûr.

— Je ne suis pas ton ennemi, chère enfant. Je ne suis ici que pour te ramener à mon maître. (La lueur sinistre qui émanait de ses écailles chatoya, comme s'il était en proie à une vive émotion.) Un maître qui n'aime pas voir ses attentes déçues.

Shay se rapprocha encore d'un pas. Non qu'elle souhaite se retrouver à portée de ces crocs aiguisés, mais il lui fallait être assez près pour pouvoir utiliser les armes qu'elle avait à sa disposition.

— Qui est ce mystérieux maître ? demanda-t-elle, plus pour détourner l'attention du démon que pour découvrir la vérité.

Tout était une question de priorités.

D'abord, sortir de là vivante, et après seulement, s'inquiéter de qui pouvait la convoiter si désespérément.

— Un ami puissant, ou un ennemi mortel. Le choix t'appartient.

— Tu ne m'as toujours pas donné de nom.

— Il est interdit de prononcer son nom, mais je t'assure que je ne te veux aucun mal.

Shay leva les yeux au ciel face à ces typiques salamalecs de démon.

— Je ne sais pas pourquoi, mais j'ai du mal à te croire.

— Tu as ma parole que je te mènerai à mon maître sans te faire le moindre mal. Est-ce que cela te convient ?

— Ça dépend de ce qui m'attend à l'arrivée. (Elle se rapprocha légèrement.) Qu'est-ce que ton maître veut de moi ?

— C'est là une question à laquelle il devra répondre lui-même.

— Ça ne me donne pas vraiment envie de t'accorder ma confiance.

Une lueur menaçante étincela dans les yeux rouges du démon. Ou du moins, dans l'un d'eux. Un lourd poignard était planté dans l'autre. Beurk.

— Je n'ai pas besoin de ta confiance. Si tu ne viens pas avec moi de ton plein gré, je t'emmènerai de force. Il n'y a pas d'autre option.

Shay sentit Viper contourner lentement le démon par-derrière, mais elle n'osa pas détourner les yeux de la gueule dangereuse qui se balançait bien trop près d'elle. Elle ne savait pas du tout si son plan allait fonctionner, et il semblait prudent d'être prête à esquiver.

Sa tête lui plaisait bien précisément là où elle était.

— En fait…, murmura-t-elle en sortant le pot de son sac, j'en ai une.

— Shay, non ! lança Viper, mais trop tard, car elle avait déjà jeté le pot.

Celui-ci explosa sur le museau allongé du démon, qui poussa ce qui était incontestablement un rugissement de douleur.

L'espace d'un instant, Shay fut aveuglée par l'onde de lumière qui jaillit de ses écailles. Elle ne s'attendait pas à pareil flamboiement, et ce bref moment de vulnérabilité lui coûta cher : le démon se jeta en avant et l'écrasa contre le mur avec sa tête.

Le coup n'était pas destiné à la tuer, mais il n'en fut pas moins douloureux. Secouant la tête, Shay se releva péniblement et vit avec horreur Viper se jeter entre elle et les crocs aiguisés comme des rasoirs.

Le Lu chargea immédiatement et Shay sentit son cœur s'arrêter en regardant le vampire lever sa longue épée pour l'abattre sur la gueule menaçante du démon. Le tintement du métal rencontrant une matière bien plus dure retentit dans le tunnel.

Shay se précipita pour ramasser son sac qui était tombé et en sortit un autre pot. Il fallait qu'elle fasse quelque chose avant que le démon réussisse à atteindre Viper.

Mais alors qu'elle se redressait, elle entendit un sifflement aigu et écarquilla les yeux en voyant l'épée du vampire commencer à s'enfoncer entre les épaisses écailles.

— Qu'est-ce qui se passe ? demanda-t-elle.

Viper banda ses muscles pour plonger la lame meurtrière encore plus profond.

— La potion que tu lui as jetée a ramolli sa cuirasse.

Le Lu poussa un rugissement de fureur, et, reculant le bras, Shay lança l'ignoble mixture de sorcières directement dans sa plaie sanguinolente.

Cette fois, elle s'attendait à l'éblouissement lumineux et elle se protégea les yeux du bras, tout en s'efforçant de ne pas écouter le hurlement de douleur perçant.

Les Shalotts étaient peut-être des guerriers de renom, mais elle avait assez d'humanité en elle pour ressentir de la compassion à l'égard du démon agonisant. Le Lu les aurait sans doute tués tous les trois sans une once de remords, mais l'idée de prolonger ses souffrances lui était néanmoins insupportable.

Elle se pencha pour attraper la dernière des potions et se prépara à la lancer.

— Attends, mon cœur, lui ordonna abruptement Viper en retirant d'un geste brusque son épée profondément enfoncée dans le crâne du Lu.

Avec un sifflement, le démon s'affala par terre.

— Tu n'as quand même pas l'intention de le laisser dans cet état ? s'indigna Shay en regardant le monstre se convulser dans une mare de son propre sang.

— Il a passé un marché avec moi ; n'est-ce pas, puissant Lu ?

L'œil cramoisi s'entrouvrit.

— Je ne négocie pas avec les vampires.

Viper s'avança pour placer la pointe de son épée sur le dessus du crâne du démon. Les écailles de celui-ci avaient déjà commencé à se liquéfier atrocement.

— Tu m'as dit que, si je parvenais à te vaincre, tu répondrais à mes questions. (À la lueur vacillante des écailles du Lu, Viper paraissait encore plus grand.) Te voilà vaincu. Maintenant, tiens parole.

L'espace d'un instant, la rage du démon agonisant fit trembler l'air. Puis, étonnamment, il poussa un soupir rauque.

— Pose tes questions.

— Pourquoi ton maître veut-il la Shalott ?

— Pour son sang.

Shay eut un mouvement de recul. Maudit soit son sang. Il en avait, des comptes à rendre, celui-là. C'était à croire que tous les démons au monde voulaient y goûter pour une raison ou pour une autre.

— Qui est-ce ?

— Je te l'ai déjà dit : je n'ai pas le droit de prononcer son nom.

— Où est-ce que je peux le trouver, alors ?

— Il était à Chicago, mais je le sens s'éloigner. Je ne sais pas où il va.

Viper poussa un grondement sourd, en crispant les doigts sur la poignée de son épée.

— Tu n'as aucune réponse pour moi.

Le Lu émit un petit rire inquiétant.

— Parce que tu ne poses pas les bonnes questions, vampire.

— Et quelles sont les bonnes questions ?

— Ah, non, je ne vais pas te faciliter la tâche.

Shay s'avança vivement. Il n'y avait pas besoin d'être un génie pour voir que Viper était à bout de patience. Le Lu ne pourrait leur apporter aucune réponse une fois que cette épée lui aurait transpercé le cerveau.

— Tu as dit que ton maître me voulait pour mon sang, dit-elle, s'adressant directement au démon. A-t-il l'intention de le vendre, ou de l'utiliser pour lui-même ?

Le Lu tourna vers elle son œil cramoisi. Elle frissonna en voyant l'intelligence troublante qui se reflétait dans les profondeurs étincelantes de celui-ci. Elle se rendit brusquement compte qu'il était bien plus qu'un immense et dangereux monstre. Du moins, elle supposait que c'était un « il ». Elle n'allait certainement pas lui demander de se mettre sur le dos pour vérifier.

— Mon maître n'a pas besoin de ton sang lui-même, répondit le démon dans un sifflement.

— Donc il a l'intention de me vendre ?

— Tu représentes plutôt... un moyen d'arriver à ses fins.

Shay sentit sa propre patience s'évaporer brusquement. Pas étonnant qu'il ait accepté de répondre à leurs questions. Il ne révélait rien du tout.

— Est-ce qu'il détient Evor ?

Percevant peut-être son énervement, le démon esquissa un sourire de satisfaction sarcastique.

— Le troll est vivant et en bonne santé. Pour le moment.

Shay cligna des yeux, stupéfaite.

— Qu'est-ce que tu veux dire ?

— Si tu veux la réponse à cette question, sers-toi du sortilège qui t'a été jeté. (Un affreux gargouillement s'échappa de la gorge du démon, et il fut pris d'un brusque frisson.) J'ai tenu ma promesse, maudit vampire, maintenant achève-moi.

Viper se tourna vers Shay pour la regarder d'un air interrogateur.

— Shay ?

Il y avait sûrement une dizaine d'autres questions qu'elle aurait dû poser. Certaines auxquelles le démon aurait peut-être même répondu. Mais elle ne pouvait pas. Elle n'avait tout simplement pas le cœur à regarder souffrir une créature, quelle qu'elle soit.

— Vas-y.

L'envie de se détourner fut presque trop forte, mais Shay se força à regarder Viper porter le coup de grâce. Le démon en avait eu après elle, et elle seule. C'était entièrement sa faute si Viper et Levet avaient été attaqués. Le moins qu'elle puisse faire était de rester aux côtés du vampire au moment où il achevait son ennemi.

Viper leva son épée et l'abattit violemment, tranchant d'un coup net la tête allongée du démon. Comme Shay, il semblait déterminé à abréger les souffrances de la créature.

Il n'y eut nul son pour indiquer que le Lu était mort, mais l'éclat palpitant de ses écailles commença lentement à se ternir. Shay adressa une prière silencieuse au ciel. Elle ne savait pas trop à quelle divinité les Lus adressaient les leurs, mais ses mots trouveraient sûrement leur chemin.

Un lourd silence retomba et le noir devint complet. Le démon était mort, mais Shay ne ressentit aucun soulagement.

Il y avait toujours quelque chose, là, dehors, qui voulait son sang.

La seule question était de savoir ce qu'il enverrait après elle la prochaine fois.

Perdue dans ces pensées sinistres, Shay poussa un cri de surprise en sentant soudain une petite main tirer sur le bas de son peignoir.

— Levet ?

— Ah, donc tu n'as pas oublié la pauvre gargouille forcée de combattre chiens de l'enfer et démons et de maintenir ce magnifique sort d'obscurité alors même qu'elle souffre d'un terrible point de côté, murmura Levet d'un ton écœuré.

Shay se détendit un peu au son des grommellements familiers de son ami.

— C'est un sort magnifique, en effet, Levet, mais au cas où tu n'aurais pas remarqué, j'ai été plutôt occupée.

— *Oui, oui* *, répliqua sèchement le petit démon, visiblement peu impressionné. Ding dong, le démon est mort, maintenant est-ce qu'on peut aller se féliciter de notre admirable travail ailleurs, dans un endroit où le plafond ne sera pas sur le point de s'effondrer et ton beau gosse de vampire de se transformer en tas de cendres ?

Bonne remarque.

Vêtu en tout et pour tout d'un boxer en soie noire, Viper adopta une position plus confortable sur le lit qui occupait une grande partie de son repaire secret. À côté de lui, étendue de tout son long, Shay dormait d'un sommeil agité, sa magnifique chevelure bouclée étalée sur les taies d'oreiller en satin noir.

Incapable de résister à la tentation, il laissa ses doigts en caresser légèrement la ténébreuse richesse.

Il savait qu'il aurait dû se reposer. Après la mort du Lu, il lui avait fallu plusieurs heures pour rassembler ses serviteurs humains et leur faire monter la garde tout autour de la maison, ainsi que pour contacter son clan et l'engager à être vigilant. Il ne croyait pas vraiment que le mystérieux maître pouvait lancer une autre attaque si rapidement, mais il était bien décidé à y être préparé.

C'était seulement lorsqu'il avait été certain qu'il avait fait tout ce qui était en son pouvoir pour assurer la sécurité de Shay qu'il avait rejoint celle-ci dans son lit et s'était autorisé le luxe de s'abandonner au sommeil. Un sommeil qui avait été troublé bien trop tôt par le contact d'un corps chaud contre le sien et la grisante odeur féminine qui embaumait l'air.

Hé, de toute façon, le sommeil, ce n'était pas si important que ça, se dit-il en se redressant sur un coude pour étudier le profil délicat de Shay.

Avec émerveillement, il se rendit compte que c'était la première fois de sa longue vie qu'il se réveillait avec une femme entre les bras.

Les vampires assimilaient rarement les rapports charnels à une relation durable, et bien qu'ils vivent en clans, ils ne formaient pas de couple tant qu'ils n'avaient pas trouvé leur véritable compagne.

Savourant la douceur de sa chevelure soyeuse qui glissait entre ses doigts, Viper réprima un sourire en voyant la jeune femme ouvrir lentement les yeux en battant des cils.

Dieu, qu'elle était belle.

Prodigieusement agaçante, mais si belle.

Shay laissa errer un regard ensommeillé sur son visage comme pour en mémoriser chaque trait puis, se rendant soudain compte de ce qu'elle était en train de faire, se raidit brusquement.

— Viper. Il y a un problème ?

— Non, répondit-il avec un lent sourire. J'ai seulement plaisir à te regarder.

Elle se tortilla avec gêne, sur les draps en satin. Cette femme, avait découvert Viper, devenait étrangement timide dans les situations intimes. Comme si elle manquait d'expérience en cette matière.

— Quelle heure est-il ?

— Seize heures à peine. (Viper agrippa la couverture et la tira vers le bas pour révéler le corps mince de la jeune femme, à peine couvert par son peignoir.) Est-ce que tes blessures te font mal ?

— Non, j'ai des courbatures, c'est tout. (Shay retint son souffle en sentant Viper faire courir ses doigts sur les marques roses à peine visibles qui altéraient encore sa peau dorée.) Qu'est-ce que tu fais ?

— Je tiens à m'assurer que tu es guérie.

— Tu n'as pas besoin de me toucher la jambe pour le constater.

Avec un petit rire, Viper fit posément remonter ses doigts le long de son mollet pour lui caresser l'arrière de la jambe.

— Non, mais c'est bien plus agréable que de se contenter de regarder.

Une moue désapprobatrice apparut sur le visage de la jeune femme, mais le frémissement qui la parcourut malgré elle n'échappa pas au vampire.

— Où est Levet ?

Viper grimaça.

— Toujours statufié, Dieu merci.

Shay se redressa sur ses coudes et lui jeta un regard sincèrement agacé.

— Tu n'es vraiment qu'un sale ingrat. Levet t'a sauvé la vie.

Viper haussa les épaules, bien plus intéressé par la peau satinée sous ses doigts vagabonds que par la gargouille assoupie.

— Ça n'empêche pas qu'il mettrait la patience d'un saint à l'épreuve. J'ai rencontré des pirates avinés qui étaient plus polis.

Une lueur amusée passa dans le regard de Shay malgré elle.

— Il faut du temps pour apprendre à le supporter, je te l'accorde.

— Comme l'arsenic ?

— J'aurais dû te laisser griller, marmonna-t-elle.

— Me laisser griller, je ne sais pas, mais ce qui est sûr, c'est que tu n'aurais jamais dû revenir. (Il plongea les yeux dans les siens, la forçant à soutenir son regard.) Pourquoi ?

— Pourquoi quoi ?

Il crispa les doigts sur sa jambe.

— Ne joue pas les imbéciles, mon cœur. Je sais que tu bénéficies d'une intelligence hors du commun. Du moins quand tu décides de t'en servir. Pourquoi es-tu revenue ?

Shay baissa le regard, cachant ses yeux derrière le rideau épais de ses cils.

— Je ne pouvais pas abandonner Levet.

— Le Lu ne lui aurait pas fait de mal.

— Tu ne peux pas en être sûr.

Viper se pencha plus près. Assez près pour sentir la chaleur de la jeune femme sur sa propre peau, et entendre les battements presque tangibles de son cœur.

Ce fut à son tour de frissonner.

Il était un prédateur. Une créature destinée à chasser et capturer ses proies sans pitié. Et il la désirait. Il voulait s'enfouir en elle. Il voulait assouvir son désir tout en buvant son sang.

Heureusement, il avait eu des siècles pour apprendre à contrôler ses appétits. Et pour apprendre à apprécier le fait que plus une proie était difficile à attraper, plus sa capture était satisfaisante.

— Essaie encore, mon cœur, murmura-t-il d'une voix légèrement râpeuse.

Shay s'humecta les lèvres du bout de la langue.

— Je n'aime pas l'idée d'avoir un démon à mes trousses. Il m'a paru plus judicieux de l'affronter directement que de risquer qu'il me reprenne par surprise.

Viper bougea pour se presser plus fermement contre les rondeurs de la jeune femme, tout en atteignant le bord de son peignoir de ses doigts vagabonds.

— Très logique.

— Je pense que tu t'es suffisamment assuré que ma jambe était guérie, réitéra Shay d'une voix tremblante.

— Je préfère faire les choses à fond.

La jeune femme se laissa brusquement retomber sur les oreillers. Le vampire pouvait entendre son cœur qui battait la chamade.

— Viper.

Il la suivit dans son mouvement et lui effleura les lèvres d'un baiser.

— Tu es revenue pour me sauver, n'est-ce pas ?

— Non.

— Pourquoi est-ce si terrible pour toi d'admettre que tu n'as pas envie de me voir mourir ?

Elle s'étrangla lorsqu'il déplaça sa main pour tirer sur la ceinture du peignoir, ouvrant doucement celui-ci pour révéler la beauté sublime en dessous.

— Arrête, dit-elle.

D'un geste plein de révérence, il effleura la douce courbe du ventre de la jeune femme.

— Je n'ai jamais caressé une peau pareille. Aussi douce… aussi chaude. J'avais oublié la beauté des Shalotts.

Bien qu'elle ait assez de force pour le projeter à travers la pièce, peut-être même à travers la porte massive, Shay resta allongée sous lui, le visage crispé d'une expression qui ressemblait de manière suspecte à de la peine.

— Je suis une hybride, tu as oublié ?

— Je n'ai rien oublié de toi, et je peux te jurer en toute honnêteté que ton sang humain ne te rend pas moins ravissante. (Il laissa ses yeux vagabonder sur toute la longueur de son corps délicieux.) En fait, il ajoute à ta beauté une charmante pointe de fragilité.

— Je ne suis pas ravissante.

Viper s'immobilisa, le cœur envahi d'une tendresse dont il n'avait pas l'habitude. Par le sang des saints, comment cette femme pouvait-elle ignorer qu'elle était belle à faire pleurer les anges de jalousie ?

— Regarde-moi, lui ordonna-t-il. (Il attendit qu'elle relève les cils à contrecœur, révélant ses yeux méfiants.) Crois-tu que ce soit seulement le sang des Shalotts qui grise les vampires ? Ça a toujours été votre beauté stupéfiante qui nous a fascinés en premier.

Elle secoua la tête, manifestement peu encline à le croire.

— Qu'est-ce que tu veux de moi ? demanda-t-elle.

Ah, ça, c'était facile.

Il appuya son front sur celui de la jeune femme, humant son odeur enivrante.

— Touche-moi, chuchota-t-il d'une voix chargée de désir. Laisse-moi sentir tes mains sur mon corps.

Elle frissonna.

— Viper, on devrait…

Il effleura ses lèvres avec les siennes, et remonta délicatement la main vers son sein.

— Je t'en prie, Shay, laisse-moi juste sentir ta caresse. C'est tout ce que je te demande.

L'espace d'un long et angoissant moment, il crut qu'elle allait refuser de céder à sa supplication. Elle avait beau le désirer, ses défenses étaient redoutables. Elle ne voulait pas le désirer. Peut-être même craignait-elle de le faire.

Puis, avec une lenteur insoutenable, elle leva la main et frôla son torse nu du bout des doigts.

Viper poussa un grognement, tout le corps brusquement tendu comme un arc. Nom de Dieu. Elle n'avait fait que l'effleurer, et il était déjà en érection.

Il pencha la tête pour presser les lèvres sur la peau délicate de sa tempe.

— N'arrête pas maintenant, la supplia-t-il doucement.

Lui. Viper. Vampire plusieurs fois centenaire. Chef de clan. Prédateur redouté. En train de supplier une femme de le toucher.

Incroyable.

Mais que pouvait faire un homme désespéré ?

Il laissa sa bouche courir jusqu'à la courbe de l'oreille de Shay, et frémit en la sentant appuyer les mains plus fermement sur sa peau et les faire descendre le long de son torse jusqu'à son téton sensible.

Le bref élan de plaisir provoqué par ce contact lui arracha un gémissement sourd. Percevant aisément son excitation, Shay traça des cercles taquins autour de son aréole jusqu'à ce que la pointe durcisse.

— Je ne savais pas que les hommes aimaient ce genre de chose, murmura-t-elle.

— Les hommes en général, je ne sais pas, mais en tout cas, moi oui, beaucoup, répondit Viper d'une voix rauque.

— Et ça, tu aimes ?

Le prenant par surprise, elle baissa la tête pour donner un petit coup de langue sur son téton dressé, et Viper étouffa un gémissement. Une onde de plaisir lui traversa le corps, intensifiant son érection et lui faisant craindre, pour la première fois depuis des siècles, qu'un simple contact lui fasse atteindre l'orgasme.

Il emmêla ses doigts dans les cheveux de la jeune femme pour l'encourager à poursuivre ses délectables caresses.

Ce qu'elle fit.

Alors qu'il fermait lentement les yeux, les paupières lourdes, elle traça de ses doigts délicats un chemin brûlant le long de ses abdominaux contractés, jusqu'à l'élastique de son boxer qu'elle se mit à tirailler. Agité d'un soubresaut, il poussa un grognement.

— Oh, oui !

— Oui quoi ? chuchota-t-elle, prenant manifestement un plaisir pervers à le pousser aux limites de la folie.

Il lui couvrit le visage de baisers brûlants tout en se tortillant pour enlever le boxer qui avait l'affront de se trouver en travers du chemin.

— Cherches-tu délibérément à me torturer ? demanda-t-il d'une voix râpeuse, en baissant la main pour attraper la sienne et la guider vers son sexe turgescent. Ou veux-tu simplement me voir te supplier ?

— Tortures et supplications ? Les deux me plaisent, répliqua-t-elle.

Viper émit un petit rire qui se termina en un gémissement haletant lorsque d'une caresse hésitante elle fit courir ses doigts sur sa longueur palpitante.

— Nom de Dieu, lâcha-t-il dans un souffle en cambrant le dos tandis qu'elle l'explorait de la pointe à la base avant de repartir en sens inverse.

Il n'y avait rien d'expérimenté dans ses caresses. C'était plutôt comme si elle découvrait par elle-même la meilleure façon de lui arracher ces grognements sourds ; mais il n'avait jamais dû lutter aussi fort pour retenir les coups de reins qui montaient en lui et menaçaient de lui faire répandre son plaisir.

Alors que Shay le prenait à pleine main, il enfouit son visage dans ses cheveux, en évitant soigneusement de lui faire sentir ses canines allongées au maximum. Il n'avait aucun désir de lui rappeler qu'il était un de ces vampires qu'elle redoutait tant.

Pas maintenant.

Rien n'allait gâcher ce moment.

Rien, sauf le raffut soudain de quelqu'un qui tambourinait à la lourde porte de chêne.

— Shay ! (La voix perçante, agaçante et extrêmement importune de Levet se fit entendre.) Tu as l'intention de rester au lit toute la journée ou quoi ? Je meurs de faim, moi.

Viper se figea, mais Shay bondit hors du lit comme un boulet de canon. Elle referma hâtivement son peignoir sur son corps frissonnant.

La magie du moment était clairement rompue. Et à en juger par l'expression paniquée de la jeune femme, il n'était pas près de lui faire retrouver cet état d'esprit.

Avec un grondement de frustration, Viper se laissa retomber sur le dos et abattit les poings sur le matelas.

— Je... vais... le... tuer !

Chapitre 11

Shay était assise à la table de la cuisine en compagnie de Levet, occupée à faire un sort au restant de tarte aux pommes posé devant elle. Ce n'était pas qu'elle mourait de faim. Grâce à la gouvernante de Viper, les placards débordaient de vivres dans lesquels elle avait déjà bien pioché.

Mais elle avait pris l'habitude de manger dès que quelque chose la troublait. Surtout quand ce quelque chose était un vampire aux cheveux argentés et aux yeux noirs qui pouvait la transformer d'un simple regard en un paquet d'hormones en ébullition.

Elle avait eu tellement envie de lui. Elle avait voulu le sentir frémir sous ses caresses, l'entendre gémir de plaisir, le guider en elle pour pouvoir le rejoindre au septième ciel.

Et le pire, c'était qu'elle n'arrivait pas à se convaincre totalement que cela ne se reproduirait pas.

Ou qu'elle ne voulait pas que cela se reproduise.

Elle était pitoyable. Vraiment pitoyable.

Elle prit une autre cuillerée de tarte aux pommes et l'enfourna dans sa bouche. Heureusement que les Shalotts n'avaient jamais à se soucier de leur ligne.

Viper, lui, n'était pas du genre à se goinfrer, mais à taper des pieds.

Après avoir vidé d'un trait sa bouteille de sang, il avait entrepris d'arpenter sa demeure d'un pas furieux, ralliant ses troupes pour s'assurer que ses gardes étaient à leur poste et faisant venir de l'aide pour commencer à réparer les tunnels. Il allait et venait à travers la maison, vêtu d'un pantalon en velours noir assez moulant pour faire s'étrangler Shay sur sa tarte et d'une chemise argentée laissée ouverte, révélant son torse sublime. Il était si appétissant qu'elle avait envie d'abuser de lui ici et maintenant. S'il n'y avait pas eu cette expression renfrognée qui gâchait la beauté de ses traits.

En fait, ce fut presque un soulagement lorsqu'il marmonna quelque chose d'inaudible et sortit dans l'arrière-cour en claquant la porte.

— Je ne sais pas ce qui a mis ce vampire de si mauvaise humeur, murmura Levet tout en terminant de vider consciencieusement son quatrième bol de ragoût. Grâce à moi, il n'a pas fini en tas de cendres. Et ton esprit vif t'a permis de vaincre le Lu. Il devrait se prosterner à nos pieds de gratitude, pas taper du pied comme s'il avait un pieu dans le cul.

Shay soupira en repoussant le plat à tarte vide.

— Je pousserais pas trop, à ta place, Levet.

Quelque chose dans le ton de sa voix éveilla les soupçons de la gargouille, qui la regarda en haussant les sourcils.

— *Ma chérie* *, qu'est-ce que j'ai réussi à interrompre, exactement ?

Shay se trouva bête de sentir ses joues s'empourprer.

— Je t'ai dit de pas pousser.

Levet éclata brusquement de rire.

— Ah… Donc ta haine des vampires s'arrête aux portes du *boudoir* * ? Au moins, tu as bon goût. Il est superbe, dans le genre arrogant et froid.

Shay regarda son ami en fronçant les sourcils.

— Tu trouves Viper arrogant ? C'est l'hôpital qui se moque de la charité !

— L'hôpital ? (Levet exprima sa perplexité d'un geste des mains.) Je ne vois pas de quel hôpital tu parles.

Shay leva les yeux au ciel.

— Laisse tomber, Levet. Tu vis en Amérique depuis la Révolution. Ta maîtrise de l'anglais est meilleure que la mienne.

— L'anglais, beurk. C'est une langue tellement épouvantable. Aucun charme. Aucune beauté. Juste des bruits atroces qui écorchent mes oreilles délicates.

Feignant la nonchalance, Shay haussa les sourcils. Sans qu'elle sache trop comment, cette gargouille ridicule avait pris une place importante dans sa vie. Elle ne supportait pas l'idée qu'il lui arrive quelque chose à cause d'elle.

— Alors pourquoi restes-tu ici ? demanda-t-elle. Pourquoi ne rentres-tu pas en France ?

Un frisson agita le petit corps gris du démon.

— Tu veux dire, dans les bras aimants de ma famille ? *Sacrebleu* *, je ne survivrais pas à de telles retrouvailles. Aux dernières nouvelles, mes frères étaient bien décidés à avoir ma tête au bout d'une pique.

Shay grimaça.

— Oui, la famille, ça craint. D'après tout ce que j'ai pu découvrir, la plupart de mes lointains parents sont des assassins sanguinaires qui gardent souvent la peau de leurs victimes comme trophée.

— Charmant.

Shay tira sur sa longue tresse, encore humide de la douche qu'elle venait de prendre.

— Il y a des endroits autres que la France où tu pourrais aller. J'ai entendu dire que l'Italie est un très beau pays.

La gargouille l'observa longuement, d'un air de plus en plus soupçonneux.

— Est-ce que tu essaies de te débarrasser de moi ?

Shay hésita, s'efforçant de trouver un mensonge crédible malgré ce regard insistant. Elle finit par pousser un soupir. Merde. Elle n'avait jamais été douée pour les mensonges.

— Levet, tu sais aussi bien que moi qu'il est dangereux de me fréquenter. Il y a une créature, là, dehors, qui veut ma mort, et peu lui importe à qui elle fait du mal pour parvenir jusqu'à moi.

Levet agita les ailes d'un air indigné.

— Tu me prends donc pour un lâche qui fuit le danger ? Pourquoi tu ne m'émascules pas directement, pendant que tu y es ?!

— Je ne t'ai jamais pris pour un lâche, mais il est ridicule que tu risques ta vie sans raison.

Levet baissa la tête pour finir son bol de ragoût. Et surtout, pour lui cacher son expression.

— Je n'ai rien de mieux à faire pour le moment. Autant rester pour te protéger en attendant que quelque chose éveille mon intérêt.

Shay sentit l'émotion la gagner. En dépit de son mauvais caractère, la gargouille se souciait vraiment d'elle.

— Levet… (Elle s'apprêtait à exiger qu'il trouve un endroit plus sûr où s'abriter, mais fut brusquement interrompue par un rugissement qui déchira la nuit.) Qu'est-ce que c'était que ça ?

Levet bondit de sa chaise et se précipita pour ouvrir la porte.

— Les hurlements des damnés. Ou un vampire extrêmement en colère. Ça semble provenir du garage.

— Le garage… (Shay se releva lentement, le ventre soudain noué d'appréhension.) Oh.

— Qu'est-ce qu'il y a ? demanda Levet.

— Il est possible que j'aie rencontré quelques difficultés avec la voiture de Viper.

— Quel genre de voiture ?

— Une Porsche, je crois. Qu'est-ce que ça peut faire ?

Levet leva les yeux au ciel.

— Nom de Dieu.

Shay fronça les sourcils en voyant la gargouille attraper une miche de pain frais et se diriger vers l'escalier qui menait au sous-sol.

— Où est-ce que tu vas ?

— Chercher refuge contre la tempête qui approche.

Un autre rugissement se fit entendre, et Shay appuya une main contre son ventre crispé.

— Tu viens juste de me promettre que tu allais rester pour me protéger.

Levet émit un petit bruit chargé de mépris.

— Tu as détruit la Porsche d'un homme. Débrouille-toi toute seule.

— Traître, lança Shay en le regardant battre en retraite.

Sa voix résonnait encore dans la cuisine lorsque la porte de derrière s'ouvrit à la volée et que Viper entra dans la pièce, précédé d'une vague d'énergie qui fit naître un frisson sur la peau de la jeune femme.

En dépit de ses bonnes résolutions, Shay ne put s'empêcher de reculer contre le comptoir voisin en le voyant s'avancer vivement.

— Qu'est-ce que tu as fait ? (Il s'arrêta à quelques pas d'elle, comme s'il n'était pas du tout sûr de pouvoir se contenir s'il s'approchait plus. Shay agrippa le comptoir derrière elle, tout en reconnaissant à contrecœur que même dans sa colère il était d'une beauté terrible. Elle dut presque faire un effort pour se retenir de le toucher juste pour se rappeler qu'il était bien réel, et non le fruit de ses fantasmes.) Tu as voulu jouer aux auto-tamponneuses avec, ou quoi ?

Shay se força à reprendre ses esprits.

Pitoyable. Absolument pitoyable.

— Je n'ai pas l'habitude de conduire une voiture à levier de vitesses.

— Alors tu as foncé dans tous les arbres et tous les fossés que tu as trouvés sur ton chemin ?

Shay pinça les lèvres devant son ton cinglant. Magnifique ou non, il y avait des moments où il était carrément insupportable.

— Ce n'est pas à ce point.

— Elle est bonne pour la casse.

— Je veux bien reconnaître qu'elle a quelques bosses et égratignures, mais elle n'est pas bonne pour la casse pour autant.

Viper plissa ses yeux couleur de nuit.

— La boîte de vitesses est foutue, le levier irréparable, le…

— OK, il y a des problèmes, l'interrompit Shay, en tressaillant intérieurement au souvenir du nombre de fossés et d'arbres qu'elle avait en effet réussi à trouver. Mais ce n'est qu'une voiture.

— Ce n'est qu'une voiture ?! (Il la regarda d'un air éberlué, comme si elle parlait une langue étrangère.) C'est comme si tu disais qu'un Picasso n'est qu'une croûte comme une autre. C'est… C'était un chef-d'œuvre.

— C'est toi qui m'as ordonné de prendre une voiture et de m'en aller.

— Je ne savais pas qu'il était nécessaire de spécifier qu'elle me soit rendue en un seul morceau.

Assez. Shay releva fièrement le menton et mit les poings sur les hanches. Ce vampire devait être le plus insensible, le plus ingrat, le plus mal élevé qu'ait jamais connu ce monde.

— Qu'est-ce que tu veux de moi ? Des excuses ?

L'espace d'un instant, il continua à la fusiller du regard ; puis, sans transition, son humeur massacrante sembla s'évaporer et ce dangereux sourire de séducteur réapparut lentement sur ses lèvres.

— Mmm… Ce que je veux de toi. (Il s'avança avec une grâce sensuelle.) Fascinante question.

Shay sentit son cœur faire un bond alarmant. Il ne lui en fallait pas plus pour comprendre qu'elle avait intérêt à tenir ce vampire à distance.

— Ne t'avise même pas de faire un pas de plus.

Le petit rire de Viper lui fit courir un frisson dans le dos.

— Allons, mon cœur, tu sais pourtant bien qu'il ne faut pas me défier.

— Pas un pas de plus.

Bien sûr, il continua à avancer. C'était un vampire, n'est-ce pas ?

Shay laissa son instinct prendre le dessus. Alors qu'il tendait la main pour lui caresser le visage, elle agrippa son bras et, d'un mouvement rapide, se jeta au sol, mettant à profit sa stupéfaction momentanée pour l'entraîner dans sa chute. D'un violent coup de pied au sol, elle le fit aussitôt rouler sur le dos et se retrouva à califourchon sur son torse.

Tout s'était déroulé avec une telle fluidité qu'elle sut que Viper n'avait rien fait pour résister. Un soupçon qui se vit confirmer lorsqu'elle rencontra son regard brûlant.

— Et maintenant, qu'est-ce que tu comptes faire de moi ? murmura-t-il doucement, en empoignant ses hanches de façon suggestive.

Dieu soit loué pour l'épaisseur des jeans. Elle n'était pas sûre de ce qui se passerait s'il touchait de nouveau sa peau nue.

Rien qu'elle doive désirer, en tout cas.

— Ne me tente pas.

— C'est exactement ce que j'ai envie de faire, pourtant. (Il fit jouer ses pectoraux, provoquant un frottement contre l'entrejambe de Shay qui fit naître en elle une brusque vague de plaisir.) Es-tu tentée ?

Elle serra les dents.

— De te planter un pieu dans le cœur, oui.

— Avant ou après avoir hurlé de plaisir ?

— Nous n'avons pas le temps pour ce genre de bêtise, marmonna-t-elle avant de pousser un cri soudain lorsqu'il se releva d'un mouvement fluide et qu'elle dut enrouler les jambes autour de sa taille pour ne pas tomber sur le dos.

Il passa vivement les bras autour d'elle et pencha la tête pour lui dérober un baiser farouche et avide.

Un baiser qui fit tourner la tête à Shay, avant qu'il y mette fin avec un soupir.

— Malheureusement, tu as raison. (Il la reposa doucement à terre.) Il faut que nous élaborions un plan.

Shay vacilla, mais ne tomba pas.

C'était déjà ça.

— *Nous ?* demanda-t-elle.

— Que ça te plaise ou non, mon cœur, tu m'appartiens toujours.

Elle se raidit, avant que le bon sens lui souffle que ces paroles étaient une provocation délibérée. Il voulait détourner son attention de quelque chose.

La question était de savoir de quoi.

— Tu n'as quand même pas sérieusement l'intention de me garder près de toi ? demanda-t-elle d'un ton péremptoire. Tu as failli être tué. Pourquoi voudrais-tu de moi à tes côtés alors que ma présence met ta vie en danger ?

Il haussa les épaules.

— Ça change du train-train quotidien. Ça fait longtemps que personne n'a essayé de me tuer.

Cela ressemblait étrangement à la mauvaise excuse de Levet. Shay plissa les yeux.

— Je ne te crois pas. Pourquoi ne brises-tu pas l'amulette et ne te débarrasses-tu pas de moi ?

Le visage de Viper se durcit.

— Parce que tu es à moi et que je prends soin de ce qui m'appartient.

Elle était à lui ? Pouah.

— Ça ne me rassure pas.

Il lui effleura la joue du bout des doigts.

— Ça devrait, pourtant.

Elle recula hâtivement d'un pas. Bon sang, il savait qu'elle n'arrivait pas à réfléchir lorsqu'il la touchait.

— Tu as parlé d'un plan ? demanda-t-elle, se résignant à l'idée qu'il allait rester avec elle, tel une épine dans son pied, même si c'était stupide et dangereux.

Ah, les hommes.

— Il est évident que nous ne pouvons pas nous contenter de nous cacher, murmura Viper en s'accoudant au comptoir d'un air parfaitement nonchalant. Il faut qu'on trouve la meilleure manière de te protéger.

— Le Lu nous a dit de nous en remettre au sort qu'on m'a jeté. (Shay fronça les sourcils.) Qu'est-ce qu'il entendait par là ?

— Je n'en ai pas la moindre idée. Qu'est-ce que tu sais de ce sort ?

— Rien.

— Tu dois bien savoir quelque chose.

Shay haussa les épaules.

— J'étais très jeune et je n'ai que le vague souvenir d'une grotte obscure et d'une douleur cuisante à l'épaule.

— À l'épaule ?

Shay marqua un temps, puis soupira et tira sur le col du confortable sweat-shirt qu'elle avait trouvé dans le placard.

Elle se retourna pour lui montrer la marque estampillée dans la peau de son omoplate.

Elle ne fut pas surprise de sentir le doigt de Viper suivre avec légèreté le contour du cercle parfait entourant les symboles complexes au dessin étrange. Elle les avait étudiés un bon millier de fois durant toutes ces années. Elle savait qu'à la lumière du plafonnier un éclat ténu se dégageait d'eux, et qu'ils étaient étrangement translucides. Comme s'ils flottaient à quelques millimètres au-dessus de sa peau plutôt que d'être imprimés dans sa chair.

Avec une extrême délicatesse, Viper lui effleura la peau, comme fasciné par l'étrange tatouage.

— Étais-tu seule dans cette grotte ?

Shay frissonna. Elle n'avait aucun véritable souvenir de cet épisode. Seulement des impressions fugaces qui s'immisçaient dans ses rêves et la faisaient se réveiller en sursaut, paniquée.

— Non, mais il faisait trop noir pour que je voie qui y était avec moi.

— Ces symboles me disent quelque chose, murmura Viper.

Stupéfaite, Shay se retourna pour le regarder, les yeux écarquillés.

— Tu les reconnais ?

Il haussa les épaules, l'air songeur.

— Je n'arrive pas à les lire, mais ce sont des runes de sorcières.

— Des runes de sorcières, j'en ai déjà vu. Le convent d'Edra n'utilisait rien de ce genre.

— Edra n'était pas une sorcière élémentaire. Elle puisait ses pouvoirs dans des sacrifices sanglants, non dans la terre.

Shay secoua la tête. Ce qu'il disait n'avait pas de sens.

— Pourquoi une sorcière m'aurait-elle jeté un sort ?

— C'est bien la question qu'il faut se poser, n'est-ce pas ? Je pense qu'on devrait commencer par trouver quelqu'un qui puisse nous dire en quoi consiste exactement ce sort. Cela nous permettra peut-être de savoir qui te l'a lancé.

— Des sorcières. (Shay croisa les bras en frissonnant.) Merde.

Viper sourit d'un air ironique.

— Je ne les aime pas particulièrement non plus, mais je sais qu'elles ne sont pas toutes comme Edra.

Shay grimaça. Elle avait passé bien trop d'années entre les griffes de ces vieilles biques pour ne pas entretenir quelques préjugés. Elles l'avaient traitée comme un animal sauvage à tenir en laisse et châtier dès que l'envie leur en prenait.

Selon elle, les seules créatures pires que les sorcières étaient les vampires.

— Alors tu penses qu'on devrait essayer de trouver un convent ? demanda-t-elle à contrecœur.

— J'aimerais d'abord parler à quelqu'un que je connais. Elle sera peut-être en mesure de me donner l'information qu'il me faut.

— *Tu* vas lui parler ? (Shay plissa les yeux.) Pendant que je reste cachée dans un trou ? Je t'ai dit que je ne voulais pas être traitée comme une idiote sans défense.

Viper ne put complètement réprimer le sourire d'amusement qui lui vint aux lèvres.

— Oui, oui, tu es une guerrière.

Et il allait bientôt découvrir à quel point cette guerrière était dangereuse, se dit Shay.

Un coup de poing dans l'œil, un autre sur le nez, et un entre les jambes.

Pas forcément dans cet ordre.

— Ne t'avise pas de me traiter avec condescendance, lâcha-t-elle furieusement.

Sentant peut-être qu'il jouait avec le feu, Viper l'attrapa doucement par les épaules, l'air grave.

— Shay, pour le moment, on ne sait pas qui en a après toi, ou à qui il ou elle risque de faire appel. Je ne vais certainement pas t'emmener avec moi dans un convent de sorcières où on risquerait de se retrouver piégés tous les deux par un seul sort. Il ne s'agit pas ici de fuir la bataille, mais de tirer le meilleur parti de nos atouts.

Ça semblait d'une logique exaspérante.

Shay ne voulait pas de logique. Elle voulait foncer tête la première pour découvrir la vérité. Par la force, de préférence. Elle ne voulait certainement pas se cacher et attendre que quelqu'un d'autre règle ses problèmes à sa place.

Beurk.

— Et si tu te retrouves piégé ? demanda-t-elle.

— Alors tu pourras venir à mon secours, promit-il en esquissant lentement un sourire.

— Es-tu si sûr que je le ferai ?

— Si je suis tué, tu seras obligée de retourner auprès d'Evor et de celui qui le tient.

Shay réprima le brusque frisson qui lui courait dans le dos.

— Le Lu a dit qu'Evor était vivant.

— Certes, mais pour combien de temps ?

Cette fois, Shay ne put cacher son angoisse.

— Ne dis pas ça.

Brusquement, il l'entoura de ses bras et la serra fort contre lui. Elle aurait dû protester, mais c'était si bon d'être ainsi étreinte.

Même si c'était par Viper.

— Shay... Je te protégerai, lui chuchota-t-il à l'oreille. Je te le promets.

Elle se cambra pour lui répondre.

Mais elle oublia complètement ce qu'elle voulait dire lorsqu'il se pencha pour déposer sur ses lèvres un baiser qui la fit fondre de la tête aux pieds.

La demeure située dans le quartier élégant du nord de Chicago était un modèle de consommation ostentatoire. Assez grande pour abriter une armée de bonne taille, elle était remplie de la cave au grenier d'œuvres d'art rares et de trésors inestimables.

Pourtant, Shay découvrit avec une certaine surprise qu'en dépit de toute sa magnificence grandiose et de ses ravissants artefacts, il régnait dans l'endroit une atmosphère chaleureuse.

Enfin, peut-être n'était-ce pas si surprenant, reconnut-elle en jetant un coup d'œil à la jeune femme qui marchait à côté d'elle. Il y avait chez Abby quelque chose de très simple et apaisant. Ce n'était pas seulement son jean et son tee-shirt décontractés, ou son sourire facile. Il émanait d'elle une sorte d'aisance naturelle qui parvenait à faire fondre même la nervosité de Shay. Pas du tout ce que cette dernière aurait attendu du Phénix, le cauchemar de tous les démons.

Heureusement inconsciente de l'effarement de Shay, Abby ouvrit la porte de la bibliothèque et lui fit signe d'entrer.

— Tu devrais trouver de quoi te tenter ici, murmura-t-elle.

Shay passa le seuil et s'arrêta, stupéfaite. Lorsque Abby lui avait demandé ce qu'elle faisait de son temps libre, Shay avait mentionné avec désinvolture son amour des livres. Bien sûr, Abby s'était aussitôt levée pour conduire Shay à leur bibliothèque. Elle semblait bizarrement désireuse de faire plaisir à son invitée. Surtout vu la façon despotique dont Viper avait largué celle-ci à la porte de chez elle comme un vulgaire rebut.

— Mon Dieu, c'est magnifique, souffla Shay.

Et c'était vrai.

Au plafond de la pièce, culminant trois étages plus haut, pendait un énorme lustre qui projetait une lumière tamisée sur les milliers de livres reliés en cuir. À chaque étage, une coursive longeait les interminables étagères, et au rez-de-chaussée, un lourd bureau en noyer et deux bergères à oreilles en cuir assorties étaient disposés devant l'âtre d'une cheminée.

Abby poussa un petit rire face à la stupéfaction non dissimulée de Shay.

— Crois-moi, si ça ne tenait qu'à Dante, toute la maison serait envahie de livres. C'est un combat de tous les instants que je dois mener pour réussir à les confiner en majorité dans cette pièce.

Shay s'avança pour mieux apprécier l'odeur de vieux cuir. Ah. Le paradis sur terre.

— Il doit avoir commencé cette collection il y a longtemps, murmura-t-elle.

— Plus de quatre cents ans, répondit Abby. (Elle s'avança pour ouvrir un petit meuble encastré entre les étagères.) Si tu préfères un magazine, tu en trouveras ici.

Shay s'écarta instinctivement de la jeune femme. Presque comme si elle s'attendait à recevoir un coup. Elle avait été esclave pendant des années. Elle n'avait aucune idée du comportement attendu d'elle en tant qu'invitée.

— Merci.

Se redressant, Abby lui jeta un regard curieux.

— As-tu peur de moi parce que je suis le Phénix ? Je te promets de ne pas te faire de mal.

Shay se tordit les mains, embarrassée d'avoir laissé sa gêne transparaître à ce point.

— Je… Viper n'aurait pas dû te forcer à me recevoir.

— Me forcer à te recevoir ? (Abby s'avança d'un pas et prit les mains de Shay entre les siennes. Elle avait la peau plus chaude qu'une humaine normale, comme si l'esprit qu'elle portait en elle débordait, créant autour d'elle une aura de douceur. C'était la seule indication qu'Abby n'était pas tout à fait normale, en dehors de ses yeux d'un bleu saisissant qui étaient la véritable marque du Phénix. Avec un sourire, elle serra légèrement les mains de Shay.) Viper t'a sûrement dit que j'avais envoyé Dante chez lui afin de t'inviter à me rendre visite ? Cela fait longtemps que je souhaite te voir ici.

Shay baissa la tête, troublée.

— Pourquoi ?

Heureusement, Abby parut comprendre.

— J'ai beau adorer Dante, la compagnie d'une autre femme me manque.

— Tu dois bien avoir des amies.

Abby poussa un léger soupir.

— Non, pas vraiment.

Shay releva brusquement la tête, se rendant compte du manque total de considération de ses paroles.

— Oh, je suis désolée, je n'ai pas pensé au fait que tu étais le Calice.

— Ce n'est pas là le problème, même si cela n'aide pas non plus, d'être vue comme une déesse par certains. (Elle sourit d'un air plein d'ironie.) Pour dire les choses brutalement, je n'ai jamais vraiment eu d'amis.

— Tous les humains ont des amis.

— Pas tous, non.

Abby grimaça, comme si elle se rappelait de mauvais souvenirs. Puis, avec un effort visible, elle afficha de nouveau son expression souriante.

— Bref, trêve de bêtises comme quoi on m'a imposé ta présence. Je suis ravie de t'avoir ici.

Les dernières inquiétudes de Shay se dissipèrent face à cette gentillesse. Il était tout simplement impossible d'être gênée et mal à l'aise avec cette femme.

— Merci, dit-elle en esquissant à son tour un large et franc sourire.

Abby cligna des yeux d'un air surpris, et recula d'un pas pour regarder Shay avec une expression étrangement ébahie.

— Grand Dieu, pas étonnant que Viper donne l'impression d'avoir été frappé par la foudre, dit-elle dans un souffle.

— Quoi ?

— Tu es superbe ; mais tu le savais déjà.

Shay la regarda d'un air interloqué.

— Ne dis pas n'importe quoi.

— Non mais tu t'es regardée dans une glace ? Si je n'étais pas déjà mariée, je serais mortellement jalouse.

Se demandant si Abby se moquait d'elle ou si elle essayait seulement d'être gentille, Shay secoua la tête avec nervosité.

— Je suis à moitié démon.

— Et Viper et Dante le sont à part entière. Oseras-tu me dire que tu ne les trouves pas beaux ?

Ah, ça, c'était une question dangereuse.

Non seulement il aurait fallu qu'une femme soit dérangée pour ne pas juger les deux vampires d'une beauté à couper le souffle, mais Abby était mariée à l'un d'eux.

Shay n'avait jamais eu beaucoup d'amis, mais elle savait quand même qu'il était impoli de laisser entendre à quelqu'un que leur compagnon n'était pas complètement parfait.

— Dante est très beau, reconnut-elle.

Abby haussa les sourcils.

— Et Viper ?

— C'est une tête à claques.

— Parfois, admit volontiers Abby. (Elle pencha la tête de côté.) Tu sais, j'étais furieuse quand j'ai appris qu'il t'avait achetée à cet affreux marchand d'esclaves. Je n'aurais jamais cru qu'il ferait une chose pareille après que tu lui eus sauvé la vie.

Ah ! Merci ! se dit Shay.

Au moins quelqu'un comprenait son indignation.

— Crois-moi, j'ai été tout aussi choquée que toi.

— Mais maintenant, je dois l'avouer, je commence à me demander si ses intentions étaient totalement égoïstes.

— Eh bien, il ne l'a certainement pas fait par pure bonté d'âme, se sentit obligée de faire remarquer Shay.

— Peut-être pas entièrement. Après tout, c'est un vampire, dit Abby avec un petit rire. Mais je crois vraiment que tu l'as assez intrigué pour qu'il ressente le besoin de chercher à te revoir.

— Je suis la dernière Shalott. Les vampires nous traquent depuis la nuit des temps.

— C'est possible, mais tu n'as pas l'air d'avoir été trop maltraitée.

Shay aurait pu mentir en faisant remarquer qu'en tant que démone elle guérissait à une vitesse remarquable, mais cela aurait été d'une injustice flagrante.

Viper l'avait traitée avec une tendresse aussi troublante qu'inattendue. Et même si elle ne pouvait pas complètement se défaire de la crainte qu'il devienne brusquement le monstre qu'elle redoutait, elle n'avait aucune raison de se plaindre.

— Il m'a fait… certaines promesses, reconnut-elle.

— Ah.

Ce que signifiait ce « ah », Shay n'eut pas l'occasion de le découvrir, car la porte de la bibliothèque s'ouvrit soudain et un grand vampire aux cheveux de jais entra.

— Désolé de vous interrompre, mon amour, mais Viper est rentré, murmura Dante avec un sourire d'excuse.

Shay se raidit, l'estomac noué de peur. Un retour si rapide ne pouvait vouloir dire qu'une chose : il n'avait pas réussi à dénicher la moindre information de valeur.

— Déjà ?

Dante jeta un coup d'œil à sa femme.

— Il a ramené une sorcière avec lui.

Ce fut au tour d'Abby de se crisper.

— Il a ramené une sorcière ici ?

Dante exprima son impuissance par un geste des mains.

— Il jure qu'elle est ici pour aider Shay à découvrir la vérité sur son maléfice.

Un silence tendu plana un moment, puis Abby se retourna pour observer la jeune femme d'un œil scrutateur.

— Souhaites-tu la rencontrer ?

Shay humecta ses lèvres desséchées. Elle comprenait mieux que personne les réticences d'Abby à l'égard des sorcières. Rien de tel que de frôler la mort ensemble pour se rapprocher des gens.

Pourtant, il lui fallait espérer que Viper savait ce qu'il faisait.

Bon sang.

— Je suppose que je ferais mieux.

Comme si elle devinait l'effort que cela lui avait coûté de dire ces mots, Abby lui étreignit doucement les mains.

— Ne t'inquiète pas. Nous serons avec toi.

CHAPITRE 12

Styx attendait dans les grottes inférieures lorsque Damoclès entra d'un pas tranquille dans l'obscurité et se dirigea vers le bassin à visions.

Comme chaque fois, le vampire sentit le dégoût l'envahir à la vue du sidhe extravagant. Malgré la pierre nue et le sol boueux qui l'entouraient, l'imbécile était vêtu d'une riche robe en velours abondamment brodée de fil d'or. Même ses cheveux étaient soigneusement coiffés et entremêlés de ces feuilles ridicules qui emplissaient l'air d'un agaçant tintement de clochettes. Mais c'était plus que sa tenue frivole et son attitude moqueuse qui faisaient grincer les dents à Styx. Le démon n'avait apporté que souffrance et détresse dans son sillage.

Si Styx avait été sage, il aurait refoulé le sidhe dès qu'il avait fait son apparition. Comment pouvaient-ils faire confiance à un démon qui servait autrefois fidèlement un vampire que les Corbeaux avaient été forcés de tuer ?

Malheureusement, il n'avait vu le danger que trop tard. Et à présent, c'était à lui de réparer les dégâts du mieux qu'il pouvait.

Il attendit que le sidhe soit arrivé presque à sa hauteur, puis sortit silencieusement de l'ombre pour lui barrer la route.

— Ainsi, tu as encore échoué, sidhe, dit-il froidement. Nous n'avons pas la Shalott, et même ce troll minable t'a échappé.

Damoclès s'arrêta et exécuta une courbette élaborée avant de se redresser pour regarder Styx en haussant les sourcils.

— Échoué ? C'est un mot si dur. Surtout pour un pauvre homme qui vient de perdre sa créature la plus précieuse. (Il fit courir ses mains sur le velours noir de sa robe.) Ne voyez-vous pas que je suis en deuil ?

Styx retroussa les lèvres. Il avait été furieux d'apprendre que Damoclès avait réveillé le Lu pour le laisser sévir à travers tout Chicago. Ils auraient aussi bien pu envoyer une invitation officielle à chacun de leurs ennemis.

— Tout ce que je vois, c'est un sidhe perfide qui s'enrichit tout en servant du poison à son maître.

Damoclès pressa la main sur sa poitrine, en prenant un air faussement innocent.

— Du poison ? Qu'entendez-vous par là ?

— Ne va pas t'imaginer que je n'aie pas remarqué ces coupes que tu apportes secrètement au maître dans sa chambre toutes les nuits.

— Il est vrai que je lui fais parvenir un mélange de potions rares pour aider à soulager sa douleur, répondit le sidhe en haussant les épaules. Préféreriez-vous le voir souffrir, ou peut-être dépérir complètement ?

— Ce sont tes infâmes concoctions qui l'ont ainsi affaibli.

Une émotion indéchiffrable passa vivement dans les pâles yeux verts. Une émotion sombre et dangereuse. Instinctivement, Styx glissa la main dans sa robe pour attraper son poignard.

— Vous m'accusez ? Avez-vous une preuve ?

— Je sais que la santé du maître s'améliorait de jour en jour…

Malgré lui, Styx s'interrompit, réticent à poursuivre.

— Après que vous avez capturé le père de la Shalott et l'avez offert au maître tel un agneau pascal ? acheva Damoclès à sa place avec un sourire qui obligea Styx à lutter pour maintenir son calme glacial.

Par tous les saints, il détestait se voir rappeler ce mal nécessaire. Même après toutes ces années, cet épisode conservait le pouvoir d'ébranler rudement sa conscience.

Étrange, étant donné qu'il aurait pu se noyer dans tout le sang qu'il avait versé par ailleurs.

— Oui, lâcha-t-il entre ses dents.

— J'ai entendu dire qu'il avait réussi à tuer trois de vos Corbeaux avant que vous réussissiez à l'assommer et à le traîner jusqu'à cette grotte.

Le désir de plonger ses crocs dans la gorge mince du sidhe pour le saigner à blanc était presque trop fort. Seuls les ordres de son maître empêchèrent Styx de se débarrasser de ce sale nuisible.

— En tout cas, le sang du Shalott l'avait guéri de sa maladie, avant que tu arrives avec tes… potions, reprit-il d'un ton accusateur, la main toujours sur son poignard.

Le sidhe agita ses boucles dorées.

— Je n'ai fait que ce qui m'était ordonné par mon maître. Contestez-vous ses décisions ?

— J'aurais dû te trancher la tête dès le moment où je t'ai vu.

— Ah, vous feriez payer au serviteur les péchés de son maître. Est-ce là votre conception de la justice, monsieur Je-vaux-mieux-que-tout-le-monde ?

Styx poussa un léger sifflement de fureur.

— S'il y avait la moindre justice, tu serais mort aux côtés de ton précédent maître.

— Comme vous le feriez vous-même ?

— S'il le fallait.

Damoclès se contenta de sourire.

— Nous verrons bien.

— Ça suffit.

Styx étouffa un juron en se rendant compte avec quelle facilité il se laissait provoquer. Le passé était le passé. Seul l'avenir importait.

— Je ne suis pas ici pour échanger des paroles creuses avec des créatures dans ton genre. J'ai convaincu le maître de me laisser m'occuper de récupérer la Shalott. Une fois que tu m'auras révélé l'endroit où elle se trouve, tu… Tes services ne seront plus requis.

Bien sûr, Damoclès parut complètement indifférent à la menace qui planait dans l'air. Avec des mouvements languissants, il contourna Styx pour venir s'arrêter devant le bassin à visions.

— Je dois dire que je suis surpris de vous voir accepter une telle mission, railla-t-il.

Styx le dévisagea d'un œil furieux.

— Quoi ?

— Ne me dites pas que le maître ne vous a pas révélé l'identité de celui qui détient la Shalott ?

— Si tu as quelque chose à dire, sidhe, dis-le.

— Je trouve bizarre qu'après tous vos pénibles bêlements comme quoi le sang des vampires devait être préservé, vous soyez si désireux de le verser maintenant. (Damoclès tendit une main fine en direction du bassin à visions et fit signe à Styx d'approcher.) Venez.

Le dos parcouru d'un frisson d'appréhension, Styx s'avança pour scruter l'eau trouble.

Au premier abord, il ne distingua que le visage délicat et doré de la Shalott. Un visage qui rappelait de façon saisissante celui de son père. Il se cuirassa promptement contre tout regret à la pensée du sort qui attendait la jeune femme. Son sang était la seule chose qui se dressait entre la paix et le chaos.

L'eau s'agita et l'attention du vampire se porta sur l'homme à côté de la démone. L'appréhension qui lui glaçait le dos gagna le reste de son corps lorsqu'il aperçut la chevelure argentée et les traits arrogants d'un vampire qu'il connaissait bien.

— Viper, lâcha-t-il d'une voix étranglée de surprise.

— Un de vos amis ?

— Où sont-ils ?

Avec un sourire narquois, Damoclès esquissa un autre geste de la main, et l'image dans l'eau prit de la distance pour révéler un élégant manoir que Styx reconnut aussitôt.

Tous les vampires connaissaient l'adresse de Dante et Abby.

Aucun démon ne souhaitait se retrouver accidentellement en travers du chemin de la déesse.

— On peut dire que la Shalott sait choisir ses amis, fit remarquer le sidhe en coulant à son voisin un regard lourd de sens. Deux vampires, une gargouille naine et le Phénix.

Styx se redressa brusquement.

— Et Evor le troll ?

— Je crains que mes maigres tentatives pour découvrir où il se trouve n'aient rien donné. (Damoclès partit d'un petit rire discret.) Peut-être a-t-il disparu dans un nuage de fumée, comme on dit.

— Tu trouves ça amusant ?

— Je trouve ça délicieusement ironique.

Styx le regarda d'un air menaçant.

— Prends garde à ne pas t'étouffer sur toute cette ironie.

— Oh, je ferai de mon mieux.

Styx en avait assez vu et entendu. Il savait où trouver la Shalott. Il n'avait plus besoin de cet exaspérant sidhe.

— Fais tes bagages pendant mon absence, Damoclès. À mon retour, je compte bien te voir mener sous escorte hors du domaine.

— Comme vous voudrez.

Sans prêter attention à la courbette extravagante que Damoclès lui adressait, Styx tourna les talons et sortit de la pièce. Le sidhe serait expulsé du domaine bien assez tôt, ou il le tuerait de ses propres mains. D'une façon ou d'une autre, le démon ne serait plus en mesure de répandre son poison.

Dans l'immédiat, la seule chose qui importait était d'affronter Viper et de trouver un moyen de le convaincre de céder son esclave.

Damoclès attendit que le vampire soit sorti de la grotte, puis émit un rire léger et se dirigea vers les épaisses ténèbres de l'autre côté du bassin. Il fit un geste de la main, et la roche se mit soudain à miroiter, révélant un passage secret.

Damoclès s'y faufila et entreprit de descendre avec prudence les marches étroites taillées dans le sol. Il plissa le nez en sentent les effluves nauséabonds qui emplissaient l'air. Des odeurs de corps malpropre et d'excréments.

Garder un prisonnier avait toujours un côté répugnant.

Néanmoins, il y avait des compensations.

S'arrêtant sur la dernière marche, il contempla le troll grassouillet qui, accroupi dans un coin, le regardait avec une expression de haine dans ses petits yeux rouges.

— Eh bien, Evor, je vois que la captivité n'a pas diminué votre appétit, murmura Damoclès en jetant un regard appuyé aux nombreux os soigneusement nettoyés qui étaient éparpillés sur le sol.

Le troll crasseux fit cliqueter les lourdes chaînes qui le retenaient au mur.

— Qu'est-ce qu'il y a d'autre à faire dans cette porcherie ?

Damoclès poussa un rire discret.

— Voyons, est-ce là une façon de parler de vos ravissants appartements ?

— Allez vous faire foutre.

— Tss Tss. Quel langage.

Une discrète expression de fourberie apparut dans ses yeux rouges.

— Qu'est-ce que vous voulez de moi ? De l'argent ? Des esclaves ?

— Rien de si précieux, répondit Damoclès en arrangeant ses boucles blondes. Tout ce que je veux de vous, cher Evor, c'est votre vie.

Chapitre 13

Viper ne se donnait pas la peine de cacher son impatience. Arpentant inlassablement le gigantesque vestibule, il gardait les yeux rivés sur l'élégant escalier de marbre.

Ce n'était pas qu'il s'inquiétait pour la sécurité de Shay. Le diable savait qu'il y avait peu d'endroits plus sûrs qu'à proximité du Phénix. Quel démon aurait osé braver la colère de la déesse ?

Non, l'impatience de Viper découlait de raisons bien plus personnelles.

Cela faisait moins d'une heure et il souffrait déjà de ne pas avoir Shay à côté de lui. De ne pas pouvoir tendre la main pour la toucher.

C'était mauvais signe. Très mauvais signe, pour un vampire qui n'avait jamais accordé la moindre attention prolongée à une femme à moins qu'elle soit sous la protection de son clan.

Malheureusement, il semblait incapable de se soucier du fait qu'il était dans de plus sales draps qu'il l'avait été de toute sa vie.

Sûrement mauvais signe aussi.

Avec son ouïe fine, il perçut le bruit de leurs pas bien avant que Dante, Abby et enfin Shay apparaissent. S'avançant vivement, il laissa les deux premiers passer mais, alors que Shay atteignait la dernière marche, il la souleva du sol et, la prenant par surprise, lui planta un baiser vigoureux sur les lèvres.

Elle recula la tête et le regarda avec de grands yeux.

— Viper !

Indifférent à ses tentatives pour se dégager, il la maintint fermement pressée contre sa poitrine.

— Quoi ?

— On n'est pas seuls, chuchota-t-elle furieusement.

Lui effleurant la joue de la sienne, il huma avec délice la chaleur parfumée qui lui embrumait les sens.

— On peut y remédier si tu es intéressée, lui chuchota-t-il à l'oreille.

— Non, marmonna-t-elle avec un soupir d'indignation, mais le brusque durcissement du bout de ses seins n'échappa pas à Viper.

Il aurait été difficile de ne pas remarquer ça.

Plaisant. Très plaisant.

— Tu en es sûre ? (Il resserra son étreinte.) Je pourrais te montrer à quel point tu m'as manqué.

— Tu n'es parti qu'une heure.

— Que veux-tu que je te dise ? Tu m'as ensorcelé.

Shay jeta un coup d'œil furtif par-dessus son épaule, les joues légèrement empourprées.

— À propos d'ensorcellement, je crois que ta copine se sent délaissée.

À contrecœur, Viper la reposa à terre et haussa les épaules avec nonchalance.

— Je n'ai jamais couché avec Natasha.

— Est-ce qu'elle en a envie ?

L'acidité du ton de Shay lui tira un sourire.

— Elle a laissé entendre qu'elle ne serait pas opposée à cette idée. Es-tu jalouse ?

— Ça te plairait, ça, hein ? (Elle croisa les bras, les yeux étincelants.) Deux femmes qui se battent pour toi.

— Je n'ai jamais eu le goût des femmes en colère, mais ça me plairait beaucoup que tu sois jalouse du désir d'une autre d'être mon amante.

Shay se mordit la lèvre, comme si elle venait de comprendre qu'elle en avait révélé bien plus qu'elle en avait l'intention.

— Qu'est-ce qu'elle fait ici ?

Viper tourna les yeux vers la porte. La jeune sorcière était certes jolie avec ses longs cheveux noirs et sa peau pâle, mais elle n'arrivait pas à la cheville de la beauté saisissante de Shay. Ce dont Natasha semblait bien consciente, au vu de la moue irritée qui s'installait sur son visage mince.

— Elle m'assure qu'elle peut jeter un sort sur ta marque pour nous aider à découvrir qui l'a mise là.

— Vraiment ?

Viper haussa légèrement les épaules.

— Ça vaut le coup d'essayer. Viens, je crois que Natasha ferait mieux de t'expliquer.

Il conduisit la démone réticente vers la sorcière qui les attendait, dissimulant un sourire en les voyant échanger un regard chargé d'antipathie.

— Faites-moi voir la marque, dit Natasha d'un ton autoritaire.

Fidèle à son caractère entêté, la Shalott la regarda d'un air suspicieux.

— Pourquoi ?

— Shay, intervint Viper en lui touchant le bras.

Elle poussa un soupir.

— Bien. (Elle se retourna et tira sur le col de son sweat-shirt pour révéler l'espèce de tatouage.) Voilà.

La pointe de contrariété puérile de la sorcière se dissipa, laissant place à une concentration de professionnelle. La main au-dessus de la marque, elle murmura des paroles indistinctes.

Un long moment passa, avant qu'elle frissonne brusquement et retire sa main.

— Un sort puissant, mais pas maléfique. C'est plus une entrave magique qu'un véritable maléfice.

— Est-ce qu'on peut le rompre ?

— Pas sans celui qui le contrôle. Il faut qu'ils soient ensemble pour que le sort puisse être levé.

Viper fronça les sourcils.

— Peux-tu au moins nous aider à découvrir qui le lui a lancé à l'origine ?

Natasha réfléchit un instant avant de hausser les épaules.

— Je peux vous mettre sur la piste de la sorcière responsable. Sauf si elle a réussi à dissimuler ses traces avec un contre-sort.

Shay se retourna lentement, l'air méfiant.

— Quel genre de piste ?

— Vous avez déjà joué à « tu brûles, tu gèles » ?

— Non.

— Une fois le sort jeté, la marque deviendra plus chaude à mesure que vous vous rapprocherez de la sorcière à qui vous la devez, et plus froide à mesure que vous vous en éloignerez.

Shay s'humecta les lèvres.

— Combien de temps ça durera ?

— Une journée, peut-être deux.

Viper s'avança pour passer un bras rassurant autour des épaules de Shay.

— Est-ce que tu veux prendre ce risque ?

La jeune femme leva les yeux, l'air étrangement vulnérable dans la pénombre.

— On n'a pas vraiment le choix, n'est-ce pas ?

Il voulait lui mentir. Lui dire qu'il allait l'emmener loin de tout ça et qu'ils n'auraient plus jamais à s'inquiéter de quoi que ce soit, pour l'éternité. Mais ils savaient tous deux que, tant que le sortilège la lierait à Evor, ils auraient beau s'enfuir le plus loin qu'ils pouvaient, le plus vite qu'ils pouvaient, ils ne seraient jamais tranquilles.

Il secoua lentement la tête.

— Pas vraiment, non.

Elle poussa un profond soupir.

— Alors faisons-le.

Viper se tourna vers la sorcière qui attendait.

— De quoi as-tu besoin ?

Natasha esquissa lentement un sourire.

— J'ai apporté ce qu'il me faut.

Bien sûr, ce ne fut pas une mince affaire. Natasha exigea de pouvoir *ressentir* la maison avant de décider que la cuisine offrait la meilleure aura pour pouvoir jeter son sort. Alors seulement installa-t-elle Shay dans un fauteuil, avant de tirer une bougie noire de son sac. Dans un lent mouvement processionnel, elle marcha en cercle dans le sens inverse des aiguilles d'une montre, puis revint lentement sur ses pas. Encore et encore, elle arpenta le cercle, s'arrêtant de temps en temps pour en vérifier la solidité, avant de hocher enfin la tête avec satisfaction.

D'un geste vif et compétent, elle tendit la bougie à Shay et en alluma la mèche. Levant les mains, elle se mit à psalmodier à voix basse.

Viper faisait les cent pas en marge du cercle, détestant le sentiment d'impuissance que lui causait le fait d'avoir abandonné Shay aux mains de cette femme.

Aucun vampire n'était à l'aise avec la magie.

Comment faisait-on pour se battre contre quelque chose qu'on ne pouvait ni voir ni toucher ?

La sorcière sortit une plume blanche de sa poche et l'approcha de la flamme. Une odeur nauséabonde emplit la cuisine tandis qu'elle terminait son incantation et, soudain, Shay s'affaissa sur son siège.

Viper s'avança et jura à voix basse en sentant une force invisible le retenir à l'extérieur du cercle fermé.

— Shay, ça va ?

Secouant la tête, la jeune femme était en train de se redresser et de rendre la bougie allumée à Natasha.

— Ça va, juste un peu étourdie.

— Qu'est-ce que tu lui as fait ? demanda-t-il d'un ton impérieux à la sorcière, avec une expression qui promettait les pires châtiments si le moindre mal avait été infligé à Shay.

— Ne vous inquiétez pas, ça va passer, murmura Natasha en rangeant sa bougie et en s'agenouillant à côté de la démone. Sentez-vous votre marque ?

Shay prit une profonde inspiration.

— Ça… picote.

Natasha se releva avec un sourire triomphal.

— Le sort a fonctionné. Ça marche comme une boussole.

Viper refoula la peur qui s'était emparée de lui et s'inclina légèrement à l'adresse de la sorcière.

— Tu as fait du bon travail. Merci.

Le sourire de Natasha se fit charmeur tandis qu'elle laissait courir un regard plein de désir sur le corps du vampire.

— Je suis toujours prête à vous… aider.

Shay était assez remise pour jeter à Viper un regard étincelant d'agacement. Le vampire eut la sagesse de cacher son sourire.

— Je vais te raccompagner, murmura-t-il à Natasha.

Shay se releva aussitôt d'un bond, l'air déterminé.

— Je ferais aussi bien de venir avec vous. On pourra commencer à chercher la piste de la sorcière.

— Comme tu veux, dit Viper à mi-voix.

Natasha ouvrit la bouche pour protester mais fut interrompue par Dante qui venait d'entrer dans la pièce et d'adresser un sourire rusé à son ami.

— Je vais la raccompagner, Viper. Vous ne disposez que de quelques heures pour trouver la sorcière, toi et Shay.

Viper lui adressa un fugace sourire de soulagement. S'il appréciait de voir Shay se hérisser de jalousie, il était bien plus intéressé par la perspective de trouver qui était responsable du maléfice dont elle était victime. Une fois qu'ils seraient débarrassés de cette menace, il aurait tout le temps qu'il voudrait pour savourer sa Shalott.

— Merci.

Abby apparut soudain à côté de son compagnon et regarda Viper d'un air sévère.

— Vous reviendrez avant l'aube ?

— C'est gentil de proposer, murmura-t-il, mais nous ne ferions que vous mettre en danger.

La déesse sourit avec une assurance qu'elle avait acquise au cours des quelques semaines précédentes.

— Rares sont les démons qui oseraient s'introduire dans cette propriété. Porter le Phénix offre quand même quelques avantages.

Viper ne pouvait pas vraiment la contredire sur ce point. Par l'enfer, il y avait des moments où même lui, elle lui faisait peur.

— Cependant…

— J'insiste.

Dante éclata soudain de rire.

— Inutile d'essayer d'avoir le dernier mot avec elle, mon vieux, je peux t'assurer que tu perds ton temps.

Viper sourit.

— Alors je te remercie.

— Nous avons une dette envers toi, répondit Abby avec simplicité, en tendant la main pour prendre celle de son compagnon. Envers vous deux.

Shay se frotta distraitement l'épaule tandis qu'ils traversaient lentement le sud de Chicago, descendant Maxwell Street en direction de quartiers fort différents des élégantes propriétés qu'ils avaient laissées derrière eux.

Maudite sorcière, jura-t-elle dans sa tête en sentant son épaule s'irradier d'une nouvelle flambée de chaleur.

« Ça marche comme une boussole. »

Facile à dire, pour Natasha. Ce n'était pas elle qui avait l'impression de recevoir des coups de tisonnier brûlant dans l'épaule.

— Tourne ici, ordonna-t-elle, en crispant les mains sur ses genoux alors que Viper ralentissait la Jaguar noire pour rouler au pas.

— Tu sens quelque chose ? demanda-t-il.

— Mon épaule sent quelque chose, en tout cas.

Regardant par la fenêtre, Shay observa les magasins qui défilaient. C'était un mélange déprimant d'immeubles à l'abandon, de débits de boissons et de sex-shops qui lui donnaient envie de prendre une douche. Avec plein de savon. Grimaçant sous l'effet de la douleur cuisante que lui causait sa marque, Shay se raidit brusquement de surprise.

— Stop.

S'arrêtant devant un bâtiment en brique qui tombait en ruine, Viper se tourna pour la regarder d'un air surpris.

— Ici ?

— Oui.

— Tu es sûre ?

Shay sortit de l'élégant véhicule, croisa les bras pour se réchauffer et attendit que Viper la rejoigne dans la rue obscure.

— Je connais cet endroit. On habitait juste au coin, avant.

— On dirait une vieille boutique.

Shay s'efforça de rassembler ses vagues souvenirs. Tant d'années s'étaient écoulées depuis. Et le quartier avait tellement changé. Cependant, elle était sûre de ne pas se tromper.

— Oui, finit-elle par répondre. Une librairie. Mon père m'y amenait régulièrement. (Elle grimaça, secouée d'un frisson.) Bon sang, l'épaule me brûle.

— Je suppose qu'on ferait mieux d'aller jeter un coup d'œil. (Se tournant vers elle, Viper lui prit les mains pour les approcher de ses lèvres.) Shay…

— Quoi ?

— Promets-moi que tu ne feras rien de stupide.

Elle arracha ses mains des siennes. Quel… connard. Ce n'était pas elle qui était restée combattre le Lu armée seulement d'une épée. Ou qui avait hurlé et trépigné pour quelques malheureuses bosses faites à sa voiture.

Ça, c'était stupide.

— Pardon ?! s'exclama-t-elle.

Viper grimaça en entendant la froideur de son ton.

— Peut-être aurais-je dû formuler ça un peu mieux.

— Non, tu crois ?

— Ce que je veux dire, c'est que je ne veux pas que tu prennes le moindre risque. Le diable seul sait ce qui nous attend.

— Tu perçois quelque chose ?

Il jeta un coup d'œil à la boutique plongée dans l'ombre.

— Non, et c'est bien ce qui m'inquiète.

Shay poussa un soupir. Il n'avait pas tort. Celui ou celle qui en avait après elle était toujours là, quelque part. Attendant son heure. Shay aurait presque préféré une autre attaque à cette sensation de malaise permanente.

— Moi aussi, acquiesça-t-elle à mi-voix.

Il l'attira doucement contre lui et lui embrassa les cheveux. Plus loin dans la rue obscure, les voix étouffées de revendeurs de drogue et celles, stridentes, de prostituées aguichant le client se faisaient entendre, mais Shay y prêta à peine attention. Elle était dans les bras d'un vampire. Gangs, voleurs et violeurs n'étaient pas un problème.

— On peut retourner chez Dante, murmura Viper à son oreille. On n'est pas obligés d'entrer ici.

L'espace d'un moment, Shay se laissa aller contre son torse puissant. Par tous les saints, il aurait été si bon de pouvoir simplement se cacher derrière Viper et feindre qu'il pouvait la protéger. Cela faisait si longtemps qu'elle n'avait pas pu compter sur quelqu'un d'autre qu'elle-même.

Puis elle s'arracha fermement à son étreinte.

Non. Elle n'était pas faible, elle n'avait besoin de personne.

Bon Dieu. Le jour où elle deviendrait aussi lâche, elle se jetterait du premier pont venu.

— Si, répondit-elle, en levant le menton. À un moment ou à un autre, il nous faudra entrer. Autant le faire tout de suite.

Il l'observa une longue seconde, comme s'il pouvait presque la voir relever sa garde.

Enfin, il lui décocha un sourire ironique et se dirigea vers la boutique. Il en arracha la grille en fer et, avec une aisance évidente, ouvrit la porte verrouillée d'une poussée.

Frimeur.

— Après toi, dit-il.

— Dis donc, je vois que tu es doué de tes mains, murmura Shay en passant vivement devant lui.

Il la retint brusquement par le bras et se pencha à son oreille.

— Mon cœur, si seulement tu me laissais faire, je te montrerais à quel point.

Shay sentit un brusque pincement au creux du ventre, et se dégagea promptement pour entrer dans la boutique enténébrée avec plus de hâte que de grâce. *OK. À l'avenir, on évite de taquiner les vampires dangereux.*

S'arrêtant au centre du parquet inégal, elle regarda autour d'elle en plissant le nez. L'intérieur était étroit, avec plusieurs rayonnages encore remplis de livres qui tombaient en miettes et d'une collèction d'objets étranges impossibles à identifier sous les couches de poussière et de toiles d'araignées.

Dans le fond de la pièce se trouvait un long comptoir garni de quelques tabourets, et derrière, une autre étagère contenant des pots en céramique d'un aspect étrangement sinistre dans la pénombre.

Ou peut-être était-ce seulement qu'elle avait appris à se méfier de ce genre de petits pots, reconnut-elle avec un frisson. Être à la merci de sorcières pouvait avoir cet effet.

— Ça a l'air abandonné depuis des années.

Viper s'arrêta à côté d'elle.

— Oui.

Shay secoua la tête avec perplexité.

— Pourquoi la marque m'aurait-elle conduite ici ?

— Je ne suis pas sûr, répondit Viper, les sourcils froncés. On devrait peut-être fouiller un peu. On trouvera peut-être un indice.

Shay ravala un soupir. Elle n'avait aucune envie de farfouiller dans cette boutique miteuse. Non seulement l'endroit était crasseux, mais il faisait naître un étrange frisson sur sa peau. Il y avait des souvenirs, ici. Des souvenirs du temps où son père était encore en vie. Des souvenirs qu'elle ne voulait pas réveiller, dans cette pièce délabrée et pleine de moisissure. Malheureusement, Viper avait raison. La douleur dans son épaule l'avait menée droit à cette boutique. Il devait y avoir quelque chose.

Si seulement elle savait ce que c'était.

S'approchant des étagères, elle frôla du bout des doigts les livres délaissés. Il n'y avait rien là que les habituels classiques pour enfants et quelques philosophes. Pas un seul livre de magie. Elle passa aux objets de formes étranges qui occupaient les rayons voisins. Elle tendit la main vers ce qui ressemblait à une boule de cristal, mais recula aussitôt avec un cri étouffé.

Rapide comme l'éclair, Viper fut à ses côtés, l'attrapant par les épaules avec inquiétude.

— Qu'est-ce qu'il y a ? Qu'est-ce qui s'est passé ?

Elle déglutit péniblement en réprimant un frisson de dégoût.

— Une araignée.

Une seconde de silence passa.

— Une araignée ?

— Ne te moque pas de moi, je déteste les araignées. C'est effrayant.

Les lèvres pleines de Viper se contractèrent d'un petit sourire aussitôt réprimé.

— Oh oui, épouvantable.

Shay s'écarta de lui d'un air vexé. Ç'avait été une araignée énorme. Et velue. Qui n'aurait pas crié ?

— Bien. Retourne à ce que tu faisais, marmonna-t-elle.

Il s'appuya contre l'étagère, en croisant les bras.

— Pourquoi ne me dis-tu pas ce que tu te rappelles de cet endroit ?

Elle hésita, les yeux attirés malgré elle vers le comptoir à l'autre bout de la pièce. Le souffle des fantômes du passé lui effleura la peau.

— Pas grand-chose. Je me rappelle avoir passé de longs moments assise à ce comptoir, à lire, pendant que mon père parlait à la propriétaire de la boutique.

Son expression s'adoucit. Elle pouvait presque sentir la chaleur des mains puissantes de son père qui la soulevaient pour l'installer sur un des hauts tabourets.

— À cette époque, les livres étaient beaucoup plus rares, et chacun était pour moi un trésor.

— Est-ce que ça t'arrivait de parler à cette femme ?

Shay avait le vague souvenir d'un visage rond et d'un sourire bienveillant.

— Elle me donnait parfois des bonbons, mais je ne me souviens pas des conversations précises.

Viper indiqua du regard les pots en céramique.

— Tu crois que c'était une sorcière ?

— C'est possible. (Shay lutta pour continuer à faire remonter à la surface les souvenirs enfouis depuis si longtemps.) Elle n'a jamais eu l'air de s'étonner de… nos particularités, à mon père et moi. Et il y avait toujours des clients qui venaient acheter ce genre de petits pots. À l'époque, je croyais que ce n'étaient que de jolies poteries.

— Des potions, murmura Viper en s'approchant du comptoir avec circonspection.

— C'est ce que je dirais aussi.

— Hmm.

Les sourcils froncés, Shay regarda le vampire repousser de part et d'autre les pots divers et commencer à donner de petits coups secs sur le mur.

— Qu'est-ce que tu fais ? demanda-t-elle.

Sans se retourner, Viper continua ses étranges tapotements tout en longeant le mur.

— Si c'était une sorcière, elle devait avoir une pièce à l'abri des intrus pour pratiquer ses incantations. Un endroit où elle pouvait tracer un cercle de protection solide et éviter d'être dérangée. (Il s'interrompit et tapota plusieurs fois au même endroit.) Ah.

— Viper ?

Il fit mine de ne pas l'avoir entendue un long moment. Assez longtemps pour qu'elle envisage de lui jeter un livre à la tête. Puis il fit quelque chose avec une petite plaque encastrée dans le mur, et se retourna brusquement pour lui décocher un sourire suffisant.

— La voici.

Shay s'avança et se rendit compte qu'une partie de l'étagère avait coulissé, révélant une volée de marches étroites.

—Oh mon Dieu.

—On descend voir ?

Elle déglutit, puis hocha la tête à contrecœur. Elle voulait bien descendre, mais comptait laisser Viper passer devant cette fois-ci. Une odeur franchement nauséabonde flottait jusqu'à eux depuis les profondeurs ténébreuses. Elle n'avait aucune envie de mettre le pied dans ce qui dégageait cette puanteur.

Ils descendirent en silence. Du moins, Viper descendit en silence. Shay ne voyait pas dans le noir comme lui, et elle réussit à trébucher cinq ou six fois avant d'arriver au bas de l'escalier.

Heureusement pour sa nuque qu'elle risquait de rompre à chaque pas, Viper parvint à trouver un interrupteur qui alluma l'ampoule solitaire pendue aux chevrons au-dessus de leurs têtes. Shay cligna des yeux pour les accoutumer à la lumière, puis se figea de stupeur.

—Viper…

Il tendit la main pour agripper la sienne, le contact froid de ses doigts lui offrant une impression de sécurité qui lui permit de reprendre son souffle.

—La grotte, murmura-t-il, en parcourant du regard les murs de terre grossièrement creusés et le cercle distinctement buriné dans le sol. C'est là que le maléfice a été lancé.

—Oui. Je reconnais ce cercle. (Un frisson la parcourut.) C'est là.

—Alors où est la sorcière ? murmura Viper.

Dégageant sa main de la sienne, Shay se força à avancer vers le cercle. Ses souvenirs étaient encore brumeux, mais elle était absolument certaine que c'était l'endroit où elle avait été emmenée, et marquée.

Inconsciemment, elle tendit les mains devant elle. Elle n'était pas sûre de ce qu'elle cherchait, jusqu'à ce que, du bout des doigts, elle touche la force invisible qui formait un mur autour du cercle. Elle retint un cri en sentant l'air se mettre comme à trembler ; puis, brusquement, la terre sous ses pieds commença à bouger et elle tomba à genoux. Le sort qui protégeait le cercle se rompit, et soudain elle put voir l'amas d'ossements que l'astucieux bouclier dissimulait jusqu'alors.

Des ossements incontestablement humains.

— Je crois que je l'ai trouvée, dit-elle d'une voix étranglée par l'horreur.

Viper s'approcha avec une prudence compréhensible, les yeux rivés sur le squelette.

— Si c'est bien la sorcière, elle est morte depuis très longtemps.

Shay s'humecta les lèvres et s'approcha timidement pour mieux voir leur macabre découverte. Elle eut le souffle coupé à la vue du couteau qui était resté coincé entre deux côtes.

— Assassinée.

— Oui.

Elle releva les yeux pour regarder Viper qui se penchait à côté d'elle.

— C'est Evor qui l'a tuée.

Le vampire eut l'air surpris.

— Tu en es sûre ?

— Il possède un couteau exactement comme celui-ci. Je le reconnaîtrais n'importe où.

Viper saisit le manche de l'arme et la dégagea du squelette.

— Cela expliquerait comment il a réussi à prendre le contrôle du maléfice.

Shay sentit son ventre se nouer à la pensée de l'affreux petit troll qui avait fait de sa vie un enfer. Elle n'était certainement pas étonnée d'apprendre qu'Evor avait commis un meurtre de sang-froid. C'était pratiquement un passe-temps pour lui. Mais elle avait encore beaucoup trop de questions qui restaient sans réponse.

— Ça n'a pas de sens.

— Quoi ?

Shay haussa les épaules avec nervosité.

— Lorsque j'étais petite, cette marque dans mon dos me dérangeait, c'est tout. Je ne savais même pas que c'était un maléfice avant qu'Evor s'en serve pour me forcer à venir à lui. Si c'est bien cette sorcière qui m'a jeté ce sort, pourquoi ne m'a-t-elle jamais fait sentir que je lui étais soumise ? (Elle indiqua du doigt les ossements.) Et pourquoi est-ce que je ne suis pas morte en même temps qu'elle ?

Viper regarda d'un air absent la dague dans sa main.

— Evor a sûrement forcé la sorcière à lui céder le contrôle du sort avant de la tuer. Quant à la raison pour laquelle elle ne s'en est jamais servie… je ne sais pas.

— Merde. (Shay poussa un soupir.) Et maintenant ?

Il se releva et balaya la cave exiguë du regard.

— L'aube approche. Si je ne veux pas me retrouver coincé ici, je dois retourner chez Dante. Nous pouvons revenir ici demain soir si tu le désires.

Avec une grimace, Shay commença à se relever. Elle s'arrêta dans son mouvement en apercevant une petite boîte dissimulée presque entièrement par le squelette.

— Qu'est-ce que c'est que ça ?

— Shay ! s'écria Viper en la voyant tendre la main pour dégager l'objet.

— Je sais, je sais, je ne suis pas stupide, marmonna Shay.

— Toucher des objets qui ont appartenu à une sorcière, c'est de la stupidité. Une main imprudente pourrait très bien tomber sur un piège.

Elle lui jeta un regard exaspéré.

— On ne peut pas la laisser ici. Elle contient peut-être quelque chose qui pourra nous aider.

— Bien. (Il tendit le bras pour l'aider à se relever, le visage dur.) Mais si tu essaies de l'ouvrir avant que nous soyons certains que c'est sans danger, je…

Elle le regarda avec dureté.

— Tu feras quoi ?

Viper garda une expression grave, mais une nette lueur d'amusement scintilla dans les profondeurs de son regard.

— Quand j'aurai eu l'idée d'un châtiment assez affreux, je te le ferai savoir.

Chapitre 14

Viper s'était attendu à entendre le bruit de pas légers passer devant sa porte. Avec un sourire, il enfila son lourd peignoir et attacha ses cheveux en arrière avec une barrette en or. Ils étaient rentrés chez Dante un peu plus de deux heures auparavant, mais il n'avait pas cru un seul instant que Shay irait docilement se coucher et dormir.

Cela aurait été bien trop raisonnable de sa part.

Et bien que Shay soit pleine de merveilleuses qualités, la rationalité n'en faisait pas partie.

Lui accordant amplement assez de temps pour atteindre son but, Viper se glissa silencieusement hors de sa chambre et se dirigea vers la bibliothèque. Il ne craignait pas de rencontrer qui que ce soit d'autre. Dante et Abby étaient confortablement installés dans leur lit conjugal, et Levet – qu'on avait fait venir plus tôt dans la soirée – s'était pétrifié au point du jour. Shay et Viper étaient pour ainsi dire seuls dans le vaste manoir.

Une idée qui faisait bouillir son sang d'une excitation aussi dangereuse qu'intense.

Il entra dans la bibliothèque et regarda Shay soulever la boîte de la sorcière et l'examiner en fronçant les sourcils. Il sentit tout son corps se raidir à sa vue, ainsi vêtue d'une simple chemise de nuit fine qui révélait ses longues jambes fuselées et laissait agréablement deviner ses formes sous la soie. Dommage que ses beaux cheveux soient tressés comme d'habitude, mais, d'un autre côté, cela laissait voir la courbe vulnérable de sa nuque.

Il sentit ses canines s'allonger et son corps se durcir.

Bon sang.

Une part de lui-même savait qu'il aurait mieux fait de retourner dans sa chambre. À peine quelques heures auparavant, elle avait attisé son désir jusqu'à son comble, et il n'était vraiment pas sûr de pouvoir se maîtriser. Une part plus importante de lui-même, cependant, savait qu'il ne renoncerait pas. Il n'en avait pas fini avec elle, et il comptait bien remédier à cela.

Pour leur plus grande satisfaction à tous deux.

Il s'avança pour s'arrêter juste derrière la jeune femme et fit courir un doigt sur sa nuque.

— Tu te sauves, mon cœur ?

Avec un glapissement, Shay reposa vivement la boîte sur le bureau et fit volte-face.

— Merde. (Elle tira un coup sec sur sa tresse et rougit visiblement.) Ne me prends pas par surprise comme ça.

Il effleura du regard son décolleté pigeonnant.

— Comment veux-tu que je te prenne par surprise, alors ?

— Ne me prends pas par surprise, c'est tout.

— Je ne m'étais pas rendu compte que je faisais cela. Dois-je taper des pieds avant de t'approcher ?

Elle lui jeta un regard hostile et croisa les bras. Manifestement, elle n'appréciait pas d'être surprise en flagrant délit de furetage.

— Tu pourrais t'accrocher une grosse cloche autour du cou.

— Une cloche ? Ce n'est pas vraiment le style que je cherchais à affirmer. (Il sourit en lissant la riche étoffe de son peignoir.) Qu'est-ce que tu fais ?

— Je… J'allais me chercher un verre d'eau.

— Dans la bibliothèque ?

— Je lis toujours avant de dormir. Et puis, ça ne te regarde pas.

— Menteuse. (Il s'approcha encore plus et effleura ses bras nus du bout des doigts.) Tu essayais d'ouvrir la boîte.

Il sentit un frisson léger la parcourir alors même qu'elle le fusillait du regard.

— Tu ne devrais pas être dans ton cercueil ?

— Très bonne remarque, ma chère. Je devrais certainement être dans mon cercueil, tout comme tu devrais être dans ton lit.

Dans un geste trop rapide pour qu'elle puisse s'y opposer, Viper souleva Shay du sol et la serra contre son torse. Tournant les talons, il se dirigea vers la porte et, sans se laisser distraire par ses efforts pour se dégager, sortit de la bibliothèque.

— Viper ! (Elle le frappa assez fort pour lui casser une côte s'il avait été humain. Dans les faits, elle ne réussit qu'à faire naître un petit sourire sur ses lèvres. Elle poussa un grognement sourd.) Bordel, lâche-moi.

Il fit claquer sa langue pour marquer sa désapprobation.

— Voyons, un tel langage est indigne d'une dame, mon cœur.

— Je ne suis pas une dame, je suis une démone.

— Et une démone magnifique, murmura-t-il en passant la porte d'une des nombreuses chambres protégées du soleil que Dante avait eu la prévoyance de faire construire dans son manoir.

Il traversa l'épaisse moquette blanche, qui contrastait joliment avec le décor noir et argent, et déposa son délicieux fardeau au centre du vaste lit.

— Voilà. Satisfaite ?

Étalée de tout son long sur les draps en soie noire, Shay lutta pour se redresser.

— Non.

— Ah. (Avec un sourire, il se pencha pour recouvrir son corps du sien.) Et maintenant ?

La peau ambrée de la jeune femme rayonnait et ses grands yeux étincelaient comme de l'or pur à la lueur dansante des chandelles. Viper s'immobilisa, émerveillé. Il n'avait jamais rien vu de si beau de toute son existence.

Elle était parfaite. Elle ressemblait tant à une apparition tout droit sortie de ses rêves qu'il n'arrivait pas à croire qu'elle était vraiment réelle.

La maintenant fermement sous lui, il entreprit de défaire l'odieuse tresse qui retenait ses boucles soyeuses. Il voulait voir sa chevelure étalée sur les oreillers. Plus que ça, il voulait voir ce rideau de satin se tordre autour d'eux au gré de leurs ébats fiévreux et transpirants.

Percevant sans doute la brusque hausse de température entre eux, elle le regarda d'un œil méfiant.

— Qu'est-ce que tu fais ?

Il continua imperturbablement à lui dénouer les cheveux.

— Je t'avais prévenue que je te punirais si je t'attrapais en train d'ouvrir la boîte.

— Je ne faisais que la regarder.

Il lui décocha un sourire.

— Je peux t'offrir quelque chose de bien plus intéressant à regarder.

Comme il s'y attendait, une délicieuse rougeur monta aux joues de la jeune femme.

— C'est toi qui le dis, marmonna-t-elle.

Il souleva une de ses mèches pour en humer le parfum délicat.

— Tu avais pourtant l'air de me trouver intéressant il y a quelques heures.

— J'étais traumatisée par mon combat avec le Lu. Je n'avais pas les idées claires.

— Traumatisée ?

— Oui.

Il lui effleura les lèvres d'un léger baiser.

— Et maintenant ?

— Maintenant ?

Il rit doucement.

— Es-tu traumatisée ?

Il put voir, sans doute possible, les yeux sombres de la jeune femme s'assombrir de désir.

— Sûrement.

— Pourquoi ? Parce que tu as envie de moi ?

— Oui.

Tout espoir de retraite pour Shay s'évanouit alors que Viper lui prenait le visage entre ses mains et penchait la tête.

Par l'enfer, tout espoir de retraite s'était évanoui dès l'instant où il avait posé les yeux sur la Shalott.

— Aussi douce que l'éclat de la lune, murmura-t-il en lui attrapant la lèvre inférieure avec les dents. Pas étonnant que je sois ensorcelé.

— Ensorcelé ? répondit Shay sans écarter ses lèvres des siennes. Je croyais que tu n'aimais pas la magie ?

Avec sa langue, il suivit doucement le contour de la bouche de la jeune femme.

— Je n'ai rien contre cette magie-ci. Bien au contraire.

— Viper…

Elle leva les mains comme pour le repousser, et le vampire retint un juron. Bon sang. Il ne fallait pas mille ans d'expérience pour savoir qu'elle avait envie de lui. Son désir était presque palpable.

Pourquoi, alors, continuait-elle à le repousser ?

Il se prépara à essuyer un refus mais à sa grande surprise la vit hésiter puis, avec la plus extrême lenteur, glisser les mains sous son peignoir pour caresser les muscles tendus de son torse. Si son cœur n'avait pas déjà cessé de battre il se serait arrêté en cet instant.

Les caresses de Shay étaient légères, hésitantes. Mais cela suffit à faire naître en lui un élan de désir brûlant.

— Oui, murmura-t-il en capturant sa bouche d'un baiser franc.

Se délectant de sa saveur suave, il eut au moins le bon sens de ne pas la toucher avec ses canines. Il était suffisamment rongé par le désir charnel. Il n'était pas sûr de ce qui se passerait si la soif de sang s'ajoutait au tableau.

Il risquait de s'embraser sur place.

Ôtant son peignoir avec des gestes impatients, Viper emmêla ses doigts dans la soie des cheveux de Shay et déposa une série de baisers avides le long de sa joue. Il voulait sentir la chaleur de sa peau réchauffant la sienne. Se baigner dans les flammes de sa force vitale.

Il lui mordilla le lobe de l'oreille en lui murmurant des mots tendres dans une ancienne langue slave et se souleva pour remonter sa chemise de nuit.

— Shay, j'ai besoin de te sentir près de moi, chuchota-t-il. Je veux sentir ta peau contre la mienne.

— Qu'est-ce qu'on est en train de faire ? dit-elle sur le même ton, alors qu'il lui retirait le vêtement par-dessus la tête et le jetait au sol.

Il la regarda d'un air amusé tout en laissant ses mains explorer librement ses formes minces.

— Si tu n'as pas encore deviné, c'est qu'il y a quelque chose que je ne fais pas comme il faut.

Elle retint brusquement son souffle en le sentant épouser de la main la rondeur de son sein et, du pouce, lui effleurer le téton jusqu'à ce qu'il forme un bouton dur.

— C'est de la folie.

— Je ne peux pas imaginer de folie plus agréable, murmura Viper en baissant la tête pour refermer ses lèvres sur la pointe de son sein.

Elle poussa un gémissement en lui agrippant les épaules, et cambra instinctivement le dos en une invitation muette.

Viper usa de ses dents et de sa langue pour émoustiller sa chair sensible, les mains occupées à la retenir par les hanches pour l'empêcher de se frotter contre son érection.

Il voulait faire durer les choses.

Un but qui était compromis chaque fois qu'elle se cambrait.

Il fit courir sa langue sur la courbe de son sein, déposa un baiser dans le creux qui le séparait du deuxième, puis passa à l'autre téton.

— Viper…

— Ça te plaît, ça ? lui demanda-t-il en lui effleurant le sein du bout de la langue.

— Oh, oui.

— Et ça ?

Après avoir tiraillé une dernière fois son téton, il déposa une série de baisers le long de son ventre, s'arrêtant pour caresser le creux de son nombril avant d'aller chercher le trésor qui l'attendait plus bas. Lui écartant les jambes, il laissa ses mains courir doucement sur l'intérieur de ses cuisses. Juste un instant, il voulait savourer la vue de la jeune femme étendue sur la soie noire.

Appuyée aux coussins, Shay répondit à son coup d'œil par un regard brûlant, le visage adouci par une passion qu'elle ne cherchait plus à cacher.

— Viper ?

— Tu es si belle, murmura-t-il en baissant la tête pour faire courir sa bouche le long de sa jambe.

Il voulait explorer chaque recoin de sa peau satinée. Chaque précieuse courbe.

Il déposa des baisers sur le creux de son genou, le galbe de son mollet et les os délicats de sa cheville. Elle retint un cri lorsqu'il lui suça les orteils et se cambra, décollant les fesses du lit.

— Ça chatouille ! souffla-t-elle, sans pour autant faire quoi que ce soit pour échapper à sa caresse.

— Tu es chatouilleuse ? la taquina-t-il en faisant courir sa langue sur la plante de son pied.

Elle poussa un léger glapissement.

— Viper, arrête.

— Je veux goûter chaque centimètre carré de ta peau, répondit-il.

Elle agrippa les draps en soie.

— Je ne suis pas sûre de pouvoir l'endurer.

— Voyons jusqu'où tu peux tenir…

Il lui attrapa l'autre pied et fit lentement remonter sa bouche le long de sa jambe, avec délectation. L'amusement de Shay se dissipa alors qu'un discret gémissement lui échappait.

Arrivé aux tendres contours de sa cuisse, il s'arrêta, presque submergé de désir à l'odeur de son sang palpitant sous sa peau.

Il suivit la veine bleu pâle avec sa langue tout en refoulant l'envie d'enfoncer ses crocs dans sa chair.

Pas ce soir.

Pas tant qu'elle ne serait pas prête à se donner entièrement à lui.

Ignorant tout des sombres pensées qui l'agitaient, Shay se tortilla sous l'effet de sa lente caresse.

— Viper… Je t'en prie.

Avec un sourire, il s'installa entre ses jambes et enfin chercha la source de son désir.

— C'est ça que tu veux, mon cœur ? demanda-t-il en passant la langue dans sa moiteur.

— Oh… merde, lâcha-t-elle dans un souffle en l'empoignant par les cheveux.

Il rit.

— Je prends ça pour un oui.

Il lui écarta encore les jambes tout en caressant le petit bouton caché dans ses doux replis de chair. Shay se mit à haleter en cambrant le dos.

Son parfum submergea les sens de Viper, qui pressa sa raideur contre les draps lisses. Il était gonflé, dur, brûlant de l'envie de se retrouver en elle. Mais d'abord, il voulait sentir la jeune femme jouir sur ses lèvres.

Il fit remonter ses mains le long du corps de Shay jusqu'à ses seins et tira doucement sur ses tétons durcis sans interrompre le mouvement régulier de sa langue. La respiration de la jeune femme devint presque frénétique. Elle lui tira les cheveux et replia les jambes autour de son cou.

— Viper…, chuchota-t-elle.

Elle n'allait pas tarder à jouir. Il pouvait sentir ses muscles se contracter de plaisir et, d'une dernière caresse appuyée, il la fit basculer, hurlante, dans l'extase.

Alors qu'elle était encore tremblante de son orgasme, il se plaça vivement au-dessus d'elle et, lui prenant les lèvres dans un baiser possessif, s'enfonça profondément en elle. Un gémissement guttural lui échappa lorsqu'elle fit glisser ses mains dans son dos pour lui agripper les hanches. Le corps élancé de Shay s'adaptait parfaitement au sien, et les phéromones de Shalott qui attiraient les vampires depuis des siècles embaumaient l'air d'une énergie puissante.

Tant pis pour sa velléité de faire durer les choses.

Lentement, il se retira jusqu'au bout avant de replonger dans sa douce moiteur. Par tous les saints, elle semblait avoir été faite pour lui.

Tout en lui couvrant le visage de baisers, Viper se mit à aller et venir en elle, gardant un rythme régulier tandis qu'elle lui entourait la taille de ses jambes. Elle lui enfonça les ongles dans la peau assez profondément pour en faire jaillir le sang. Il poussa un grognement d'encouragement, la douleur vive ne faisant qu'accroître son plaisir alors qu'il enfouissait le visage dans le creux de son cou. Le corps de plus en plus tendu, il glissa les mains sous ses fesses pour la soulever et la faire venir plus aisément à sa rencontre tandis que ses coups de reins s'accéléraient.

— Shay, jouis avec moi, souffla-t-il d'un ton pressant en la sentant trembler sous lui.

Elle agitait fiévreusement la tête sur l'oreiller, les yeux fermés.

— Je crois que je n'ai pas vraiment le choix, répondit-elle en haletant.

— Bien.

Scellant ses lèvres des siennes, il s'enfonça une dernière fois en elle, la sentit se contracter autour de lui, et enfin s'abandonna à cet orgasme explosif qui l'ébranla jusqu'au tréfonds de son âme.

Waouh.

C'était un mot ridicule.

Ou du moins, c'était ce que Shay avait toujours pensé jusqu'à quelques instants auparavant.

Le genre de mot qu'elle n'aurait jamais utilisé.

Mais à présent, alors qu'elle s'efforçait de reprendre son souffle, elle se rendait compte qu'il n'y en avait vraiment pas d'autre pour décrire ce qui venait de se passer.

Encore baignée de sueur et trop faible pour bouger, elle posa la tête sur la poitrine de Viper. Ce n'était pas la première fois qu'elle prenait du plaisir dans les bras d'un homme. Mais elle était forcée d'admettre qu'elle n'avait jamais ressenti un désir aussi âpre et inextinguible. Et que les caresses d'un homme ne lui avaient jamais procuré une satisfaction aussi ardente.

Et merde.

Pourquoi fallait-il que sa meilleure partie de jambes en l'air ait eu lieu avec un vampire ?

Comme s'il percevait le trouble de ses pensées, Viper lui passa un doigt sous le menton et la força à relever la tête pour scruter son regard.

— Tu es bien silencieuse. Est-ce que ça va ?

Bonne question.

Certes, elle était trempée de sueur, comblée et encore sous le choc.

Mais est-ce que ça allait ?

Le jury était encore en délibération.

— Je croyais que les vampires buvaient toujours le sang de leur partenaire lorsqu'ils...

Viper haussa les sourcils en la voyant s'interrompre avec embarras.

— Font l'amour ?

— Oui.

Il la contempla un long moment, devinant manifestement que ce n'était pas uniquement l'absence de don de sang qui la perturbait.

— Ce n'est pas obligatoire, même si désir et soif de sang ont effectivement tendance à aller de pair chez nous. Est-ce que tu es inquiète à l'idée que je puisse te mordre ?

— Je serais folle de ne pas l'être.

Viper resta impassible, mais ainsi étendue si près de lui, Shay put le sentir se crisper.

— N'oublie pas, mon cœur, je t'ai donné ma parole, fit remarquer le vampire.

Se dégageant de son étreinte, Shay s'adossa à la tête de lit et releva les draps jusqu'à son menton. Ce n'était pas tant la pudeur qui la faisait se couvrir, mais davantage la crainte que le moindre contact avec Viper lui fasse perdre tout contrôle d'elle-même.

Seigneur… Il était si beau. Ainsi allongé sur les draps noirs, ses cheveux formant un halo argenté autour de sa tête, il avait l'air d'un ange tombé du ciel. Elle déglutit péniblement, et se força à croiser son regard étincelant.

— Tu es fâché ? finit-elle par demander.

La morgue de Viper était à son comble lorsqu'il lui répondit avec un regard furieux.

— Ce n'est pas souvent que mon honneur est remis en question. Je commence à me demander ce que je peux bien faire pour gagner enfin ta confiance.

Shay haussa les épaules, trop absorbée par ses propres émotions conflictuelles pour prêter attention à l'énergie vibrante qui s'élevait entre eux.

— Qu'est-ce que ça peut faire ? Je suis ton esclave. Je suis forcée de t'obéir quels que soient mes sentiments. Pourquoi voudrais-tu de ma confiance ?

Plus vif que l'éclair, Viper sauta au bas du lit et la regarda avec une expression de colère froide. Il semblait complètement indifférent au fait qu'il était entièrement nu.

Malheureusement, Shay était loin d'être aussi indifférente. Tout son corps se raidit d'excitation tandis que, sans pouvoir s'en empêcher, elle laissait courir son regard sur sa perfection d'albâtre.

Oh seigneur…

— Forcée de m'obéir ? (En entendant son ton, Shay reporta son attention sur le visage froid du vampire.) Est-ce pour ça que tu es dans mon lit ? Parce que tu penses que tu y as été forcée ?

— Je… Non, bien sûr que non.

Les yeux noirs de Viper restèrent durs et inflexibles.

— Il n'y a pas de « bien sûr que non » qui tienne.

Shay frissonna sous le drap. C'était là une facette de Viper qu'elle n'avait encore jamais vue.

— Pourquoi est-ce que tu t'énerves comme ça ?

— Oh, je ne sais pas. (Il esquissa un sourire amer.) Peut-être parce que tu viens de faire ce que nulle autre n'a osé faire depuis mille ans.

— Quoi donc ?

— Sous-entendre que je l'ai violée.

Shay hoqueta de surprise.

— Je n'ai jamais sous-entendu…

— Non ? Tu es là dans mes bras à dire que tu es mon esclave et à essayer de te convaincre qu'il est impossible que tu aies pu me désirer. (La dureté de son ton causait à Shay une douleur presque tangible.) Tu préfères croire que je t'ai forcée plutôt que d'admettre que ce sont tes propres pulsions qui ont mené à ce moment.

Shay baissa les yeux. Il avait raison, bien sûr. Le corps de Shay n'était pas compliqué. Il désirait Viper. Le désirait avec une force purement et simplement terrifiante.

Mais sa tête… Eh bien, sa tête se rappelait que c'était un vampire qui avait impitoyablement tué son père ; et les vampires qui donnaient la chasse aux Shalotts comme à de simples animaux.

— Qu'est-ce que tu veux de moi ? demanda-t-elle.

— La vérité.

Elle releva les yeux à contrecœur.

— Quelle vérité ?

Le regard de Viper se durcit.

— Reconnais que tu as envie de moi. Rien de plus.

Shay s'humecta les lèvres.

— Je veux bien reconnaître que tu es beau et manifestement expérimenté…

Avec un profond grognement guttural, Viper attrapa son peignoir et le passa avec des gestes vifs.

— Assez.

Shay le regarda avec stupeur se diriger vers la porte.

— Où est-ce que tu vas ?

Il s'arrêta mais refusa de se retourner.

— N'importe où plutôt qu'ici. Si tu peux encore me voir comme un monstre après ce qu'on vient de partager, c'est qu'il n'y a plus d'espoir pour toi.

Un élan de culpabilité étreignit le cœur de Shay. Même si elle détestait l'admettre, il avait raison. Elle avait été profondément injuste. Son désir pour lui avait été tout aussi intense que le sien pour elle. Par l'enfer, peut-être même plus. Et elle avait encore envie de lui.

Au plus profond d'elle-même, elle savait que, s'il passait cette porte maintenant, son orgueil l'empêcherait à tout jamais de se rouvrir à elle.

Elle se glissa hors du lit et se précipita pour lui barrer la route.

— Attends, Viper.

— Quoi encore ? (Il lui jeta un regard glacial.) Tu as déjà mutilé ma fierté et ma virilité ; y a-t-il autre chose que tu souhaites détruire ?

Shay ne put retenir un petit sourire. C'était la première fois qu'elle voyait un vampire se vexer. Et Viper était plus que vexé.

— Je doute que qui que ce soit puisse mutiler ta fierté, vampire. (Elle agrippa audacieusement les revers de son peignoir, en cambrant délibérément son corps nu pour se presser contre lui.) Dieu sait que tu en as assez pour partager avec presque tout Chicago.

Il se raidit et la regarda avec méfiance.

— Et ma virilité ?

Elle esquissa lentement un sourire en se frottant contre lui.

— Elle me paraît dans un état convenable.

Il hésita un moment, tiraillé entre sa fierté blessée et le désir qui s'éveillait en lui.

— Convenable ?

Son érection reposait lourdement contre le ventre de Shay.

— Peut-être plus que convenable.

Viper secoua la tête et l'enlaça, baissant instinctivement les mains vers ses fesses nues.

— Essaies-tu de me rendre fou ? Est-ce ma punition pour avoir eu la stupidité de t'acheter à Evor ?

Shay grimaça en contemplant son beau visage. Elle aurait pu lui dire qu'elle allait essayer d'être un peu moins agaçante. Mais ç'aurait été un mensonge. Il était toujours un vampire. Et elle restait son esclave. Et quelqu'un ou quelque chose, là, dehors, en avait encore après son sang. Qu'elle soit énervante était presque inévitable.

— Je ne suis pas très douée pour ces choses-là, reconnut-elle.

Il haussa les sourcils.

— Quelles choses ?

— Les relations.

— Est-ce donc ce que nous avons ? demanda-t-il. Une relation ?

À peine consciente de ce qu'elle faisait, Shay glissa les mains sous le lourd peignoir pour lui caresser les pectoraux. Elle adorait sa peau. Elle n'avait jamais rien touché d'aussi doux. On aurait dit de la soie froide sous ses doigts.

— C'est toi l'expert, à toi de me dire.

— Si tu continues comme ça, je ne vais rien te dire du tout, je vais te montrer, dit-il d'une voix rauque, les yeux sombres et les canines visibles.

Elle frissonna de plaisir anticipé. Elle n'avait aucune idée du genre de relation qu'elle avait peut-être, ou non, avec Viper. En vérité, elle préférait ne pas utiliser du tout le terme « relation ». Ça lui donnait toujours de l'urticaire. Mais elle commençait à accepter l'idée qu'avoir un amant n'était pas une si mauvaise chose. Elle huma à pleins poumons l'odeur exotique de Viper.

— J'ai toujours préféré l'action aux bavardages, murmura-t-elle.

— Tu es vraiment…

Il s'interrompit avec un petit rire contrit.

— Quoi ? demanda-t-elle.

— Je n'ai pas encore réussi à trouver le terme adéquat. (Il pencha la tête pour lui effleurer le front de ses lèvres.) Je sais seulement que je devrais me faire examiner pour m'être montré à cette salle des ventes en premier lieu. Tu es destinée à rester une épine dans mon pied pour l'éternité.

Elle commença à faire descendre avec détermination ses doigts le long de son torse. Avec un grognement sourd, il passa brusquement les mains sous ses fesses pour la soulever du sol. Shay sentit son cœur faire un bond dans sa poitrine et replia instinctivement les jambes autour de sa taille.

— Viper.

— Tu as bien dit que tu préférais l'action, murmura-t-il en la plaçant au-dessus de son érection avant de s'enfoncer en elle d'un seul mouvement fluide.

Elle rejeta la tête en arrière en sentant une vague de plaisir monter en elle.

— Oui… oh oui.

Chapitre 15

Shay se réveilla seule.
Enfin, pas tout à fait seule.

Un plateau de petit déjeuner – contenant omelette, bacon, pain grillé, galettes de pommes de terre, carafe de jus d'orange et une tarte aux pommes entière – avait été laissé sur la table de nuit. Des pétales de roses d'un ivoire délicat avaient également été parsemés sur les draps, emplissant la pièce de leur parfum musqué.

Plus qu'un peu troublée par sa nuit de passion dans les bras de Viper, Shay réussit à dévorer l'intégralité de ce qu'offrait le plateau, jusqu'à la dernière miette. Puis, après un saut dans la douche, elle enfila un jean et un sweat-shirt confortables avant de partir à l'aventure dans l'immense dédale du manoir.

Ce n'était pas qu'elle regrettait ce qu'elle avait fait avec Viper.

Grand Dieu.

Il n'y avait pas une femme, démone, nymphe ou fée, qui regretterait d'avoir connu son étreinte.

Néanmoins, elle n'était pas sûre d'être prête à l'affronter dans l'immédiat.

Elle trouvait bien trop difficile d'avoir les idées claires lorsqu'il était dans les environs. Une découverte embarrassante, mais vraie. Et le moment semblait bien choisi pour avoir les idées claires.

Tombant enfin sur un solarium petit mais ravissant, elle s'installa sur une banquette et huma les senteurs de la terre riche et des fleurs fraîches. La nature avait quelque chose de très paisible, songea-t-elle. Cela lui rappelait qu'il existait des choses bien plus vastes et importantes qu'elle et ses problèmes.

Laissant le silence apaiser l'anxiété qui lui nouait les muscles, Shay renversa la tête contre les coussins de son siège et poussa un profond soupir.

Ce fut la soudaine fraîcheur dans l'air qui l'avertit qu'elle n'était plus seule. Et que l'intrus était un vampire. Mais pas Viper. Elle se redressa à contrecœur. Son cœur ne battait pas la chamade, sa bouche ne s'était pas asséchée et sa peau n'était pas devenue moite. C'étaient là les symptômes d'un vampire très précis.

Donnant raison à son instinct, Dante apparut au coin d'un monticule couvert de marguerites, un charmant sourire aux lèvres.

— Tu as donc trouvé le solarium.

Shay ne put s'empêcher de lui rendre son sourire. Cet homme avait beau être un vampire, il restait cependant extrêmement séduisant.

— C'est magnifique, dit-elle.

— Je ferai part à Abby de ton approbation. Elle soutient que la seule façon d'apprécier la nature est de la dompter et de la garder sous verre. (Son sourire s'élargit.) Bien entendu, elle est tout aussi déterminée à me dompter, moi aussi, mais avec nettement moins de succès.

— Te dompter ?

— Apparemment, je serais trop guerrier et pas assez poète.

Shay pouvait aisément croire cela. Avec ses longs cheveux noirs et ses boucles d'oreilles en or, il avait l'air d'un vilain pirate. Mais elle ne se laissait pas si facilement duper.

— Tu oublies que j'ai vu ta bibliothèque. Je dirais plutôt que tu es un érudit.

Il leva les mains.

— Seigneur, il ne faudrait surtout pas que ça se sache. Je préfère largement ma réputation de guerrier.

Shay ne put s'empêcher de rire.

— Mes lèvres sont scellées.

Le vampire s'avança pour s'adosser contre le bord de la fontaine en marbre. À première vue, il paraissait absolument décontracté, mais la lueur de curiosité qui illumina ses yeux gris argent n'échappa pas à la démone.

— Tu sais, je ne t'ai jamais remerciée pour m'avoir aidé à délivrer Abby, reprit Dante.

— C'était relativement intéressé de ma part. (Elle ne fit rien pour dissimuler son frisson.) Personne ne voulait la mort d'Edra autant que moi.

— Rien ne t'obligeait à te jeter entre cette boule de feu et Viper.

Très bonne remarque.

Elle leva les yeux au ciel.

— Crois-moi, j'ai regretté cette décision impulsive plus d'une fois depuis.

Son rire léger était presque palpable. Shay fut forcée de se demander si les vampires travaillaient leur effet sur les femmes, ou si c'était juste un talent dont ils héritaient en même temps que de leurs canines pointues.

— Sans aucun doute, dit Dante. (Il inclina la tête de côté et changea brusquement de sujet.) Y a-t-il une raison au fait que tu te trouves seule ici ?

— Je reprenais mon souffle, c'est tout.

— Parfaitement compréhensible. Les Shalotts ont toujours préféré être le chasseur plutôt que le gibier. Il n'y a rien d'agréable à devoir toujours fuir devant de dangereux ennemis.

Shay crispa les poings sur ses genoux, l'estomac noué par une angoisse familière.

— Non, en effet.

L'expression de Dante se radoucit.

— Au moins, tu n'es pas seule. Malgré toute l'arrogance de Viper, rares sont ceux que je préférerais avoir à mes côtés plutôt que lui.

Était-ce pour ça qu'il était venu la voir ? Pour la convaincre que Viper était une sorte de sauveur ?

— Si ça ne te dérange pas, je préférerais ne pas parler de Viper.

Il l'observa longuement.

— Est-ce qu'il t'embête ?

Avec un petit rire bref et sans joie, elle se releva et s'éloigna du vampire trop proche à son goût.

— Toujours.

— Tu veux que je lui en touche un mot ?

— Non. (Shay fit brusquement volte-face, les mains appuyées sur son ventre.) Je veux dire… Merde, je n'ai aucune idée de ce que je veux dire.

Dante eut l'intelligence de ne pas rire de ses bafouillages stupides.

— Tu n'es pas la seule dans ce cas, je crois, ma chère, répondit-il gentiment. Je connais Viper depuis fort longtemps et, pour être franc, je ne l'ai jamais vu aussi… perturbé par une femme. Il a la réputation de rester distant même dans ses relations les plus intimes.

— Distant ? (Elle poussa un grognement incrédule.) Je n'ai jamais rencontré un vampire plus importun, effronté et indiscret.

— Comme je le disais, il n'est plus lui-même. (Il haussa les épaules.) Je ne sais pas si je dois te féliciter ou te présenter mes condoléances.

Amusant, ils étaient deux dans ce cas.

Elle secoua la tête.

— Je ne le comprends pas, c'est tout.

— Il aime s'entourer de mystère, c'est vrai.

— Pourquoi est-ce qu'il m'a achetée ? Il ne veut pas d'esclave. Il ne veut pas vendre mon sang. Il ne l'a même pas goûté. (Elle poussa un soupir exaspéré.) Qu'est-ce qu'il veut ?

— Faut-il absolument qu'il veuille quelque chose ?

Elle lui jeta un regard lourd de sens.

— C'est un vampire.

— Certes. (Dante se redressa lentement, en posant les mains sur les hanches.) La réponse la plus simple, je suppose, est qu'il ne sait pas lui-même pourquoi il t'a achetée.

— Il a plus de mille ans, pas seize ; comment peut-il ne pas le savoir ?

Dante haussa les épaules.

— Parfois, vivre depuis si longtemps tend à nous rendre un peu... égocentriques.

— Non, vraiment ?

L'ombre d'un sourire passa sur les lèvres du vampire, mais il garda une expression sérieuse.

— Même au sein de nos propres clans, nous sommes des créatures solitaires. Beaucoup de vampires s'exilent complètement de la société et restent des décennies sans avoir le moindre contact avec autrui.

— Donc vous êtes des ermites ?

— À notre façon. Le monde change et nous restons les mêmes. C'est une tendance naturelle pour nous que de nous replier sur nous-mêmes jusqu'à ce que quelque chose, ou quelqu'un, nous donne envie de sortir de notre coquille.

Shay grimaça. Elle n'avait rien fait pour faire sortir Viper de sa coquille. Du moins pas intentionnellement.

— Vous ne vous repliez pas complètement.

Sa voix se teinta d'une légère dureté. Elle ne savait que trop bien que les vampires n'étaient pas des ermites inoffensifs. Loin de là.

— Vous devez toujours chasser.

— Plus maintenant. Nous avons le sang de synthèse, que beaucoup préfèrent aux dangers de la chasse.

— Quels dangers ? s'exclama Shay d'un ton railleur. Vous êtes immortels.

Le beau visage du vampire sembla se fermer, comme s'il en avait révélé plus qu'il n'en avait eu l'intention.

— Il y a des moyens de nous tuer. Pourquoi risquer de se prendre un pieu dans le cœur lorsqu'on peut avoir son repas tout prêt à la sortie du micro-ondes ? demanda-t-il d'un ton presque trop désinvolte.

Shay avait l'impression que Dante lui cachait quelque chose mais elle était trop en proie à ses propres obsessions douloureuses pour s'en préoccuper.

— Je croyais que les vampires aimaient chasser leurs victimes ? Le plaisir de la traque, et tout ça.

L'amertume de son ton n'échappa pas à Dante.

— Viper m'a dit que ton père avait été tué par un vampire. Je suis désolé.

Elle baissa les yeux.

— C'était il y a longtemps.

— Mais tu n'as jamais oublié.

— Non, jamais.

Soudain, la pointe de bottes de motard apparut dans le champ de vision de Shay et, en relevant les yeux, elle découvrit Dante juste devant elle.

— Shay, ce n'est pas Viper qui a tué ton père.

La douceur de sa voix la fit tressaillir.

— Je sais ça.

— Vraiment ? (Il lui effleura le bras.) Tu en es sûre ?

— La plupart du temps, reconnut-elle.

— Shay…

— Dante. (Ils sursautèrent tous les deux en entendant cette voix douce comme du velours retentir dans la pièce.) Pour un vampire si intelligent, tu aimes vivre dangereusement, non ?

Shay se retourna et vit Viper s'avancer vers eux. Non, plutôt, glisser en avant. Comme une élégante panthère fendant les ombres. Elle retint son souffle en le regardant approcher. Il était magnifique, comme toujours. Son pantalon de soie noire et son manteau de velours, noir aussi, qui lui tombait presque jusqu'aux genoux faisaient ressortir sa chevelure argentée et sa peau ivoirine. Mais c'étaient ses yeux noirs qui captaient et retenaient l'attention. Une énergie flamboyante qui semblait faire trembler l'air même y était contenue.

— Ah, Viper. (À côté d'elle, Dante croisa les bras et esquissa un sourire teinté d'une mystérieuse pointe d'autosatisfaction.) Je me disais bien que tu finirais par apparaître tôt ou tard.

Viper arborait lui aussi un sourire sur ses traits élégants, mais lorsqu'il s'arrêta devant eux, Shay frissonna. Il avait les canines sorties.

Littéralement, et métaphoriquement.

— À l'évidence, j'aurais dû le faire plus tôt, rétorqua-t-il d'une voix traînante.

— Oh, je ne sais pas. Shay et moi n'avons eu aucun mal à nous distraire sans toi, je t'assure, répliqua Dante.

Le regard de Viper se durcit.

— Tu as de la chance d'avoir déjà une compagne, mon vieux.

Dante éclata brusquement de rire.

— Range tes canines, Viper, on ne faisait que parler de toi.

Les crocs de son ami restèrent très visibles.

— Justement, c'est ce que je craignais.

— Abby est-elle rentrée ?

— Oui, elle est dans la bibliothèque avec la sorcière. Peut-être devrais-tu aller la rejoindre.

— Excellente idée.

Avec un clin d'œil appuyé à Shay, Dante donna une tape sur le dos de son ami et disparut dans l'obscurité.

Sans prêter attention à la ride contrariée qui plissait le front de Viper alors qu'il regardait Dante s'en aller, Shay se posta devant lui et le regarda en fronçant elle aussi les sourcils.

— Natasha est revenue ? demanda-t-elle sèchement.

Jetant un coup d'œil à son expression revêche, Viper se dérida soudain et esquissa un sourire.

— Non, Abby a jugé qu'il valait peut-être mieux ne pas laisser Natasha t'approcher.

— Pourquoi ?

— Lorsque Dante la ramenait chez elle, elle a marmonné quelque chose comme quoi elle allait te jeter un autre sort.

— Pourquoi est-ce qu'elle… Oh, je suppose qu'elle était jalouse ?

Shay grimaça, refusant de reconnaître qu'elle était soulagée que cette arrogante pétasse ne soit pas de retour. Cela aurait signifié que la sorcière n'était pas la seule jalouse, et ça, ç'aurait été… ridicule.

Viper s'approcha tant qu'elle en oublia de respirer, puis il se mit à décrire la courbe de sa joue d'un doigt léger.

— Certaines femmes ne me trouvent pas complètement repoussant.

— Pas la peine de prendre cet air suffisant. Elle doit avoir respiré trop de potions.

Les yeux de nuit du vampire s'assombrirent, signe qu'il lisait en elle comme dans un livre ouvert. Un frisson d'excitation courut sur la peau de la jeune femme.

— Si tu doutes de mon charme, peut-être que je peux t'en faire une démonstration.

— Je crois que tu me l'as déjà assez démontré comme ça.

— Jamais assez, chuchota-t-il en penchant la tête.

Shay sentit son cœur s'arrêter lorsqu'il frôla ses lèvres des siennes. C'était la caresse la plus légère qui puisse exister, mais elle fit courir dans tout le corps de la jeune femme une onde de plaisir qui menaça de l'emporter.

Nom de Dieu.

Une femme convenable aurait sûrement dû vouloir un répit après un tel marathon d'ébats, non ?

Si c'était le cas, alors elle n'était manifestement pas une femme convenable, concéda-t-elle, car elle ne put s'empêcher de se cambrer instinctivement vers le corps dur du vampire.

Il suffisait que Viper s'approche d'elle pour qu'elle fonde de désir.

Laissant échapper un grondement guttural, le vampire l'embrassa avec une ardeur grandissante. Shay lui prit le visage entre ses mains tout en entrouvrant les lèvres pour accueillir sa langue. Même la piqûre vive et passagère de ses crocs ne pouvait refroidir son ardent désir.

Elle était si bien dans ses bras.

Si à son aise.

Si délicieusement à son aise.

Il l'enlaça brusquement, la soulevant presque du sol. Elle gémit. Collée à lui comme elle l'était, elle n'aurait pas pu ne pas remarquer le dur renflement de son appétit montant. Et encore moins ne pas se rappeler ce qu'elle ressentait lorsqu'elle avait les jambes autour de sa taille et qu'il s'enfonçait en elle.

C'était ce qu'elle voulait. Ici. Maintenant.

C'est la violence de son envie qui lui fit brutalement reprendre ses esprits. Ils se trouvaient au milieu d'un solarium où n'importe qui pouvait tomber sur eux. Elle n'avait pas perdu toute pudeur.

Pas encore.

En reculant, elle s'efforça de retrouver sa voix.

— Viper.

Se voyant refuser ses lèvres, le vampire se contenta de couvrir de baisers son visage renversé.

— Quoi ?

— Pourquoi y a-t-il une sorcière dans la bibliothèque ?

— Elle est ici pour s'assurer qu'aucun sortilège dangereux ne protège la boîte.

Shay appuya les mains sur son torse, refusant de se laisser distraire, alors qu'il lui embrassait le cou juste sous l'oreille.

— On ne devrait pas être là-bas avec elle, alors ?

Il lui mordilla vivement l'oreille.

— On a tout le temps. Tu sais combien les sorcières aiment à créer une atmosphère mélodramatique lorsqu'elles s'apprêtent à jeter un sort. Ça va lui prendre une heure de tracer son cercle, placer ses bougies et faire tout le tralala qui leur tient tellement à cœur.

Shay frissonna.

— Je pense quand même qu'on devrait y aller. Je ne veux rien manquer.

L'espace d'une seconde, il resserra les bras autour d'elle comme s'il comptait lui faire oublier toute histoire de sorcières, de boîtes et de sortilèges. Puis, avec un soupir, il relâcha son étreinte à contrecœur et la regarda avec une expression chagrinée.

— Oh, mon cœur, tu n'es pas tendre avec mon amour-propre. N'as-tu donc aucun soupçon de romantisme dans l'âme ?

Shay recula et rebaissa son sweat-shirt. Elle aurait aimé qu'il soit aussi facile de calmer ses hormones en ébullition.

— Très peu, reconnut-elle.

— Il semblerait que je doive t'apprendre les plaisirs de la séduction.

— Tu pourras le faire plus tard. (Incapable de résister, elle se haussa sur la pointe des pieds pour lui déposer un baiser rapide sur la joue avant de se diriger vers la porte.) Mais pour l'instant, je veux savoir ce qu'il y a dans cette boîte.

— *Sacrebleu* *. (Avec son manque effarant du moindre semblant de tact, Levet entra d'un pas bruyant dans la bibliothèque.) Qu'est-ce que c'est que cette puanteur ?

Sans lever la tête, la sorcière aux cheveux gris occupée à allumer ses bougies disposées en cercle pointa vers lui un doigt noueux.

— Tiens ta langue, gargouille, ou je te la colle au palais, le mit-elle en garde.

Avec un sifflement, Levet lança un regard furieux à la vieille femme.

— Ahh ! Une sorcière. Qui l'a invitée ?

L'espace d'un instant, Viper resta adossé au mur et attendit avec intérêt de voir la sorcière transformer l'agaçante gargouille en triton, en tomate, en quoi que ce soit qui ne puisse parler. Il avait beau ne pas aimer les sorcières, il admettait qu'elles pouvaient parfois avoir leur utilité. Mais après un coup d'œil à l'expression anxieuse de Shay, il s'avança à contrecœur pour attraper la créature par sa queue ridicule et l'écarter avant que ça dégénère. Shay avait déjà assez de soucis sans avoir en plus à s'inquiéter de voir sa gargouille de compagnie être transformée en crapaud.

— Levet, je te suggère de la fermer ou de partir, dit-il d'une voix railleuse, en reprenant sa place contre le mur, les yeux de nouveau rivés sur le profil délicat de Shay. La sorcière ne semble pas très patiente.

— Qu'est-ce qu'elle est en train de faire ?

— Elle essaie d'ouvrir la boîte sur la table.

— Ouvrir une boîte ? (Levet leva les bras au ciel et commença à s'avancer.) *Mon Dieu* *. Je peux le faire pour elle.

— Attends. (Viper l'attrapa de nouveau par la queue et le tira en arrière.) Nous ne sommes pas sûrs qu'elle ne soit pas protégée.

— Oh. (Après un moment de silence bienvenu, Levet se remit à trépigner d'impatience.) Qu'est-ce qu'il y a dans la boîte ?

— Nous ne le savons pas encore, à l'évidence.

— Ça va prendre longtemps ?

— Aussi longtemps qu'il le faudra.

— Est-ce qu'on a de quoi grignoter en attendant ?

Viper serra les poings le long de son corps. C'était ça ou il étranglait le démon.

— Levet, tais-toi.

— Eh bien, si on doit attendre ici toute la nuit, ils pourraient au moins nous servir un petit en-cas.

— Si tu as faim, pourquoi ne vas-tu pas à la cuisine te trouver quelque chose ?

La gargouille frémit.

— Il n'y a rien là-bas hormis du sang et une infecte bouillie verte.

— Alors fais-toi livrer quelque chose.

— Pizza ? Grec ? (Une lueur d'excitation s'alluma dans les yeux gris de Levet.) Oh, oh, je sais, qu'est-ce que tu dis...

Viper se pencha pour l'attraper par les cornes et le souleva pour le regarder droit dans les yeux.

— Trouve un téléphone et passe ta commande, gargouille, et sois certain que, si tu refais un pas dans cette pièce, je t'arracherai moi-même les ailes.

Reculant prudemment vers la porte, Levet leva les mains devant lui en un geste apaisant.

— Bon Dieu, pas besoin de s'énerver comme ça. Les vampires sont toujours d'un grincheux !

Il n'avait pas idée, concéda Viper en se retournant vers Shay. « Grincheux » était bien loin de couvrir l'étendue de ce qu'il ressentait.

À la vue de Shay qui rôdait avec tant d'anxiété autour de la sorcière, son cœur froid se serrait douloureusement.

Sous ses airs fanfarons de bravoure et de défi, elle était d'une fragilité à fendre le cœur. La simple idée qu'elle puisse souffrir davantage lui donnait envie de tout casser autour de lui.

Bon sang ! Il aurait dû s'enfermer avec elle dans le solarium. À cet instant même, ils auraient pu être en train d'atteindre des sommets de jouissance, au lieu de poireauter dans cette pièce étouffante de chaleur, à regarder une sorcière faire ses interminables salamalecs.

Trépignant de contrariété, Viper ne se préoccupa pas du coup d'œil inquiet de Dante et croisa les bras.

Oh oui, ils auraient vraiment dû rester dans le solarium...

— J'ai fini. (D'un geste théâtral de la main, la sorcière souffla les bougies.) La boîte peut être ouverte sans danger.

Viper se redressa tandis que Shay s'approchait pour prendre le coffre en bois délicatement ouvragé. L'infime tremblement de la main de la jeune femme ne lui échappa pas, ni la crispation de ses traits.

Instinctivement, il s'avança d'un pas, pris du besoin impérieux de la prendre dans ses bras et de lui prêter sa force en complément de la sienne. Seule la certitude qu'elle le détesterait d'avoir ainsi révélé son manque d'assurance le retint à sa place.

L'air même sembla se figer tandis qu'elle soulevait lentement le couvercle et sortait de la boîte une enveloppe froissée.

— Elle m'est adressée, chuchota-t-elle dans le silence pesant. (Relevant la tête, elle jeta un rapide coup d'œil autour d'elle, en prenant une profonde inspiration.) Si vous voulez bien m'excuser, je crois que je devrais lire ça en privé.

Elle se dirigea vers la porte. Sans réfléchir, Viper lui emboîta le pas. Il ne voulait pas la laisser seule. Pas alors qu'ils ne savaient pas ce que contenait la lettre. Mais Dante l'arrêta brusquement d'une main posée sur son bras.

— Viper, je pense que tu devrais respecter sa volonté, murmura son ami, si bas que seul Viper put l'entendre. Elle ne te remerciera pas de t'être imposé alors qu'elle veut être seule.

— C'est trop dangereux pour…

— Elle est relativement en sécurité ici. La maison est bien protégée des démons, et il y a des alarmes pour les intrus plus humains.

Viper émit un sifflement sourd.

— Je n'aime pas me sentir impuissant.

Dante émit un petit rire narquois.

— Il va pourtant falloir que tu t'y habitues, mon vieux. C'est ce que les femmes ont tendance à faire subir aux hommes.

Viper se renfrogna.

— Tu ne m'aides pas, là.

— Laisse-lui juste quelques instants. Rien ne lui arrivera tant qu'elle sera dans cette maison.

— Bien, mais quelques instants seulement.

Dégageant son bras de l'étreinte de son ami, il se mit à arpenter la spacieuse bibliothèque. Au diable Dante et son agaçante logique. Il ne voulait pas être raisonnable. Il ne voulait pas accorder à Shay la solitude qu'elle désirait.

Bon sang, autant être honnête. Il ne voulait pas la voir échapper à son regard une seule seconde. Il secoua la tête sans s'en rendre compte. Par les couilles du diable. Il était fou. Fou à lier.

Incapable de rester immobile, il continua à faire les cent pas tandis que les minutes s'écoulaient avec une lenteur désespérante. Il était vaguement conscient que Dante était parti reconduire la sorcière dans son convent et qu'Abby était venue lui apporter du sang réchauffé sur un plateau qu'elle avait silencieusement posé sur le bureau, mais ni l'un ni l'autre n'avaient réussi à l'arracher à ses sombres réflexions.

Où diable était passée Shay ?

Pourquoi n'était-elle pas revenue ?

Il devait y avoir un problème. Il le sentait au plus profond de son âme.

Au bout d'une heure, il en eut assez. Jaillissant brusquement de la bibliothèque, il sillonna le manoir à la recherche de sa Shalott disparue. En vérité, il ne s'était pas attendu à la chercher vraiment. Il y avait deux endroits évidents où elle avait pu se réfugier, sa chambre et le solarium. Où ailleurs aurait-elle eu l'assurance d'une solitude relative ?

Mais il ne lui fallut que quelques instants pour découvrir qu'elle n'était ni dans l'un, ni dans l'autre.

Par l'enfer.

Et quelques instants de plus pour se rendre compte qu'elle n'était nulle part ailleurs dans la maison.

Sérieusement inquiet, il retourna dans ses propres appartements et sortit la petite amulette de sa poche. Il ne douta pas un seul instant que Shay allait être furieuse à son égard de l'avoir rappelée à lui comme un chien au bout d'une laisse. Il l'aurait été tout autant à sa place. Mais dans l'immédiat, il ne demandait pas mieux que d'affronter sa colère. Tant qu'elle était près de lui, et qu'il était sûr qu'elle était en sécurité, elle pouvait fulminer autant qu'elle le voulait.

Refermant les doigts sur l'amulette, il la sentit chauffer contre sa peau. Dix minutes plus tard, Shay passa la porte d'un pas rageur, arborant une mine pleine de défi, mais les yeux rouges et gonflés d'avoir pleuré.

— Sois maudit, Viper, chuchota-t-elle d'un ton plein de colère. Lâche-moi.

— Non. (Rangeant l'amulette dans sa poche, Viper s'avança pour l'observer avec une inquiétude non dissimulée.) C'est trop dangereux pour toi de t'enfuir je ne sais où.

Elle se recroquevilla sur elle-même.

— Je ne suis pas idiote. Je n'ai aucune intention de m'enfuir alors qu'il y a encore quelqu'un là-dehors qui me cherche. Je veux juste être seule.

— Parle-moi, mon cœur, répondit-il d'un ton pressant. Dis-moi ce qu'il y avait dans cette lettre.

Un long moment s'écoula, pendant lequel Viper craignit qu'elle refuse de lui répondre. Elle était seule depuis si longtemps. Trop longtemps. Elle ne savait plus comment faire confiance à autrui.

— Elle est de mon père.

Chapitre 16

Shay était bien décidée à faire payer Viper. En dépit de toutes ses promesses de ne pas la traiter comme une esclave, il n'avait pas hésité à se servir de la laisse qui la liait à lui.

Il ne valait pas mieux que les sorcières, avait-elle songé.

Elle avait voulu être seule. Ne pas avoir à l'affronter avant d'avoir fait un peu le tri dans son fouillis d'émotions brutes. Il n'avait pas le droit de la forcer à venir à lui. Et pourtant, dès qu'elle s'était retrouvée devant lui, elle avait senti sa colère retomber. En fait, elle se découvrit même l'envie impérieuse de se presser contre son corps ferme, comme si le fait d'être dans ses bras allait tout arranger.

Bon sang. Cette découverte aurait dû la terrifier. Hélas, elle était tout simplement trop atterrée pour que ce soit le cas. Elle se contenta de serrer les bras contre sa poitrine et de regarder l'inévitable stupéfaction s'afficher sur le pâle visage du vampire.

— Ton… père ?

— Oui.

Il parut peser sa réaction avec circonspection, comme s'il avait affaire à une folle. Et peut-être était-ce le cas.

— Ça aurait dû te faire plaisir, non ?

Elle déglutit, malgré le gros nœud qui lui serrait la gorge.

— C'est lui qui a fait placer le maléfice sur moi.

Viper lui prit le visage dans sa main, et au froid contact de celle-ci, la jeune femme sentit la douleur qui lui étreignait le cœur s'atténuer un peu. C'était ridicule.

— Tu ne peux pas en être certaine, Shay. C'est peut-être ce qu'on veut te faire croire.

— Non. C'est bien lui. Dans la lettre, il dit qu'il l'a fait pour me protéger.

Il crispa les doigts de façon presque douloureuse.

— Quoi ?

— Il savait qu'on en avait après lui, même s'il ne savait pas qui ou quoi le poursuivait. Il dit que le maléfice est censé me cacher à ses ennemis.

— Te cacher ?

— Le maléfice était comme un rideau qui empêchait la plupart des démons de percevoir ma présence.

Viper médita longuement cette information.

— Oui, je suppose que ça a marché, finit-il par dire. Cela fait plus d'un siècle qu'on n'a pas entendu ne serait-ce qu'une rumeur confirmant l'existence d'une Shalott. Il n'empêche, c'était un pari plutôt dangereux et désespéré. Il t'a laissée à la merci d'Evor.

Shay dégagea son menton de la main du vampire. Sa simple proximité l'empêchait déjà assez de se concentrer comme ça.

— Il n'a jamais eu l'intention de me laisser à la merci de qui que ce soit, répondit-elle plus pour se convaincre elle-même que Viper. Une fois le danger passé, la sorcière avait promis de briser le sortilège et de me révéler la vérité.

Le beau visage du vampire resta impassible.

— Mais elle a été tuée avant de pouvoir le faire ?

— Oui.

Shay n'avait aucune idée de ce qui passait par la tête de Viper : les vampires étaient maîtres dans l'art de cacher leurs émotions lorsqu'ils le voulaient.

— Il essayait seulement de te protéger, Shay, finit-il par dire d'une voix douce.

Les larmes que la démone retenait depuis une heure lui picotèrent les yeux et elle se détourna brusquement pour lui cacher sa détresse.

— Je sais bien, c'est juste que…

Avec une rapidité qu'elle ne pourrait jamais égaler, il se déplaça pour se dresser de nouveau juste devant elle.

— Quoi ?

Avec un profond soupir, elle se résigna au fait qu'il était impossible de lui cacher quoi que ce soit.

— Pendant toutes ces années, j'ai attribué mes malheurs au monstre, quel qu'il soit, qui m'avait jeté ce maléfice. Et maintenant, j'apprends que c'était mon propre père.

— De toute évidence, il l'a fait avec les meilleures intentions.

— Ça ne change rien au fait que j'ai passé plus de quatre-vingts ans en esclavage.

Elle serra les dents alors que ses souvenirs menaçaient de resurgir. Des souvenirs qu'elle refoulait d'ordinaire soigneusement pour éviter qu'ils la submergent.

— J'ai été battue, enchaînée et vendue comme un vulgaire animal.

— Je sais que ça a été difficile…

— Difficile ? (Elle émit un rire sec et sans joie.) Il n'y a pas eu un seul moment où je n'aie été à la merci d'un maître ou d'un autre. Où je n'aie eu peur de ce que les heures à venir allaient m'apporter. Où je n'aie dû lutter simplement pour rester en vie.

— Shay.

En voyant la pitié sur son visage, elle essuya rageusement ses larmes.

— Je suis désolée. Je ne suis pas du genre à pleurnicher, normalement.

Les yeux noirs de Viper s'assombrirent.

— Ne t'excuse pas. (Il effleura des doigts les traces humides qui subsistaient sur ses joues.) Ma rencontre avec les sorcières a été brève, mais je suis sûr qu'elles ont fait de ta vie un enfer.

— Un enfer, c'est le mot, acquiesça Shay d'un ton plein d'amertume. Lorsque Edra n'était pas contente de moi, elle m'enfermait dans une cave. Plus d'une fois elle m'y a laissée pendant des années. Sans lumière, sans rien à manger si ce n'est les insectes et les rats que je pouvais trouver rampant autour de moi. Par moments je pensais que je n'en ressortirais jamais. Je pensais… (Sa voix se brisa, et elle dut se racler la gorge avant de pouvoir reprendre.) Je pensais que je resterais coincée là dans le noir à jamais.

Viper gardait une expression soigneusement neutre, comme s'il devinait qu'elle se refermerait immédiatement au premier signe de pitié.

— C'est pour ça que tu as tenu à ce que ces démons soient relâchés à la salle des ventes ? demanda-t-il.

— Oui. Aucune créature ne mérite pareille torture. (Elle se força à le regarder droit dans les yeux.) Mais tu sais, le pire n'était pas Edra.

— Qu'est-ce que c'était ?

— Le fait de savoir que je serais toujours sous l'emprise de quelqu'un. Que je ne serais jamais assez forte, ou assez rapide, ou assez rusée pour m'enfuir, parce qu'il n'y a pas de fuite possible.

Le visage de Viper se crispa, sans doute parce qu'il devinait qu'il faisait lui-même partie des raisons de sa frustration. Avec l'élégance féline qui lui était coutumière, il fit volte-face et se dirigea vers le lit, avant de se retourner pour la regarder.

— En fait, je sais exactement ce que tu ressens.

— Toi ? (Elle laissa échapper un grognement incrédule.) Comment est-ce que tu pourrais bien comprendre ?

Il resta dissimulé dans la pénombre, rappelant à Shay le vampire distant qu'il était lorsqu'il était venu à la salle des ventes pour enchérir sur elle.

— Je n'ai pas toujours été chef de clan, répondit-il d'une voix basse et étrangement rauque. Pendant bien des années après ma transformation, j'ai été à la merci du premier vampire qui me revendiquait.

Shay était stupéfaite. Elle n'arrivait pas à imaginer cet homme arrogant et impitoyable à la merci de qui que ce soit. Certainement pas d'un autre vampire. Il semblait… intouchable. Invulnérable.

— Tu as été esclave ?

— Esclave, et pire.

— Qu'est-ce qu'il peut y avoir de pire ?

— Crois-moi, tu ne veux pas le savoir, mon cœur.

Elle se mordit la langue. Il avait raison. Les sorcières avaient beau l'avoir terriblement maltraitée, il pouvait toujours y avoir pire. Bien pire.

Elle secoua lentement la tête.

— Je croyais que les clans protégeaient leurs membres ?

Viper haussa les épaules avec élégance.

— Les temps ont changé, fort heureusement, et nous sommes devenus plus civilisés.

— « Civilisés » ? Tu trouves que les vampires sont civilisés ?

— Par rapport à avant, oui. Il fut un temps où les clans n'étaient que des bandes de guerriers errants. Pour pouvoir faire partie d'un clan, un jeune vampire devait… se plier à toutes leurs demandes, même les plus perverses et les plus dépravées.

Shay fronça les sourcils.

— Alors pourquoi vouloir en faire partie ?

— Parce que rester seul signifiait la mort.

— Ils t'auraient tué ?

— Les forts survivaient et les faibles n'étaient que des proies.

— Et tu étais une proie ?

Une onde de puissance émana de Viper, faisant naître un picotement sur la peau de Shay à l'autre bout de la pièce.

— Jusqu'à ce que je devienne assez fort pour rendre les coups, répondit-il.

— Et c'est ce que tu as fait, dit-elle doucement.

Viper resta silencieux le temps de refouler ses propres démons intérieurs, et Shay comprit brusquement pourquoi il possédait ce vaste arsenal caché sous sa maison. Malgré toute la puissance dont il disposait à présent, il n'oublierait jamais qu'il y avait des monstres tapis dans le noir. Ces objets beaux et meurtriers dont il s'était entouré ne représentaient pas seulement le rêve d'un collectionneur, mais ils offraient aussi un sentiment inconscient de sécurité.

De son pas souple et gracieux, le vampire revint vers elle et tendit la main pour caresser la courbe de son cou.

— Je suis devenu fort, mais comme toi, les souvenirs me restent.

Cette fois, Shay n'esquiva pas le contact froid de ses doigts. Les traits magnifiques du vampire étaient impénétrables, mais elle savait qu'il avait subi des horreurs qui auraient probablement fait faire des cauchemars à n'importe qui pendant des siècles. Encore plus étonnant, il avait réussi à garder un sens de l'honneur et de l'intégrité qui l'avait empêché de devenir une brute semblable à celles qui l'avaient torturé. Cependant, Shay ne pouvait pas se défaire complètement de sa jalousie mesquine. Pas tant qu'elle restait assujettie à ce maléfice.

— Tu as survécu, et maintenant tu es libre.

À ces mots, il fit la moue.

— Jamais libre, mon cœur. Il y a... des puissances auxquelles même moi je dois répondre.

Shay haussa les sourcils, surprise.

— Tu es chef de clan. À quelles puissances peux-tu bien avoir à répondre ?

— Il est défendu d'en parler.

Et la conversation en resta là.

Shay ne pouvait pas se méprendre sur le ton de Viper. Celui-ci l'avertissait qu'elle aurait beau passer le reste de l'éternité à le harceler pour qu'il en dise davantage, il ne céderait jamais. Ce qui, bien entendu, ne fit qu'accroître sa curiosité.

Elle grimaça.

— C'est censé me réconforter, tout ça ?

Soudain, un sourire apparut sur les lèvres de Viper. Ce sourire espiègle qui ne manquait jamais d'éveiller quelque chose au plus profond d'elle-même, et rendait les ténèbres environnantes un peu moins sombres.

— Nous retrouverons Evor, dit le vampire. (Il déplaça sa main vers l'arrière de la tête de la jeune femme pour lui caresser la nuque du bout des doigts.) Et nous romprons le maléfice une bonne fois pour toutes.

Shay sentit sa bouche s'assécher et une vague d'excitation l'envahir. C'était de la folie. Quelques instants auparavant, elle était enlisée dans le désespoir. Un désespoir si lourd et si dense qu'elle n'était pas sûre d'en réchapper un jour. Et à présent, son corps était parcouru de frissons et son cœur battait la chamade. Il semblait impossible qu'une simple caresse puisse altérer à ce point ses émotions.

En s'humectant les lèvres, elle scruta le beau visage de Viper.

— Tu crois vraiment ce que tu dis ?

Le vampire continua sa caresse troublante en descendant la main dans le dos de Shay, qui se cambra.

— Je ne l'aurais pas dit si je n'y croyais pas.

Shay lutta pour respirer.

— Tu sais que, si on arrive vraiment à rompre le maléfice, je ne serai plus ton esclave ?

Le sourire du vampire s'élargit et il se pencha pour la soulever dans ses bras. Puis il fit aussitôt demi-tour et se dirigea vers le lit.

— Je n'ai pas besoin d'amulette pour faire d'une femme mon esclave, lui assura-t-il.

Shay leva les yeux au ciel.

— Tu es vraiment d'une arrogance effarante, vampire. Si tu étais moitié aussi bon que tu le crois…

La fin de sa phrase mourut sur ses lèvres lorsque Viper la laissa retomber sur le matelas et la couvrit de son corps musclé avec des intentions évidentes.

Profitant de son avantage, Viper baissa la tête pour l'embrasser dans le cou.

— Tu disais, mon cœur ? murmura-t-il avec un soupçon d'amusement dans la voix.

Elle frissonna en le sentant tracer de la langue un chemin jusqu'au creux de son épaule.

— Tu triches, protesta-t-elle d'un ton accusateur ; mais cela ne l'empêcha pas de lever les mains pour enlever la barrette qui retenait les cheveux du vampire et plonger les doigts dans leur soie argentée.

Le petit rire de Viper lui chatouilla la peau tandis qu'il se redressait pour lui enlever son sweat-shirt. Son soutien-gorge ne tarda pas à suivre.

— Je suis un vampire. Je ne joue que pour gagner.

On pouvait sûrement objecter quelque chose de parfaitement raisonnable à cela, mais lorsque sa bouche se posa sur le téton de Shay, celle-ci commença à ne plus avoir les idées très claires. Elle se contenta de gémir et d'attirer la tête du vampire encore plus près d'elle tandis qu'une vague de plaisir l'embrasait des pieds à la tête.

— Et qu'est-ce que tu comptes gagner ? demanda-t-elle dans un souffle.

Il recula la tête pour la transpercer d'un regard brûlant.

— J'ai déjà gagné exactement ce que je convoitais. Maintenant, il ne s'agit plus que de combler mon trophée jusqu'à ce qu'elle ne souhaite plus jamais me quitter.

Shay ravala un gémissement.

— Je ne suis pas sûre de survivre si tu me combles davantage.

Il laissa courir son regard sur ses seins dénudés.

— Je ne m'inquiète absolument pas pour ta capacité à survivre, mon cœur. C'est une des choses que nous avons en commun. (Il effleura du pouce son téton durci.) Bien entendu, ce n'est pas la seule.

Les yeux de Shay chavirèrent tandis qu'il baissait la tête pour l'embrasser avec une ardeur qui lui fit naître un frisson au creux du ventre. Ils avaient certainement cela en commun, reconnut-elle en le sentant s'attaquer au bouton de son jean. Quelle que soit cette force qui les poussait l'un vers l'autre – désir, passion ou quelque obsession plus sinistre –, elle y était complètement soumise.

Elle n'était pas sûre de se lasser un jour de ce vampire.

Tirant impatiemment sur sa chemise, elle souleva les fesses pour qu'il puisse lui ôter son jean. Les lèvres toujours collées aux siennes, elle caressa son torse nu, se délectant du contact de sa peau satinée.

Celle-ci était si douce, si parfaite.

Il en fallait plus à Shay.

Viper l'avait, elle, explorée de la tête aux pieds. Avait caressé chaque rondeur, goûté chaque centimètre carré de son corps.

Ce devait être son tour, non ?

Sans se laisser le temps de se demander s'il était sage de sa part de se faire des mamours avec un vampire, elle passa la jambe par-dessus celle de Viper et, d'un geste vif, le fit rouler sur le dos. Se laissant emporter par le mouvement, elle arriva à califourchon sur lui, et se redressa pour le regarder avec une avidité farouche.

— À mon tour, dit-elle d'une voix rauque, en faisant courir ses doigts sur son torse avec légèreté jusqu'à ses tétons.

Viper agrippa les draps noirs en dessous de lui, réagissant instinctivement à sa caresse.

— À ton tour de faire quoi ? demanda-t-il dans un souffle.

Un frisson d'excitation électrique parcourut la jeune femme.

— À mon tour de faire ça.

Elle se pencha pour couvrir son torse de baisers, titillant légèrement de la langue chacun de ses tétons avant de tracer un chemin humide le long de son ventre jusqu'à la ceinture de son pantalon.

Un moment, elle mordilla du bout des dents les muscles contractés de son ventre. Elle suivit de la langue les contours vallonnés de ses tablettes de chocolat parfaitement dessinées. Elle explora son nombril. Le décroché de sa hanche. Elle sentait aisément la dure présence de son érection, mais refusa de céder à ses supplications muettes.

Il finit par lui agripper les bras, les yeux aussi noirs qu'une nuit sans étoiles et les canines allongées au maximum.

— Pour l'amour de Dieu, mon cœur, abrège mes tourments.

Avec un sourire narquois, Shay défit lentement le bouton de sa braguette, puis la fermeture Éclair, et lui enleva son pantalon d'un coup sec. Il poussa un grognement sourd et enfonça les doigts dans la chair de la jeune femme tandis qu'elle l'embrassait doucement à travers la soie de son boxer.

Sans prêter attention à son étreinte douloureuse, elle fit courir sa langue sur toute sa longueur, d'un bout à l'autre et en sens inverse. Avec un gémissement étouffé, il se cambra brusquement.

Shay redressa la tête et laissa ses yeux errer sur lui, se repaissant du spectacle de sa beauté ivoirine. Ainsi mis en valeur par les draps noirs, il aurait pu être une statue de marbre.

Sauf ses yeux. Ceux-ci brûlaient d'un désir auquel le sien fit écho avec un sursaut d'ardeur.

Haletante d'émerveillement, elle tira sur son boxer pour le lui retirer. Elle avait déjà tout vu de lui, mais elle avait dans l'idée qu'elle ne s'habituerait jamais vraiment à une telle perfection physique.

Elle laissa tomber le vêtement par terre et fit lentement remonter ses mains le long des jambes de Viper, en les accompagnant de petits baisers qui arrachèrent des gémissements à sa victime.

Atteignant enfin son bassin, elle referma les doigts autour de son érection et en explora la dure longueur avec fascination. Soie et acier. Une combinaison érotique qui fit palpiter son bas-ventre d'un frisson de plus en plus intense.

Traçant un chemin de baisers sur la hanche de Viper, elle l'attira enfin entre ses lèvres, se servant de sa langue pour le goûter comme elle avait tant rêvé de le faire.

Il lui prit la tête entre les mains, manifestement tiraillé entre l'envie de l'implorer de continuer ses caresses, et celle de l'arrêter avant qu'il atteigne cet inéluctable point de non-retour.

— Shay…

Avec une dernière caresse appuyée, la jeune femme remonta lentement vers sa tête, en lui mordillant l'estomac puis le torse avant d'enfin trouver sa bouche avec la sienne.

Il fit glisser ses mains le long de son dos et, agrippant le satin de sa culotte, la lui arracha d'un geste impatient. Avec la même hâte, il lui écarta les cuisses et se frotta contre sa moiteur.

Puis il tourna la tête pour enfouir son visage dans le creux du cou de la jeune femme.

— Je ne peux pas tenir plus longtemps, lâcha-t-il dans un grognement tout en se positionnant pour la pénétrer. Je suis désolé.

— Ne t'excuse pas, fais-le, répondit-elle d'une voix haletante, déjà humide et prête à l'accueillir.

Les doigts crispés sur ses cuisses, il s'enfonça en elle, ne s'arrêtant que lorsqu'il fut arrivé aussi loin qu'il le pouvait.

— Oh oui… Mon Dieu, oui, s'exclama-t-il d'une voix rauque.

Il resta immobile un moment, tandis qu'ils savouraient tous deux le bonheur absolu d'être unis si intimement. Il n'y avait sûrement rien de comparable à un plaisir aussi intense. Rien qui puisse rapprocher davantage deux personnes.

Ouvrant les yeux, Shay rencontra ceux, noirs et brillants, de Viper alors qu'il commençait à aller et venir doucement en elle.

Alors qu'elle sombrait dans les chaudes ténèbres de ce regard, elle sentit quelque chose naître en elle.

Quelque chose d'énorme, de terrifiant, de merveilleux.

Quelque chose qui l'aurait peut-être fait fuir de la pièce si le va-et-vient de Viper ne s'était pas fait plus accaparant et que l'orgasme qu'elle était sur le point d'avoir n'avait pas vidé son cerveau de toute pensée hormis l'envie d'atteindre cet état de volupté absolue.

Viper arpentait la bibliothèque avec une frustration qu'il ne faisait aucun effort pour dissimuler. Cela faisait une semaine que Shay et lui étaient arrivés chez Dante. Une merveilleuse semaine, bien entendu. Comment aurait-il pu en être autrement alors qu'il avait consacré l'immense majorité de ses nuits à combler et être comblé par la femme qui était devenue un élément si essentiel de sa vie ?

Et il n'y avait pas que le sexe. Qui était fabuleux ; il en savait quelque chose. Mais la côtoyer, entendre sa voix, sentir le contact léger de ses doigts lorsqu'ils étaient assis sur le lit. C'étaient là des petits plaisirs qu'il savourait étrangement.

Cependant, malgré la satisfaction que lui procurait le fait d'apprendre à connaître la femme qui avait débarqué dans sa vie comme une tornade, il n'avait pas un seul instant oublié le danger qui rôdait, invisible mais proche. Quelque chose ou quelqu'un, là, dehors, avait l'intention de lui prendre Shay. De l'utiliser à ses propres fins. Il était prêt à affronter l'enfer plutôt que de laisser cela arriver.

Faisant volte-face, Viper jeta un coup d'œil chargé d'impatience à Santiago. Le vampire était son meilleur lieutenant. Intelligent, courageux, incommensurablement loyal et, surtout, doté d'un immense pouvoir de persuasion sur les humains et les démons inférieurs.

S'il y avait des informations à glaner, Santiago les trouverait.

— Je suis désolé, maître.

Le visage grave de Santiago ne trahissait aucune expression, mais on ne pouvait pas rater la légère crispation de ses larges épaules. En bon serviteur, il était parfaitement conscient de l'agacement de son maître.

— Je n'entends nulle part la moindre rumeur concernant les Shalotts.

Viper ravala un grondement sourd.

— Tu ne dois pas avoir cherché partout. Quelqu'un doit bien savoir qui est à la recherche d'une Shalott.

Santiago exprima sa perplexité d'un geste des mains.

— La plupart refusent de croire qu'elle soit plus qu'un mythe. Très peu de Shalotts ont été vus dans ce monde depuis des siècles.

— Shay n'est pas un mythe.

— Non, mais sa présence n'a jamais été perçue, même par les démons les plus puissants.

— Bien sûr que non : le maléfice masquait sa présence.

— Y compris à ceux qui auraient pu nous venir en aide. (Le vampire haussa les épaules.) Je ne trouve pas la moindre petite rumeur sur elle. Pas même ceux qui fréquentaient Evor de près n'étaient au courant qu'elle était en sa possession.

Viper serra les poings, refoulant l'accès de colère qui montait en lui. Bon sang. Il ne perdait jamais son sang-froid. Jamais.

— Continue tes recherches.

— Bien, maître.

— Et ne te cantonne pas à Chicago. La vérité est là, quelque part. Nous devons la trouver.

— Comme vous le souhaitez.

Avec un salut, le vampire sortit en silence de la bibliothèque. Viper le regarda partir puis se retourna pour abattre son poing sur le bureau en bois.

Il y eut un infime déplacement d'air, et il sentit la main de Dante se poser sur son épaule.

— Du calme, Viper. Nous allons découvrir le fin mot de cette histoire.

— Celui, quel qu'il soit, qui retient Evor est là quelque part en train de comploter la capture de Shay. Je ne peux pas rester à attendre la prochaine attaque. Alors qu'on n'est même pas sûrs de pouvoir vaincre ce qu'ils nous enverront cette fois-ci.

— Je comprends ta frustration, mon ami, mais nous faisons déjà tout ce qui est en notre pouvoir.

Viper se retourna lentement vers son ami.

— Tes contacts n'ont rien trouvé ?

Dante recula d'un pas et haussa les épaules.

— Je crains que non.

— Bon sang.

Viper se remit à faire les cent pas. Il n'avait pas envie de rester dans cette bibliothèque. Il n'avait pas envie de se faire du mauvais sang à l'idée d'un mystérieux danger qu'il ne pouvait ni percevoir, ni toucher, ni combattre. Il voulait retourner dans sa chambre, où il savait que Shay devait être en train de se réveiller. Il voulait la tenir dans ses bras et faire comme si aucun mal ne pouvait les atteindre.

Malheureusement, tous ses instincts lui soufflaient qu'ils n'avaient plus le temps pour ça. S'il ne réussissait pas à découvrir qui en avait après Shay, celui-ci ou celle-ci les trouverait. Ils ne pouvaient pas se permettre de se retrouver de nouveau pris au piège, Shay et lui.

— Tu sais que tu joues avec le feu, mon vieux, n'est-ce pas ? dit Dante d'une voix railleuse derrière lui.

Viper s'arrêta pour le regarder, une expression franchement hostile sur le visage.

— Tu t'imagines que je vais laisser tomber Shay parce qu'il y a des risques à la fréquenter ?

— Je voulais dire que c'est elle le risque.

— Dante…

— Non, laisse-moi finir, l'interrompit son cadet d'un ton impérieux, en croisant les bras. Je te connais depuis des siècles, et tu n'as encore jamais montré un tel intérêt pour une femme.

— Ah, permets-moi de te contredire. J'ai toujours montré un intérêt immodéré pour les femmes. Assez souvent, pour des dizaines d'entre elles en même temps.

— Tu as eu des amantes, pas des compagnes, rectifia Dante. Tu n'en as jamais laissé une seule entrer dans ta vie comme celle-ci.

Viper plissa les yeux avec contrariété. Il n'aimait pas le tour que prenait cette conversation. Peut-être même le craignait-il.

— Qu'est-ce que tu insinues ? demanda-t-il à contrecœur.

Dante eut l'audace de sourire.

— Je n'insinue rien du tout, Viper. Je te dis franchement que tu présentes tous les symptômes d'un vampire qui a découvert sa compagne véritable.

Voilà. Viper s'était douté qu'il n'allait pas apprécier, et c'était le cas. Par tous les diables, pourquoi les amis croyaient-ils toujours pouvoir aborder des sujets que tout vampire possédant un peu de bon sens évitait soigneusement ? Il se détourna pour agripper une des innombrables étagères, le corps tout entier crispé d'agacement.

— Ma relation avec Shay ne te concerne pas.

— Si tu ressens le besoin de jeter quelque chose à travers la pièce, je préférerais que tu choisisses ce vase hideux sur le bureau. Les livres sont irremplaçables.

Viper le fusilla du regard par-dessus son épaule.

— Tu n'es pas drôle, Dante.

— Allons, même pas un tout petit peu ? répliqua son ami d'un ton taquin.

Viper envisageait sérieusement le plaisir que cela lui procurerait de jeter au moins un de ces livres irremplaçables à travers la pièce lorsque la porte de la bibliothèque s'ouvrit à la volée pour laisser entrer Levet, toutes ailes battantes.

— *Sacrebleu* *, vous voilà, s'exclama-t-il d'une voix essoufflée en regardant Viper avec son expression de dégoût habituelle.

Viper l'arrêta d'un geste de la main. Son sang-froid ne tenait plus qu'à un fil. Un fil que la gargouille allait certainement casser.

— Pas maintenant, Levet ; je n'ai pas la patience d'endurer tes bougonneries à cet instant.

Levet réussit à prendre un air choqué.

— Mes bougonneries ? *Moi* * ? Pourquoi…

— Dehors, l'interrompit Viper en lui indiquant la porte du doigt. File.

— *Non* *, s'exclama Levet avec courage, ou stupidité, sans céder. Vous ne sentez donc pas ce qu'il y a dans l'air ?

— Quoi ?

— Attends, Viper, intervint Dante en s'avançant, la tête rejetée en arrière pour mieux ouvrir ses perceptions à ce qui l'entourait. Il a raison.

Au loin retentit soudain une alarme, et Viper se crispa d'appréhension.

— Merde. Levet, va chercher Shay et ramène-la ici.

— Non, les arrêta Dante d'un ton impérieux. Emmène-la aux tunnels du sous-sol.

Levet glissa un coup d'œil à Viper, qui hocha la tête.

— Vas-y.

La gargouille sortit de la pièce en courant et Dante s'arrêta devant Viper.

— Vas-y, toi aussi.

Viper fronça les sourcils.

— Je ne peux pas te laisser là…

— Tu dois protéger Shay. (Dante esquissa un sourire narquois.) Par ailleurs, ta force et ton courage sont certes admirables mais j'ai ma propre protection.

Viper resta un instant perplexe, avant de sentir un picotement de chaleur commencer à imprégner l'air ambiant. Abby avait perçu le danger et, déjà, son pouvoir se répandait à travers toute la demeure.

— Le Calice, dit-il.

— Exactement. Ça va aller. (Dante poussa fermement son ami.) Maintenant, va-t'en.

Viper se dirigea vers la porte puis s'arrêta pour jeter un dernier coup d'œil à son ami.

— Merci, Dante. Tu as fait plus que je ne pourrai jamais te revaloir.

Dante haussa les épaules.

— En fait, c'était moi qui t'étais redevable, alors maintenant on peut dire qu'on est quittes.

— Jamais.

Le beau visage du vampire prit une expression grave qui ne lui était pas habituelle.

— Viper, prends soin de toi, et si jamais tu as besoin…

— Tu seras le premier que j'appellerai, promit son ami avant de se faufiler hors de la pièce pour gagner sa chambre.

Il y gardait quelques dizaines d'armes qu'il avait bien l'intention de passer récupérer avant de rejoindre Shay au sous-sol.

Chapitre 17

La salle de bains attenante à la chambre de Viper semblait sortie tout droit d'un fantasme.

Vaste étendue de noir et d'or, elle était dotée d'une douche assez grande pour qu'on puisse y tenir à plusieurs, d'une armoire vitrée et chauffante remplie de serviettes moelleuses, et d'une série de petits miroirs éclairés peu utiles à un vampire. C'était la baignoire, toutefois, qui enchantait Shay le plus. Encastrée dans le sol en marbre, elle était parfaitement incurvée pour qu'on puisse rester des heures durant dans ses eaux parfumées. Un luxe rare pour une esclave qui avait, la majeure partie de sa vie, été obligée de se laver avec le peu d'eau qu'on lui passait à travers les barreaux de son cachot.

C'était selon elle la meilleure façon de commencer une soirée.

Enfin, peut-être la seconde meilleure façon.

Une rougeur soudaine lui monta aux joues alors qu'elle enfilait le jean et le sweat-shirt qu'elle avait empruntés à Abby.

Merde.

Elle s'était promis, en sortant du lit épuisée mais comblée par Viper, qu'elle ne profiterait pas de ce bain pour se complaire dans le souvenir de ses caresses. C'était un passe-temps fort agréable, mais écœurant de niaiserie sentimentale. Comme si elle était une adolescente boutonneuse.

La femme mûre et sensée qu'elle était en avait la nausée.

Elle brossa ses longs cheveux et les tressa soigneusement comme à son habitude, puis revint dans la chambre. Elle savait qu'Abby l'attendrait dans le solarium avec un plateau de petit déjeuner. Elles bavarderaient et riraient et se plaindraient des innombrables défauts des vampires. C'était une routine que Shay chérissait de tout son cœur.

Abby n'était pas seulement tendre et généreuse, mais elle avait offert à Shay une amitié inconditionnelle qui avait lentement commencé à combler le vide que celle-ci portait en elle depuis si longtemps.

Une amie.

Une chose si simple, mais si précieuse.

Shay enfila ses baskets et se dirigea vers la porte. Un acte habituellement sans danger, mais ce soir-là, elle avait à peine touché la poignée que Levet entra en coup de vent, la faisant tomber en arrière.

— Shay ! dit-il en haletant, sa peau grise plus pâle que d'ordinaire.

— Seigneur, Levet, on ne t'a jamais appris à frapper avant d'entrer ? s'exclama-t-elle en se relevant.

— Viper m'a envoyé te chercher.

— Envoyé me chercher ? (Elle fronça les sourcils d'un air menaçant. Cela lui donnait bien trop l'impression d'être sifflée comme un chien.) Pourquoi est-ce qu'il n'est pas venu lui-même ?

— Il nous attend. Il faut qu'on y aille tout de suite.

Shay observa son compagnon avec une inquiétude croissante. Quelque chose clochait. Sérieusement.

— Qu'est-ce qui s'est passé, Levet ?

— Des démons approchent. Tellement que je n'arrive plus à les compter. (Il frissonna.) Il faut qu'on sorte d'ici.

Toute envie de protester disparue, Shay suivit la gargouille hors de la chambre et dans le couloir.

— Où est-ce qu'on va ?

— Dante a fait construire des tunnels sous sa propriété.

Shay se rappela ceux que Viper avait fait creuser sous sa propre maison. Apparemment, c'était un thème récurrent.

— Évidemment, rétorqua-t-elle.

Battant des ailes pour aller plus vite, Levet répondit sans tourner la tête :

— Les vampires n'ont jamais eu la réputation d'être idiots, Shay. Ou imprudents.

— Non, je suppose que non, reconnut de bonne grâce la jeune femme.

En atteignant l'escalier, elle hésita à suivre Levet qui commençait à descendre. D'au-dessus d'elle lui parvenait le picotement léger d'une énergie en train de se répandre. Une énergie étrangement familière.

— *Mon Dieu* *, pas par là, hoqueta la gargouille.

— Les démons ?

— Pire, répondit Levet avec une grimace. Le Phénix.

— Ah.

Shay se rappela très nettement la fois où elle s'était retrouvée enfermée dans une cave avec Abby alors que le Phénix avait pris possession de son corps. La déesse avait réussi à réduire en un petit tas de cendres la maléfique sorcière qui cherchait à les tuer. Shay ne souhaitait pas vraiment assister à la réitération d'un tel exploit. Surtout étant donné que les pouvoirs d'Abby ne faisaient pas particulièrement de distinction entre les démons à frire et ceux à épargner.

— Ça explique la chaleur qu'il fait.

— Oui. Viens.

— J'arrive.

Empruntant l'étroit escalier qui menait au deuxième sous-sol, Shay s'arrêta sur la dernière marche. Elle allait finir par se blesser si elle continuait à avancer ainsi à l'aveuglette.

— Bon sang, il fait un noir d'encre. Est-ce qu'il y a un interrupteur ?

— Nous n'avons pas besoin de quelque chose d'aussi banal. Pas avec mes pouvoirs magiques.

Levet s'arrêta et entreprit de marmonner à voix basse.

— Levet, non…

Mais les paroles de Shay moururent sur ses lèvres lorsqu'une brusque explosion les envoya tous deux rouler au sol.

—Lumière, j'ai dit lumière! marmonna Levet alors qu'ils se relevaient péniblement et s'époussetaient pour se débarrasser de la cendre qui venait d'envahir l'air.

—J'apprécie ton effort, Levet, mais peut-être qu'on devrait s'en tenir aux méthodes plus traditionnelles, murmura Shay.

—Très bien, s'exclama Levet en levant les mains d'un air vexé avant de disparaître dans l'ombre dense. Mais lorsque ces démons seront sur le point de… comment dit-on… faire de toi leur déjeuner, ne viens pas pleurer pour que je te sauve avec quelque sort puissant.

Shay ne put s'empêcher de sourire en dépit de la nature dérangeante de l'image choisie.

—Je n'oublierai pas.

Shay et Levet se trouvaient déjà au deuxième sous-sol lorsque Viper atteignit celui-ci. Une bouffée de soulagement le traversa. Il s'était attendu à devoir partir à leur recherche. Par l'enfer, il s'était attendu à devoir la porter jusque-là à son corps défendant. Pour une femme aussi intelligente, elle était remarquablement entêtée. Cela aurait bien été son genre de refuser catégoriquement de fuir, sans tenir compte du danger.

Se dirigeant immédiatement vers le mur du fond, Viper ajusta la position de l'épée attachée dans son dos et posa son lourd sac rempli d'armes avant de retirer la grille d'aération qui cachait l'entrée du tunnel. Celui-ci était bien là où l'avait promis Dante, et Viper fit signe à ses compagnons qui attendaient, incertains, dans l'obscurité.

—Par ici, chuchota-t-il en indiquant à Levet de passer en premier. (Il s'engagea à la suite de la gargouille et tendit la main à Shay qui hésitait à l'entrée du tunnel.) Shay?

La jeune femme se mordit la lèvre et le regarda avec de grands yeux.

—Je sais, je sais, dit-elle. Il faut qu'on y aille.

L'espace d'un moment, Viper sentit la colère menacer de le gagner. Bon sang, ils ne pouvaient pas se permettre de traîner.

Certainement pas à cause d'une volonté malvenue de faire preuve de courage. Puis il scruta le visage pâle de la démone et se rendit compte que sa réticence n'avait rien à voir avec de la fausse bravoure ou de l'orgueil. Les sorcières avaient manifestement pris l'habitude d'enfermer Shay dans des endroits sombres et exigus. Sans parler d'Evor et de ses cachots. Qui aurait pu en vouloir à la jeune femme d'être un peu mal à l'aise à l'idée de s'engager dans ce tunnel étroit ?

— Je suis là, Shay, et je n'irai nulle part sans toi.

Il revint assez en arrière pour lui prendre la main. Elle avait les doigts aussi froids que les siens.

— Tu ne seras plus jamais seule dans le noir.

— Peut-être que c'est justement ce qui me fait peur, répliqua-t-elle, sans pouvoir toutefois dissimuler la tension dans sa voix.

— Fais-moi confiance.

En silence, il la regarda baisser les yeux sur leurs mains entrelacées et déglutir péniblement.

Il refusa farouchement d'écouter son corps qui vibrait tout entier du besoin de la prendre dans ses bras pour la mettre à l'abri. Bon sang, la menace qui se rapprochait était désormais presque tangible. Mais il savait que ce n'était pas le moment de forcer Shay. Il avait besoin qu'elle lui accorde sa confiance. C'était essentiel s'ils voulaient survivre, l'un comme l'autre. Et de manière tout aussi essentielle, il en avait besoin pour lui-même.

Était-elle seulement capable de vraiment faire confiance à quiconque ?

Pourrait-elle s'en remettre à un vampire ?

Enfin, elle resserra les doigts sur les siens et entra dans le tunnel. Viper ressentit un élan de triomphe dans son for intérieur, mais eut la sagesse de garder une expression soigneusement neutre tandis qu'il l'entraînait dans le tunnel. Il n'allait pas lui donner une seule excuse pour se dérober à présent.

La gardant tout près de lui, Viper déploya ses sens. Il pouvait sentir le léger picotement indiquant qu'il y avait une créature qui n'était pas humaine dans le coin. Malheureusement, il n'arrivait pas à déterminer exactement de quoi il s'agissait. Elle était encore trop loin pour qu'il puisse en humer l'odeur, et il n'avait jamais eu le talent de Dante pour reconnaître les différentes espèces rien qu'à l'énergie qu'elles dégageaient. Néanmoins, il en savait assez pour comprendre qu'ils n'avaient pas intérêt à rencontrer ce qui leur donnait la chasse. Pas tant que Shay ne serait pas en sécurité et que d'autres pensées que celle de tuer continueraient de le distraire. Lorsqu'il se concentrait sur cette tâche, il l'accomplissait très, très bien.

Le tunnel les conduisit bien loin de la maison, mais, lorsqu'ils en atteignirent l'extrémité, Viper retint ses compagnons et sortit prudemment dans la nuit froide et venteuse. L'espace d'un instant, il crut qu'ils allaient peut-être vraiment réussir à s'enfuir sans se faire remarquer. Un coup de chance qui semblait trop beau pour être vrai.

C'était bien sûr le cas.

Viper se raidit en sentant la puanteur familière des chiens de l'enfer flotter jusqu'à lui.

Par les couilles du diable.

Ces créatures représentaient plus une source de contrariété qu'un véritable danger. Elles ne pouvaient pas tuer un vampire, ou même une Shalott, mais elles continueraient de les traquer où qu'ils aillent. S'ils voulaient s'échapper, il lui fallait les écarter de leur piste.

— Levet, appela-t-il à voix basse.

— Quoi ?

— Viens ici.

Après un long moment de silence la gargouille finit par sortir du tunnel pour venir se poster à côté de lui. Viper lui posa une main sur l'épaule.

— Il y a des chiens de l'enfer non loin d'ici. Nous allons avoir besoin de détourner leur attention.

— Détourner leur attention ? (Levet prit l'air méfiant. Pas bête, ce petit démon.) Avec quoi ?

— Toi.

Levet essaya de dégager son épaule de la poigne de Viper.

— Oh non, ne t'imagine pas que je vais combattre ces affreuses bestioles. Ils sentent encore plus mauvais que l'enfer même.

— Tu es le seul d'entre nous à pouvoir voler.

Tirant deux amulettes de son sac, il les plaça autour du cou de la gargouille. Elles étaient imprégnées de son odeur et de celle de Shay. Avec un peu de chance, suffisamment pour détourner l'attention des chiens de l'enfer assez longtemps pour leur permettre de s'échapper

— Écoute-moi bien, vampire, je ne suis pas…

— Désolé, pas le temps de discuter, s'excusa Viper en le soulevant pour l'envoyer valser dans les airs.

Le petit démon lui adressa un regard furieux et un geste du doigt qui n'était pas précisément un compliment.

— Tu paieras pour ça, vampire ! jura-t-il avant de faire demi-tour et de partir à tire-d'aile dans la nuit.

Shay apparut à côté de Viper et le regarda en fronçant les sourcils.

— Qu'est-ce que tu as fait à Levet ?

Ramassant son sac, Viper se retourna pour attraper la jeune femme et la jeter sur son épaule. Ils ne disposaient que de quelques instants avant que les chiens de l'enfer se rendent compte que Levet n'était pas seulement inaccessible, mais seul. Après, ils seraient de nouveau sur leurs talons.

— Pas le temps de discuter avec toi non plus, murmura-t-il en se dirigeant vers une ruelle non loin.

— Bon sang, lâche-moi, s'exclama Shay. (Elle abattit violemment les poings dans le creux de son dos.) Je ne peux pas me battre dans cette position.

Elle ne pouvait pas se battre ? Le coup qu'elle venait de lui donner aurait suffi à lui casser une côte et lui perforer un poumon s'il n'avait pas été un vampire.

— Nous n'allons pas nous battre, nous allons fuir.

— Levet…

— Les chiens de l'enfer ne peuvent pas l'atteindre. Par ailleurs, il est immortel. Ce que tu n'es peut-être pas.

Ses paroles brutales réussirent à calmer en partie la colère de Shay. Un fait rare, dont Viper profita immédiatement en filant au pas de course dans les rues obscures. Il avait réussi à mettre une distance considérable entre eux et les chiens de l'enfer lorsque Shay poussa un soupir de frustration.

— Est-ce que je peux au moins savoir où on court comme ça ? demanda-t-elle d'un ton impérieux.

— Je possède plusieurs entreprises au sud de la ville. Si nous parvenons à en atteindre une, mon clan nous protégera.

— Ton clan ? s'étrangla Shay. Tu te fiches de moi ?

— Pas du tout.

— Tu comptes m'amener au milieu d'une bande de vampires affamés ? Pourquoi est-ce que tu ne m'abandonnes pas tout de suite aux chiens de l'enfer ? Au moins, contre eux, j'ai une chance.

Viper ne ralentit pas mais resserra instinctivement sa prise sur elle. Il n'aurait pas été surpris de la voir tenter brusquement de lui échapper en dépit de toutes les assurances qu'il lui avait données. Elle avait des préjugés contre les vampires qui allaient bien au-delà de la raison.

— Tu ne risques rien, lui assura-t-il.

— Et comment peux-tu en être si sûr ?

— Parce qu'ils sont à mon service. Ils obéiront à mes ordres.

Il l'entendit clairement grincer des dents face à son arrogance désinvolte. Bien sûr, c'était une réaction préférable à l'alternative : ainsi ballottée sur son épaule, elle avait les pieds dangereusement proches des parties les plus sensibles de son corps. Même un vampire pouvait être mis à genoux par un coup de pied bien placé.

— Oh, d'accord. Comme si j'avais déjà rencontré un vampire capable d'obéir à qui que ce soit, marmonna Shay. S'ils décident de faire de moi un buffet garni, il n'y aura rien que toi ou moi puissions faire pour les en empêcher.

Viper réfléchit à sa réponse tout en avançant dans l'ombre d'un immeuble de bureaux. Les vampires révélaient rarement les rouages internes de leur culture. Pas même aux autres démons. Les Services secrets n'avaient rien sur eux. Malheureusement, Viper devait trouver une façon de rassurer Shay, ou elle allait sûrement protester pendant tout le trajet.

— Je veux bien reconnaître que les vampires peuvent être indépendants, mais je suis chef de clan, finit-il par dire.

— Et alors ?

— Et alors défier mon autorité revient à me défier, moi.

Il aurait voulu voir la conversation s'arrêter là, mais bien sûr cela n'arriva pas.

— Qu'est-ce que ça veut dire ?

— Ça veut dire qu'ils doivent soit m'affronter en duel, soit quitter le clan, avoua-t-il à contrecœur. Rares sont ceux qui oseraient tenter l'un ou l'autre.

— Ils ont donc si peur de toi ?

Viper s'arrêta au coin d'une rue et étudia avec précaution les alentours. Il était assez tard pour que la plupart des humains soient couchés bien au chaud dans leur lit, ce qui laissait dehors un monde de silence plongé dans l'obscurité. Un excellent terrain de chasse pour toutes sortes de démons. Certains qui n'étaient peut-être pas intéressés par un vampire et une Shalott, mais qui le deviendraient si ces derniers étaient assez bêtes pour tomber sur eux.

S'étant assuré que la voie était libre, il se dirigea vivement vers la ruelle la plus proche.

Shay lui assena un coup de poing dans le creux du dos.

— Réponds à ma question ou repose-moi par terre, lui ordonna-t-elle.

Ce fut au tour de Viper de grincer des dents.

— Être chef de clan m'a donné… des pouvoirs qui dépassent ceux de la plupart des autres vampires.

— Quel genre de pouvoirs ?

— Ils sont spécifiques à chaque chef et il est défendu d'en parler.

Elle accueillit sa réponse d'un grognement railleur, mais accepta pour une fois qu'il n'en révèle pas plus.

— Et si l'un d'eux voulait devenir à son tour chef de clan ? insista-t-elle plutôt.

— Il doit d'abord participer au Combat des Durotriges. S'il survit, il peut créer son propre clan comme je l'ai fait, ou provoquer un autre chef en duel à mort.

— Est-ce que tu as déjà été défié ?

— Ça fait déjà plusieurs siècles que je suis chef.

— Je suppose que ça veut dire que tu les as vaincus ?

— Oui.

— Donc tu es devenu une espèce de gros dur que plus personne n'ose défier ?

Viper s'étrangla sur un rire. Il avait été traité de bien des noms au fil des ans, mais il n'était pas sûr que « gros dur » en ait jamais fait partie.

— Je peux être un « gros dur » quand c'est nécessaire, mais en vérité la plupart des membres de mon clan se satisfont de leur situation. (Se faufilant de ruelle en ruelle, il se dirigeait rapidement vers les quartiers moins bien fréquentés.) Je ne suis pas un maître excessivement exigeant, et contrairement à beaucoup, je ne souhaite pas acquérir plus de puissance. Ils ne craignent pas d'être catapultés en première ligne d'une sanglante guerre de clans.

— Un dictateur bienveillant ? demanda Shay à mi-voix.

Viper résista à l'envie de lui administrer une claque sur les fesses. Il ne voulait pas risquer une révolte à cet instant.

— Tu sembles désapprouver. Préférerais-tu que je sois un tyran ?

— C'est juste que…

— Juste que quoi ?

— Il faut bien appeler un chat un chat… Merde.

Sans hésiter un seul instant, Viper s'arrêta et reposa Shay à terre. Il avait perçu leur odeur en même temps qu'elle.

Des trolls.

D'un geste fluide, il dégaina son épée de son fourreau et la lança à la jeune femme. Avec la même aisance, il sortit deux longues dagues de son sac avant de laisser tomber celui-ci par terre.

La peau des trolls était trop épaisse pour être percée par une balle. Seule une lame renforcée par la magie avait une chance de marcher.

— Vise le bas-ventre ! lança-t-il d'un ton sec. C'est le seul endroit où la lame peut percer la peau, et tu pourras leur trancher une artère.

Shay se mit instinctivement dos à dos avec lui. Le meilleur moyen de combattre ensemble de manière efficace.

— Tu n'as pas besoin de me dire comment tuer un troll, dit-elle d'un ton amer. C'est la première chose que j'ai apprise après qu'Evor m'a forcée à venir à lui.

— Je ne doute pas de toi, mon cœur, mais je sens plus que de la peur chez ces trolls. Ils sont désespérés et il n'y a pas d'ennemi plus dangereux que celui qui est prêt à tuer plutôt que d'être vaincu.

Shay partit d'un rire sans joie.

— Ils ne peuvent pas être plus désespérés que moi.

Viper ne pouvait guère la contredire sur ce point. Et de toute façon, il n'en aurait pas eu le temps, car il y eut du mouvement dans l'obscurité et cinq énormes trolls des montagnes apparurent. Il aurait été facile de présumer que la lenteur et la maladresse de leurs mouvements reflétaient une semblable lourdeur dans leur esprit. Une erreur qui pouvait valoir une mort rapide. Ils n'étaient peut-être pas intelligents, mais ils étaient dotés d'une ruse sanguinaire qui en faisait des adversaires féroces.

Seul un imbécile les aurait sous-estimés.

Un imbécile sur le point de se faire tuer.

Cachant ses dagues, Viper observa soigneusement leur approche. Comme il s'y attendait, ils se déployèrent pour les encercler, mais n'attaquèrent pas immédiatement. Chaque bande répondait à une hiérarchie stricte, et les chefs envoyaient les plus faibles en premier pour évaluer la force de leur adversaire. Un gaspillage de soldats, mais un bon moyen de découvrir comment remporter la victoire.

Jaugeant du regard le plus petit des trolls, Viper ne fut pas surpris lorsque ce dernier, avec un rugissement guttural, se rua sur lui d'un pas maladroit. Il entendit les mêmes bruits derrière lui, mais il faisait confiance à Shay pour tenir le coup de son côté. Peu de démons, hormis les vampires, étaient capables de triompher d'une Shalott.

Même d'une Shalott à moitié humaine.

Prenant fermement appui sur ses pieds, Viper ne prêta pas attention à la tête que le troll avait baissée pour charger. La créature offrait ainsi délibérément une cible tentante, mais le vampire était parfaitement conscient que le crâne était la partie la plus dure des trolls. Ceux-ci pouvaient traverser un mur d'acier tête la première sans seulement cligner des yeux.

Attendant que le monstre soit presque sur lui, Viper leva enfin les mains et, avec une de ses dagues, esquissa un geste en direction des yeux rouges. Comme il s'y attendait, le troll recula instinctivement la tête et Viper profita de la brèche ainsi ouverte dans sa garde pour lui enfoncer d'un geste fluide son autre dague dans le bas du ventre.

Le troll poussa un grognement de surprise en sentant la lame enchantée transpercer sa peau épaisse et atteindre les tendres tissus en dessous. Sans hésiter, Viper imprima une torsion à son arme jusqu'à ce que l'odeur putride du sang emplisse l'air. L'espace d'un instant, le troll tenta de poursuivre sa charge, comme s'il ne s'était pas encore rendu compte qu'il était mort. Puis, avec un râle, il tomba lentement à genoux.

Viper arracha violemment sa dague du cadavre et le repoussa d'un coup de pied. Il ne voulait pas être gêné dans ses mouvements face à l'attaquant suivant.

Sans oser jeter un regard derrière lui pour vérifier que Shay s'en sortait, il se remit en garde.

Pour le moment, elle était encore debout.

Cela devait suffire, car les deux trolls suivants comprirent le danger qu'il y avait à attaquer seul, et chargèrent de front. Ils furent également assez malins pour garder la tête baissée et se protéger le ventre de leurs bras.

Se rendant compte que leur attaque allait forcément le projeter contre Shay derrière lui, et peut-être faire perdre l'équilibre à celle-ci à un moment critique, Viper effectua quelques pas de côté avec souplesse, attirant les monstres après lui. Au même moment, il pointa une dague vers le sol et murmura quelque chose.

Un craquement sec retentit alors que la terre sous la chaussée se soulevait brusquement. Cela n'eut rien de spectaculaire, mais suffit à faire chanceler le premier troll, qui s'effondra avec un grognement surpris. Le deuxième trébucha sur les jambes de son compagnon et tomba à genoux.

Sans lui laisser le temps de toucher le sol, Viper s'avança et enfonça sa dague dans le ventre du monstre, qui se contenta de le regarder d'un air effaré. Il eut même la politesse de tomber en avant, coinçant ainsi son camarade sous son corps agité de convulsions.

Brave troll.

Disposant de quelques secondes de tranquillité, Viper s'autorisa à jeter un coup d'œil à sa compagne.

Shay avait déjà terrassé un de ses adversaires, et tournait avec grâce autour du second. L'épée était trop longue pour elle, et son centre de gravité mal placé, mais elle la maniait comme un prolongement de son propre bras. Le signe d'un véritable combattant.

Ou d'une combattante.

Shay esquissa un sourire narquois tout en continuant à tourmenter le troll de plus en plus énervé. Encore et encore, elle passait assez près de lui pour qu'il tente d'abattre sur elle ses énormes poings, et encore et encore, elle réussissait à esquiver ses coups. Avec force grognements, râles et ce qui était probablement des jurons, le troll se mit bientôt à décocher ses coups avec de moins en moins de prudence. Et surtout, sa fureur et sa frustration l'amenaient toujours plus près de l'épée de Shay.

Le troll aux pieds de Viper commença à se démener pour repousser le poids de son compagnon mort et, sans détourner les yeux de Shay, le vampire posa fermement un pied sur son crâne dur. Des choses plus importantes accaparaient son attention.

Inconsciente de sa fascination, Shay exécuta une dernière feinte et recula d'un pas élégant. Le troll se rua gauchement après elle, les bras tendus. Il n'en fallait pas plus à la jeune femme : levant son épée derrière elle, elle porta vers le bas un coup d'estoc trop rapide pour que le troll puisse le parer. Il avançait toujours lorsque la lame s'enfonça dans son ventre jusqu'à la garde. Shay exerça une torsion meurtrière sur l'arme, et, avec un grognement de surprise, le troll baissa des yeux incrédules sur sa plaie. Puis il tomba en avant, heurtant le sol avec un grand bruit sourd.

Shay se pencha pour essuyer sa lame d'un geste expert sur la tunique en loques du troll avant de se redresser pour regarder Viper en haussant les sourcils.

— Tu comptes jouer avec ce troll toute la nuit ou bien l'achever ? lança-t-elle d'un ton impérieux.

Chapitre 18

Shay fut soulagée lorsque, après avoir achevé le troll avec aisance et rapidité, Viper l'entraîna aussitôt dans la rue obscure sans le moindre commentaire. Il avait sûrement remarqué l'hématome foncé qui se formait déjà sur sa joue. Le premier troll n'avait réussi à lui porter qu'un coup oblique, mais cela avait suffi à piquer la fierté de la jeune femme, et expliquait sans doute pourquoi Viper avait cessé de combattre pour la regarder aussi intensément.

Il devait la prendre pour une vulgaire amatrice, ce salaud.

Mieux valait ne pas penser à la raison pour laquelle cela lui importait tant qu'il la considère comme une guerrière digne de respect.

Du moins pour l'instant.

Elle prit sur elle et hâta le pas pour marcher à la même hauteur que Viper plutôt que derrière lui.

Elle ne se cachait derrière personne. Jamais.

Ne tenant délibérément pas compte de son regard en coin, elle se força à observer les alentours, bien décidée à affronter tout ce qui pourrait surgir des ténèbres épaisses.

Et n'importe quoi pouvait en sortir, dans ce quartier, pensa-t-elle avec une légère grimace. Les élégants manoirs et les boutiques branchées qu'ils avaient laissés derrière eux avaient été remplacés par des immeubles étroits et des terrains vagues. Même les chaussées commençaient à se désagréger, et elle devait sauter par-dessus des nids-de-poule qui auraient pu engloutir une petite voiture. Cette partie de la ville agonisait lentement, ce que tous ceux qui étaient forcés de vivre parmi ses ruines avaient commodément décidé d'oublier.

Étrangement attristé par cette vue, Shay crut un instant que le picotement glacé sur sa peau n'était qu'une réaction à l'environnement.

Ce fut seulement lorsque Viper s'arrêta brusquement qu'elle comprit de quoi il s'agissait en réalité.

— Des vampires, dit-il dans un souffle.

— Bon sang. (Shay attrapa instinctivement sa tresse et tira dessus avec nervosité.) Je suppose que ce ne sont pas les tiens ?

— Non.

Évidemment.

Cette nuit-là semblait celle des mauvaises surprises. Et que pouvait-il y avoir de pire dans le genre que de tomber sur des vampires dans une rue sombre ?

— Peut-être qu'ils ne font que passer ?

Viper secoua la tête, et son visage se durcit pour devenir ce masque glacé, rappelant à Shay exactement ce qu'il était et qui il était.

— Personne n'oserait entrer dans Chicago sans ma permission. Sauf dans l'intention de me déclarer la guerre.

Shay déglutit péniblement.

— Combien ?

— Six. (Il pencha la tête en arrière, humant l'air.) Dont un chef.

— Donc on est foutus ?

Viper jura à voix basse tout en scrutant les ténèbres à la recherche des vampires cachés. Ce n'était pas bon signe. Shay n'aimait pas le voir inquiet. Elle voulait qu'il continue de se comporter comme l'homme arrogant, hautain et sûr de lui qui lui tapait sur les nerfs.

— Bon sang, quel imbécile je fais… Mais quel imbécile ! marmonna Viper.

— Non que j'aie l'intention de te contredire, mais qu'est-ce qui te fait dire ça précisément maintenant ? demanda Shay à voix basse.

— Les chiens de l'enfer et les trolls n'étaient qu'une ruse pour nous faire sortir du manoir de Dante. (Il poussa un grognement sourd.) Et on est tombés dans le panneau.

Shay se figea, se remémorant la panique qui s'était insinuée lorsqu'ils avaient senti le danger approcher. Viper avait raison : seigneur, quels imbéciles ils avaient fait. S'ils avaient eu la moindre once d'intelligence, ils auraient attendu d'être certains que le péril qu'ils laissaient derrière eux était pire que celui qui les attendait dehors.

Bien sûr, à leur décharge, qui n'aurait pas fui, terrifié, après l'incident du Lu ? Celui-ci avait certainement fichu à Shay une peur bleue.

— On fuit ou on se bat ? demanda-t-elle à voix basse.

— Je connais ce vampire, répondit Viper d'une voix râpeuse, en tendant la main pour prendre la sienne. On fuit.

Shay trouva qu'il s'agissait d'une bonne idée. Les meilleurs guerriers étaient toujours conscients de la sagesse d'une retraite stratégique. Tenant l'épée à bout de bras pour éviter de trébucher dessus, elle laissa Viper l'entraîner dans la rue obscure. Elle ne savait pas où ils allaient, mais n'importe où serait mieux que cet endroit. Ou du moins, elle l'espérait.

Sans ralentir sa course, Viper emprunta une ruelle latérale et, attrapant Shay par la taille d'un geste fluide, sauta par-dessus la clôture de sécurité devant eux. Shay retint un hoquet de stupeur alors qu'ils atterrissaient de l'autre côté et se dirigeaient vers un entrepôt abandonné.

Elle courait plus vite et sautait plus haut que les humains mais… Bon sang. Elle avait presque eu l'impression de voler.

En entrant dans l'entrepôt, Viper ralentit et pencha la tête comme s'il humait l'air.

— Qu'est-ce que…

— Chut, fit-il en lui posant un doigt sur les lèvres avant de l'entraîner vers l'arrière du bâtiment. Par là.

Ils contournèrent un imposant empilement de barils rouillés et Viper, se mettant à genoux, la força à s'accroupir à côté de lui.

— Pourquoi est-ce qu'on s'arrête ici ? demanda-t-elle.

— On ne va pas réussir à tous les distancer, répondit-il en tournant la tête pour la regarder d'un air sinistre. Ils nous ont déjà encerclés.

Shay sentit son cœur manquer un battement.

— Merde.

— Puisqu'on ne peut pas les distancer, alors il faut utiliser la ruse, chuchota-t-il doucement.

— Tu as un plan ?

Il hocha lentement la tête.

— Oui.

Shay scruta ses traits exquis dans la pénombre. Elle y lut une détermination farouche qui lui fit froncer les sourcils d'un air soupçonneux.

— Pourquoi ai-je l'impression que ce plan ne va pas me plaire ?

Il esquissa un sourire.

— Parce que tu es têtue comme une bourrique, probablement.

Elle lui appuya le doigt sur la poitrine.

— Dis-moi.

Il marqua un temps avant de prendre sa main dans les siennes.

— Il y a une bouche d'égout juste derrière toi. Je veux que tu l'utilises pour t'échapper pendant que je détourne l'attention des vampires.

— Non, certainement pas.

— Shay, écoute-moi…

Il fut interrompu par le bruit aisément reconnaissable de pas qui approchaient.

— Viper, tu ferais aussi bien de te montrer. L'entrepôt est encerclé. Vous n'avez aucun moyen de vous échapper.

Shay sursauta légèrement en entendant cette voix sinistre et étrangement envoûtante qui semblait l'envelopper. Tournant la tête, elle regarda entre les barils. Les ténèbres remuèrent et un vampire en sortit pour s'avancer vers eux.

Nom de Dieu.

Il était grand. Aussi grand que Viper, et bien plus large d'épaules et de torse. Sa haute taille était encore accentuée par la longue robe noire dont il était drapé du cou aux orteils. Mais ce n'était pas l'impression de puissance qu'il dégageait qui coupa le souffle à Shay et lui fit écarquiller les yeux. Alors qu'il s'approchait, elle vit que sa peau avait une couleur dorée. C'était le premier vampire qu'elle rencontrait dépourvu de la pâleur caractéristique de cette espèce.

Ses cheveux noirs comme du jais lui tombaient jusqu'au bas du dos. Leur lourd rideau était ramené en une queue-de-cheval serrée maintenue par une série de bandeaux de bronze qui miroitaient dans la pénombre. Cette coiffure sévère accentuait ses traits taillés à la serpe, ses pommettes hautes et son nez aquilin. Avec ses yeux en amande semblables à deux scintillants lacs de ténèbres, il ressemblait à un prince aztèque.

Mince !

— Nom de Dieu, lâcha-t-elle dans un souffle. Qui c'est, ça ?

— Styx.

Shay écarquilla les yeux et sentit son ventre se nouer de peur. Il y avait quelque chose de calmement implacable chez ce vampire. On sentait qu'il ne laisserait rien, absolument rien, le détourner de son but.

— Styx ? répéta-t-elle.

— Il a reçu ce nom à cause du fleuve de morts qu'il a laissé dans son sillage, répondit Viper sans quitter des yeux l'homme qui s'approchait d'eux inexorablement. C'est le plus célèbre de nos guerriers.

— Charmant. (Shay se força à déglutir, malgré sa gorge nouée.) Un de tes amis ?

— Autrefois.

— Alors pourquoi il est après nous ? Est-ce lui qui veut mon sang ?

— C'est bien ce que j'ai l'intention de découvrir. (Viper tourna la tête pour lui jeter un regard farouche.) Mais pas tant que tu ne seras pas partie.

— Viper…

— Non. Pas maintenant.

Il resserra son étreinte sur les doigts de la jeune femme, de manière presque douloureuse, et la tira implacablement en arrière. Il ne s'arrêta qu'en atteignant la plaque d'égout encastrée dans le sol. Lâchant alors la main de Shay, il se pencha au-dessus de la grille en fer et, avec une force stupéfiante, la retira sans que le moindre raclement dénonce leur présence. Il la posa par terre et prit le visage de Shay entre ses mains.

— Styx est d'une loyauté à toute épreuve envers les vampires. Il ne me fera pas de mal intentionnellement. Toi, en revanche, tu es en grand danger. Tu dois fuir si tu veux que nous survivions, l'un comme l'autre.

Shay serra les dents. C'était carrément un affront que de lui demander de s'enfuir comme la pire des lâches pendant qu'il restait en arrière pour jouer les héros. Pire encore, elle était censée s'enfuir par ce qui, à l'odeur, avait tout l'air d'une évacuation de déchets toxiques.

Malheureusement, sa fierté ne pouvait pas faire taire la voix de la raison. Si elle restait, Viper se battrait à mort pour la protéger. Et, chef de clan ou non, il ne serait pas de taille face à six vampires déterminés à se procurer son sang à elle. Même s'il s'enfuyait en l'emmenant avec lui, ils seraient forcément rattrapés et confrontés de nouveau à la même situation. Le mieux qu'elle pouvait espérer, c'était de s'échapper et trouver de l'aide avant que Viper fasse quelque chose de complètement stupide.

Avec des jurons inaudibles, elle se pencha jusqu'à se retrouver nez à nez avec lui.

— Si tu te fais tuer, je…

Il l'interrompit d'un baiser rapide.

— Tu ne seras jamais débarrassée de moi, mon cœur. Maintenant, file.

Avec un douloureux pincement au cœur, Shay lui effleura la joue du bout des doigts, puis jeta son épée dans le tunnel obscur. Elle s'apprêtait à la rejoindre d'un bond lorsque Viper la retint brusquement par le bras.

— Laisse ton pull, lui chuchota-t-il, si bas qu'elle faillit ne pas comprendre.

— Quoi ? demanda-t-elle en écarquillant les yeux.

Il se pencha à son oreille.

— Il faut que ton odeur reste ici, sinon Styx saura que tu n'es plus dans l'entrepôt. Le stratagème ne fera pas illusion bien longtemps, mais avec un peu de chance, assez pour te laisser le temps de t'échapper.

Super.

Il était déjà assez désagréable de devoir s'enfuir par un tunnel plein de déchets nauséabonds. Mais en plus elle allait devoir le faire à moitié nue et morte de froid. Pourtant, plus vite elle serait partie, plus vite elle pourrait trouver Dante et revenir sauver Viper. Ôtant rapidement son sweat-shirt, elle le jeta par terre et, se bouchant le nez, sauta dans l'obscurité fétide. Elle atterrit dans une substance visqueuse qui, espéra-t-elle, n'était que de la boue, et se mit péniblement en marche. Parfait. C'était absolument parfait. Si elle ressortait vert fluo de ce tunnel, elle enfoncerait elle-même un pieu dans ce satané vampire.

— Je ne suis pas d'humeur à jouer à cache-cache, Viper ; montre-toi, lança Styx d'un ton impérieux.

Viper replaça silencieusement la grille au-dessus du tunnel des égouts et, se redressant, sortit de derrière les barils. Il pouvait sentir Shay s'éloigner, mais son odeur était encore très présente.

Assez, il l'espérait, pour berner les vampires qui l'entouraient.

Redressant les épaules, il regarda froidement son ami et compagnon d'autrefois.

— Et je ne suis pas d'humeur à ce qu'on s'adresse à moi comme si j'étais un vulgaire serviteur, mon vieil ami. Tu sembles avoir oublié que je suis un chef de clan.

Styx le considéra avec davantage de tristesse que d'arrogance.

— Je n'ai pas oublié tes pouvoirs, Viper, ni ton rang.

— Donc ce sont seulement tes bonnes manières que tu as laissées à la porte ?

Le vampire brun hocha légèrement la tête.

— Tu as raison de me réprimander. J'aurais souhaité que les circonstances soient différentes. Malheureusement, la nécessité l'emporte sur toute autre considération.

Viper se crispa de colère. Il ne comprenait toujours pas comment son ancien ami et compagnon se retrouvait impliqué dans la poursuite de Shay, mais sa soudaine présence ici ne pouvait pas être une simple coïncidence. Sa Shalott avait eu bien raison de craindre les vampires.

— Et quel est cette nécessité, Styx ?

— Toutes tes questions trouveront leur réponse en temps utile. Pour l'instant, je te demande seulement d'appeler ta compagne et de venir avec moi.

Viper croisa les bras.

— C'est un peu trop vague, je le crains. Tu m'excuseras, mais j'ai besoin d'un peu plus de garanties si tu veux qu'on t'accompagne où que ce soit.

Styx le regarda longuement, impassible.

— Nous nous connaissons depuis des siècles. Que te faut-il de plus ?

— Tu pourrais m'expliquer par exemple ce que tu fabriques dans ce vilain entrepôt par une nuit aussi froide.

— J'étais à ta recherche, bien sûr.

— Pourquoi ?

— Ce n'est pas l'endroit pour une telle conversation, Viper, dit Styx d'une voix onctueuse. Si ta compagne et toi voulez bien venir avec moi…

— Et si je refuse ? l'interrompit Viper.

— Ce serait… très regrettable.

Viper durcit le regard et ses canines s'allongèrent en guise d'avertissement.

— Tu as l'intention de m'emmener contre mon gré ! À l'encontre de toutes les lois qui nous gouvernent ? Dis-moi, Styx, le vampire que j'admirais plus que tout autre au monde, est-il devenu pire que ceux qu'il combattait autrefois ?

— Assez. (Le ton de Styx ne changea pas, mais Viper put sentir la brusque explosion d'énergie qui tourbillonna dans les airs.) Tu ne sais rien des problèmes auxquels nous sommes confrontés.

— Je sais que nous n'entrons pas sur le territoire d'un clan sans en demander la permission au chef de ce clan, rétorqua-t-il, avec une décharge d'énergie assez forte pour faire tressaillir Styx. Que nous n'obligeons pas des démons et des sorciers à accomplir nos volontés. Que nous n'ordonnons pas le meurtre d'un autre vampire. Dis-moi pourquoi tu es ici, Styx.

Pour la première fois, les traits dorés exprimèrent une émotion. De la désapprobation.

— Nous n'allons pas discuter de cela en public comme deux trolls qui se chamaillent. J'attendais mieux de toi, mon vieux compagnon d'armes.

Viper fit un pas en avant, menaçant.

— Peut-être que, si tu ne m'avais pas poignardé dans le dos, tu aurais eu mieux. Mais tu as failli à notre traité et t'es proclamé un ennemi de mon clan.

Il y eut soudain du mouvement dans les ténèbres, et cinq imposants vampires s'avancèrent dans un mouvement rapide et fluide. Comme Styx, ils étaient vêtus d'épaisses robes noires, mais leur capuchon était relevé : impossible d'en savoir plus sur eux, excepté qu'ils étaient grands.

Très grands.

Viper se prépara à les affronter, soulagé. Les Corbeaux étaient restés, ce qui signifiait qu'ils n'avaient pas encore compris que leur proie était en train de leur filer entre les doigts. Dégainant ses dagues, Viper s'arc-bouta pour faire face à l'attaque. S'il mourait, tant pis, mais il comptait bien en emporter un certain nombre avec lui.

Pourtant, les vampires, s'arrêtèrent brusquement lorsque Styx leva la main.

— Attendez, ordonna-t-il sans quitter des yeux le visage furieux de Viper. Je suis ici sur ordre de mon maître, ce qui me place au-dessus de tous les traités, comme tu le sais très bien. Néanmoins, il n'y a pas de raison que nous ne puissions pas discuter raisonnablement.

— « Raisonnablement » ? répéta Viper d'un ton moqueur. Il y a longtemps que j'ai dépassé le stade du raisonnable. Si tu souhaites discuter en toute dignité, alors retournons chez Dante, et nous pourrons régler tout ça là-bas.

Ce qui ressemblait étonnamment à un sourire se dessina sur les lèvres de Styx.

— Je suis sûr que la nouvelle compagne de Dante est tout à fait charmante, mais je n'ai aucune envie de prendre le thé avec le Phénix.

Son sourire disparut aussi vite qu'il était apparu, et son visage reprit son expression sinistre et austère. D'un geste, il fit signe aux vampires qui attendaient, hésitants, de les encercler.

— Pardonne-moi, mon ami, mais le temps commence à nous manquer. Appelle ta compagne, ou je l'abandonne aux mains de mes Corbeaux.

Son tranquille ultimatum resta comme suspendu entre eux, et Viper crispa instinctivement les doigts sur le manche de ses dagues. Ce fut à peine un tressaillement. Un mouvement que la plupart n'auraient pas remarqué. Mais pas Styx. Le guerrier expérimenté fit aussitôt signe à l'un des vampires qui les entouraient.

— DeAngelo, amène-moi la Shalott, dit-il sèchement.

Un léger bruissement d'étoffe se fit entendre lorsque le vampire passa derrière les barils, suivi du raclement sec de la grille d'égout qu'on soulevait. En un clin d'œil, le vampire était revenu, le sweat-shirt de Shay à la main.

— La démone s'est enfuie par un tunnel, déclara-t-il d'un ton monocorde. Dois-je la suivre ?

Styx contempla Viper avec une rage froide.

— Non. Elle n'ira pas loin. Viper possède l'amulette qui la fera venir à lui.

L'intéressé durcit le regard.

— Je ne l'appellerai jamais.

— Tu l'appelleras ou tu mourras. Le choix t'appartient.

Levet avait la sagesse de survoler les rues étroites. Celles-ci étaient jonchées de déchets de nourriture, de loques, de bric-à-brac et autres saletés en décomposition qu'il ne voulait pas voir, et encore moins toucher. Ce n'était pas le premier quartier déshérité où il s'aventurait. Il était une gargouille qui faisait moins d'un mètre. Il avait passé la majeure partie de sa vie à se cacher parmi les ordures et les immondices simplement pour survivre.

Pourtant, il était venu en Amérique dans l'espoir d'améliorer sa condition. Il y avait beaucoup moins de démons pour le tourmenter ici, et assez d'espace pour qu'il puisse trouver un bout de terrain où vivre en paix.

Ou du moins, ç'avait été son intention. Mais bien sûr, ses bonnes intentions le menaient toujours à un désastre ou à un autre, reconnut-il avec un soupir.

Continuant à suivre Dante, il frissonna lorsqu'une brise passagère apporta la puanteur à ses narines.

— Toutes ces odeurs, murmura-t-il avec écœurement. Comment font les humains pour les supporter ?

Le vampire lui jeta un regard exaspéré. Il s'était farouchement opposé à ce que Levet l'accompagne à la recherche de Viper et Shay. Pour une raison ou pour une autre, il était convaincu que la gargouille le gênerait plus qu'elle ne l'aiderait.

L'imbécile.

Il avait fallu que Levet le menace de le suivre malgré tout pour qu'enfin leur brève mais terrible dispute trouve un terme.

— Le désespoir dégage toujours une odeur nauséabonde, qu'il soit humain ou démoniaque, finit par répondre Dante.

Levet le considéra avec surprise. Ainsi vêtu de noir, avec deux épées croisées dans son dos, un pistolet à la hanche et au moins un poignard caché sous ses vêtements, le vampire semblait prêt à affronter une petite armée.

— Je croyais que c'était Viper le philosophe et toi le guerrier ? déclara Levet.

Dante se pencha pour humer l'air comme un limier.

— Ces trois cents dernières années, j'ai été prisonnier d'un convent de sorcières. Être esclave donne un aperçu fort instructif de ce qu'est le désespoir.

— Oui.

Levet frémit. Il n'avait pas oublié le temps passé auprès d'Evor. Il n'y parviendrait jamais vraiment.

— En effet.

Dante se redressa et, à la surprise de la gargouille, leva la main pour lui toucher le bras.

— Nous ne sommes plus esclaves.

Levet soutint son regard ferme et hocha la tête.

— Et ne le serons plus jamais.

Un bref instant, ils se remémorèrent tous deux leurs souffrances passées, puis Dante retrouva la piste et ils reprirent leur route sinueuse le long des rues de plus en plus étroites.

Étroites et puantes.

Levet sentait sa peur pour Shay croître à chaque pas. Viper était-il donc totalement dépourvu de bon sens ? Ils fuyaient déjà trolls et chiens de l'enfer. Fallait-il vraiment qu'il traîne en plus la jeune femme au milieu de la lie du monde démoniaque ? Bouillant de ressentiment à l'égard du vampire à la chevelure argentée, il fut pris au dépourvu lorsque Dante leva la main pour lui barrer le passage.

— Attends, chuchota-t-il.

Levet agita furieusement la queue.

— *Sacrebleu* *, pourquoi ? On est enfin sur le point de les rattraper.

L'agaçant vampire haussa un de ses noirs sourcils.

— Tu as l'air angoissé, gargouille. Je ne savais pas que c'était si important pour toi.

— Ce vampire m'a jeté en pâture aux loups, ou plus exactement aux chiens de l'enfer. (Levet croisa les bras.) Personne n'a le droit de le tuer à part moi.

Un sourire perspicace se dessina sur le pâle visage de son interlocuteur.

— Et c'est tout ?

La gargouille le fusilla du regard. Par le sang et la fumée. S'il n'avait pas eu besoin de Dante pour sauver Shay, il l'aurait réduit en cendres sur-le-champ.

— Et il est possible que j'éprouve un léger attachement envers la Shalott, reconnut-il à contrecœur. Très, très léger, compris ?

— Ah oui, j'ai compris.

— Alors pourquoi est-ce qu'on s'est arrêtés ?

— Des trolls sont passés par là.

Ce fut au tour de Levet d'esquisser un sourire moqueur.

— Tu n'as quand même pas peur des trolls ?

— Pas de ceux-là, répondit Dante d'un ton ironique. Ils sont tous morts.

— Shay, murmura Levet avec une certaine fierté.

— Pas toute seule, gargouille, répliqua Dante. Viper était à ses côtés.

Levet haussa les épaules.

— Si ces monstres sont morts, allons-y, alors.

Le vampire secoua la tête.

— Il n'y a pas que des trolls qui sont passés par ici. Il y a aussi des vampires.

Levet émit un grondement guttural. Des vampires, forcément. Shay et lui semblaient en avoir jusqu'au cou ces derniers temps.

— Combien ?

— Six. (Il y eut un silence tendu.) Et aucun de notre clan.

— Pas de votre clan ? (Levet sentit son cœur se serrer.) Ça ne peut vouloir dire qu'une chose…

Le pâle visage de Dante devint un masque dur.

— Ils sont ici pour tuer Viper.

Quelles que soient leurs intentions, Shay était en danger, et c'était tout ce qui importait à Levet.

S'il avait bien une qualité, c'était l'opiniâtreté.

— On ne peut pas attendre. Il faut qu'on les rejoigne.

— Pour se retrouver pris au même piège ? (Dante jeta un regard noir à la gargouille, les canines sorties.) Cela n'aidera personne.

— Et en quoi cela les aidera-t-il de rester cachés dans l'ombre pendant qu'ils se font massacrer ?

Les yeux argentés étincelèrent d'exaspération.

— Tais-toi et laisse-moi réfléchir ou je te coupe les ailes, gargouille.

Levet produisit un petit bruit chargé de mépris tout en battant des ailes pour s'élever plus haut.

— Très bien, reste là à trembler dans le noir. Moi, je vais voir ce qui se passe.

— Bon sang, Levet…

Le vampire bondit pour rattraper la gargouille par les pieds, avec une expression qui promettait des représailles sévères, mais trop tard.

Sans prêter la moindre attention à ses jurons étouffés, Levet s'éleva allégrement vers les toits voisins, en faisant attention à éviter la lumière, ici et là, qui aurait pu révéler sa présence par une ombre projetée. S'il y avait une chose qu'il savait faire, et très bien, c'était échapper aux regards inquisiteurs.

Il se posa sur le toit et s'avança dans un silence absolu jusqu'au rebord en brique pour regarder en contrebas. Il ne prêtait plus attention à la saleté ou à la puanteur. Ou même au lourd silence qui régnait dans le quartier. Il n'avait d'yeux que pour Viper qui entrait lentement, contre son gré, dans une longue limousine noire, suivi d'un vampire immense et furieux.

Même de là où il se trouvait, Levet percevait la violence qui régnait, mais, juste au moment où il s'apprêtait à hurler à Dante de foncer à la rescousse, il vit la voiture s'éloigner du trottoir, suivie de près par une deuxième limousine.

Shay se trouvait-elle à l'intérieur de celle-ci ? Sûrement. Levet avait beau considérer Viper comme un salaud arrogant, il savait que le vampire était prêt à se battre jusqu'à la mort pour protéger Shay. S'il se laissait prendre en otage, ce ne pouvait être que parce qu'ils avaient déjà capturé la démone.

Sans quitter des yeux les véhicules qui s'éloignaient dans la rue, il fit demi-tour et sauta du bâtiment pour atterrir à côté de Dante avec un grand bruit sourd. Il avait à peine repris son équilibre qu'il se sentit soulevé du sol par un vampire clairement exaspéré.

— La prochaine fois que tu fais ça, je t'arrache le cœur pour en faire mon dîner, gargouille, dit Dante entre ses dents.

Se débattant pour échapper à sa poigne, Levet le fusilla du regard.

— Le temps nous manque pour les manœuvres d'intimidation. J'ai vu un gigantesque vampire faire entrer Viper de force dans une voiture et s'en aller.

— Et Shay ?

— Je suppose qu'ils l'ont aussi.

— Et il s'est laissé emmener ?

— Il n'avait pas l'air d'apprécier, mais oui.

Dante hocha la tête, caressant la lame de son poignard tout en réfléchissant à ce que Levet venait de dire.

— Il doit savoir qu'il ne sert à rien de se battre, murmura-t-il. Ou bien, ils ont menacé de faire du mal à Shay. Dans un cas comme dans l'autre, si nous intervenons à l'aveuglette, nous risquons fort de rendre la situation encore plus catastrophique.

— Malheureusement, je dois admettre que tu as raison.

Dante le regarda d'un air de stupéfaction exagéré.

— Il semble que les miracles arrivent, finalement.

Levet résista à l'envie de lever les yeux au ciel. L'humour vampirique laissait encore beaucoup à désirer.

— Les limousines se dirigeaient vers le sud. Elles étaient très grosses et très noires. (Il fit la grimace.) C'est quoi, cette obsession des vampires pour le noir ?

Dante soutint son regard.

— Il y a une raison pour laquelle tu me dis ça ?

— Je vais les suivre, et lorsqu'ils atteindront leur destination, je reviendrai te donner l'adresse.

Levet s'attendait à devoir défendre son plan. Et il était déterminé à remporter le débat. Personne n'allait l'empêcher de sauver Shay.

À sa grande surprise, pourtant, Dante se contenta de hocher la tête.

— Les vampires seront sur leurs gardes. Une seule erreur de ta part et tu seras tué.

Avec un rire bref et sans joie, Levet écarta les bras.

— Regarde-moi. Je fais à peine un mètre. Je suis toujours sur mes gardes moi aussi, imbécile.

Dante acquiesça de nouveau.

— Je vais aller rassembler le reste du clan. Nous serons prêts à ton retour.

— Pense à apporter plein de gros trucs qui coupent !

Prenant son essor, Levet s'envola de nouveau et s'élança à la poursuite de Shay.

— *Bonne chance, mon ami* *, lança doucement Dante.

Levet esquissa malgré lui un petit sourire. Un vampire qui parlait français. Il ne pouvait pas être tout à fait mauvais.

Chapitre 19

Shay sortit de la bouche d'égout et prit une grande goulée d'air pur. Du moins, relativement parlant.

Elle était gelée, à moitié nue et sentait mauvais, exactement comme elle l'avait prédit, mais étonnamment, elle n'avait décelé aucune tentative de poursuite de la part des vampires. Quoique, ce n'était peut-être pas si étonnant, reconnut-elle sombrement tout en frissonnant dans l'air glacé de la nuit.

Le grand vampire à la peau dorée simplement connu sous le nom de Styx ne lui semblait pas du genre stupide. Froid, sans pitié et inflexible. Mais pas stupide.

Ne s'arrêtant que le temps de s'assurer que la rue était vide de vampires, de trolls et de chiens de l'enfer, elle traversa furtivement l'obscurité et entreprit de revenir sur ses pas pour regagner le vaste manoir de Dante. Elle avait besoin d'aide, et rapidement.

Cette idée lui avait à peine traversé l'esprit qu'une odeur familière parvint à son nez sensible. Cessant de courir, elle jeta un coup d'œil surpris au toit d'un immeuble voisin, et aperçut fugitivement l'ombre floue qui galopait dessus.

Levet.

Dieu merci.

Accélérant brusquement, elle traversa la rue et s'engouffra dans une ruelle étroite. L'escalier métallique qui montait en zigzags le long du bâtiment était rouillé et branlant, mais elle en remarqua à peine le tangage alors qu'elle montait les marches au pas de course et posait discrètement pied sur le toit plat.

La petite gargouille avait atteint le rebord du bâtiment, mais en entendant ses pas, il fit volte-face en tendant les mains devant lui comme pour lui jeter un sort.

—Non!… Levet, c'est moi, chuchota-t-elle précipitamment.

—Shay?

—Oui.

—Nom de Dieu. Tu as failli me faire avoir une crise cardiaque, murmura la gargouille en se hâtant de la rejoindre en se dandinant. (Arrivé à quelques pas d'elle, il s'arrêta brusquement et plissa le nez de dégoût.) Beurk. Qu'est-ce qui pue comme ça? Où est ton pull? Est-ce que tu…

Shay l'interrompit d'un geste impatient.

—Chut. Où est Dante?

—Il est parti rassembler la cavalerie. (Levet mit les poings sur ses hanches.) Comment as-tu fait pour t'échapper? J'étais sûr que ces vampires t'avaient attrapée.

Elle eut un frisson qui n'était pas dû qu'au froid.

Les vampires. Pourquoi fallait-il que ce soient des vampires?

—Je me suis enfuie de l'entrepôt par un égout, mais Viper est encore coincé là-bas.

—Plus maintenant.

Elle l'agrippa par le bras.

—Qu'est-ce que tu veux dire?

—Ils l'ont jeté dans une très longue limousine et sont partis.

Shay sentit son cœur faire un bond douloureux dans sa poitrine. *Merde.* C'était précisément ce qu'elle craignait le plus.

—Bon sang.

Elle humecta ses lèvres desséchées et réprima la peur qui l'envahissait. *Paniquer: mal. Réfléchir: bien.*

—Il faut qu'on les suive.

Levet agita la queue.

—C'est ce que j'étais en train de faire lorsque tu as surgi dans mon dos.

—OK, allons-y.

La gargouille fit un pas de côté pour lui bloquer la route, l'air inquiet.

— Shay ?

— Quoi ?

— Crois-tu vraiment que ce soit une bonne idée de m'accompagner ? C'est après toi qu'ils en ont. Si tu t'approches...

Shay l'attrapa par l'épaule, frissonnante dans le vent froid qui lui effleurait la peau.

Bon sang. Il fallait qu'elle trouve de quoi s'habiller.

Et un crucifix.

Et plusieurs pieux solides.

— Levet, je viens avec toi.

— Aïe. Pas la peine de me pincer les ailes. (La gargouille se dégagea et agita ses ailes délicates.) Si tu veux foncer tête la première dans le danger et nous faire tous tuer, très bien.

Shay croisa frileusement les bras contre son ventre.

— Je suis déjà en danger.

— Pas si tu retournes auprès du Phénix. Il n'y a pas un seul démon dans le coin qui oserait l'énerver.

— Même Abby ne peut pas me protéger maintenant.

— Bien sûr que si. C'est une déesse, non ?

— Réfléchis, Levet, répliqua Shay d'un ton impérieux. Ils tiennent Viper.

— Tu as bu ou quoi ? Je sais bien qu'ils tiennent Viper. C'est moi qui viens de te le dire.

Shay résista en grinçant des dents à l'envie de le secouer.

— Ils tiennent Viper et je suis son esclave. Il a mon amulette.

— Et... Oh. (Le visage gris de Levet devint carrément blanc.) Oh. Non, tu dois vraiment avoir bu si tu crois que Viper te fera délibérément tomber entre les mains de tes ennemis. C'est peut-être un insupportable arrogant, mais il ne laisserait jamais rien t'arriver de mal.

Cette fois, ce ne fut pas le froid qui fit frissonner Shay.

— Pas intentionnellement.

Levet fronça les sourcils.

— Shay ?

Elle courba les épaules sous le coup des souvenirs qui remontaient en elle comme de la bile.

— Levet, nous avons tous deux été à la merci d'un ennemi ou d'un autre. Nous savons ce que c'est que d'être torturé, dit-elle d'un ton sans complaisance. Toutes ces bêtises sur l'honneur sans faille et la loyauté ne valent que pour les contes de fées, pas la réalité. En vérité, n'importe qui peut être forcé à faire n'importe quoi. Même si ça va à l'encontre de tous ses principes les plus chers.

La gargouille grimaça en portant instinctivement la main aux cicatrices dont son torse était couturé. Les trolls avaient trouvé cela extrêmement amusant d'utiliser une gargouille naine comme cible pour leurs exercices de tir. Du moins jusqu'à ce que Shay arrive et menace de les émasculer. Étonnant comment cette menace arrivait à transcender les cultures et les espèces.

— Non. (Levet secoua la tête.) Pas Viper. Il doit céder l'amulette de son plein gré, et il ne fera jamais ça.

Shay se rendit compte que c'était ce qu'elle craignait le plus. Non qu'il craque sous la torture, mais que justement il ne le fasse pas. Viper était assez têtu pour se laisser mourir plutôt que de la faire venir à lui.

C'était un sacrifice qui anéantirait Shay plus que toute autre chose.

— Alors ils le tueront et je serai quand même à leur merci.

Levet leva les mains pour se masser les tempes.

— Tu me donnes mal à la tête. Qu'est-ce que tu veux dire ?

— S'ils tiennent Evor, alors tuer Viper m'amènerait quand même de force entre leurs griffes. Je ne peux pas échapper au maléfice.

Levet marmonna un chapelet de jurons français, comprenant enfin que Shay avait la tête sous le couperet de la guillotine.

— *Sacrebleu* *, quand tu as des ennuis, tu ne fais pas les choses à moitié, hein ?

C'était une façon de présenter les choses.

— Il faut le sauver, Levet. Et tout de suite.

Chapitre 20

Cette limousine, décida Viper, ne soutenait pas la comparaison avec la sienne.

Elle offrait l'espace et les sièges en cuir moelleux de rigueur, mais peu d'autres agréments. Pas de musique apaisante, d'écran plasma ni de champagne sur lit de glaçons.

Bien sûr, reconnut-il, sa propre limousine n'était pas équipée de menottes en argent pendues au plafond, permettant de façon fort commode de retenir captif même le plus enragé des vampires. Un oubli auquel il ferait remédier si jamais il arrivait à se sortir de cette maudite situation.

Indifférent au métal qui lui brûlait les poignets, il imprima en vain une nouvelle secousse sur les chaînes qui le retenaient. Tout plutôt que de ruminer la trahison de l'homme assis en face de lui, ou pire, le fait que Shay était là-dehors, toute seule.

Avec un claquement de langue, Styx ôta sa cape, révélant le pantalon de cuir noir et le pull épais qui habillaient sa large carrure.

— Tes efforts sont vains et ne feront que te causer de la souffrance, Viper, dit-il.

Ce dernier baissa un regard glacial sur l'homme qui avait autrefois combattu à ses côtés. Peu importait leur amitié passée, il ne pardonnerait jamais cela à Styx.

Et « jamais », ça pouvait durer très longtemps pour un immortel.

— Tu t'imagines que je vais aller à ma mort sans faire un minimum d'efforts, vains ou non, pour m'y opposer ?

Le visage froid de Styx resta impassible.

— Je fais tout ce que je peux pour éviter ta mort.

— Éviter ma mort ? (Viper éclata d'un rire amer, aussi furieux contre lui-même que contre l'homme assis en face de lui. Par les couilles du diable, quel imbécile il avait été !) J'ai été poursuivi dans tout Chicago par des sorciers, des chiens de l'enfer et maintenant des trolls.

— De simples distractions.

— Et le Lu ? Je t'assure qu'il s'est révélé plus qu'une simple distraction. Il a bien failli m'arracher la tête.

Chose étonnante, ce qui ressemblait à de la gêne passa sur les traits dorés. Ce fut peu mais suffisant pour donner à Viper un faible espoir que le vampire avait des regrets.

— Ça, c'était… L'idée n'était pas de moi.

— De ton maître ? demanda Viper.

— Tu sais très bien que je ne te le dirai pas, répondit Styx sur un ton de réprimande, les bras croisés. Parle-moi de la Shalott.

Viper serra les dents.

— Elle fait environ un mètre soixante-quinze pour cinquante-cinq kilos, ce qui est étonnant vu qu'elle mange comme quatre…

Styx poussa un sifflement impatient.

— Le moment est mal choisi pour faire preuve de légèreté, Viper. Tu dois coopérer pour que je puisse te sauver.

Viper eut envie de lui dire ce qu'il pouvait faire de son offre de coopération. Il préférait se planter un pieu dans le cœur lui-même plutôt que de les aider à faire du mal à Shay.

Heureusement, il retrouva assez ses esprits pour se rendre compte que, dans l'immédiat, il ne pouvait tenter aucune évasion. Peut-être que, s'il pouvait encourager Styx à parler, celui-ci révélerait quelque chose de ce qui l'attendait.

— Et en quoi consisterait cette « coopération » ?

— Pour l'instant, je voudrais seulement connaître la nature de ta relation avec la démone.

Viper soutint fermement son regard.

— C'est mon esclave.

— Plus que ça, je pense. Tu as risqué ta vie encore et encore pour la sauver. Pourquoi ?

— Tu sais pourquoi.

Les yeux noirs l'observèrent un long moment.

— Tu es amoureux d'elle ?

Viper haussa les épaules. Il ne servirait à rien d'essayer de nier ses sentiments pour Shay. Le dernier des imbéciles les aurait remarqués.

— Oui.

— Un luxe dangereux pour un vampire, murmura Styx, le visage caressé par les ombres. Et encore plus pour un chef de clan.

Viper tira violemment sur ses chaînes sans faire attention à ce qu'il faisait.

— Pourquoi t'intéresses-tu à ma relation avec Shay ?

Styx garda si longtemps le silence que Viper craignit qu'il refuse de répondre. Puis, se penchant lentement vers lui, son aîné planta son regard dans le sien.

— Il vaudrait mieux pour toi que tu rompes tout contact avec la démone et que tu t'en ailles. Si tu me cèdes l'amulette qui la lie à toi, je te laisserai descendre de cette voiture et je cesserai de t'importuner.

Viper eut la sagesse de ne pas rire en entendant cette suggestion ridicule.

— Et si je refuse ?

— Nous finirons bien par te persuader, et je crains fort que tu n'apprécies pas la façon dont nous y parviendrons.

Viper durcit le regard.

— La torture est devenue interdite, même pour l'Anasso, dit-il, faisant référence au chef de tous les vampires.

Le maître dont Styx et les Corbeaux formaient la garde personnelle.

— Parfois, la nécessité exige de désagréables sacrifices.

— Et c'est moi le sacrifice ?

— J'espère de tout mon cœur que non.

Viper secoua lentement la tête.

— Tout ça ne te ressemble pas, Styx. Quelles que soient les batailles que tu as menées, tu as toujours placé l'honneur avant toute chose.

Styx se laissa aller contre son dossier, mais le petit tressaillement que l'accusation de Viper lui avait arraché n'échappa pas à ce dernier.

— Le devoir passe avant tout, rétorqua-t-il d'un ton soigneusement neutre.

Comme s'il craignait d'en révéler plus qu'il le voulait.

Viper scruta ce visage qui lui était autrefois si familier. Styx n'avait pas vieilli, bien sûr. En fait, ses traits étaient exactement les mêmes que plusieurs siècles auparavant. Mais il était impossible de ne pas remarquer la légère tension qui lui crispait désormais le corps. Ou la sinistre mélancolie qui ternissait son regard. Comme si les années lui avaient volé quelque chose de précieux.

— Ton devoir envers l'Anasso ?

— Mon devoir envers tous les vampires. Notre existence même est en jeu ici.

Viper haussa les sourcils.

— Tu es bien mélodramatique, pour un vampire qui a choisi la vie de moine. Que peut-il arriver de si catastrophique ?

— Est-ce que tu ne peux pas me faire confiance, tout simplement ?

— Non.

Styx porta une main fine au petit médaillon pendu autour de son cou. C'était un ancien symbole aztèque dont il ne se séparait jamais.

— Tu rends les choses bien difficiles.

Viper émit un grognement railleur.

— Ce n'est pas moi qui rends les choses difficiles, Styx. Pour ma part, j'étais parfaitement satisfait de rester paisiblement dans mon repaire avec Shay, sans embêter personne. C'est toi qui m'as entraîné dans cette pagaille.

La sensation de froid qui émanait de Styx s'accentua.

— L'Anasso a parlé. C'est tout ce qui compte.

Mais bien sûr.

Viper s'agita avec irritation sur son siège, retenant un juron en sentant l'argent mordre dans sa chair. La douleur atteignait un degré tel qu'il devenait difficile d'en faire abstraction.

— Est-ce que tu as capturé le troll détenteur du maléfice qui contrôle Shay ? demanda-t-il.

— Non, il a réussi à se dérober à nos recherches.

Viper fronça les sourcils. Styx pouvait éluder une question ou simplement refuser d'y répondre, mais il n'aurait pas menti. Alors où diable était Evor ?

Par les couilles du diable.

Il réfléchit sur les événements de ces derniers jours. Il savait seulement que la personne si déterminée à mettre la main sur Shay depuis le début était l'Anasso. Ce qui ne l'avançait absolument à rien.

— Qu'est-ce que tu veux de Shay ? Son sang ?

Styx tourna la tête pour regarder par la fenêtre.

— Son sang est la vie.

Un froid glacial étreignit le cœur de Viper.

— La vie ? Pour qui ?

— Assez, Viper. (Styx finit par se retourner vers lui, l'air sinistre.) J'ai dit tout ce que j'avais à dire.

Son ton n'admettait aucune réplique, on ne pouvait s'y tromper, et Viper réprima sa colère. Dans l'immédiat, il n'était pas en position d'exiger quoi que ce soit.

Il était certain que cela changerait à un moment ou à un autre. Et lorsque ce serait le cas… eh bien, il prendrait sa revanche. Impitoyablement.

Contraint de changer de tactique, il reporta son attention sur le bref signe de faiblesse qu'il avait repéré plus tôt.

— Je n'ai jamais compris pourquoi tu avais prêté allégeance à l'Anasso, dit-il d'un ton désinvolte, comme s'il ne faisait que passer le temps. Tu as toujours été si farouchement indépendant.

Styx haussa les épaules.

— J'ai découvert au fil des années, puis des siècles, que j'avais besoin de faire plus que simplement exister.

— On ne peut pas vraiment dire que tu te contentais d'exister, fit remarquer Viper. Tu étais non seulement un guerrier redouté, mais aussi le chef du plus grand clan de vampires jamais constitué. Un exploit qui a fait beaucoup d'envieux.

Les yeux noirs étincelèrent brusquement de colère.

Viper se rendit compte que cette petite démonstration d'émotion lui faisait ridiculement plaisir. Elle prouvait qu'une part du Styx qu'il avait connu et aimé existait toujours.

— Oh, oui, tellement d'envieux que chaque imbécile rêvant de gloire venait frapper à ma porte pour me provoquer en duel, répondit ce dernier d'un ton teinté d'amertume. Il se passait rarement une année sans que je sois forcé de me battre.

— Le prix de la souveraineté, rétorqua Viper. Ça n'a jamais été censé être facile.

— Je n'ai rien contre une voie semée d'embûches ; au contraire, je m'en réjouis. Mais la voie du sang ne m'intéresse plus. Je suis fatigué de tuer des camarades.

Viper ressentit malgré lui un élan de compassion. Mieux que personne, il savait quels regrets on éprouvait à avoir du sang sur les mains. Des rivières de sang. Pourtant, Styx avait été un solitaire comme lui autrefois. Un vampire sans clan, vulnérable à toutes les attaques jusqu'à ce qu'il devienne assez fort pour se défendre. Comment avait-il pu accepter de dépendre de nouveau des volontés de quelqu'un d'autre ?

— Moi de même. Mais cela n'explique toujours pas pourquoi tu as choisi de te soumettre à autrui.

— Nous servons tous l'Anasso. Il est notre maître à tous.

— Mais nous ne sommes pas tous ses gardes personnels, répondit Viper en secouant la tête. Tu as vendu ton âme.

— Non, souffla Styx d'une voix à peine audible. J'essaie au contraire de la récupérer.

— Ton âme ? demanda Viper en fronçant les sourcils.

— Appelle ça comme tu veux, répondit Styx avec un geste impatient. Un sens à ma vie. Un but.

Viper contempla longuement son ami. Il ne s'attendait vraiment pas à tenir un débat philosophique avec l'homme qui l'avait fait prisonnier. Cela n'aurait pas dû tant le surprendre, pourtant. Il s'agissait de Styx, après tout.

— Tu as un discours remarquablement humain, finit-il par déclarer d'une voix railleuse. Ne sont-ils pas toujours en quête d'un destin qui les transcende ?

— Ont-ils tort ? répliqua Styx. Ne devrions-nous pas tous nous efforcer de laisser un héritage qui enrichira nos camarades ?

Viper jeta un regard appuyé aux menottes en argent qui mordaient de plus en plus profondément dans sa chair.

— Et tu crois que c'est ce que tu fais, là ? Tu enrichis nos camarades ?

Son aîné eut la décence de grimacer, mais sa voix resta onctueuse.

— Tu sembles oublier que c'est l'Anasso qui a mené le combat pour civiliser nos clans. C'est sa force qui nous a permis de vaincre ceux qui souhaitaient maintenir les usages ancestraux. Et c'est sa présence qui empêche l'anarchie de régner de nouveau. S'il y a bien une personne dont j'aurais cru qu'elle verrait là une noble cause, c'est toi, Viper.

Viper n'avait pas oublié le passé. Ni les batailles violentes et sanglantes. Ni même le fait que l'Anasso avait mené la charge. Sans doute que, sans les efforts de celui-ci, ils vivraient tous encore comme des sauvages. Mais il n'avait pas non plus oublié que ces guerres avaient entraîné la mort de tous les aînés de l'Anasso, faisant de ce dernier le plus vieux et le plus puissant des vampires.

— Et donc la fin justifie les moyens, hein, Styx ?

— Te moques-tu de moi, Viper ?

Le vampire esquissa un sourire ironique.

— Non, en fait je te comprends. J'ai trouvé la satisfaction dans mon rôle de chef, mais comme tu dis, il y a plus important dans la vie que le pouvoir. Je viens seulement de le découvrir.

Styx le regarda avec curiosité.

— Et qu'est-ce donc ?

— Shay, répliqua simplement Viper. Et peu m'importent tes sinistres prédictions, je ferai tout ce qu'il faut pour la protéger. (Il se pencha en avant, les canines dévoilées.) Je condamnerai tous les vampires à l'enfer s'il le faut.

Styx crispa la main sur son petit médaillon.

— Tu as intérêt à reprendre tes esprits et à appeler la Shalott, Viper, ou c'est peut-être ce que tu auras justement réussi à faire.

Comme on pouvait s'y attendre, cela mit fin à leur conversation.

Les grottes intérieures ressemblaient davantage aux pièces d'un château médiéval qu'à des trous humides creusés dans le sol. Les parois et même les plafonds étaient cachés derrière de riches tapisseries, les sols recouverts de peaux de bêtes, et les ténèbres repoussées par de grands candélabres de bronze portant chacun plusieurs dizaines de chandelles à la flamme dansante.

Il y avait également le genre de lourd mobilier richement sculpté qui donnait envie à Styx d'avoir sur lui une allumette et un bidon d'essence. En dépit de ses vœux, il restait un guerrier jusqu'au bout des ongles, et comprenait le danger d'encombrer son repaire d'objets aussi ridicules. Il serait impossible de défendre ces pièces contre une attaque. Un guerrier avait tout autant de chances de trébucher sur une ottomane et de se rompre le cou que de réussir à plonger son épée dans le corps d'un ennemi.

Cependant, l'Anasso ne lui avait jamais demandé son opinion sur la façon dont il avait choisi de décorer ses appartements, et Styx avait eu la sagesse de ne pas mentionner ses inquiétudes. Ces cent dernières années, l'humeur de son maître était devenue de plus en plus imprévisible. Plus d'un serviteur avait connu une fin déplaisante pour avoir ouvert la bouche au mauvais moment.

Styx ralentit malgré lui en atteignant la grande chambre à coucher. Tant de choses avaient changé en cent ans. Beaucoup trop.

La sinistre maladie dont souffrait son maître. Damoclès, qui avait envahi les grottes de sa présence infecte. Les mensonges de plus en plus grossiers qu'il était obligé de supporter par égard pour ses semblables.

Une fois de plus, il remit en cause sa décision de rester. Il avait prêté serment. Et son honneur dépendait su respect de la parole donnée. Mais ces jours-ci, son honneur lui semblait franchement terni.

— Styx ?

La voix rauque et basse résonna jusqu'à lui et, redressant inconsciemment les épaules, Styx se força à entrer dans la pièce que dominait l'énorme lit à colonnes.

Le feu ronflant dégageait une chaleur cuisante et la puanteur de chair en décomposition était presque suffocante, mais Styx continua à avancer d'un pas égal vers le lit pour contempler le vampire dont il avait fait son maître. Celui-ci n'avait pas la tête de l'emploi.

Plus maintenant.

Autrefois grand et imposant, il était devenu si ratatiné et ridé qu'il ressemblait plus à une momie qu'au vampire le plus puissant de la terre. Même ses cheveux étaient en train de tomber, révélant les lésions chaque jour plus larges qui flétrissaient sa chair. Il avait l'aspect et l'odeur de la mort, mais seul un imbécile se serait laissé prendre à son apparente faiblesse. Ses yeux d'un noir étincelant laissaient deviner la ruse et la dangereuse puissance qui brûlaient encore en lui.

S'arrêtant à côté du lit, Styx s'inclina profondément.

— Mon seigneur, vous avez souhaité me voir ?

L'ombre d'un sourire apparut sur le visage émacié.

—Ah, Styx. On m'a dit que tu m'avais amené Viper, et qu'il ferait bientôt venir ma Shalott.

—Oui, mon seigneur.

—J'aurais préféré avoir déjà la démone entre les mains, mais tu as fait du bon travail. Comme toujours, bien sûr.

—Je fais de mon mieux mais, malheureusement, il arrive parfois que ce ne soit pas suffisant, répondit Styx, conscient de la crispation de sa voix, même s'il ne pouvait rien y faire.

—Quelle modestie. Et autre chose aussi. (Les yeux noirs le scrutèrent avec perspicacité.) Ce n'est tout de même pas du regret ?

—Je n'aime pas faire de mal à un ami.

—Je suppose que tu fais référence à Viper ? demanda doucement l'Anasso.

Styx serra les poings. Lorsqu'il avait reçu l'ordre de capturer Viper en même temps que la Shalott, il avait longuement et fermement protesté. N'était-ce pas justement pour mettre fin à ce genre de trahison entre vampires qu'ils s'étaient battus ?

—Oui, répondit-il. C'est un homme honorable. Il ne mérite pas d'être traité de cette façon.

—Mon vieil ami, répondit l'Anasso en soupirant, tu sais que je serais heureux de l'accueillir comme un frère s'il voulait bien se servir de l'amulette pour nous livrer son esclave. L'a-t-il fait ?

—Non. (Styx grimaça.) Il a… des sentiments pour la Shalott.

—Quel dommage. (Le vieux vampire caressa le velours cramoisi de sa robe comme s'il était plongé dans de profondes réflexions, mais le regard qu'il jeta à Styx pour jauger soigneusement son expression n'échappa pas à ce dernier.) Comme toi, je ne prends aucun plaisir à faire du mal à mes semblables. Malheureusement, nous ne pouvons pas nous permettre de faiblir maintenant. La Shalott est presque à notre portée. Viper doit utiliser l'amulette.

—Et s'il refuse ?

— J'ai toute confiance en la capacité des Corbeaux à le convaincre.

— Vous avez donné l'ordre de le torturer ?

— C'est ta décision, pas la mienne, Styx, lui rappela doucement l'Anasso. Ma préférence allait à une solution bien moins… salissante.

Styx se raidit, le visage durci de dégoût.

— Le meurtre de Viper et la capture par la force de la démone ?

Une étincelle passa dans les yeux du vieux vampire, mais il se recomposa aussitôt soigneusement une expression de patience agacée.

— Une dure accusation, mon fils.

— Comment appelleriez-vous ça, alors ?

L'Anasso leva une main maigre et noueuse dans un geste d'impuissance.

— Un regrettable sacrifice au nom d'un intérêt supérieur.

Styx secoua la tête.

— Enrober un tel acte de belles paroles ne le rend pas moins méprisable.

— Crois-tu que je n'aie pas de regrets moi-même, mon fils ? Que je ne changerais pas le passé si je le pouvais ? Je me considère entièrement responsable de la situation.

Encore heureux, pensa Styx. C'était la faiblesse de l'Anasso qui les avait menés là. Sa passion pour l'interdit, qui risquait fort de coûter la vie à un noble vampire.

— Je sais cela, mon seigneur.

Conscient du dégoût dans la voix de son serviteur, l'Anasso fronça légèrement les sourcils.

— Tu crois peut-être que je devrais laisser tranquilles Viper et la Shalott ? Sans elle, j'affronte une mort certaine.

— Il doit bien y avoir une autre solution.

— J'ai cherché tous les moyens possibles ; j'ai même bu ces abominables décoctions que le sidhe me force toujours à ingurgiter. (Le vieux vampire s'interrompit brutalement.) Il n'y a rien qui puisse soigner cette maladie, hormis le sang de la Shalott.

— « Shay », dit Styx d'une voix douce.

— Quoi ?

— Le nom de la Shalott est « Shay ».

— Oui, bien sûr. (En silence, le vieux vampire observa son cadet d'un air songeur pendant un long moment.) Styx ?

— Oui, mon seigneur ?

— Si tu as changé d'avis, je comprends. Je t'ai mis dans une position intenable et j'en suis profondément désolé. (Il tendit faiblement la main pour toucher le bras de Styx.) Tu dois savoir que ta foi et ta loyauté comptent plus pour moi que la vie même.

Styx ressentit un pincement au cœur.

— C'est très gentil de votre part.

— Non, pas « gentil ». (Un léger sourire se dessina sur les lèvres parcheminées.) Te rappelles-tu notre toute première rencontre ?

— Je combattais une meute de loups-garous, si je me souviens bien.

L'Anasso troubla la touffeur d'un léger rire.

— Tu m'as informé que je devrais attendre mon tour pour être tué.

— J'étais encore jeune et effronté, répondit Styx en grimaçant.

— Te rappelles-tu ce que je t'ai dit alors ?

Styx se retourna lentement pour regarder les flammes dansantes dans l'âtre de marbre. Il n'était pas complètement idiot. Il se rendait compte que l'Anasso lui rappelait délibérément le jour où il lui avait prêté serment. Et peut-être, surtout la cause qui les avait réunis.

Une cause qui les transcendait l'un comme l'autre.

— Vous m'avez dit que vous comptiez mettre un terme aux effusions de sang, répondit-il d'une voix monocorde. Écrire la destinée des vampires dans les étoiles. Nous unir et faire naître la grandeur du chaos. Puis vous m'avez demandé de marcher à vos côtés.

— À mes côtés, Styx. Jamais derrière moi. (Il marqua une pause stratégique.) Je veux que ceci soit ta décision, mon fils. Si tu crois qu'il vaut mieux relâcher Viper et laisser la Shalott en liberté, alors c'est ce que nous ferons.

— Non, mon seigneur. (Styx se retourna vers le frêle Anasso, le cœur étreint d'un brusque pincement d'horreur.) Je ne peux…

Le vampire interrompit ses protestations d'un geste de la main.

— Réfléchis-y, Styx, mais fais-le vite. Il nous reste peu de temps.

Chapitre 21

L'aube commença à poindre à l'horizon alors que Levet explorait la berge escarpée et très découpée. En contrebas, la charmante ferme était nichée dans un sommeil ombragé à côté du majestueux Mississippi, qui s'écoulait dans toute sa splendeur silencieuse.

Ce n'était guère un cadre où on s'attendrait à voir une bande de ténébreux vampires qui ne pensaient qu'à tuer, détruire et faire couler le sang comme autrefois. Bien sûr, il aurait peut-être été un peu difficile de dissimuler un château gothique plein de chauve-souris et de serviteurs sinistres au milieu de la vallée. C'était le genre de choses que les gens avaient tendance à repérer.

Adossée à un arbre pendant que la gargouille écartait les buissons et soulevait les pierres éboulées, Shay se massait distraitement les muscles des jambes. Elle avait couru à toute vitesse pendant plus de six heures, à la poursuite de la limousine, par les routes de campagnes de l'Illinois. Elle n'avait pas pu éviter de se laisser distancer par la voiture, mais l'odeur de tant de vampires avait été suffisante pour les guider, Levet et elle.

Et ils avaient suivi la piste, inlassablement…

Shay avait bien plus d'endurance qu'une humaine, mais cela ne l'empêchait pas d'avoir des crampes de la taille du mont Rushmore. Ou l'impression que ses pieds avaient été passés et repassés dans un hachoir.

Au moins, son point de côté avait disparu et sa respiration était redevenue presque normale. Et surtout, elle avait réussi à faire un léger détour par une ferme voisine pour emprunter une épaisse chemise en flanelle qui la protégeait de l'air frais de la nuit. « Emprunter » sonnait tellement mieux que « voler ».

Levant les yeux vers le ciel, elle s'éclaircit la voix.

— Levet, le temps presse.

— Je sais, je sais, marmonna la gargouille, en tirant énergiquement sur un amas de buissons épais. Il est là. Je le sens. (Il poussa encore quelques grognements, puis se redressa brusquement.) *Voilà* *.

— *Voilà* *? Qu'est-ce que ça veut dire ? demanda-t-elle en s'avançant pour examiner l'étroite fente dans la roche.

Avec un reniflement de mépris, Levet se faufila par la petite ouverture.

— C'est un crime contre la nature, que tout le monde ne soit pas français. Bon, tu viens ?

Shay prit une profonde inspiration et sentit ses paumes devenir moites. Par le sang des saints. Encore un trou sombre et humide. Elle s'était pourtant juré, lorsqu'elle avait échappé aux sorcières, qu'elle ne se laisserait plus jamais infliger ça.

Tu ne seras plus jamais seule dans le noir, sembla chuchoter la voix de Viper au fond de ses pensées, apaisant l'accès de terreur qui menaçait de la submerger. En effet, elle n'était pas seule. Elle avait Levet à ses côtés, et Viper qui attendait qu'elle le sauve.

— Je viens, répondit-elle d'un ton ferme en se faufilant à son tour par l'étroite ouverture pour se retrouver à l'intérieur d'un large tunnel. (Large, mais bas de plafond, comme elle le découvrit en s'y cognant la tête.) Aïe. Bon sang, Levet ! Tu aurais pu me prévenir !

— Tu n'as qu'à pas être si grande, répliqua la gargouille dans le noir. Il nous faut de la lumière.

— Non ! (Affolée, Shay tendit les bras à l'aveuglette pour empêcher son ami de créer une catastrophe. Chose étonnante, pourtant, il n'y eut ni explosion, ni nuage de cendres. Juste une petite sphère de lumière flottant au-dessus du visage souriant de Levet. Elle relâcha son souffle en tremblant tout en massant son crâne endolori.) Merde, Levet, tu aurais pu tout faire sauter et nous avec.

—Bah! fit Levet en lui tirant la langue.

Revenant à la raison de leur présence dans ce tunnel, Shay regarda autour d'elle en humant l'air, qui sentait le renfermé, mais elle ne put déceler la présence ni d'humains ni de démons.

—Personne n'a emprunté ce tunnel depuis des années, murmura-t-elle.

Levet indiqua du doigt la grosse fissure qui courait le long de la paroi.

—Il est instable.

Shay sentit un frisson lui courir dans le dos.

—À quel point?

La gargouille haussa légèrement les épaules.

—Il est assez solide pour l'instant, mais je te suggère d'éviter d'allumer un bâton de dynamite.

—J'essaierai d'y penser.

Souriant gentiment devant sa tentative d'humour forcé, Levet s'approcha pour lui prendre la main.

—Le soleil se lève et je veux ta promesse avant d'être obligé de m'endormir.

Shay lui serra légèrement les doigts.

—Quelle promesse?

—Je ne peux pas t'empêcher de partir à la recherche de Viper, mais je veux ta parole que tu ne feras rien de stupide.

Shay leva les yeux au ciel, exaspérée.

—Pourquoi est-ce que tout le monde me dit toujours ça?

—Parce que tu es téméraire, impulsive et que tu te laisses guider par ton cœur. Sois prudente, c'est tout ce que je te demande.

—Je le serai, promis.

Elle se pencha pour l'embrasser sur la joue juste au moment où les premiers rayons entraient dans le tunnel. Lorsqu'elle se redressa, du moins autant qu'elle put sans se cogner, Levet s'était déjà pétrifié.

Avec une dernière tape amicale sur la tête de la gargouille, Shay entreprit de s'enfoncer dans le tunnel.

L'immortalité offrait un certain nombre d'avantages, mais comptait également une poignée d'inconvénients.

L'ennui interminable de l'âge des ténèbres.

La mode affreuse des années 1960.

Les nouvelles technologies qu'il fallait s'embêter à apprendre à maîtriser.

Et, pire que tout, le fait de pouvoir survivre même à la plus brutale des tortures.

Encore et encore.

Viper ne savait plus depuis longtemps combien d'heures s'étaient écoulées depuis qu'on l'avait traîné dans cette grotte froide et humide. Bizarrement, être pendu au plafond par des chaînes en argent et se faire déchiqueter la peau à coups de fouet réduisait sa capacité de concentration à néant.

Il savait seulement que cela durait depuis assez longtemps pour qu'une mare de sang bien trop étendue se soit formée sur le sol en pierre rugueuse. Et qu'il avait de plus en plus de mal à garder la tête droite.

Les fouets claquaient violemment en rythme, sans s'arrêter, sans accélérer, sans ralentir non plus. Un rythme lent et régulier qui lui lacérait impitoyablement le dos et les jambes. Puis soudain, cela cessa. Un moment, le fouet mordait profondément dans sa chair, et l'instant suivant, les Corbeaux silencieux sortaient un par un de la grotte enténébrée.

Viper aurait peut-être poussé un soupir de soulagement s'il n'avait pas senti Styx entrer dans la pièce et traverser celle-ci pour venir juste devant lui. Plutôt boire de l'eau bénite que laisser voir le moindre signe de faiblesse.

Lisant avec aisance dans ses sinistres pensées, le grand vampire eut un grognement agacé tout en tendant la main pour effleurer une des estafilades qui s'entrecroisaient sur les épaules de Viper.

— Pourquoi faut-il que tu sois si obstiné, Viper ? Cela ne te sert à rien. Tu n'as qu'à appeler la Shalott, et tu seras relâché et soigné.

Faisant abstraction de la souffrance qui accompagnait le moindre de ses mouvements, Viper releva la tête pour jeter un regard noir à son ami d'autrefois.

— Dès que tu me relâcheras, je te tuerai.

Le visage doré aurait aussi bien pu être taillé dans du granite tant il resta impassible.

— Je ne suis pas ton ennemi.

— Alors c'est comme ça que tu traites tes amis ? répliqua Viper avant de cracher à ses pieds. Dans ce cas, je n'ai qu'une chose à te dire : je me passerais bien de ton hospitalité.

— Tu sais que je n'ai jamais voulu te voir souffrir. Je ne souhaiterai jamais le moindre mal à aucun de mes frères. (Styx ôta sa main de l'épaule de Viper et fronça les sourcils en regardant le sang qui lui maculait les doigts.) Je cherche seulement à nous sauver tous du chaos et de la destruction.

— Non ! répliqua furieusement Viper. Tu cherches à sacrifier une innocente jeune femme pour sauver un vampire qui a entraîné lui-même sa propre ruine. Ou bien nies-tu la faiblesse de l'Anasso ?

Styx serra les poings le long de ses flancs. Sa loyauté envers son maître était incontestable, mais même lui ne pouvait pas entièrement cacher son dégoût face à la maladie qui avait ravagé ce vampire autrefois si puissant.

Les vampires pouvaient être affectés s'ils buvaient le sang de toxicomanes. Il s'agissait d'un secret bien gardé. D'autant plus qu'ils pouvaient eux-mêmes devenir accros. Le sang contaminé pouvait, lentement mais implacablement, détruire n'importe quel vampire.

Même l'Anasso.

— Tout ça, c'est du passé, répondit Styx d'un ton glacial.

— Tu veux dire qu'il a arrêté après avoir été guéri par le père de Shay ?

— Oui.

Viper serra les dents en sentant un nouvel élancement lui parcourir les bras. Les vampires n'étaient pas censés être pendus au plafond par des chaînes en argent. Bien sûr, il n'était pas prévu non plus qu'ils soient kidnappés par des compagnons qu'ils considéraient autrefois comme des amis, ou roués de coups de fouet comme des chiens féroces.

— Si c'est du passé, alors pourquoi est-il de nouveau malade ? demanda-t-il.

À sa grande surprise, Styx lui tourna le dos pour arpenter le sol humide, les épaules visiblement crispées sous sa robe noire flottante. Il baissa lentement la tête, presque comme s'il priait.

— Est-ce que c'est important ?

Viper oublia sa douleur alors qu'un violent accès de rage le secouait.

— Étant donné que tu comptes assassiner la femme que j'aime, oui, ça me paraît important.

Styx tressaillit visiblement, comme si Viper avait essayé de le frapper.

— Je… regrette cette nécessité. Tu ne peux pas savoir à quel point, Viper. Mais réfléchis à ce qui se passera si l'Anasso meurt. (Se tournant lentement vers son ami, il le considéra avec tristesse.) Les vampires se dresseront les uns contre les autres. Certains pour essayer de nous soumettre, et d'autres simplement pour en revenir aux jours d'avant la paix. Nous nous noierons dans le sang des clans, et pendant ce temps les chacals attendront de retrouver leur gloire d'antan.

— Les « chacals » ? répéta Viper, les sourcils froncés. Tu veux dire les loups-garous ?

— Ils sont regroupés sous l'autorité d'un nouveau roi. Un jeune loup-garou féroce qui rêve du jour où ils régneront sur la nuit, répondit Styx d'une voix rendue plus grave par l'inquiétude. Ce n'est que par peur de l'Anasso qu'ils ne hurlent pas déjà à notre porte.

Viper secoua lentement la tête. Par le sang des saints. Styx était-il donc à ce point aveugle ? Arpentait-il ces grottes obscures depuis si longtemps qu'il n'avait aucune idée de ce qui se passait dans le monde ?

— Tu es un imbécile, Styx, gronda-t-il.

Les yeux noirs se durcirent.

— Beaucoup partagent sûrement ton avis, mais aucun n'oserait me le dire en face.

Comme si quelques insultes pouvaient changer quelque chose, pensa Viper avec un sourire amer. Il était déjà torturé. Que pouvaient-ils bien lui faire de plus ?

— Ouvre les yeux, mon vieux compagnon, reprit-il d'une voix rauque. Ce n'est pas l'Anasso qui empêche les vampires de s'entre-tuer. Ou même les loups-garous d'attaquer.

Styx trouva le moyen de réagir comme si Viper venait de proférer un blasphème. Et peut-être l'était-ce à ses yeux. Il avait voué sa vie à l'Anasso. Manifestement, sa loyauté l'aveuglait.

— Bien sûr que si, répondit le grand vampire d'un ton dur. C'est lui qui nous a tous menés à la gloire.

— Peut-être, mais personne ne l'a vu ou ne lui a parlé depuis des siècles. Il n'est guère plus qu'une ombre dont on se souvient vaguement pour ses actions passées.

— Ils le craignent. Ils craignent son pouvoir.

— Non, ils te craignent, toi, Styx. Toi et tes Corbeaux. C'est vous qui régnez sur les vampires, que vous le vouliez ou non.

Styx se raidit, le visage crispé d'indignation.

— C'est de la trahison.

— C'est la simple vérité.

Viper grimaça, à peine capable de garder la tête droite. À chaque goutte de son sang qui s'écoulait hors de son corps, il perdait des forces.

— Sors d'ici et va rencontrer les clans si tu veux la vérité, Styx. Ta foi en ton maître obscurcit ton jugement.

Styx émit un sifflement sourd.

— Je suis venu ici dans l'espoir de te faire entendre raison. De toute évidence, tu es plus fou que je le craignais. (Il porta la main au médaillon pendu à son cou.) Lorsque tu seras prêt à appeler la Shalott, je reviendrai.

Faisant volte-face, il abandonna Viper à la douleur et aux ténèbres.

Non que Viper s'en formalise vraiment. Alors que les menottes en argent lui mordaient la chair et que ses muscles se crispaient sous les assauts brûlants de la souffrance, il aurait juré pouvoir sentir l'odeur suave de Shay.

Les tunnels dont la berge était criblée formaient en fait un véritable dédale qui la menait régulièrement à des impasses ou, pire, la faisait tourner en rond pour revenir à l'endroit exact d'où elle était partie. Au bout d'une demi-heure de tentatives infructueuses pour trouver son chemin, elle était complètement perdue et elle marmonna un chapelet de jurons français. Elle ne savait pas ce que signifiait la moitié d'entre eux mais, sans qu'elle sache pourquoi, ils lui parurent appropriés tandis qu'elle continuait sa course trébuchante dans les ténèbres.

Elle les répéta encore cinq ou six fois en se cognant la tête, et une fois en manquant de tomber dans un trou béant. L'endroit était un véritable parcours piégé. Un labyrinthe mortel, humide et puant le renfermé, qui abritait sans aucun doute une quantité de vilaines araignées bien effrayantes. Shay continua à s'enfoncer lentement sous la berge, et l'odeur caractéristique de vampires finit par lui parvenir aux narines.

Oh, putain, merci mon Dieu, se dit-elle.

Plutôt se battre contre une horde de vampires agressifs que passer un moment de plus piégée toute seule dans ces souterrains moisis.

Il se révéla cependant que sentir des vampires et les voir étaient deux choses fort différentes.

Aucune de ces galeries ne semblait aller tout droit. Maudits tunnels. Et elle dut sillonner la moitié de l'Illinois avant de finir par découvrir les premières torches fixées aux parois, et un tapis ou une tapisserie de temps en temps, indiquant qu'elle approchait des repaires secrets.

Arrivée à un embranchement, elle s'arrêta pour prendre une grande inspiration. Les vampires étaient à droite, elle en était certaine. Au moins sept d'entre eux. Mais elle sentait des humains sur la gauche. Tout un troupeau qui transpirait la peur et la maladie. Et il y avait autre chose. L'odeur à peine perceptible d'un sidhe et d'un… troll ?

Son cœur fit un bond dans sa poitrine. Se pouvait-il qu'il s'agisse d'Evor ? Se trouvait-il assez près pour qu'elle puisse le capturer après avoir sauvé Viper ? Ça valait forcément le coup d'essayer.

Elle prit sans hésiter la voie qui menait aux vampires et écarta Evor de ses pensées. Tout ce qui importait pour l'instant, c'était de trouver Viper.

Le couloir qu'elle venait de prendre était plus large et à l'évidence emprunté plus souvent, mais étrangement désert. Avec la malchance dont elle jouait ces derniers temps, elle s'attendait presque à tomber sur des vampires à chaque tournant. Mais elle n'avait encore rencontré personne lorsqu'elle reconnut brusquement l'odeur caractéristique de Viper.

— Viper ? chuchota-t-elle doucement.

N'obtenant aucune réponse, elle fronça légèrement les sourcils. Même si sa voix avait été le plus ténu des murmures, il aurait dû l'entendre. À moins que… *Non, non, non.* Elle refusait ne serait-ce que d'y penser.

Ravalant la boule qui lui restait résolument en travers de la gorge, elle ne s'arrêta que le temps d'ôter l'une des torches enflammées de son support et se força de nouveau à avancer. Juste devant elle se trouvait une étroite ouverture.

Viper.

Il était là.

Elle pouvait le sentir dans chaque battement de son cœur.

En prenant garde à ne pas se brûler les cheveux, ni aucune autre partie du corps, elle se glissa par l'interstice. Une fois à l'intérieur de la petite grotte, elle leva sa torche devant elle pour repousser les ténèbres noires comme de l'encre. Ce qui s'offrit à sa vue lui étreignit le cœur d'un douloureux pincement.

Viper était bien là.

Pendu au plafond par les poignets, il avait été tant fouetté que, par endroits, l'os était visible sur son dos et ses jambes. Il était couvert de sang, qui donnait à ses cheveux argentés une écœurante teinte écarlate et tachait la perfection de son visage au teint d'ivoire.

— Viper… Oh, merde, qu'est-ce qu'ils t'ont fait ? gémit Shay en se figeant, horrifiée.

Elle laissa tomber la torche par terre avant de reprendre le contrôle de ses émotions. Bon sang, la dernière chose dont Viper avait besoin, c'était d'une hystérique qui s'affolait en poussant les hauts cris. Elle affirmait être une guerrière. Il était largement temps qu'elle commence à se conduire comme telle.

Elle déglutit de nouveau et mit sa peur de côté au profit d'un sentiment de fureur chargé de détermination. Les vampires avaient enchaîné, battu et torturé Viper comme une bête. Et tout cela dans le simple but de la capturer, elle.

Elle comptait bien les envoyer en enfer.

Dès qu'elle aurait réussi à mettre Viper à l'abri.

Ce qui se révélait plus facile à dire qu'à faire, se rendit-elle compte alors qu'elle s'escrimait sur la chaîne épaisse par laquelle Viper était suspendu au plafond. Au moins, celle-ci était en argent et non en fer, constata-t-elle, même si elle doutait fort que Viper partage son soulagement.

Elle pouvait sentir la puanteur de la chair brûlée par le métal, et savait que cela devait le faire souffrir autant que toutes ses autres plaies combinées.

En tirant de toutes ses forces, dans tous les sens, et à grand renfort de jurons, elle finit par arracher la chaîne de l'anneau enfoncé dans la paroi de la grotte. Bien sûr, lorsqu'elle y parvint, sa joie fut de courte durée car Viper s'écrasa lourdement, et la chaîne retomba sur lui.

Shay se précipita pour le dégager et, attrapant les menottes, les arracha des poignets du vampire.

Des années durant, elle avait maudit la force démoniaque qui la distinguait des humains. Elle avait été un monstre. Une créature dont les enfants se moquaient et dont les adultes avaient peur. Mais là, pour la première fois, elle appréciait vraiment les talents dont elle avait été dotée.

Posant délicatement la tête de Viper sur ses genoux, elle essuya d'une main tremblante le sang dont son visage était maculé.

— Viper. Viper, tu m'entends ?

L'espace d'une terrifiante seconde, il n'eut aucune réaction, puis il s'agita entre ses bras.

— Shay ?

Elle se pencha pour lui chuchoter à l'oreille :

— Ne bouge pas, je suis là.

— Est-ce que je rêve ?

Elle refoula un rire hystérique.

— Ne me dis pas que tu ne fais pas de meilleurs rêves que ça !

— Je rêve de toi depuis des mois. Non, depuis une éternité. (Il leva faiblement les mains pour lui agripper les bras, en ouvrant péniblement les yeux.) Je désespérais de te trouver un jour, mais c'est arrivé. Je ne pouvais pas te laisser me quitter. Pas alors que j'avais tant besoin de toi. Je ne te laisserai jamais me quitter.

Shay retint son souffle, les yeux brûlants de larmes idiotes. Viper délirait probablement sous le coup de la douleur, mais personne ne lui avait jamais rien dit d'aussi touchant.

Elle dut se racler la gorge pour répondre, tout en lui caressant doucement les cheveux :

— Comme si tu pouvais te débarrasser de moi, maintenant. On est collés l'un à l'autre comme...

— Du riz de la veille ?

— Le parallèle avec les restes de frigo ne correspond pas vraiment à la métaphore romantique que je cherchais. (Elle fronça les sourcils en le voyant refermer lentement les yeux.) Viper. (Elle le secoua légèrement.) Viper, il faut que tu te réveilles.

Avec un effort visible, il reprit péniblement conscience.

— Tu ne devrais pas être ici. C'est dangereux.

Dangereux ? Une grotte pleine de vampires qui ne pensaient qu'à la vider de son sang ? Mais non…

— Ne t'inquiète pas, je m'en vais, fit-elle d'un ton apaisant.

— Oui. (Il lui étreignit le bras.) Va-t'en tout de suite.

— Pas sans toi. (Elle se dégagea doucement de l'étreinte de Viper pour placer son poignet devant ses lèvres.) Mais d'abord, il faut que tu boives.

Elle sentit le vampire se tendre de tout son corps à ces mots.

— Shay, non, dit-il. Tu ne veux pas que je boive ton sang.

Elle fit claquer sa langue d'impatience. Cet homme ne pouvait donc rien faire sans protester ?

Et c'était lui qui la qualifiait de têtue.

— On a passé un marché, Viper. Mon sang pour te guérir. Crois-tu donc que les Shalotts sont du genre à manquer à leurs promesses ?

Il secoua la tête.

— Shay, va-t'en. Ils vont te tuer.

Elle haussa les épaules.

— Il faut d'abord qu'ils m'attrapent.

Un sourire fatigué se dessina sur les lèvres de Viper.

— Tu es loin d'être aussi coriace que tu aimes à le croire.

— Je vais te montrer à quel point je peux l'être, si tu ne bois pas, rétorqua-t-elle d'un ton menaçant en pressant son bras contre ses lèvres. Il faut que tu le fasses maintenant, ou on est morts tous les deux.

De ses yeux sombres, il scruta son visage déterminé un long moment, en silence.

— Tête de mule, finit-il par dire dans un souffle.

— J'ai eu le meilleur des maîtres, répliqua Shay dans un murmure. Maintenant, mords.

Il s'exécuta.

Shay écarquilla les yeux et fut parcourue d'un long frisson en sentant les canines lui transpercer aisément la peau du poignet. Ce n'était pas un frisson de douleur. Elle aurait presque préféré que ce soit le cas. Il aurait été plus facile d'y résister. Le ciel savait qu'elle avait suffisamment d'expérience dans ce domaine. Mais comment était-elle censée lutter contre la stupéfiante vague de plaisir qui était en train de la submerger ? Ou contre la chaleur qui s'amassait au creux de son ventre ?

La réponse était simple… Elle ne pouvait pas.

Elle serra les dents en sentant son bas-ventre se nouer d'une tension familière. Oh, elle savait où tout cela menait, admit-elle alors que sa respiration se faisait haletante. À chaque succion de Viper, elle sentait le plaisir monter d'un cran, comme s'il était en elle et caressait sa plus profonde intimité.

Ses yeux manquèrent de chavirer tandis que, de sa main libre, elle empoignait les cheveux de Viper. Dans un tout petit, minuscule coin de sa tête, elle était consciente que le vampire recouvrait rapidement ses forces. C'était évident à la façon vigoureuse dont il aspirait, et à la manière dont il lui agrippait le bras.

Mais elle était un peu trop occupée à l'instant pour apprécier à sa juste valeur le petit miracle de son sang.

Shay sentit le plaisir atteindre son paroxysme et, enfouissant le visage dans la chevelure de Viper, retint son cri de jouissance. Nom de Dieu. La puissance de cet orgasme la laissa toute faible et étourdie. Et pour être franche, carrément gênée. Ce n'était guère le moment ni l'endroit pour ce genre d'intermède intime. Non que son corps ait l'air de s'en soucier : il était pour sa part pleinement satisfait lorsque Viper se redressa tant bien que mal pour la prendre délicatement dans ses bras.

— Shay ? (Il repoussa les mèches qui s'étaient échappées de sa tresse.) Shay, parle-moi.

— Waouh, dit-elle dans un souffle, en se forçant à soutenir son regard inquiet.

Ce n'était pas la réponse la plus élaborée qui soit, mais c'était déjà mieux qu'un grognement.

Viper fronça les sourcils.

— Je t'ai fait mal ?

— Pas exactement.

Il scruta longuement son visage, et un éclair de compréhension finit par passer dans ses yeux noirs.

— Tu rougis, mon cœur ? demanda-t-il.

— Je n'ai pas… (Elle secoua la tête et recula pour l'examiner d'un œil inquiet.) Est-ce que tu te sens assez bien pour filer d'ici ?

Viper esquissa un sourire en baissant les yeux sur son corps maculé de sang.

— Je suis guéri. Complètement guéri, murmura-t-il d'un ton émerveillé. Pas étonnant que l'Anasso tienne tant à mettre la main sur toi.

Shay grimaça en observant les marques de crocs fines comme des piqûres d'aiguille encore visibles sur son poignet.

— En fait, je ne pense pas que ce soit la main qu'il veuille mettre sur moi.

Viper lui déposa vivement un baiser sur le haut du crâne.

— Ne sous-estime pas tes phéromones. Elles sont assez puissantes pour séduire n'importe quel vampire.

— Est-ce censé me réconforter ?

Viper se releva souplement avec un rire léger.

— Non, je suppose que non.

Il l'aida avec grand soin à se relever puis posa les mains sur ses épaules. Son expression devint sombre tandis qu'il caressait distraitement du pouce la ligne de ses clavicules.

— Shay, tu m'as fait un don précieux. Je ne l'oublierai jamais.

La jeune femme se dandina d'une jambe sur l'autre, mal à l'aise.

— Une promesse est une promesse. Je t'ai donné le sang que je te devais, rien de plus.

Viper sourit d'un air contrit.

— Calme-toi, mon cœur. Dans un instant, je compte bien te dire sans ambages à quel point il était stupide de ta part de me suivre et de te mettre ainsi en danger. Mais pour le moment, je veux simplement que tu saches que tu fais honneur à tes ancêtres Shalotts. Je n'ai jamais rencontré personne, que ce soit vampire, démon ou humain, qui ait ton courage ou ta loyauté. Tu es une guerrière dont ton père aurait été fier.

Shay sentit le feu lui monter aux joues. Bon sang, elle n'était pas douée pour ce genre de moments à l'eau de rose. Qu'on lui donne un démon à combattre, ou une sorcière à leurrer, et elle était dans son élément. Mais qu'on lui fasse un compliment, et elle perdait toute contenance comme si elle était complètement dénuée de raison.

— On devrait peut-être penser à filer, marmonna-t-elle.

Viper retint un sourire.

— Parfois je désespère de toi, mon cœur, vraiment. (Il lui effleura le front d'un baiser.) Mais dans le cas présent, tu as raison. Il faut qu'on file. Le plus vite sera le mieux.

Chapitre 22

Viper était bougon.

Il n'y a vraiment pas meilleure façon de décrire son humeur.

Oh, non pas qu'il manque de gratitude. Il n'aimait pas plus qu'un autre vampire être torturé. Probablement moins que la plupart. Et le fait que Shay lui ait révélé par la même occasion les secrets de son cœur qu'elle n'était pas encore prête à avouer ne le laissait pas indifférent. Aucune femme ne suivait un homme pendant des heures et ne risquait sa vie par simple loyauté. Pas même sa tête de mule de Shalott. Et elle ne faisait pas offrande de son précieux sang si elle n'avait pas quelques sentiments.

Mais même si cette démonstration de l'affection de Shay réchauffait son cœur froid, il ne pouvait se défaire de l'idée exaspérante qu'il avait échoué. Il n'avait pas réussi à découvrir qui en avait après elle. Ni à capturer ce maudit Evor pour mettre fin au maléfice. Ni à empêcher Shay de se jeter dans la gueule du loup.

Il avait pour ainsi dire raté sur toute la ligne.

Bon sang.

Derrière lui, Shay restait heureusement inconsciente de son autoflagellation silencieuse.

Pas étonnant.

Pour elle, les tunnels étaient un dédale de ténèbres noires comme de l'encre. Même agrippée à sa main, elle trébuchait sur le sol accidenté tandis qu'il l'entraînait loin des grottes habitées.

— Aïe, marmonna-t-elle en manquant de tomber à genoux après avoir trébuché sur une pierre isolée.

Viper s'arrêta pour scruter son visage pâle.

— Ça va ?

— Non, ça va pas. (Elle se pencha pour se frotter le gros orteil.) Je vois que dalle dans cette obscurité.

— Ne t'inquiète pas, il n'y a pas grand-chose à voir. De la terre, des pierres, quelques araignées, répondit-il, pince-sans-rire.

Elle se redressa. Pour mieux le fusiller du regard.

— C'est pas drôle.

— Le fait que tu aies risqué ta vie pour venir ici non plus, répliqua-t-il d'un ton où perçait l'exaspération. Comment as-tu fait pour me retrouver, d'abord ?

Elle haussa les épaules.

— Lorsque je me suis enfuie de l'entrepôt, je suis tombée sur Levet. Il suivait ta piste.

— La gargouille ? (Il eut l'air surpris.) Je ne savais pas qu'il se souciait de moi.

— Il pensait que j'étais avec toi.

— Ah. (Viper fronça les sourcils.) Et Dante ?

— Il est en train de réunir ton clan. Une fois le soleil couché, Levet ira les chercher à Chicago et les guidera jusqu'ici.

Viper prit le menton de la jeune femme dans sa main.

— Et l'idée ne t'est jamais venue d'attendre Dante ?

Shay durcit le regard. Toujours mauvais signe.

— Tu aurais pu mourir le temps qu'il arrive.

— Mais tu aurais été en sécurité, gronda le vampire. Bon sang, Shay, je ne veux pas que tu risques ta vie…

— Non, l'interrompit Shay en arrachant son menton de sa main. Tu détiens peut-être mon amulette, mais tu m'as promis que je n'étais pas ton esclave.

Il poussa un sifflement d'exaspération.

— Bien sûr que non.

— Alors je suis libre de prendre mes propres décisions. Et si cela signifie venir ici te sauver, c'est exactement ce que je fais.

C'était sans aucun doute l'argument le plus ridicule que Viper ait jamais entendu. Et il en avait entendu beaucoup au fil des siècles.

Il secoua la tête d'un air incrédule.

— Même si cela signifie être capturée et vidée de ton sang ? demanda-t-il d'un ton dur. Car c'est exactement ce qui va t'arriver si on nous attrape. Tu aurais dû retourner auprès d'Abby. Tu aurais été en sécurité.

Indifférente à son humeur massacrante, Shay lui donna un petit coup de poing sur le torse. À lui. L'un des prédateurs les plus redoutés de tout Chicago. Non. Du monde entier.

— Non, je ne l'aurais pas été, répondit-elle.

Il recula d'un pas. Le coup de poing ne lui avait pas fait mal, mais n'avait rien fait pour arranger son orgueil blessé.

— Shay, même Styx et les Corbeaux n'oseraient pas s'attaquer au Phénix. C'est exactement pour cette raison qu'il nous a incités à sortir de chez elle au départ.

— Il ne s'attaquerait peut-être pas au Phénix, mais peu importe le nombre de déesses dont je m'entoure s'ils décident de tuer Evor.

Viper se crispa.

— Evor ? Tu sais où il est ?

— Je crois qu'il est ici.

— Non. (Viper secoua la tête d'un air catégorique.) Styx m'a dit qu'ils n'avaient jamais réussi à mettre la main sur lui.

Shay eut un petit rire dépourvu d'humour.

— Et tu le crois, alors qu'il t'a capturé et torturé ? Il peut donc te faire gober n'importe quoi ?

Viper pinça les lèvres. Il avait bien l'intention de régler son compte à son vieil ami. Mais pas pour l'instant.

— Styx est peut-être capable de me torturer et même de me tuer, mais il ne me mentirait jamais. Pas intentionnellement.

— Charmant.

Comprenant qu'il lui serait impossible d'expliquer le code moral complexe de Styx, Viper revint sur l'affirmation stupéfiante de Shay.

— Qu'est-ce qui te fait croire qu'il détient Evor ?

— J'ai senti une odeur de troll en traversant les grottes.

Le vampire sentit un frisson lui parcourir l'échine.

— Tu en es certaine ?

Shay durcit le regard. Elle ne le traita pas de borné, mais le pensa visiblement très fort.

— C'est une odeur assez caractéristique.

Et elle était bien placée pour la reconnaître.

Viper serra les poings en arpentant le tunnel étroit. Il ne savait pas du tout par quel miracle Evor pouvait être là, tout proche, sans que Styx soit au courant, mais il ne pouvait pas partir sans au moins chercher le maudit troll.

— Bon sang.

— Qu'est-ce qu'il y a ?

— Où est Levet ?

Elle le regarda d'un air soupçonneux.

— Il joue les statues dans une grotte près des berges. Pourquoi ?

— Je suppose que ce n'est pas la peine d'essayer de te convaincre de le rejoindre pendant que je pars à la recherche de ce mystérieux troll ?

— Non.

— Shay…

— Non, non et non. (Elle se planta juste devant lui, mais fort heureusement sans lui donner un coup de poing, cette fois.) Je ne suis pas une espèce d'idiote sans défense qui doit être écartée du chemin chaque fois qu'il y a un peu de danger.

— « Un peu de danger » ? (Il retroussa délibérément les lèvres sur ses canines.) Ces grottes grouillent des vampires les plus dangereux au monde.

— Et pour l'instant, ils sont tous sagement endormis dans leur cercueil.

— Tu es prête à parier ta vie là-dessus ?

— C'est ma vie. Pas la tienne.

Viper ferma les yeux et retint un hurlement de frustration. Par les couilles du diable, cette femme était destinée à le mener à sa tombe.

— Tu devrais donner des leçons aux Corbeaux, mon cœur. Ce sont des amateurs pour ce qui est de torturer un homme.

— Bon, tu préfères rester ici à bouder ou partir à la recherche d'Evor ? demanda Shay d'un ton péremptoire en s'enfonçant à l'aveuglette dans le tunnel.

Viper lui emboîta rapidement le pas. Une bonne chose, considérant qu'elle s'arrêta brusquement et faillit tomber à genoux.

Vif comme l'éclair, il s'avança pour la prendre dans ses bras.

— Shay ?

Elle secoua la tête.

— Je suis désolée. J'ai eu le tournis, tout à coup.

Viper fronça les sourcils, en proie à une inquiétude soudaine. Même dans le noir, il pouvait détecter la brusque pâleur de la jeune femme et le fin voile de sueur qui perlait sur sa peau. Elle ne se sentait manifestement pas bien. Et, de manière tout aussi évidente, elle essayait de lui cacher à quel point. Il lui fallut un moment pour comprendre de quoi elle souffrait.

— Bon sang, quel imbécile je fais, dit-il entre ses dents en la soulevant pour l'enlacer.

Il déploya ses sens à la recherche d'une grotte vide pas trop éloignée de leur position actuelle, puis s'engagea dans le tunnel.

Shay se tortilla dans ses bras.

— Viper.

— Chut, tiens-toi tranquille un moment.

— Qu'est-ce que tu fais ?

— Nous devons trouver un endroit pour nous reposer.

— On n'a pas le temps pour ça, protesta-t-elle, stupéfaite.

— On l'a et on va le prendre, rétorqua-t-il en resserrant son étreinte.

Il l'entendit prendre une inspiration rauque entre ses dents.

— Tu as un penchant fort agaçant pour donner des ordres.

— Non, j'ai un penchant fort énervant pour toi, mon cœur. Je ne me suis pas rendu compte que tu devais être épuisée et je mériterais un pieu dans le cœur pour ça.

La sincérité de sa réponse laissa Shay momentanément sans voix. Un exploit rare dont Viper profita promptement pour s'engager dans un tunnel latéral bas de plafond. Vu le nombre de toiles d'araignées qui lui effleuraient le visage, il était sûr que personne n'avait pris ce chemin depuis des années.

— Je t'ai dit, j'ai seulement le tournis, réussit enfin à marmonner Shay, bien que son ton ait perdu de son mordant.

— Shay, tu as passé la nuit à esquiver des démons, combattre des trolls et suivre ma piste à travers la moitié de l'État. Ajoute à cela l'importante dose de sang que tu as donnée à un vampire blessé, et c'est un miracle que tu tiennes encore debout. (Il lui déposa un léger baiser sur le haut du crâne.) Même les guerriers les plus puissants doivent reprendre leurs forces de temps en temps.

— Mais il faut qu'on sorte d'ici.

La taille du tunnel diminua encore et Viper baissa la tête.

— On a le temps. Comme tu l'as toi-même fait remarquer, les vampires doivent être dans leur cercueil, et je ne peux pas sortir des grottes tant que le soleil n'est pas couché.

Après un moment de silence, Shay poussa un soupir chargé de réticence.

— Peut-être qu'on peut effectivement chercher un endroit où se reposer quelques minutes.

— Excellente idée.

Elle lui donna un coup de coude.

— Ne sois pas condescendant.

— Moi ? fit Viper avec une expression de pure innocence. Condescendant ?

— Laisse tomber.

— Tes désirs sont des ordres, mon cœur.

Parvenant enfin à l'extrémité du tunnel, Viper jeta un coup d'œil dans la petite caverne. Elle était rocailleuse, humide, et si inconfortable que cela semblait presque voulu. Mais elle avait l'avantage d'être éloignée des autres grottes et de posséder une seule entrée. Personne ne pourrait les prendre par surprise.

Il déposa Shay sur le sol dur, s'installa à côté d'elle et l'attira entre ses bras.

— Ferme les yeux et repose-toi, Shay, murmura-t-il. Je monte la garde.

Shay n'essaya même pas de protester, ce qui en disait long sur sa faiblesse. Posant la tête sur l'épaule du vampire, elle poussa un petit soupir et s'endormit rapidement.

Levet n'était peut-être pas monstrueusement grand, ni doté du même genre de puissance effrayante que ses ancêtres, mais il avait plus que sa part d'intelligence. Et il ne perdait pas au change, tout bien considéré. C'est pourquoi il ne fut pas particulièrement surpris de découvrir en se réveillant que Shay n'était pas là.

Malgré le serment qu'elle lui avait fait d'être prudente, il avait très bien su qu'elle n'attendrait pas des heures pour se ruer au secours de son si délicieux vampire. Les quelques onces de raison qu'elle possédait autrefois s'étaient évaporées dans les brumes de l'oubli. Elle était prête à affronter n'importe quel danger pour sauver Viper.

Pouah.

Il y avait là de quoi donner envie de vomir à n'importe quelle gargouille respectable.

Néanmoins, ce n'était pas parce qu'elle avait eu la bêtise de tomber amoureuse qu'il allait l'abandonner entre les mains de vampires maléfiques. Il n'avait pas beaucoup d'amis. OK, il n'avait jamais eu un seul ami avant Shay. Il ne pouvait pas se permettre de la perdre.

S'ébrouant pour se débarrasser des derniers morceaux de pierre qui lui collaient à la peau, Levet déploya prudemment ses ailes et se dirigea vers l'ouverture la plus proche. Il fallait qu'il contacte Dante, et rapidement. Ils n'avaient pas envisagé que Viper serait emmené si loin de la ville. Même si le clan partait immédiatement, il lui faudrait des heures pour arriver jusqu'à cette ferme isolée. Levet n'avait pas le temps de retourner à Chicago pour lui indiquer le chemin.

Une fois hors de la grotte, il longea la berge à pas de loup, agitant convulsivement la queue en apercevant un garde dissimulé dans les ombres de la ferme. Il fallait qu'il atteigne le fleuve, mais il préférait le faire sans avoir une meute de vampires furieux sur les talons.

Pour le moment, la discrétion l'emportait sur la rapidité.

Sans quitter la protection des ténèbres, Levet poursuivit sa progression avec une lenteur presque douloureuse. Les suceurs de sang étaient des prédateurs presque parfaits. Ils pouvaient se servir de tous leurs sens pour repérer une proie. Il suffirait d'un seul galet déplacé ou d'une légère brise capricieuse charriant son odeur dans la mauvaise direction pour que la tête de Levet finisse en décoration sur le mur de la ferme.

Un sort peu enviable.

Il s'éloigna des vampires de presque huit cents mètres avant de commencer à s'approcher du vaste fleuve. Même alors, il resta accroupi et prêt à prendre son envol au moindre signe de danger.

Il hâta le pas en traversant une route étroite qui serpentait le long du fleuve, puis dévala une pente raide envahie de broussailles épaisses et de mousse étouffante. Il glissa et trébucha plus d'une fois, mais heureusement il ne fut pas repéré.

Enfin, il atteignit le bord du fleuve et s'agenouilla dans la boue épaisse. L'endroit débordait de vie. Insectes, poissons, ratons laveurs curieux et opossums méfiants. Mais Levet ne leur prêta aucune attention, les yeux rivés sur les vaguelettes qui clapotaient jusqu'à lui.

Il attendit de voir son reflet dans l'eau boueuse, puis agita une main noueuse en chuchotant une incantation d'une voix rauque. L'eau miroita légèrement, puis son reflet disparut, remplacé par un néant de noirceur.

C'était là, bien sûr, la partie la plus délicate.

Même s'il aurait préféré avoir la langue coupée plutôt que d'admettre la vérité, ses pouvoirs magiques n'étaient pas toujours entièrement prévisibles. Bon d'accord, la plupart du temps, ils ne consistaient qu'en des incantations lancées au petit bonheur la chance, qui résultaient souvent en de petits incendies, une explosion de temps en temps, et une fois, un douloureux saignement de nez qui avait duré près de vingt ans.

Il ne pouvait se permettre aucune catastrophe ce soir.

Élaborant soigneusement l'image d'un vampire aux cheveux bruns dans sa tête, il projeta cette pensée dans l'eau sombre.

Un long moment passa avant qu'il discerne enfin les contours flous d'une silhouette familière.

— Dante. Dante, tu m'entends ? chuchota-t-il.

Dans les profondeurs de l'eau, le vampire parut regarder autour de lui avec une mine perplexe, comme s'il n'était pas sûr d'avoir entendu une voix.

Imbéciles de succurs de sang.

— Dante, c'est Levet, grommela la gargouille.

— *Levet ?* demanda son interlocuteur en fronçant ses sourcils d'un noir de jais. *Où es-tu, par tous les diables ?*

— Si tu veux bien faire le vide dans ton esprit, je vais te montrer.

— *Quoi ?*

Levet marmonna quelques jurons bien choisis, assez bas toutefois pour que le vampire ne puisse les entendre ; il n'était pas complètement suicidaire. Mais il se sentit mieux en les disant.

— Contente-toi de faire le vide, je m'occupe du reste.

Dante eut l'air mécontent, mais il ferma les yeux et fit un effort visible pour ne plus penser à rien. Sans perdre de temps, Levet lui transmit par l'intermédiaire de l'eau ses souvenirs du long trajet jusqu'à la ferme.

Dante rouvrit brusquement les yeux avec un sifflement et secoua la tête.

— *C'est bien plus loin que ce que je croyais. Même en voiture, ça va nous prendre des heures pour vous rejoindre.*

Levet haussa les épaules. Il n'y avait aucun moyen de faire arriver les vampires plus vite.

— Je vous attendrai à l'entrée de la grotte, promit-il.

— *Et Viper et Shay?*

— Je ne sais pas.

Dante grimaça.

— *On arrive.*

— Dépêchez-vous.

D'un geste de la main, Levet referma le portail. Ou du moins, il essaya de le faire. L'image de Dante avait disparu, mais les ténèbres tourbillonnantes étaient restées. Fronçant les sourcils, il se pencha au-dessus et poussa aussitôt un cri de surprise en voyant un beau visage y apparaître. Tombant en arrière dans la boue, il regarda avec horreur la femme qui venait de passer le portail pour venir s'arrêter devant lui.

Non qu'il n'apprécie pas la vue d'une jolie femme.

Il était peut-être petit, mais il était mâle jusqu'au bout des ongles, et nul homme ne pouvait nier que la jeune fille aux formes voluptueuses debout devant lui, avec sa peau d'un blanc pur, ses yeux bleus en amande et sa chevelure vert pâle, offrait une vision fort agréable.

Oh, et ce qui n'arrangeait pas les choses, elle était nue comme un ver sous sa fine toge.

— Nom de D... (Se débattant pour échapper à l'emprise de la boue épaisse, Levet fusilla du regard cette femme qui faisait à peine une tête de plus que lui.) Ne fais pas ça.

La jeune fille battit des cils avec un sourire absent.

— Quoi donc?

Parvenant enfin à se relever, Levet secoua les ailes pour en enlever la mousse visqueuse.

— Surgir comme une... une... une chose agaçante qui surgit.

— Je n'ai pas surgi.

— Bien sûr que si. Tu n'as donc aucun savoir-vivre? (Levet secoua la tête.) Bien sûr que non, qu'est-ce que je raconte. Tu es une naïade.

— Et tu es une gargouille, bien que je n'en aie jamais vu d'aussi minuscule. As-tu été rétréci par un sort ?

Levet leva les yeux au ciel et entreprit de s'éloigner du fleuve d'un pas furieux. Les naïades étaient peut-être de charmantes visions, mais elles avaient rarement assez de cervelle pour remplir un dé à coudre.

— Non, je n'ai pas été rétréci par un sort. J'ai toujours fait cette taille.

La nymphe le suivit en voletant, survolant rochers et broussailles avec une facilité agaçante.

— Ce n'est pas très impressionnant.

— Tais-toi et va-t'en, espèce d'enquiquineuse.

— Je ne suis pas une enquiquineuse, et je ne peux pas m'en aller.

— Bien sûr que si.

Levet accompagna ses mots d'un geste sec de la main, en faisant attention à garder les yeux rivés sur le sol devant lui. En tant que démon, il ne pouvait pas être ensorcelé par la naïade, mais il n'était pas complètement immunisé contre la tentation. Or le moment était mal choisi pour se laisser distraire par une créature aussi délicieuse.

— Va-t'en nager avec les vilains poissons.

— Tu m'as invoquée, petite gargouille, ronronna-t-elle.

— Certainement pas.

— Si.

— Non.

— Si.

— N… (S'interrompant brusquement, Levet leva les bras en un geste exaspéré.) *Sacrebleu* *, tout cela est absurde. Pourquoi est-ce que tu refuses de t'en aller ?

Elle secoua sa longue crinière bouclée.

— Je te l'ai déjà dit, tu m'as invoquée. Je suis liée à toi jusqu'à ce que le sort soit rompu.

— Très bien, je le romps. Te voilà désinvoquée. Disparais.

Une moue boudeuse se dessina sur les lèvres charnues de la nymphe.

— Tu ne sais pas grand-chose, pour une gargouille.

Levet agita les ailes avec un vrombissement exaspéré. Belle ou non, cette femme était une sacrée casse-pieds.

— Très bien, dis-moi ce que je dois faire pour que tu disparaisses.

La nymphe se renfrogna carrément.

— Tu ne me trouves pas belle ?

— Je trouve que les girafes sont belles, mais ce n'est pas pour ça que j'en laisserais une me suivre partout. Surtout pas une qui semble incapable de la fermer.

— Tu n'es pas très gentil.

La peau de la nymphe se mit lentement à chatoyer à la faible lueur du clair de lune. Un chatoiement qui entraînait les marins à leur perte depuis des siècles.

— Tu devrais me dire que je suis belle et que tu as envie d'être avec moi.

— La seule chose dont j'aie envie, c'est de tranquillité, gronda Levet. Je souhaite que tu te taises.

La nymphe écarquilla ses yeux bleus et ouvrit la bouche mais, étonnamment, il n'y eut qu'un silence divin.

Levet fronça les sourcils. Venait-elle d'obéir à son ordre ? Non, ce n'avait pas été un ordre. Ç'avait été un souhait.

Un sourire entendu lui vint aux lèvres.

— Ah ah ! C'est ça. Tu m'accordes trois vœux et tu dois regagner les eaux.

La nymphe croisa les bras sur son ample poitrine et lui jeta un regard noir. Elle avait manifestement espéré, en le maintenant sous son charme et dans un état de grande confusion, pouvoir l'empêcher de réfléchir au moyen de se débarrasser d'elle. Tant qu'elle lui devait trois vœux, elle était libre de sa prison aqueuse.

Et comme il était un démon, elle ne pourrait pas le forcer à l'accompagner lorsqu'elle retournerait dans l'eau.

Se tapotant le menton d'une griffe épaisse, Levet réfléchit soigneusement au parti qu'il pouvait tirer de ce coup de chance soudain.

Il avait utilisé un de ses vœux pour la faire taire.

Un vœu utilisé à bon escient, se dit-il avec orgueil.

Mais il lui en restait deux.

Il devait décider avec circonspection de ce qu'il en ferait.

Le contact avec la gargouille s'interrompit brutalement, et Dante, chancelant, tendit la main pour se retenir au bord d'une table voisine.

Maudit soit cet avorton de démon. C'était vraiment déroutant de sentir quelqu'un s'arracher de votre esprit si rapidement.

— Dante, qu'y a-t-il ? Qu'est-ce qui se passe ?

Secouant la tête, l'interpellé se tourna vers le vampire ténébreux et musclé qui venait d'entrer dans la pièce. Santiago ne semblait absolument pas à sa place au milieu la splendeur opulente du club privé de Viper. Comme Dante, il était vêtu sobrement d'une chemise noire toute simple et d'un pantalon en cuir.

Bien sûr, ils étaient tous les deux des guerriers. Seul Viper était doté de l'élégance et du raffinement nécessaires pour se sentir à l'aise au milieu de pareille magnificence.

— La gargouille, répondit Dante d'un ton brusque.

Santiago jeta un rapide coup d'œil autour de lui dans le foyer vide.

— Il est rentré ?

— Non, il a réussi à me contacter grâce à un portail.

— Un portail ? Je ne savais pas que les gargouilles disposaient de tels pouvoirs.

Dante sourit d'un air grave mais amusé. En dépit de lui-même, il ne pouvait s'empêcher d'apprécier l'agaçante gargouille.

— Le nabot semble plein de surprises.

— A-t-il trouvé le maître ?

— Oui, ils ont quitté l'État. Nous devons partir immédiatement.

Le vampire porta la main à la lourde épée qui pendait à sa hanche.

— Le clan n'attend plus que tes ordres.

Dante fit un pas vers l'escalier tout proche, puis s'arrêta subitement. Merde. Il avait failli oublier le plus important.

— Santiago, j'ai besoin que quelqu'un retourne chez moi pour prévenir Abby de ce qui se passe. Je ne peux pas la laisser se ronger les sangs en mon absence.

L'autre vampire recula brusquement d'un pas, les yeux arrondis de terreur.

— Tu es fou ?

Dante fronça les sourcils.

— Quoi ?

— Tu veux envoyer quelqu'un dire à la déesse que son compagnon est parti tête baissée affronter de dangereux ennemis au péril de sa vie ? (Il prit une expression de martyr.) Je suis peut-être jeune comparé à toi, Dante, mais je ne suis pas idiot.

— Abby ne te ferait jamais de mal.

— Elle ne le ferait peut-être pas exprès, mais je n'ai aucune intention d'approcher une femme connue pour sa tendance à mettre le feu à tout ce qui bouge lorsqu'elle s'énerve.

Dante retint un sourire. Sa compagne était belle, intelligente et d'une gentillesse extraordinaire, mais parfois sa maîtrise du Phénix laissait à désirer.

Ces derniers mois, elle avait trouvé le moyen de roussir un ou deux démons en public, ce qui était malheureusement resté gravé dans la mémoire de beaucoup.

— Elle ne met presque plus jamais le feu à rien, protesta-t-il.

— « Presque », ce n'est pas « jamais », mon ami. (Santiago fronça les sourcils.) Et quand elle apprendra que tu as quitté la ville en douce, sans elle… Eh bien, tu comprends mon inquiétude. Demande à la gargouille de la contacter grâce à son portail. Je ne crois pas que les gargouilles soient inflammables.

Dante eut un grognement railleur.

— Espèce de couard.

— Oh oui, répondit Santiago avec un frisson.

— Très bien. (Dante attrapa sa cape qu'il avait jetée sur un délicat fauteuil en bois de citronnier et se drapa dedans.) Conduis le clan aux abords de Rockford, je vous y rejoins.

Santiago s'étrangla.

— Tu as l'intention de prévenir le Phénix toi-même ?

— J'ai l'intention de passer la prendre pour l'emmener avec nous, répondit Dante d'un ton sardonique. Même moi, je ne suis pas assez bête pour lui dire de rester en arrière.

Santiago éclata d'un rire soudain.

— C'est donc vrai que la sagesse vient avec l'âge.

— Lamentable, marmonna Dante en sortant de la pièce d'un pas décidé.

Chapitre 23

Shay lutta péniblement pour échapper aux ténèbres qui l'enveloppaient. Ce qui se révéla fort peu plaisant vu le torticolis et les crampes dans chaque muscle qu'elle devait à son petit somme sur le sol dur et humide.

Bien sûr, la situation n'était pas à ce point désagréable, elle devait bien l'admettre. Rien ne pouvait être vraiment horrible quand elle avait la tête appuyée sur l'épaule de Viper et qu'il la tenait dans ses bras puissants.

Après s'être accordé un instant pour simplement savourer l'odeur de sa peau et le contact de son corps contre le sien, Shay se força enfin à ouvrir les yeux.

— Quelle heure est-il ? demanda-t-elle d'une voix rauque.

— Une demi-heure après la tombée de la nuit.

Reprenant soudain tous ses esprits, elle se redressa vivement. À côté d'elle, Viper resta allongé sur la roche dure, son beau visage couleur d'ivoire et sa longue chevelure argentée seuls visibles dans l'obscurité.

— Pourquoi est-ce que tu ne m'as pas réveillée ? demanda Shay.

— J'ai essayé plusieurs fois, mais tu as refusé de m'écouter, murmura Viper. En fait, tu m'as traité d'un certain nombre de noms d'oiseaux assez dérangeants et as menacé de me planter un pieu dans le cœur.

Shay plissa les yeux d'un air soupçonneux.

— Je ne te crois pas.

Il réprima un sourire.

— Très bien ; si tu veux la vérité, je goûtais le plaisir de te regarder dormir.

— Beuh ! Ne fais pas ça.

Il haussa les sourcils.

— Quoi donc ?

— Me regarder dormir. Ça me fiche les jetons.

— Pourquoi ?

— Parce que je sais que je dois baver.

— Un tout petit peu, et c'était très mignon.

Shay sentit un sourire se dessiner malgré elle sur ses lèvres.

— Arrête.

Viper se redressa lentement pour s'asseoir à côté d'elle. Il lui prit le visage entre les mains.

— Shay, tu peux faire n'importe quoi dans ton sommeil, ça ne change rien. T'avoir dans mes bras, sentir la chaleur de ton corps, est un bonheur que je savoure. Tu sais maintenant, j'espère, que je sacrifierais n'importe quoi pour toi ?

Shay sentit le souffle lui manquer.

— Viper ?

Le vampire scruta son visage de ses yeux noirs et hypnotiques, une expression indéchiffrable sur ses propres traits.

— Je te fais peur ?

Shay avait la bouche sèche et le cœur coincé quelque part dans la gorge. Mais peur ?

Nan...

— Au cas où tu ne l'aurais pas remarqué, je ne m'effraie pas si facilement, se força-t-elle à répondre.

Il crispa les doigts.

— J'ai remarqué que tu avais une propension exaspérante à risquer ta vie, mais que tu étais bien plus prudente lorsqu'il s'agissait de ton cœur.

Shay baissa les yeux sur la courbe pleine et sensuelle de la bouche du vampire.

— Les blessures du cœur sont bien plus difficiles à guérir que celles du corps.

Il appuya son front contre le sien.

— Jamais je ne te ferai de mal, Shay.

Il chuchota ces mots en effleurant sa peau de ses lèvres, faisant naître dans son dos un frisson magique. Elle voulait l'embrasser et lui montrer exactement le feu qui brûlait dans son cœur. Faire lentement courir ses mains sur son corps ferme et musculeux. S'offrir à lui sans réserve.

Rien de plus simple.

Le dire à voix haute était plus problématique.

Elle se sentait tellement… cruche.

— Qu'est-ce que tu veux de moi ? finit-elle par demander.

— Ta confiance, ton amour, ton âme même. Je te veux tout entière.

Le rire de Shay ne fut qu'un murmure rauque.

— Tu n'es pas exigeant.

— C'est ce que tous les vampires demandent de leur compagne.

Elle recula, les yeux écarquillés.

— Compagne ?

Il étudia avec un léger sourire son expression de lapin pris dans les phares d'une voiture.

— Oui. Tu es ma compagne, Shay. Tu es destinée à rester à mes côtés pour l'éternité.

— Mais… (Elle creusa éperdument sa cervelle embrumée, à la recherche d'une pensée cohérente.) On ne sait même pas si j'ai une éternité devant moi.

— Aucun de nous ne peut dire exactement combien de temps il a encore devant lui. Le sort est capricieux même avec les immortels, répondit-il doucement. Mais quel que soit le nombre de jours et de nuits qui nous restent, je veux que tu les vives avec moi.

Elle baissa les yeux, submergée par une émotion qui menaçait de la faire pleurer comme un bébé.

— Ce n'est pas vraiment le moment ou l'endroit pour une discussion de ce genre.

— Peut-être, mais j'ai besoin de te l'entendre dire, mon cœur, répondit Viper en replaçant doucement une mèche folle derrière son oreille. J'ai besoin que tu me dises que tu as des sentiments pour moi.

Shay était terriblement mal à l'aise. C'était idiot. Plus qu'idiot. Mais elle aurait préféré affronter le Lu plutôt que d'admettre la vérité gravée dans son cœur.

— Tu sais bien que c'est le cas.

— Les mots, insista-t-il. Tu ne peux pas les dire ?

— Ce n'est pas facile pour moi.

Après un long silence pénible Viper s'écarta d'elle en soupirant.

— Non, ce n'est pas facile. Viens, on ferait mieux de ne pas traîner.

Comme pour prouver à quel point elle était idiote, la panique la submergea. C'était là le moment le plus important de sa vie, et elle était en train de tout gâcher. Magnifiquement.

Et tout ça parce qu'elle n'était qu'une lâche.

Dur à admettre, mais vrai.

Elle tendit la main pour le retenir par l'étoffe en lambeaux de sa chemise.

— Viper ?

Le vampire s'immobilisa et la regarda d'un œil prudent.

— Qu'est-ce qui se passe ?

— Je…

— Shay ?

Tu peux le faire, Shay. Et si tu ne peux pas, alors tu ne mérites carrément pas cet homme.

Point barre.

Elle s'approcha pour se serrer contre lui avec une expression déterminée.

— Je t'aime.

Viper prit un moment pour digérer dans un silence stupéfait son aveu soudain. Celui-ci n'avait été ni élégant, ni particulièrement original, mais il était sincère.

Ça devait bien compter pour quelque chose.

Enfin, le vampire esquissa lentement un sourire. Un beau sourire à la vue duquel une chaude bouffée de plaisir submergea Shay.

—Je t'aime aussi, mon cœur, répondit Viper. (Il se pencha pour l'embrasser avec une possessivité farouche et avide, avant de pencher la tête pour l'observer d'un œil étincelant.) Je pensais qu'en t'achetant à Evor et en te ramenant chez moi, j'arriverais à me défaire de mon obsession pour toi, mais je n'étais pas aussi malin que je le croyais.

—Apparemment pas, répliqua-t-elle dans un souffle.

Il lui effleura doucement la joue, comme s'il touchait le plus délicat des objets.

—Bien sûr, il y a quelques compensations, murmura-t-il.

—Je n'ose même pas demander.

Il prit son air le plus arrogant.

—Je ne serai plus jamais harcelé par ces enquiquineuses qui veulent me mettre dans leur lit. Ni obligé d'entrer dans une boîte par la porte de derrière de peur de causer une émeute. Ni suivi partout où je vais par des fans de vampires qui me supplient de les mordre.

Shay leva les yeux au ciel.

—Dommage que personne ne soit payé pour entendre des conneries. Je serais riche.

Le rire léger de Viper fit courir un frisson sur sa peau. Elle sentit son bas-ventre se contracter délicieusement.

Miam.

—Ah, mais tu es riche, justement, lui souffla-t-il à l'oreille.

—Ne m'en parle pas, répondit-elle en grimaçant. Pour le moment, c'est une chose à laquelle je préférerais ne pas penser.

Une étincelle d'amusement passa dans les yeux noirs de Viper. Pas étonnant. Quelle femme irait se plaindre d'être trop riche ?

C'était comme être trop mince. Ou trop belle. Une chose pareille n'existait pas.

— Tu préférerais vivre dans la misère la plus sordide et lutter pour survivre ? demanda le vampire.

— C'est ce que j'ai fait toute ma vie, répliqua Shay avec une pointe de défi dans la voix.

— Mais plus maintenant, répondit Viper d'un ton ferme. J'ai l'intention de te combler.

Shay tira sur sa tresse. Un signe certain de sa gêne.

— C'est justement ce qui me fait peur.

Viper secoua la tête.

— Tu es vraiment une créature étrange.

Étrange ? Elle ?

Ha ! C'était l'hôpital qui se moquait de la charité. Ou quelque chose comme ça.

Elle plissa les yeux.

— On n'est pas encore mariés, vampire.

L'expression de Viper s'adoucit brusquement d'une tendresse qui fit naître un pincement douloureux dans le cœur de Shay.

— Pas encore, mais bientôt. Très, très bientôt, répondit Viper. (Il se pencha vivement pour lui voler un baiser avec une passion bouleversante avant de s'écarter à contrecœur.) Maintenant, il faut vraiment qu'on y aille.

C'était la dernière chose que Shay avait envie de faire, alors qu'elle avait les lèvres encore brûlantes du contact des siennes, et le cœur qui battait la chamade.

Heureusement, elle n'était pas encore totalement insensible à la raison, et lorsque Viper se releva et lui tendit la main, elle le laissa de bonne grâce l'aider à se remettre debout.

— Waouh. (Elle haleta, tout le corps crispé de protestation devant ce mouvement brusque.) Je devais être plus fatiguée que je le croyais.

L'expression de Viper se teinta d'inquiétude.

— Tu étais très affaiblie et avais grand besoin de repos. Comment te sens-tu ?

Elle frotta son cou ankylosé.

— Comme quelqu'un qui a dormi sur un tas de cailloux.

Il lui glissa un doigt sous le menton.

— Mais sinon ?

— Ça va.

— Tu es sûre ?

Elle savait qu'il était encore préoccupé par la quantité de sang qu'il lui avait prise, et elle lui attrapa la main pour y déposer tendrement un baiser.

— Sûre et certaine.

Il lui étreignit les doigts.

— Alors filons d'ici.

Elle le laissa prendre la tête, n'ayant elle-même qu'un vague souvenir d'avoir été portée jusqu'à cette grotte étroite. Ce qui témoignait de l'état de faiblesse dans lequel elle s'était trouvée.

Ils se déplaçaient en silence, l'un comme l'autre pleinement conscients qu'avec la tombée de la nuit les vampires sortiraient de leur cercueil et se lanceraient bientôt à la recherche de leur prisonnier disparu. Les catacombes avaient beau être immenses, ils ne mettraient pas longtemps à retrouver la trace de Viper et Shay.

Cette dernière était d'ailleurs tellement occupée à essayer de se mouvoir avec la même grâce silencieuse que Viper qu'elle faillit rater le tunnel étroit où elle avait senti l'odeur d'humains la première fois.

Tirant sur la main du vampire, elle le força à s'arrêter.

— Attends, Viper, il faut qu'on aille par là.

— Non. Ça mène trop près des grottes qui sont habitées.

— C'est là que j'ai senti l'odeur du troll.

Le visage de Viper se durcit. Il voulait l'emmener loin des cavernes. Il voulait la cacher dans un trou profond où aucun monstre ne pourrait mettre la main sur elle. Elle pouvait le lire dans chaque crispation de son corps.

Heureusement, il était assez sage pour se rendre compte qu'ils ne pouvaient plus se contenter de fuir et de se cacher.

— Tu le sens encore ? demanda-t-il à contrecœur.

Elle prit une profonde inspiration.

— L'odeur est faible, mais oui, toujours là.

— Je ne perçois rien.

Devinant la force de sa frustration, Shay s'avança dans le tunnel. L'odeur de troll était indéniablement plus forte. Elle ne l'imaginait pas.

— Il doit y avoir un charme qui dissimule sa présence.

Viper lui emboîta le pas.

— Styx ne permettrait jamais l'accès de ces cavernes à une sorcière. Elles seraient un danger pour l'Anasso.

— Certains démons sont capables de magie rudimentaire.

— Certes, reconnut Viper, sans que Shay détecte le moindre relâchement dans la tension qui émanait de son grand corps. Mais que feraient-ils ici, et pourquoi cacher l'odeur d'un troll ?

C'étaient là des questions dont Shay ne connaissait pas la réponse, aussi se contenta-t-elle d'avancer.

Ce qui n'était pas une mauvaise stratégie jusqu'à ce qu'ils atteignent une bifurcation et ne trouvent rien que des rochers devant eux.

— Ce n'est pas que je doute de tes talents de traqueuse, mon cœur, mais cela ressemble fort à une impasse, murmura Viper derrière elle.

Shay étudia en fronçant les sourcils la paroi lisse qui leur bloquait la route.

— Un troll est passé par ici et il n'y a pas si longtemps.

— Styx a employé des trolls pour nous forcer à nous éloigner de la protection du Phénix. Mais ça ne veut pas forcément dire qu'Evor est là.

— Non, mais on doit vérifier.

Shay réprima un brusque accès de peur. Le tunnel était exigu et plongé dans les ténèbres. Des ténèbres étouffantes qui menaçaient de la retenir prisonnière à tout jamais. Instinctivement, elle tendit la main derrière elle pour agripper celle de Viper. Dès l'instant où elle sentit sa peau froide sous ses doigts, les palpitations affolées de son cœur se calmèrent. Elle ne pouvait pas flancher. Pas maintenant.

— On ne peut pas le laisser là s'ils l'ont capturé.

— Bon sang. (Il lui étreignit les doigts presque douloureusement avant de se rendre à l'évidence.) Tu peux trouver un passage ?

— Je peux essayer.

Shay s'avança et laissa courir sa main sur la roche. Il ne lui fallut que quelques passages pour détecter le picotement qui indiquait un sortilège. Elle avança la main et celle-ci sembla s'enfoncer dans la paroi.

— Là. Un charme. Extrêmement léger ; celui qui l'a lancé n'a pas été très méticuleux.

Viper poussa un grognement sourd. Les vampires éprouvaient une grande méfiance envers la magie. Toutes les formes de magie.

— Ça reste efficace, marmonna-t-il.

Elle se retourna avec un petit sourire.

— Seulement contre les vampires ou les humains qui ne perçoivent pas la magie.

— La question reste de savoir qui l'a mis en place et pourquoi.

— Il n'y a qu'un moyen de le découvrir.

Viper ferma brièvement les yeux et secoua la tête.

— Je n'aime pas ça.

— Moi non plus, mais pour être franche, j'espère qu'Evor est là. Je veux en finir avec tout ça.

Elle tendit la main pour lui effleurer le bras. Sous ses doigts, les muscles bandés du vampire étaient durs comme de l'acier.

— Je suis lasse d'avoir peur, Viper. Je suis lasse de fuir.

Sans la prévenir, il la serra fortement dans ses bras, lui pressant la tête contre son torse pour lui déposer un baiser sur le front.

— Je sais, mon cœur. Promets-moi seulement de…

Malgré le plaisir indéniable qu'elle ressentait, Shay se crispa en entendant ces mots.

— Si tu me dis de ne rien faire de stupide, je vais vraiment te planter un pieu dans le cœur.

Il poussa un soupir résigné.

— Ça ne me viendrait jamais à l'idée.

Shay se dégagea pour lui jeter un regard noir.

— Les hommes…

Styx venait juste de se lever lorsqu'on frappa à la porte de sa petite chambre austère.

L'espace d'un moment, il rêva de pouvoir ignorer le vampire dont il sentait la présence juste derrière la porte. Il était perturbé. Profondément perturbé, et en dépit du temps qu'il avait passé à ruminer, il semblait incapable de se défaire d'une certaine agitation coléreuse.

Ce n'était pas ainsi que les choses étaient censées se passer.

Il avait laissé derrière lui son passé de violence et de sauvagerie. Il n'était plus gouverné par le désir de conquérir ou détruire tout ce qu'il rencontrait sur son passage.

Si les vampires voulaient prospérer dans ce monde plus dangereux que jamais, il fallait qu'ils aient la paix. Ils ne pouvaient pas survivre s'ils étaient trop occupés à s'entre-tuer pour penser à surveiller leurs ennemis.

C'était une croyance qui lui était aussi chère que sa propre vie.

Mais cette paix valait-elle tous les sacrifices ?

C'était la question à laquelle il était désormais confronté. Et à laquelle il n'avait pas de réponse.

On frappa de nouveau. De façon plus insistante.

Avec un soupir, Styx porta la main au médaillon pendu à son cou avant de traverser la pièce pour ouvrir la porte.

Comme il s'y attendait, un Corbeau se trouvait dans le tunnel. Bien que la capuche de la lourde robe du vampire soit rabattue sur sa tête, Styx entraperçut son visage pâle que troublait une expression soucieuse.

Une expression qui devenait bien trop commune parmi ses frères.

Styx n'était pas le seul à être perturbé par la maladie clairement reconnaissable de l'Anasso. Et par les soupçons implicites que cela engendrait.

Le vampire s'inclina légèrement.

— Maître.

— Oui, DeAngelo, qu'y a-t-il ?

— Le prisonnier.

Styx agrippa le bord de la porte. S'il avait eu un cœur qui battait, celui-ci se serait arrêté.

— Viper ? Il n'est pas… Il est toujours vivant ?

— Oui, maître.

Styx serra les dents pour contenir le soulagement farouche qui l'avait envahi.

— Que s'est-il passé ?

— Il s'est échappé.

Ce n'était pas du tout ce que Styx s'attendait à entendre.

— Impossible, gronda-t-il en passant vivement devant l'autre vampire pour descendre le tunnel obscur au pas de charge.

Les blessures de Viper étaient graves. Il n'y avait aucune chance qu'il ait été suffisamment guéri pour s'échapper. Même si quelqu'un était venu à sa rescousse, il aurait été d'une cruauté épouvantable de le déplacer dans l'état de souffrance où il se trouvait.

À moins que…

Il accéléra encore, empruntant tunnel après tunnel à la vitesse de l'éclair pour gagner les cavernes inférieures où était retenu Viper.

Il ne s'arrêta qu'en arrivant dans la caverne pour découvrir qu'elle était vide, et les menottes en argent brisées.

Humant l'air, il poussa un grondement sourd.

— La Shalott.

DeAngelo vint à ses côtés.

— Oui.

C'était forcément elle, bien sûr. Seul son précieux sang avait pu rendre à Viper l'énergie nécessaire pour s'échapper.

— As-tu lancé quelqu'un après eux ?

Il y eut un surprenant silence, puis son compagnon finit par baisser la tête comme pour s'excuser muettement.

— Non, maître. Nous avons cru préférable d'attendre vos ordres.

Styx prit le temps de digérer sa réponse, pleinement conscient qu'elle était lourde de non-dits.

Les Corbeaux étaient formés à obéir sans poser de questions et avec une loyauté absolue. Le simple fait que DeAngelo ne se soit pas lancé à la poursuite de Viper dès l'instant où il avait découvert sa disparition révélait à quel point sa foi était ébranlée.

Styx retint un soupir.

— Bloquez les sorties pour les empêcher de sortir des grottes, mais ne les approchez pas. (Une expression de mise en garde apparut sur son visage.) Je ne veux pas voir le sang couler à moins que vous soyez attaqués. Est-ce clair ?

— Bien sûr, maître.

Le soulagement était palpable dans l'air lorsque DeAngelo s'inclina profondément avant de quitter la grotte.

Une fois seul, Styx se pencha pour toucher le sang qui formait toujours une mare.

La Shalott était là. Et très bientôt les Corbeaux l'auraient retrouvée.

Il n'avait plus le temps de tergiverser.

Peu de gens auraient considéré Levet comme quelqu'un de patient et la plupart de ceux qui le connaissaient l'auraient carrément qualifié d'irascible.

Et en cet instant, il l'était plus que jamais.

S'arrêtant au bord de la berge, il se retourna pour jeter un regard menaçant à la femme qui gesticulait et écarquillait les yeux au point qu'il craignit de les voir lui sortir de la tête.

Il avait cru que rien ne pouvait être pire que ses babillages incessants. Mais ses tentatives ridicules de mimes lui avaient prouvé son erreur.

— Oh, arrête. Tu vas perdre un œil si tu continues, gronda-t-il en battant des ailes avec agacement. *Sacrebleu* *, tu peux parler.

Tremblant presque de rage, la nymphe tapa du pied.

— Quelle horrible chose à faire. Tu es une vilaine, vilaine gargouille.

Il durcit le regard.

— N'oublie pas, il me reste encore deux souhaits, la menaça-t-il. (Il attendit de voir son visage reprendre sa moue boudeuse.) Comment t'appelles-tu ?

— Bella.

Levet leva les yeux au ciel. Il n'y avait pas une seule nymphe dont le nom ne signifie pas « belle » dans une langue ou dans une autre.

— Quelle originalité.

Une légère confusion apparut sur le visage de la nymphe.

— Pas vraiment. Mes six sœurs s'appellent toutes Bella.

— Et ta mère ?

— Bella.

— Évidemment.

La nymphe le regarda avec de grands yeux en battant des cils.

— Tu n'aimes pas le nom Bella ?

— *Mon Dieu* *, laisse tomber.

Faisant volte-face, Levet s'approcha de l'étroite ouverture.

Chose surprenante, l'insupportable nymphe ne lui marcha pas sur la queue ni ne lui froissa les ailes malgré son empressement à le suivre à la trace. En fait, lorsqu'il jeta un coup d'œil par-dessus son épaule, il se rendit compte qu'elle s'était arrêtée, les poings sur les hanches.

La pose typique d'une femme qui s'apprêtait à se montrer ridiculement têtue.

— On ne va quand même pas entrer là-dedans, si ? demanda-t-elle.

— Tu as peur des vampires ?

— Certainement pas, mais je n'aime pas les sidhes. (Elle plissa son joli nez.) Vilaines créatures malodorantes.

— Des sidhes ?

— Oui. Il y en a un qui vit ici.

Levet fronça les sourcils. Les surprises n'étaient jamais une bonne chose.

— Qu'est-ce que des vampires iraient faire avec un sidhe ?

— Il vole des humains.

Eh bien, cela n'expliquait absolument rien.

— Un clan de vampires n'a pas vraiment besoin de l'aide d'un sidhe s'il désire quelques humains pour son goûter.

— Il n'y a qu'un des vampires qui boive le sang des humains, et ce sont tous des humains très spéciaux.

— Spéciaux ? En quoi ?

Avec un grognement d'impatience, Bella se retourna pour se diriger vers un bosquet d'arbres tenacement enracinés dans le sol rocailleux. Elle indiqua celui-ci lorsque Levet la rejoignit.

— Les humains qui viennent se planter des aiguilles dans le corps.

Levet recula précipitamment d'un pas. Il n'était pas un expert en humains, mais il en savait assez pour reconnaître les seringues hypodermiques éparpillées à terre, et deviner qu'elles avaient servi à injecter une drogue quelconque.

— Bon sang.

— Est-ce qu'on peut aller ailleurs pour s'embrasser, maintenant ? demanda Bella en tendant les mains pour lui effleurer les cornes. Je suis bien plus agréable que ces stupides vampires. Je jouerai avec tes ailes.

— Pas maintenant… (Les protestations rauques de Levet firent place à un doux soupir lorsqu'il sentit la nymphe faire courir ses doigts habiles sur son cou puis sur ses ailes.) Oh.

— Je suis très douée.

Elle l'était. Il sentait ses ailes frissonner sous la caresse exploratrice de la nymphe. Peu de gens savaient à quel point les ailes d'une gargouille pouvaient être sensibles.

Il avait commencé à fermer les yeux de plaisir mais il résista fermement à la tentation.

Shay pouvait fort bien être en danger.

Il n'avait pas le temps de se laisser distraire de la sorte.

Bon sang.

— *Non, non* *. Dis-moi plutôt ce que tu es capable de faire.

La moue boudeuse réapparut sur le visage de la jeune femme qui continuait à lui caresser les ailes.

— C'est ce que j'essaie de te montrer.

— Ce que tu es capable de faire en magie, répliqua Levet en lui donnant des tapes sur les mains pour la faire arrêter. Quel genre de vœu exactement peux-tu réaliser ?

Elle poussa un soupir las.

— Tout ce que tu veux : richesse, beauté, amour…

Une idée commençait à se faire jour dans la tête de Levet.

— En fait, je pensais à quelque chose d'un peu plus exotique.

L'expression de la nymphe se fit soupçonneuse. Peut-être était-elle un peu plus intelligente qu'il l'avait cru.

— « Exotique » ?

— Je ne peux pas rester là comme si j'attendais Godot en espérant que Shay survivra jusqu'à l'arrivée de la cavalerie. Il y a quelque chose que je dois faire tout de suite, et tu vas m'y aider.

Chapitre 24

Les souterrains secrets devenaient encore plus sordides que même Viper l'avait craint.

Une eau saumâtre suintait sur les murs ou s'amassait en flaques éparses sur le sol rocheux, et une lourde odeur de mort et de putréfaction flottait dans l'air.

Tous les sens de Viper le mettaient en garde.

Il était fou de laisser Shay ici. D'un instant à l'autre, Styx allait les découvrir et l'Anasso viderait la jeune femme de son sang sans l'ombre d'un remords. Il aurait dû la jeter sur son épaule et s'enfuir aussi loin et aussi vite qu'il le pouvait.

Malheureusement, il ne pouvait nier qu'il aurait été encore plus fou de fuir avant de savoir si Evor était prisonnier des Corbeaux.

S'ils le détenaient effectivement… Shay aurait beau courir, elle ne serait en sécurité nulle part.

Par les putain de couilles du diable.

Toujours guidé par l'odeur du troll, Viper s'arrêta alors qu'ils approchaient d'une vaste caverne. Il sentit la présence des mortels blottis les uns contre les autres dans le noir. Il perçut leur désespoir et leur décrépitude.

Il hésita un moment, révolté à l'idée de forcer Shay à être témoin d'une telle détresse. Son hésitation, cependant, ne fit que permettre à l'entêtée Shalott de le dépasser, guidée droit vers l'infecte grotte par son propre odorat hyper développé.

— Des humains, murmura-t-elle en se raidissant à la vue des corps émaciés recroquevillés dans l'obscurité sur la roche humide. Bon Dieu, pourquoi est-ce qu'ils restent ici ?

Viper grimaça avant de lui indiquer le sol couvert de seringues.

— Regarde mieux, mon cœur.

— Des drogues. (Elle se tourna vers lui, les sourcils froncés, perplexe.) Ce sont des camés ?

— Oui.

— Mais… Qu'est-ce qu'ils font ici ?

Viper allongea les canines en comprenant brusquement la terrible vérité. Même lorsqu'il se doutait de la raison pour laquelle l'Anasso avait besoin du sang de Shay, il n'avait pas voulu y croire. Une part de lui-même s'était raccrochée à l'espoir que leur chef suprême n'était pas tombé si bas.

Il balaya rapidement du regard les cinq ou six mortels qui dégageaient cette odeur de décomposition et de mort imminente. Ce faible espoir s'était désormais envolé.

L'Anasso était au-delà de toute rédemption.

Viper le tuerait plutôt que de le laisser au pouvoir.

— Ils détruisent un vampire autrefois éminent, avoua-t-il d'un ton las. (Cette trahison lui pesait lourdement sur le cœur.) C'est pour cela qu'ils en ont après toi, Shay. Notre… chef est devenu accro, tout comme ces humains le sont, et leur sang est en train de le tuer.

— De le tuer ? (La stupeur qui se lisait sur le visage de la jeune femme aurait pu être comique si la situation n'avait pas été si terrible.) Je ne savais même pas que c'était possible.

— Nous n'avons pas vraiment cherché à dévoiler ce genre de point faible au reste du monde, répondit Viper d'un ton ironique. C'est une de ces informations que nous préférons réserver aux personnes directement concernées.

Elle ne prêta pas attention à sa remarque désinvolte.

— Donc si tu bois le sang de quelqu'un qui se drogue, tu deviens accro toi-même ?

— C'est une dangereuse possibilité, reconnut-il. Qui se réalise rarement, cependant, car c'est l'un des rares crimes que nous punissions de mort.

— Mais si le vampire concerné est destiné à mourir de toute façon, pourquoi le tuer ?

— Parce que, avant de mourir, il devient fou. Rien qu'au siècle dernier, un vampire a réussi à ravager et massacrer tout un village en Chine, avant de tuer trois des vampires qui avaient été envoyés pour le capturer. Maintenant on les tue dès qu'on découvre leur dépendance.

Elle scruta son visage sombre avant de hocher lentement la tête.

— Pas tous, manifestement.

L'accusation fit grimacer Viper.

— Non.

Croisant frileusement les bras contre son ventre, Shay fut secouée d'un frisson visible.

— Je ne comprends toujours pas ce que ça a à voir avec moi. Mon sang n'est pas contaminé par cette saleté.

— C'est tout le contraire.

— Je ne comprends pas.

— Il contient le remède.

Viper serra les poings le long de son corps. Il avait envie d'étrangler quelqu'un. Probablement l'Anasso.

— Tu l'as dit toi-même, mon cœur. Ton sang peut guérir de tout sauf de la mort. Tout comme ton père, tu es destinée à être sacrifiée.

Shay blêmit en se rendant compte de l'étendue du danger qui la menaçait.

Elle seule pouvait sauver l'existence d'un chef légendaire.

Quel vampire n'aurait pas mis le monde à feu et à sang pour l'offrir en sacrifice ?

Elle ouvrit la bouche mais, avant qu'elle ait pu répondre, Viper sentit un frisson familier lui picoter la peau, et la poussa souplement derrière lui avant de se retourner pour affronter le vampire qui approchait.

— Il a raison, bien sûr, murmura Styx, son visage froid ne révélant aucune émotion. Votre sang est extrêmement précieux.

— Je me disais bien que j'avais senti ta puanteur, gronda Viper.

— Nul besoin d'être insultant, Viper, répondit Styx d'un doux ton de réprimande.

Brusquement, Shay poussa Viper pour passer, le visage empourpré de rage.

— « Nul besoin »… Espèce de sale petit merdeux perfide et répugnant…

— Shay, non ! s'exclama Viper.

L'attrapant par la taille, il réussit à l'empêcher d'attaquer le dangereux vampire.

Bordel ! Qu'est-ce qu'elle croyait faire ? Elle n'était pas de taille à affronter un chef de clan. Surtout pas celui-ci.

Retenant un grondement d'exaspération, Viper se remit devant l'imprudente, mais se raidit de surprise en la sentant lui glisser un poignard entre les doigts.

Ça alors… Par l'enfer ! Elle avait délibérément détourné l'attention de Styx pour pouvoir lui donner discrètement son arme secrète. Un de ces jours, il allait devoir cesser de sous-estimer sa dangereuse belle.

Au moins, il eut la présence d'esprit de garder l'arme cachée le long de sa jambe alors que Styx s'approchait pour regarder Shay avec un petit sourire presque triste.

— Belle et fougueuse, dit-il. Pas étonnant que tu te sois tant attaché à elle, mon vieux compagnon.

— C'est bien plus qu'un simple attachement, rectifia Viper. Où sont les Corbeaux ?

Styx s'arrêta trop loin pour que Viper puisse l'attaquer par surprise. Le vampire n'avait jamais été connu pour son imprudence ou sa bêtise.

Il ne baisserait jamais complètement sa garde.

— J'ai posté des gardes pour vous empêcher de vous échapper, répondit-il.

Viper haussa les sourcils.

— Tu es venu capturer Shay tout seul ? Comme c'est délicieusement insultant de ta part.

Quelque chose qui ressemblait à du regret passa rapidement sur le visage cuivré du guerrier alors même qu'il dégainait doucement son épée.

— Je ne souhaite pas me battre, Viper.

— Je ne peux pas dire que je sois très impatient de le faire non plus, Styx, mais je ne suis pas un de tes Corbeaux. Je n'obéirai pas sans poser de questions.

Se déplaçant vers le milieu du tunnel afin d'avoir toute la place qu'il lui fallait pour manier sa lame meurtrière, Styx regarda Viper avec une expression impénétrable.

— Comment as-tu trouvé ce tunnel ?

— Le charme ne marche que sur les vampires. Tu aurais dû y penser lorsque tu as caché ces pitoyables humains ici.

Rapide comme l'éclair, Viper bondit en avant et porta un coup de poignard au bras armé de Styx. Celui-ci para aisément la dague avec son épée, mais Viper en profita pour lui donner un violent coup de pied dans l'estomac.

Styx poussa un grognement mais réussit à rester debout et fit virevolter sa lame pour forcer Viper à reculer.

— Le charme marchait sur moi aussi, mon vieux compagnon, dit-il sans le quitter d'un regard prudent.

Viper fit un pas furtif de côté.

— Tu prétends n'avoir pas eu connaissance de ce cloaque ?

— Connaissance, non. (Les yeux noirs étincelèrent de colère.) Des doutes ? Des craintes ? Oui.

Viper feinta de nouveau, davantage pour faire diversion que pour vraiment essayer de blesser son ami. Le besoin de protéger Shay lui avait ôté toute soif de vengeance pour la torture qu'il avait subie.

D'une façon ou d'une autre, il fallait qu'ils sortent de là.

Intacts.

Voilà qui n'était pas gagné.

— Et pourtant, tu continues à prétendre que l'Anasso peut retrouver sa gloire passée. (Il désigna d'un geste vif les humains perdus dans les brumes de la drogue.) Il est au-delà de tout salut, Styx. Même s'il est guéri, il n'y a aucun moyen de le sauver de lui-même. Peux-tu nier cela ?

Styx fit un sifflement discret.

— Non. Plus maintenant.

Viper cligna des yeux avec stupeur, incertain de l'avoir bien entendu.

— Tu reconnais que ta cause est désespérée ?

Styx tourna à contrecœur les yeux vers les humains.

— Je reconnais que j'ai été trompé et manipulé. Et que la foi qui me soutenait jusqu'à présent ne m'est plus d'aucun secours.

— Parle clairement, Styx, dit Viper, les mains toujours crispées sur le poignard. Je ne veux pas le moindre malentendu entre nous.

Styx baissa lentement son épée et poussa un soupir las.

— Je ne t'empêcherai pas d'emmener ta Shalott loin de ces cavernes.

— Et tes Corbeaux ?

— Je...

Soudain, Styx se raidit en sentant la puanteur épaisse et tourbillonnante qui emplissait l'air.

Viper plia les genoux, se préparant à l'assaut qui approchait. Il n'avait pas besoin de voir la peur sur le visage de Styx pour savoir qu'ils étaient attaqués. La sinistre énergie qui lui donnait la chair de poule était une mise en garde suffisante.

Mais s'il pouvait sentir le mal autour de lui, il ne voyait rien du tout, en revanche.

Il jeta un coup d'œil perplexe à Styx.

— Qu'est-ce que c'est que ça ?

— L'Anasso. Il a perçu la présence de la Shalott.

— Merde. Il faut qu'on sorte d'ici.

Viper se tourna vers Shay au moment même où les ténèbres se refermaient sur celle-ci.

La jeune femme écarquilla les yeux et tendit la main vers lui alors qu'il accourait déjà vers elle.

— Viper ? murmura-t-elle, avant qu'un cri guttural lui rejette la tête en arrière.

— Non ! (Viper l'atteignit juste à temps pour la voir s'effondrer entre ses bras. La soulevant du sol, il examina son visage pâle avec panique. Il pouvait sentir le battement régulier de son cœur, mais elle avait le teint blême et la peau moite, et refusait de reprendre conscience.) Shay. Parle-moi.

Styx traversa la grotte exiguë pour s'arrêter derrière lui.

— Elle est sous l'emprise de l'Anasso.

Une terreur glacée étreignit le cœur de Viper. Il savait que les pouvoirs de leur aîné dépassaient largement ceux de tous les autres vampires, mais il n'aurait pas cru qu'il serait capable de provoquer une réaction physique à distance.

Il serra Shay contre lui, laissant la longue tresse de la jeune femme se draper sur son bras.

— Comment faire pour la sauver ?

— Nous devons la lui amener, répondit doucement Styx.

Viper leva la tête pour jeter un regard plein de fureur à son compagnon.

— Jamais.

— Seul l'Anasso peut la libérer de son emprise.

Viper recula d'un pas, les canines sorties.

— Tu m'as dupé.

Styx leva les mains en un geste qui se voulait dépourvu de menace. Un effet gâché par le miroitement de sa longue lame meurtrière à la lueur de la torche.

Même s'il aurait été tout aussi dangereux sans son épée.

— Non, Viper, il n'y a eu aucune duperie de ma part, protesta-t-il, les yeux brillants d'une émotion farouche et indéfinissable. Je ne savais pas qu'il jouissait encore d'une telle puissance.

— Comment je fais pour l'arrêter ?

— Tu ne peux pas.

Styx laissa son regard se poser sur la fragile jeune femme dans les bras de son ami. Quelque chose qui ressemblait à du regret passa fugacement sur son visage.

— Tu dois l'amener à l'Anasso.

— Je t'ai dit que non, répondit Viper d'une voix rauque.

— Tu n'as pas le choix. Il va la tuer.

Viper plissa les yeux d'un air méfiant.

— Il ne peut pas. Il a besoin de son sang pour survivre.

— Il n'est... plus tout à fait capable de raisonner logiquement.

La terreur glacée que ressentait Viper s'accrut tout en s'étendant au reste de son corps.

— Il devient fou ?

Styx ne répondit pas immédiatement. Il avait passé près d'un siècle à dissimuler le lent et inexorable délabrement de son maître. Ç'avait été un devoir ingrat qu'il avait accompli avec une loyauté inflexible.

À présent, il luttait contre le démon intérieur de l'incertitude qui le torturait.

— Ça commence, finit-il par reconnaître de mauvaise grâce.

Viper baissa la tête pour enfouir le visage dans les cheveux soyeux de Shay. Il maudit le destin qui les avait conduits à cet endroit, à cet instant.

— Sois maudit, Styx. Sois maudit à jamais.

Sans quitter des yeux les deux vampires qui s'éloignaient de la grotte en emportant la jeune femme inconsciente, Damoclès sortit lentement de l'ombre. Un léger sourire se dessina sur ses lèvres.

— Tiens, tiens. Je me disais bien que j'avais senti une Shalott.

Un bruit de chaînes se fit entendre dans la grotte exiguë derrière lui. Il se retourna lentement pour regarder le troll répugnant recroquevillé dans le coin opposé.

— Shay ? demanda Evor, et ses yeux flamboyèrent. Elle est ici ?

Avec un rire léger, Damoclès traversa la grotte.

— Crois-tu donc qu'elle soit venue te sauver, mon cher Evor ? Je crains qu'elle ne soit un peu trop inanimée pour penser beaucoup à toi. Il n'empêche, son arrivée bouleverse un peu mes plans. (Retraversant la grotte, il jeta un coup d'œil contrit à la robe plutôt simple qu'il avait choisie.) J'aurais dû mettre la dorée. Ce vert ne fait vraiment pas assez fête.

Evor s'humecta les lèvres. Il était assez intelligent pour savoir que ce qui se préparait ne pouvait pas être bon.

Pas pour lui en tout cas.

— Qu'est-ce que vous allez faire ?

Le sourire de Damoclès s'élargit tandis qu'un merveilleux sentiment d'exaltation l'envahissait. Bientôt, il verrait son ennemi anéanti de sa propre main. Et, chose plus satisfaisante encore, ce qu'il envisageait ferait hurler de douleur tous les vampires de ce monde.

Les événements ne s'étaient pas déroulés exactement comme il l'avait prévu, mais la conclusion serait la même.

L'Anasso serait mort et lui, Damoclès, aurait la paix dont il était privé depuis des siècles et des siècles.

Il détacha les chaînes de la paroi de la grotte puis, d'une secousse, força le troll terrifié à quitter son coin.

— Mon ami, tu es sur le point d'assister à mon triomphe. À l'apothéose d'un plan brillamment ourdi et impeccablement exécuté.

Evor essaya de résister à la traction des menottes, mais il n'était pas de taille face à un sidhe déterminé. L'espace d'un instant, son visage rond s'empourpra et il serra ses dents pointues avec rage.

Puis, comme tout bon poltron, il tomba à genoux et inclina la tête, implorant silencieusement sa clémence.

— Mon bon maître, je crois qu'il vaudrait mieux que je reste ici. Je ne serais pas de bonne compagnie pour apprécier un triomphe.

Le sourire de Damoclès s'effaça tandis qu'il se penchait pour caresser délicatement le visage plein de sueur du troll.

— Ah, mais tu représentes un élément essentiel de mon succès. Tu ne peux pas manquer ça.

— Je préférerais vraiment…

Les paroles d'Evor firent place à un gémissement étranglé lorsque Damoclès passa les doigts autour de la gorge du troll et le souleva brusquement du sol avec aisance.

Le tenant à bout de bras, il regarda avec une froide répugnance son visage rond prendre une étrange couleur aubergine.

— Ne m'énerve pas, vilain troll, ou je te coupe la langue. Je souhaite savourer cette victoire sans avoir à supporter tes braiments. (Il le secoua légèrement.) Compris ?

Evor dut s'y prendre à plusieurs reprises avant de réussir à parler malgré la poigne qui lui écrasait la gorge.

— Compris.

Desserrant les doigts, Damoclès laissa retomber le troll. Il retrouva son sourire.

— Je savais bien que tu finirais par te ranger à mon avis. Maintenant, allons nous amuser un peu.

Viper aurait été incapable de se rappeler les détails de son angoissant trajet à travers les tunnels obscurs pour gagner le repaire de l'Anasso. Oh, il avait vaguement conscience, de temps en temps, de tapisseries de plus en plus luxueuses et d'élégants candélabres offrant une lumière tremblante. Et d'une impression générale et omniprésente de dépravation et de laisser-aller.

Mais toute son attention était concentrée avec une ardente panique sur la femme dans ses bras.

Il ne la laisserait pas mourir.

Même s'il devait pour cela tuer jusqu'aux derniers des vampires, trolls et humains présents dans ces cavernes.

Arrivant enfin, à la suite de Styx, dans une grotte occupée en grande partie par un vaste lit et un feu ronflant, Viper s'arrêta pour observer l'être frêle calé au milieu d'une pile d'oreillers en satin.

Bien qu'il se soit préparé à trouver changé son chef autrefois si puissant, Viper ressentit un choc en voyant l'être fragile, presque cadavérique, qu'il était devenu.

Par le sang des saints, il semblait plus mort que vivant. Une vision troublante, même pour un vampire.

Comment pouvait-il encore jouir de tels pouvoirs ? Cela semblait impossible à Viper jusqu'à ce qu'il remarque l'éclat fiévreux de ses yeux profondément enfoncés dans leurs orbites.

L'Anasso était peut-être littéralement au seuil de la mort, mais il se battrait jusqu'au bout.

Lisant aisément dans ses pensées, l'intéressé lui adressa un sourire qui fit naître un pincement d'appréhension dans son cœur.

— Ah, je savais que tu viendrais à moi, Viper, dit le vieux vampire d'une voix rauque.

Serrant Shay contre son torse d'un geste protecteur, Viper lui jeta un regard furieux.

— Vous avez veillé à ce que je n'aie pas le choix.

— Tant de colère. (Le vieux vampire poussa un léger soupir.) N'as-tu aucune compassion pour ton maître, mon fils ? N'éprouves-tu aucune loyauté envers celui qui a tout sacrifié pour les vampires ?

— Je vois l'ombre déclinante d'un vampire autrefois puissant qui doit sa perte à ses propres faiblesses.

Les traits frêles de l'Anasso se contractèrent, mais il garda un ton doux et persuasif. C'était une voix qui avait autrefois exhorté avec succès des centaines de vampires à se battre.

— Oui, j'ai été faible. Et stupide. Une fois guéri, je peux te promettre que je ne succomberai plus jamais à de tels défauts. Je nous rendrai, à moi et ceux qui me suivent, la gloire qui nous est due.

Viper secoua lentement la tête. Styx et ses Corbeaux se laissaient peut-être embobiner par un tel serment. À ses propres oreilles, les paroles de l'Anasso sonnaient creux et manquaient de conviction.

Il avait vu les humains retenus captifs plus bas dans les souterrains.

— Ce n'est pas la première promesse de ce genre que vous faites, maître.

Cette fois, le vampire ne chercha pas à dissimuler sa colère.

— Ne prétends pas me juger, Viper. Tu n'as aucune idée de ce que j'ai enduré pour nous apporter la paix à tous, répondit-il, et sa voix fit naître une flambée de douleur sur la peau de Viper.

Celui-ci serra les dents. Bon sang, ça faisait mal. Et l'Anasso n'avait eu besoin que d'une pensée.

— Nous savons tous ce que vous avez fait pour nous, concéda-t-il entre ses dents.

Une nouvelle vague de douleur traversa l'air.

— Comment pourrais-tu le savoir ? Comment pourrais-tu comprendre ce que ça m'a coûté ? (L'Anasso pointa un doigt maigre vers Viper.) Il ne se passe pas une nuit sans que je sois hanté par le souvenir d'amis et de proches que j'ai été forcé de tuer parce qu'ils refusaient le changement. Pas une nuit sans que j'entende les cris de ma famille mourant de ma main. Peux-tu vraiment me reprocher de chercher à échapper aux fantômes qui me tourmentent ?

Viper devait bien admettre que son aîné était un maître en stratégie, d'associer ainsi à un discours subtilement manipulateur la menace planante d'une nouvelle décharge douloureuse. Le tout avec une apparente aisance.

Viper aurait peut-être été impressionné s'il n'avait pas lui-même fait les frais de cette manœuvre rusée.

— Et le fantôme du père de Shay ? demanda-t-il. Il vous hante, lui aussi ?

— C'était un sacrifice nécessaire.

— Tout comme Shay va l'être ?

L'Anasso n'afficha pas le moindre soupçon de remords.

— Oui.

Viper resserra instinctivement les bras sur Shay tout en laissant son propre pouvoir commencer à emplir l'air. Il ne possédait peut-être pas la puissance de son adversaire, mais il n'était pas sans défense.

— Que se passera-t-il lorsqu'il n'y aura plus de Shalott à saigner ? demanda-t-il en laissant volontairement le mépris envahir sa voix. Qui sacrifierez-vous alors ?

Il avait abandonné toute prétention de politesse, et le vieux vampire se redressa dans son lit, le visage durci par la fureur.

— Ça suffit. Viens à moi tout de suite, Viper.

Avec un pincement de regret, Viper déposa Shay par terre. Il avait beau désirer la garder près de lui, il ne pouvait pas prendre le risque de voir l'Anasso attaquer sans prévenir.

— Je ne renoncerai pas à la femme que j'aime, jura-t-il en tirant la dague de sa botte. Pour rien au monde.

— Tu oses défier ton maître ?

— Vous avez cessé d'être mon maître le jour où vous avez choisi d'empoisonner votre corps avec du sang corrompu. C'est un péché passible de mort.

L'écume aux lèvres, l'Anasso lutta pour se dépêtrer des lourdes couvertures.

— Styx ! appela-t-il d'un ton sec.

Viper changea de position pour garder un œil méfiant sur le vampire silencieux qui s'avança et s'inclina.

— Maître ?

— Amène-moi la Shalott.

Styx se redressa lentement, le visage dur.

— Cette femme est la promise de Viper. C'est contraire à nos lois de lui faire du mal.

Viper parvint difficilement à cacher sa stupeur devant ce défi abrupt.

Une stupeur qui se refléta aussi sur le visage de l'Anasso.

— Ainsi, on me trahit de tous côtés.

Avec un sifflement sourd, le vieux vampire sortit péniblement de son lit à baldaquin. Se retenant à une des épaisses colonnes du meuble, il leva une main menaçante en direction de Viper.

— Je l'aurai. Amène-la-moi, Viper, ou regarde-la mourir à tes pieds.

Viper se plaça délibérément entre Shay et le démon furieux.

— Elle préférerait mourir que de vous laisser boire son sang.

Une vague d'énergie fouetta l'air, faisant voler les cheveux de Viper et soufflant les chandelles qui éclairaient la grotte.

— Me crois-tu donc impuissant ? demanda l'Anasso en s'avançant à pas lents mais réguliers. Crois-tu pouvoir l'emporter sur moi, gamin ?

Viper n'aurait pas eu honte de l'avouer, il ressentit une peur soudaine.

Pas pour lui-même.

Il était prêt à donner sa vie pour protéger Shay. Mais s'il mourait, alors il n'y aurait plus personne pour la sauver de l'Anasso.

Et il ne pouvait supporter cette idée.

Puisant dans sa force autant qu'il le pouvait, il se prépara au combat.

— Je veux bien me mesurer à vous, dit-il entre ses dents.

— Même si cela signifie ta mort ? répliqua l'autre sans cesser d'avancer, entouré d'un tourbillonnant nuage d'obscurité.

— Oui.

— Imbécile.

Et d'un geste, l'Anasso projeta le ténébreux nuage sur Viper.

Celui-ci leva les mains pour dévier le coup, mais alors même qu'il bandait ses muscles, il y eut un mouvement vif comme l'éclair et Styx se retrouva brusquement devant lui.

— Maître… non !

Les ténèbres s'abattirent sur Styx et, avec un cri étouffé, l'imposant vampire s'écroula aux pieds de Viper.

Un silence incrédule et abasourdi s'installa. Ni Viper ni l'Anasso n'avaient prévu que le fidèle serviteur se jetterait dans la ligne de mire. Pas après des siècles de dévouement inconditionnel.

Quelque chose qui était peut-être du regret passa fugacement sur le visage hâve du vieux vampire. À l'évidence, il n'était pas encore complètement fou.

Malheureusement, il l'était assez pour refouler rapidement son hésitation momentanée, et son attention se reporta aussitôt sur Viper.

Celui-ci ne permettrait pas que Styx se soit sacrifié si impulsivement en vain. Il jeta sa dague droit sur le torse de l'Anasso et se pencha souplement pour ramasser l'épée de son ami tombé.

Il tenait déjà la lame lorsque sa dague toucha sa cible. L'Anasso tituba en arrière avec un hoquet étranglé et baissa les yeux sur le sang qui coulait sur le devant de sa robe.

Tout espoir qu'entretenait Viper de ralentir le démon millénaire fut toutefois anéanti lorsque celui-ci arracha la dague de sa poitrine et la jeta. Avec une expression de dédain, il invoqua de nouveau son pouvoir.

— Tu hurleras et imploreras la mort avant que j'en aie terminé avec toi, gronda-t-il entre ses dents en levant de nouveau la main pour projeter son énergie.

Viper hurla en effet.

Rien n'aurait pu le préparer à une souffrance aussi dévastatrice. Elle le frappa avec une violence impitoyable qui le fit tomber à genoux avant même d'avoir compris ce qui lui arrivait.

Resserrant sa prise sur son épée, Viper lutta pour tenir les ténèbres à distance.

Il pouvait sentir l'Anasso se rapprocher de plus en plus.

S'il n'avait qu'une chance de tuer le démon, il comptait bien en tirer le meilleur parti.

Chapitre 25

Shay failli crier de soulagement lorsque l'insupportable douleur cessa brusquement.

Nom de Dieu. La torture, elle connaissait. Elle avait été battue, brûlée, enchaînée et même bombardée de maléfices. Mais rien jusqu'alors n'avait réussi à lui donner l'impression qu'elle était en train de rôtir sur les feux de l'enfer, ou qu'on allait lui arracher le cœur de la poitrine.

Elle ne savait pas s'il était possible pour quiconque de survivre à de telles souffrances. Cela semblait le genre de chose capable d'envoyer une démone dans sa tombe.

Ou du moins, de lui donner l'envie d'y être.

Elle réussit enfin à soulever ses paupières lourdes et se rendit rapidement compte qu'elle n'était plus dans les tunnels humides. En fait, elle était allongée sur un luxueux tapis persan qui se mariait parfaitement avec le reste du mobilier tapageur de la pièce.

Les Mille et Une Nuits version dégénérée.

Puis elle se rendit compte que Viper était tout près d'elle, à genoux sur le tapis, luttant manifestement contre une attaque invisible, mais terrible.

Le souffle coupé, elle s'efforça de mouvoir son corps affaibli. Elle n'avait pas la moindre idée de ce qu'elle pouvait faire pour aider le vampire, mais elle était submergée par le besoin de le toucher.

Elle avait réussi à soulever la tête lorsqu'une ombre soudaine passa sur elle et qu'elle s'immobilisa, alarmée.

Elle aurait reconnu n'importe où la force maléfique qui bouillonnait dans l'air, et le frisson de dégoût qui lui donnait la chair de poule.

C'était la même force que celle qu'elle avait perçue à la salle des ventes, puis lorsque Styx et ses Corbeaux les pourchassaient dans les rues de Chicago.

L'Anasso.

Ça ne pouvait être que lui.

Tournant lentement la tête, elle ne put retenir un léger cri de stupeur en voyant le visage maigre et ravagé penché, immobile, au-dessus du sien. L'homme faisait davantage penser à un figurant échappé d'un mauvais film d'horreur qu'au vampire le plus puissant de la terre.

Mais les apparences étaient trop souvent trompeuses, et Shay n'était pas assez bête pour sous-estimer le démon qui venait de lui causer assez de douleur pour qu'elle souhaite être morte.

Se préparant à une attaque inévitable, Shay fut prise au dépourvu lorsqu'il s'agenouilla lentement à côté d'elle pour lui caresser le visage d'une main douce.

— Ma Shalott. (Il avait une voix grave et rocailleuse, mais riche d'une puissance probablement capable d'ensorceler démons comme humains.) Je savais que tu viendrais à moi.

Luttant contre le pouvoir hypnotique de cette voix, Shay prit une brusque inspiration.

— Qu'avez-vous fait à Viper ?

Une expression de profonde tristesse apparut sur le visage émacié. Une expression qui contrastait totalement avec l'éclat fiévreux de ses yeux sombres.

— Je n'ai pas eu le choix. Il refusait de comprendre.

— Comprendre quoi ?

— Que je dois survivre. Que, sans moi, les vampires redeviendront de simples sauvages. (Ses canines luisaient à la lueur des flammes.) Je suis l'Anasso. Je dois être éternel.

— Quel que soit le nombre des vôtres que vous devez tuer ?

Il crispa les doigts sur son visage, la faisant grimacer de douleur.

— Je suis plus important qu'eux.

Shay sentit une bouffée de rage l'envahir. Ce vampire lui avait déjà pris son père, et à présent il menaçait l'homme qu'elle aimait. Et tout ça à cause d'une foi illusoire en sa propre légende.

— Vous êtes complètement cinglé, chuchota-t-elle furieusement.

Il rapprocha brutalement le visage de Shay du sien. Si près qu'elle put sentir son haleine fétide effleurer sa peau.

— Si têtue, exactement comme ton père.

— Espèce de salaud. (Elle savait que c'était inutile mais elle se débattit quand même contre son emprise.) Vous l'avez assassiné.

— Il a rempli son rôle, ma chère. Son sang était censé être un don. Le don de la guérison pour moi. Et maintenant tu vas pouvoir accomplir ton propre destin.

Elle agrippa le fin poignet de l'Anasso et le serra de toutes ses forces.

— Mon seul destin est de vous voir mourir.

Sa piètre menace le fit rire.

— Je crains que non.

— En fait, cette charmante jeune femme a en partie raison, intervint une autre voix pleine de raillerie, derrière le vampire penché au-dessus d'elle. Vous allez mourir, vieux maître, et elle sera là. Malheureusement, je ne suis pas sûr qu'elle survive assez longtemps pour voir son destin s'accomplir.

L'Anasso relâcha Shay, si brusquement qu'elle faillit se cogner le visage par terre. Elle regarda le vampire se relever et se tourner vers l'entrée du tunnel le plus proche.

Recroquevillée sur le sol, elle contint l'envie presque irrésistible de se ramasser carrément en position fœtale sous l'effet de la peur. Elle se força au contraire à regarder la nouvelle menace.

La stupeur l'envahit à la vue du grand démon à la chevelure dorée qui venait d'arriver.

Un sidhe ?

Que diable venait faire un sidhe dans une grotte de vampires ? Et surtout, peut-être, qu'y avait-il au bout de cette chaîne qui disparaissait dans les ténèbres du tunnel derrière lui ?

Manifestement contrarié d'avoir été interrompu pendant son dîner, l'Anasso accueillit le nouveau venu d'un sifflement sourd.

— Damoclès. Je ne t'ai pas demandé de venir.

— Oui, je sais, et je dois dire que j'en suis extrêmement vexé. (Le sidhe secoua ses boucles blondes.) Comment pouvez-vous organiser une fête et ne pas inviter votre serviteur bien-aimé ?

— « Bien-aimé » ? (Le vampire émit un autre sifflement.) Pas vraiment.

Le sidhe sourit et Shay, instinctivement, se rapprocha furtivement de Viper. Il n'y avait rien de plaisant dans ce sourire.

— Tss tss. Après tout ce que j'ai fait pour vous, mon seigneur.

Heureusement, l'Anasso sembla oublier la jeune femme derrière lui alors qu'il se raidissait de colère. Ce qui convenait parfaitement à Shay. Surtout lorsqu'elle sentit Viper lever péniblement le bras pour la prendre par la taille.

Elle le regarda avec un soulagement farouche, mais l'expression sévère du vampire la mit en garde de ne rien faire qui puisse attirer l'attention.

Ce qui lui convenait, là encore, parfaitement.

— Et qu'as-tu fait pour moi, Damoclès, à part m'affaiblir ? demanda le vieux vampire d'un ton impérieux. Je me suis laissé autrefois aveugler par tes mensonges, mais c'est fini. Tu n'as laissé dans ton sillage que misère et trahison.

Le sidhe émit un petit rire joyeux.

— Oui, et je l'ai fait si bien.

L'Anasso parut aussi surpris que Shay par cet aveu abrupt.

— Tu reconnais tes torts ?

— Bien sûr. Je veux que vous sachiez à quel point il a été simple de vous faire tomber. (Le sourire hypocrite du sidhe fit place à une terrible expression de haine.) Vous vous faites appeler l'Anasso. Vous prétendez n'être rien de moins qu'un dieu pour votre peuple. Mais en vérité, vous n'êtes qu'un pitoyable lâche qui condamnerait son espèce tout entière à la mort si cela pouvait lui permettre de sauver sa misérable peau.

L'Anasso fit un pas chancelant vers lui.

— Tu es venu ici pour me détruire ?

— Oui.

— Pourquoi ?

Le sidhe porta la main au petit médaillon pendu à son cou.

— Je vous avais dit que vous n'étiez pas le premier démon que je servais. Autrefois, j'occupais fièrement ma place aux côtés d'un vampire qui, lui, méritait vraiment le respect.

— Qui était-ce ?

— Vous n'êtes pas digne de prononcer son nom. Pas après les mensonges et les duperies par lesquels vous l'avez attiré dans votre piège perfide.

Un silence pesant s'abattit sur la pièce tandis qu'ils se fusillaient mutuellement du regard. Shay sentit Viper resserrer son étreinte autour de sa taille alors que l'atmosphère étouffante se chargeait de menace. La question n'était plus de savoir si la violence allait éclater, mais quand.

L'Anasso se redressa avec arrogance.

— C'est moi qui ai réuni les clans. Moi qui ai mis fin aux effusions de sang. Moi qui ai apporté la paix à ceux qui ne l'avaient jamais connue. Moi qui ai réussi ce que nul autre n'avait su faire.

Le sidhe accueillit ces revendications avec un sourire moqueur.

— Non, vous avez seulement conçu la seule méthode certaine de rallier les vampires à votre cause afin de pouvoir tuer de plus vieux et de plus nobles que vous pour vous poser en chef suprême. Une machination savamment menée, j'en conviens. Mais n'essayez pas de me faire croire que cela venait d'autre chose que d'une simple soif de pouvoir.

Shay entendit Viper à côté d'elle hoqueter de stupeur devant cette accusation, mais elle ne détourna pas les yeux de la silhouette émaciée du vieux vampire.

Il semblait du genre à s'offenser d'être traité de psychopathe avide de pouvoir.

Au point peut-être de les tuer tous.

— Tu n'as aucun droit de me juger, sidhe, répondit l'Anasso d'une voix dure et rauque.

— Ah, mais ce n'est pas moi qui vous juge, si ? (D'un geste théâtral, Damoclès indiqua le corps inanimé de Styx.) Ce sont vos propres vampires qui ont enfin senti l'odeur fétide de votre corruption. Qui ont levé le voile de vos prétentions de gloire et ont vu la veule créature que vous êtes vraiment.

Avec un grondement terrifiant, l'Anasso tendit ses mains semblables à des serres vers le sidhe. Viper jura à voix basse et, toujours à genoux, poussa Shay derrière lui. La violence était sur le point de se déchaîner.

— Des paroles bien intrépides pour un démon inférieur. Je vais t'apprendre à avoir des rêves de grandeur, gronda le vampire d'un ton effrayant.

À la grande stupeur de tous, le sidhe se contenta de rire.

— Un démon inférieur ? Pas vraiment. À moi tout seul, j'ai réussi à mettre l'illustre Anasso à genoux.

— Par le mensonge et la ruse, répliqua le vampire. Oseras-tu m'affronter en face ?

— Oh, je ne crois pas que cela sera nécessaire. Je vais me contenter de vous tuer, ce sera plus amusant.

Une lueur de folie amusée dans ses yeux verts, le sidhe tira sur la chaîne. Toujours protégée par Viper, Shay lui agrippa le dos. Elle venait de repérer une odeur familière.

Bien trop familière.

— Evor, murmura-t-elle alors même que le troll entrait dans la pièce en trébuchant et tombait à genoux.

Viper se raidit.

— Par les couilles du diable.

Shay resta muette mais n'en pensa pas moins. Elle avait soupçonné que le troll était là dans les grottes, mais cela n'empêcha pas son cœur de se serrer de terreur.

Il avait une mine affreuse.

Les rares cheveux qui lui restaient lui collaient au crâne, il avait le visage blême et maculé de terre, et son costume à mille dollars semblait tout droit sorti d'une benne à ordures. Ce n'était plus du tout l'élégant et mielleux Evor qu'elle connaissait et détestait.

— Tu crois que ce misérable troll peut quelque chose contre moi ? demanda l'Anasso d'un ton d'incrédulité arrogante.

Attirant Evor près de son genou comme un chien en laisse, le sidhe lui caressa la tête.

— Ceci n'est pas n'importe quel troll. Voyez-vous, il détient un maléfice. Un maléfice qui est sur le point de tuer votre précieuse Shalott.

Le vieux vampire laissa planer une seconde de silence, stupéfait, prenant enfin conscience du danger qui le menaçait. Il lui fallait le sang de Shay pour survivre, mais nul vampire ne pouvait boire le sang d'un cadavre. Shay devait être vivante pour le guérir.

S'attendant à voir l'Anasso se jeter sur le sidhe qui souriait d'un air narquois, Shay poussa un petit cri lorsqu'il se retourna pour se ruer sur elle à la place.

Manifestement, il espérait boire assez de son sang avant qu'Evor soit tué.

Ce qui n'était pas une mauvaise idée, sauf qu'il avait sous-estimé le vampire agenouillé devant la Shalott.

D'un mouvement souple, Viper se releva et abattit sans hésitation son épée sur l'Anasso. Celui-ci fut forcé de reculer brusquement pour éviter d'être décapité.

— Shay… occupe-toi du troll, dit Viper d'une voix râpeuse.

Il continua à avancer en maniant son épée à la vitesse de l'éclair, poussant son avantage avec une sombre détermination.

Shay hésita en voyant le vieux vampire lever les mains et se préparer à frapper Viper de cette souffrance paralysante. Elle savait d'expérience qu'il était impossible de résister à celle-ci. Viper serait complètement à la merci de l'impitoyable vampire.

Comme s'il percevait son hésitation, Viper fit un autre grand moulinet avec son épée, forçant le démon à reculer.

— Shay, vas-y, sinon tu vas nous faire tuer tous les deux ! gronda-t-il entre ses dents, sans quitter des yeux le vampire émacié devant lui.

Eh bien au moins, c'était clair.

Et probablement assez vrai.

À rester en arrière, elle risquait de distraire Viper par sa présence plutôt que de l'aider.

Secouant la tête, elle se retourna et vit que le sidhe n'avait pas perdu de temps. Il avait déjà poussé Evor à terre et levait un couteau au-dessus du cœur du troll.

Merde.

Elle bondit instinctivement en avant, mais la raison lui souffla qu'elle ne l'atteindrait jamais à temps.

Evor était sur le point de mourir.

Et elle avec.

Viper sentit Shay s'éloigner mais ne lui accorda pas un regard. Il n'osait pas.

L'Anasso était peut-être affaibli, mais ses pouvoirs étaient toujours plus grands que ceux de Viper. Son seul espoir était de forcer le vieux vampire à rester sur la défensive en le martelant de coups jusqu'à ce que l'un d'eux porte.

Il ne s'agissait pas de la meilleure des stratégies, mais c'était tout ce qu'il pouvait faire pour le moment.

Sans jamais cesser d'agiter son arme, il poursuivit son avancée pas à pas. Le vampire poussa un sifflement exaspéré, pressé d'en finir avec lui. Une fois de plus, il leva sa main maigre pour frapper, et Viper, altérant son angle d'attaque, abattit son épée sur le poignet de son adversaire, coupant sans peine à travers les os fins.

Un hurlement de douleur déchira l'air tandis que la main tombait, et l'Anasso pressa son moignon sanguinolent contre sa poitrine.

— Je suis ton maître, dit-il d'une voix rauque. Tu ne peux pas me laisser mourir.

Viper ne tint aucun compte de son ordre. Il ne laisserait rien le détourner de sa tâche.

Le seul choix judicieux qu'il avait fait de la soirée, comme il le découvrit.

Serrant son bras blessé contre lui, l'Anasso rejeta la tête en arrière et invoqua les pouvoirs qu'il perfectionnait depuis un millénaire. Aussitôt, les ténèbres s'amassèrent autour de lui.

Viper n'hésita pas une seule seconde. Avec un cri de guerre farouche, il se rua en avant.

Il ne survivrait pas à une nouvelle attaque. Son seul espoir était de tuer son aîné.

Immédiatement.

Faisant un pas de côté, il feignit de viser le cœur de son ennemi. Celui-ci esquiva aisément son coup, ainsi que le suivant, décoché à son bras mutilé. Les ténèbres s'épaissirent et Viper commença à sentir les premiers picotements douloureux.

Avec son épée, il exécuta un vif moulinet près du sol, un mouvement bien connu, traditionnellement suivi d'un coup de taille vers le haut. Comme il l'espérait, l'Anasso se cambra instinctivement pour esquiver.

Viper changea l'orientation de son moulinet à mi-parcours pour entailler les jambes de son adversaire, que celui-ci ne protégeait plus. Ce n'était pas un coup mortel, mais ce fut suffisant pour faire chanceler le vieux vampire. Celui-ci poussa un grognement de rage en voyant le sang jaillir d'une profonde entaille dans sa cuisse.

Les ténèbres hésitèrent brièvement, et Viper fut prompt à en tirer parti. Contournant brusquement le frêle vampire, il plongea son épée jusqu'à la garde dans le dos étroit avant que sa victime ait eu le temps de voir ce qui lui arrivait.

Cette fois, l'Anasso tomba à genoux.

Viper s'approcha pour l'achever.

Devinant sa fin proche, le vieux vampire tourna la tête pour le regarder d'un air désespéré.

— Je suis l'Anasso. Les vampires ne peuvent pas survivre sans moi, dit-il d'un ton suppliant. Tu les condamnes tous à mort.

L'épée levée, Viper retint son geste. Chose presque surprenante, l'idée de mettre fin à la vie d'un chef autrefois respecté le laissait indifférent. Quoi que l'Anasso ait été par le passé, il n'était désormais plus qu'un animal enragé.

— Je ne condamne que vous.

Dans un éclair d'acier, il abattit son épée. Le vieux vampire leva sa main indemne comme pour arrêter le coup, mais c'était trop tard.

Les années de décrépitude l'avaient laissé vulnérable et bien trop mortel.

La lame affûtée comme celle d'un rasoir lui trancha sans peine le cou et, avec un soupir gargouillant, le vieux guerrier mourut.

Levet avait les nerfs à vif.

Pas étonnant.

Quelle gargouille de moins d'un mètre se déplaçant furtivement dans un dédale de tunnels tout en essayant d'éviter une meute de vampires affamés n'aurait pas été un peu nerveuse ?

Mais peut-être pour la première fois de sa très, très longue vie, il refusait de laisser sa lâcheté de cœur avoir raison de son fragile courage.

À chaque pas, il sentait qu'il se rapprochait un peu plus de Shay, et il ne flancherait pas. Quel que soit le nombre de vampires tapis dans l'obscurité.

Certes, cela facilitait les choses que, bien qu'il puisse sentir l'odeur d'une bonne dizaine de ces brutes, il n'en ait encore rencontré aucune.

Le courage était toujours plus affirmé lorsqu'il n'était pas mis à l'épreuve.

Humant l'air avec une bonne dose de prudence, Levet se tourna vers les tunnels richement décorés. Il devinait que ceux-ci menaient au repaire du grand manitou, ce qu'il semblait préférable d'éviter, mais Shay était incontestablement passée par là. Et récemment.

Il avança prudemment jusqu'à ce qu'il arrive enfin à l'entrée d'une vaste grotte. Là, il s'arrêta et prit une grande inspiration.

Comme il aurait pu le prévoir, la femme qui le suivait trouva le moyen de lui marcher sur la queue et de lui froisser douloureusement les ailes en l'emboutissant, avant de se rendre compte qu'il ne bougeait plus.

Avec un sifflement sourd, il se retourna pour fusiller du regard la nymphe boudeuse.

— Mes ailes ne sont pas ton airbag personnel, marmonna-t-il à voix basse. Tu peux essayer de garder ça en tête, s'il te plaît ?

Elle renifla avec mépris, sans prêter attention à sa réprimande.

— Pourquoi est-ce que tu t'es arrêté ?

— Shay est ici.

— C'est qui, cette Shay ? Ton amante ?

— Je te l'ai déjà dit, c'est mon amie.

— Peuh ! (Bella fit courir ses mains sur ses courbes voluptueuses d'une façon suggestive.) Je pourrais être une bien meilleure amie si seulement tu souhaitais que je reste à tes côtés pour toujours.

À ses côtés pour toujours ? Levet frémit rien que d'y penser. Il était assez mâle pour apprécier la valeur d'une belle femme, mais il préférerait se décapiter lui-même que de se voir condamné à une éternité avec cette nymphe frivole.

— Que sais-tu de l'amitié ? demanda-t-il d'un ton méprisant en se retournant vers l'entrée de la grotte.

Il la sentit effleurer le bord de ses ailes du bout des doigts.

— Je pourrais être tout ce que tu veux. Satisfaire tes fantasmes les plus secrets.

Levet remua les ailes pour repousser sa main.

—Je n'ai pas besoin d'une amie, pour ça. Il me faut juste assez d'argent et le bordel le plus proche.

—Je ferais tout ce que tu me demanderais. Quoi que ce soit. Même si c'était… difficile.

—Ce n'est pas à ça que sert un ami.

—Alors qu'est-ce qu'un ami ?

Il tourna la tête pour lui jeter un regard impatient.

—Quelqu'un qui se soucie de toi, même si tu ne le mérites pas.

—Ça n'a aucun sens, protesta la nymphe.

L'agacement de Levet se dissipa alors que ses souvenirs de Shay lui revenaient en mémoire.

Shay s'interposant entre lui et les trolls qui le torturaient. Shay menaçant Evor de le castrer, et pire. Shay revenant à la salle des ventes pour le délivrer.

—Non, répondit-il doucement. Et c'est ça qui est formidable.

Bella ouvrit la bouche pour se remettre à le tarabuster impitoyablement, mais, la faisant taire d'un geste rapide de la main, Levet reporta son attention sur la grotte.

Shay était tout près, il en était sûr. Mais il y avait également trois vampires, le sidhe qui, selon les dires de Bella, vivait dans ces grottes et… Evor.

—Bon sang.

Ça s'annonçait mal. Très mal. Tendant la main dans son dos, il attrapa la nymphe par le bras et l'attira à côté de lui.

—Combien de temps il faut à ta magie pour opérer ?

—Tu fais un vœu, et il se réalise, avoua-t-elle à contrecœur.

—Bien.

Levet prit une profonde inspiration mais elle lui posa hâtivement les doigts sur les lèvres.

—Ne fais pas ça. Souhaite plutôt que je reste avec toi. Je sauverai ton amie…

—Je souhaite faire la taille du roi des gargouilles, gronda-t-il cependant.

Il n'était pas sûr de ce à quoi il s'attendait. À un léger picotement. Un nuage de fumée.

Un feu d'artifice et une fanfare.

Mais tout ce qui se passa, c'est qu'il se cogna durement la tête, étant devenu brusquement bien trop grand pour le tunnel.

— Aïe.

Il frotta la bosse en train de se former sur son crâne et jeta un coup d'œil à son corps qui faisait désormais trois fois sa taille originelle.

Son vœu avait été réalisé. Il était désormais assez imposant pour sauver Shay de tout ce qui pouvait se trouver en travers de son chemin.

Une bonne chose, car à peine avait-il eu le temps de cligner des yeux qu'un hurlement perçant déchira soudain l'air.

— *Sacrebleu* *. Shay.

Chapitre 26

Elle avait l'impression de revivre un de ces horribles cauchemars qui la tourmentaient autrefois. Celui où elle essayait d'échapper aux sorcières, mais voyait ses pieds s'enfoncer inexorablement dans une boue épaisse. Elle avait beau courir de toutes ses forces, elle ne faisait que ralentir de plus en plus.

Elle voyait le poignard de Damoclès qui reflétait la lumière. Evor qui se débattait face à la mort. La courte distance qu'elle avait à parcourir pour dévier l'inexorable coup.

Mais elle aurait beau faire aussi vite que possible, elle n'atteindrait pas le sidhe avant qu'il ait plongé sa lame dans le cœur du perfide troll.

Un cri de rage et de peur s'échappa de sa gorge.

Evor n'était pas le seul à voir sa vie défiler devant ses yeux, et toute cette affaire était d'une injustice tellement brutale.

Pendant tant d'années, elle avait fait si peu de cas de sa vie. Elle avait même maudit la misérable existence qui lui avait été donnée. En tout cas, elle n'avait jamais éprouvé en se réveillant le besoin farouche de se lever d'un bond pour découvrir ce que la journée allait lui apporter.

Mais là, enfin, elle avait tout ça. Elle avait Viper. Et l'idée de mourir la submergeait d'un désespoir insupportable désormais.

Continuant sa course malgré la futilité de son effort, Shay sentit brusquement le sol se déformer sous ses pieds. Elle tomba à genoux au moment même où la roche autour de l'entrée du tunnel explosait, faisant pleuvoir sur elle une nuée de cailloux.

Se demandant ce qui venait d'arriver, elle se passa la main sur les yeux et plissa les paupières pour scruter le nuage de poussière.

Ce qu'elle vit fut une énorme, terrifiante gargouille. Une gargouille qui attrapa le sidhe et le fit voler à travers la pièce.

Avec un bruit sourd et sinistre, le sidhe heurta le mur opposé et retomba au sol. Même de loin, il était facile de distinguer l'angle anormal que formait son cou et l'aspect vitreux de la mort dans ses yeux écarquillés.

Putain de bordel.

Trop stupéfaite pour penser à savourer le fait que Damoclès avait miraculeusement été tué, Shay se mit à reculer rapidement quand le menaçant démon se baissa pour ramasser Evor, qui hurlait, et le soulever entre ses griffes.

Shay était vivante pour le moment, mais la gargouille qui tenait désormais le troll n'avait pas l'air d'humeur à entendre ses supplications. En fait, elle avait l'air énorme, féroce, et parfaitement capable de les avaler tout crus, tous autant qu'ils étaient.

Elle fit un pas vers Shay, qui poussa un hurlement bref. Tant pis pour le courage. Cette créature lui fichait une trouille monstrueuse.

Le démon s'arrêta puis, à la grande stupeur de la jeune femme, leva la main en un geste apaisant.

— Shay, c'est moi, dit-il d'une voix grave. (Puis, voyant qu'elle le regardait toujours avec une horreur non dissimulée, il fit claquer sa langue pour exprimer son agacement.) Levet.

— Levet ? (Shay se releva lentement, remarquant enfin les belles ailes désormais de la taille d'une petite voiture.) Qu'est-ce… Qu'est-ce que tu as fait ?

Il sourit, révélant des dents qui auraient pu la couper en deux.

— Il semble que je t'aie une fois de plus sauvée de ta propre imprudence.

Sauvée. Par tous les saints. Elle était sauvée. Le soulagement l'envahit. Ou du moins, commença à le faire. Il n'était pas allé bien loin lorsqu'il fut remplacé par une bouffée de peur.

Viper.

Faisant volte-face, elle se retourna juste à temps pour voir le beau vampire décapiter l'Anasso.

Le soulagement reprit son cours, irrépressible cette fois. C'était fini. Vraiment fini.

Elle fit un pas en avant pour courir rejoindre Viper. Elle voulait lui sauter au cou et crier sa joie. Elle voulait passer les mains dans ses cheveux et l'embrasser jusqu'à ce qu'ils puissent oublier les scènes d'horreur des dernières heures.

Mais elle s'arrêta en voyant Viper se laisser lentement tomber à genoux, une expression profondément attristée sur le visage.

Il venait, contraint par les événements, de tuer un chef qu'il avait manifestement respecté pendant des siècles. Il méritait bien quelques instants pour se faire à l'idée de cette mort affligeante.

Avec un effort, Shay se retourna vers le démon qui attendait derrière elle. Il ne ressemblait pas du tout à son Levet bien-aimé. Enfin, à l'exception de ses yeux. Eux ne changeraient jamais.

Elle esquissa un sourire hésitant.

— Je ne savais pas que tu pouvais changer de forme.

Levet haussa les épaules.

— Nous avons tous nos petits secrets…

— Ce n'est pas lui qui l'a fait, c'est moi, l'interrompit fermement une voix féminine.

Shay écarquilla les yeux en voyant une femme aux formes voluptueuses, vêtue d'un simple bout d'étoffe, apparaître derrière l'imposant démon.

— Une naïade ? (Shay regarda la gargouille en haussant les sourcils.) Grands Dieux, Levet, tu ne t'es pas ennuyé.

— On dirait que tu as eu de quoi t'occuper, toi aussi. Celui-ci respire encore. (Il indiqua d'une griffe Styx, par terre, qui commençait à reprendre conscience.) Veux-tu que je l'écrabouille ?

Avant que Shay ait pu répondre, elle sentit un bras réconfortant se poser sur son épaule. Son cœur fit un petit bond et elle jeta un coup d'œil scrutateur au vampire à côté d'elle.

— Viper ? l'interrogea-t-elle doucement.

Il venait juste de perdre son chef. Elle n'allait pas le forcer à accepter de perdre aussi un ami.

—Non, répondit Viper d'un ton ferme. Il ne faisait que ce qu'il croyait être juste. Il a risqué sa vie pour nous sauver.

—C'est vrai, dit-elle doucement, en tournant de nouveau les yeux vers Levet. Ne l'écrabouille pas.

—Et cette brute ? demanda Levet en secouant violemment le troll. Je peux le tuer ?

Shay l'arrêta d'un geste.

—Pas encore. Il détient toujours mon maléfice.

Levet poussa un soupir.

—Bon sang. Je ne peux pas tuer le vampire. Je ne peux pas tuer le troll. Je déteste gaspiller un bon vœu (pour rien). Je devrais peut-être aller mettre à sac un village voisin ? Les jeunes filles du coin apprécieraient certainement mon nouveau physique très viril.

Viper rit doucement. C'était l'un des sons les plus agréables que Shay ait jamais entendu.

—Après tous ces siècles, tu sais sûrement que ce n'est pas la taille qui compte pour les femmes, dit-il d'un ton railleur.

—Ha ! Facile à dire pour un vampire d'un mètre quatre-vingts, grommela Levet.

À contrecœur, Shay s'écarta de Viper pour venir prendre doucement la main énorme de Levet et la presser contre son visage. Elle comprenait combien il avait été difficile pour lui de se forcer à foncer ainsi à sa rescousse.

—Levet, ce n'est pas la taille du démon qui compte, mais celle de son cœur. Et il n'y a aucune gargouille au monde qui possède un cœur aussi grand que le tien. (Elle effleura des lèvres sa peau rugueuse.) Tu m'as sauvé la vie.

—*Oui, oui* *. Pas besoin d'en faire tout un flan.

Levet se dégagea, ses joues grises empourprées. Pour dissimuler son embarras, il souleva à bout de bras Evor qui se tortillait et le secoua de nouveau.

—Que veux-tu que je fasse de cette créature ?

—Pose-le là, dit Viper en indiquant le sol juste devant lui.

Levet se contenta de tendre le bras et de lâcher le troll. Evor eut juste le temps de s'effondrer par terre avant que Viper l'attrape par le cou et le fasse se relever une fois de plus. Le vampire enfonça ses doigts dans la chair molle du troll, dont les yeux commencèrent à devenir exorbités et le visage à tourner au rouge.

— Vous ne pouvez pas me tuer, glapit le troll. Pas sans tuer aussi la Shalott.

D'un geste nonchalant, Viper le gifla assez violemment pour lui rejeter la tête en arrière.

— La Shalott a un nom.

— Shay, dit Evor d'une voix entrecoupée. Dame Shay.

Viper le regarda comme s'il était un insecte qu'il venait de trouver collé à sa semelle.

— Que veux-tu faire de lui, mon cœur ? On pourrait le ramener chez nous et le faire clouer au mur comme trophée.

Shay frémit.

— Et avoir cet horrible visage sous les yeux tous les jours ?

— Bonne remarque. Je possède plusieurs cachots à thèmes créatifs qui pourraient lui convenir.

— À « thèmes créatifs » ?

Viper haussa les épaules.

— Torture traditionnelle, antique, high-tech…

— Non, non. Je vous en prie.

Evor tourna la tête vers Shay, l'air désespéré. C'était une expression qu'elle aimait voir sur cette sale tronche, décida-t-elle.

— Je ferai tout ce que vous voudrez.

Elle s'approcha de lui, le visage dur.

— Je veux des réponses.

— Bien sûr. (Il s'humecta les lèvres avec nervosité.) À quoi ?

— Comment t'es-tu procuré le contrôle de mon maléfice ?

— Je…

Viper resserra brusquement les doigts.

— Ne songe même pas à mentir à ma dame. Je peux faire en sorte que tu souhaites mourir.

— Je suis allé voir Morgana pour une… potion, répondit le troll d'une voix haletante.

— Morgana ? répéta Shay.

— La sorcière.

— Oh.

Elle fronça les sourcils. Elle ne savait pas que les trolls utilisaient des potions magiques.

— Quel genre de potion ?

— C'était… personnel.

— Personnel ? Qu'est-ce que tu entends par là ?

— Crois-moi, mon cœur, tu ne veux pas entendre plus de détails, intervint Viper.

Elle grimaça. Le vampire avait sûrement raison. Le simple fait d'imaginer ce que pouvait faire le vilain démon dans l'intimité suffisait à lui donner des cauchemars.

— Très bien. Tu es allé la voir pour une potion. Comment as-tu fini avec mon maléfice entre les mains ?

— Lorsque je suis arrivé, la boutique était fermée, mais… je suis entré quand même.

— Tu veux dire que tu es entré par effraction, dit Shay d'un ton accusateur.

— Je voulais cette potion, répondit Evor d'un ton qui révélait qu'entrer par effraction faisait partie de son code moral. Je pensais qu'il n'y avait personne dans la boutique, mais une porte secrète avait été laissée entrouverte et j'ai entendu des voix. L'une d'elles était celle de Morgana, qui parlait à une sorcière plus jeune. Sa protégée, je suppose.

Shay fronça les sourcils, se rappelant la porte qui menait au cellier creusé sous la boutique.

— Qu'est-ce que ça a à voir avec le maléfice ?

— Elle était en train de l'instruire sur son devoir de protection d'une jeune Shalott qui était en grave danger. Elle disait qu'une fois le contrôle du maléfice transmis, la jeune sorcière devrait toujours rester sur ses gardes pour protéger la demi-démone de ceux qui lui voudraient du mal.

— Elle allait transmettre le maléfice à une autre sorcière ?

— Oui. Morgana s'inquiétait du fait qu'elle commençait à se faire trop vieille pour remplir adéquatement son rôle de protectrice.

— Oh.

Shay digéra lentement cette révélation. Chose peut-être ridicule, l'inquiétude de la sorcière lui fit chaud au cœur. Son père avait manifestement choisi sa protectrice avec soin. Cela la rassurait sur le fait qu'il l'avait vraiment aimée autant qu'elle le croyait autrefois.

— Donc elle voulait me protéger ?

Evor haussa les épaules.

— Je suppose.

Toujours sensible à la moindre des émotions de Shay, Viper resserra sa prise sur la gorge du troll. Il se rendait sûrement compte à quel point elle avait besoin de savoir qu'elle n'avait pas été abandonnée par ceux qui affirmaient l'aimer.

— Tu as entendu le mot « Shalott » et tu as immédiatement compris combien elle te rapporterait, dit-il d'un ton accusateur et lourd de menace.

Evor glapit, les yeux écarquillés de terreur.

— Je suis un homme d'affaires. Que pouvais-je faire d'autre ?

— Tu es une ordure, rectifia Shay. Comment as-tu fait pour te procurer le maléfice ?

— J'ai… (Le troll s'humecta les lèvres d'un air nerveux, puis détacha les yeux de Viper pour regarder la jeune femme.) J'ai descendu l'escalier et attendu le bon moment. Lorsqu'elle a commencé à transmettre le maléfice, j'ai bondi pour tuer la jeune sorcière et le sortilège est tombé sur moi.

— Puis tu as assassiné Morgana ?

— Oui. (Une expression légèrement perplexe apparut sur son visage laid.) Je voulais brûler son corps, mais elle a paru se volatiliser.

Shay se rappela le moment où elle avait trouvé le squelette et la petite boîte cachés derrière le cercle enchanté. Morgana avait utilisé son dernier souffle pour préserver la vérité pour Shay.

— Espèce de pourriture sans cœur, dit-elle dans un souffle, en serrant les poings le long de son corps pour se retenir d'étrangler l'affreux troll.

Cette créature avait fait de sa vie un véritable enfer. Il l'avait enchaînée, malmenée, et vendue comme un vulgaire animal.

Sans lui…

Sans lui, elle n'aurait jamais rencontré Viper, chuchota une voix importune dans le fond de sa tête.

Sa rage frémissante se dissipa et, de manière assez inopinée, elle s'effondra à genoux et se mit à pleurer.

Elle ne savait pas ce qui provoquait ces sanglots.

La mort absurde de son père, peut-être. Les horreurs de son enfance volée. Ses années d'esclavage.

Le fait de savoir que, sans un hasard extraordinaire, elle n'aurait jamais été à la merci d'Evor.

Ou peut-être se purgeait-elle simplement des derniers vestiges d'amertume qui lui restaient pour pouvoir tourner enfin la page.

Quelle que soit la cause, il ne fallut pas longtemps à Viper pour venir s'agenouiller à côté d'elle et la serrer dans ses bras.

— Shay, mon amour, je t'en prie, murmura-t-il, la bouche contre ses cheveux. Tu me brises le cœur.

Elle renifla en enfouissant le visage dans son torse puissant.

— C'est fini ? demanda-t-elle.

Il effleura des lèvres son visage humide, effaçant ses larmes par ses baisers.

— C'est fini. Vraiment fini. On peut rentrer à la maison.

— Et Evor ?

— On le ramène avec nous. J'ai assez de contacts pour nous trouver une sorcière capable de rompre le maléfice. Après ça… Eh bien, c'est toi qui décides, mon cœur.

Elle leva les yeux pour soutenir son regard inquiet.

— Lorsque nous aurons mis fin au maléfice, je ne serai plus ton esclave.

Un sourire se dessina lentement sur les lèvres du vampire.

— Mon esclave, peut-être pas, mais tu seras bientôt ma compagne. Ce qui veut dire que tu es coincée avec moi pour l'éternité.

— Je n'ai pas encore dit « oui », lui rappela-t-elle doucement.

— Parfait. (Il effleura sa bouche de la sienne.) Je veux le plaisir de te convaincre.

Shay frémit légèrement. Elle ne doutait pas un seul instant qu'il y aurait du plaisir là-dedans.

Pour lui comme pour elle.

Levet se racla la gorge et le bruit résonna étrangement dans la grotte. Shay leva les yeux et le vit qui les regardait avec un soupçon d'impatience.

— Ce n'est pas que je souhaite jouer les trouble-fête, mais, si on ne sort pas d'ici, Dante et son armée ne vont pas tarder à arriver, armés jusqu'aux dents, fit-il remarquer. L'heure tourne.

Viper hocha lentement la tête.

— Ça m'embête de donner raison à la gargouille, mais, si Dante est sur le point d'arriver, nous devons l'arrêter avant qu'il y ait davantage de violence. (Il tourna la tête pour observer Styx qui, silencieux, ramassait la poignée de cendres restant de son maître.) Il y a eu assez de sang versé comme ça.

Shay lui caressa légèrement la joue en signe de compassion avant de reporter son attention sur le démon géant. Il était plutôt impressionnant avec ses muscles saillants et ses traits grotesques. Aussi terrifiant que la plus féroce des gargouilles. Mais son petit Levet lui manquait.

— Je ne voudrais pas jouer les rabat-joie, Levet, mais as-tu réfléchi à la façon dont tu vas pouvoir sortir de ces grottes ? murmura-t-elle doucement.

Fronçant les sourcils de surprise, Levet baissa les yeux sur son corps récemment agrandi.

— Je ne peux pas simplement… (Il fit un geste des mains.) Me forcer un passage ?

Viper se releva et attira Shay contre lui.

— Pas sans faire tomber la majeure partie de la berge sur nos têtes. Et même si je te suis très reconnaissant de ton aide, mon ami, je n'ai aucune envie de rester enfermé dans ces tunnels avec toi jusqu'à ce que nous arrivions à nous creuser un chemin vers la sortie.

Levet tapa du pied avec agacement, faisant pleuvoir sur eux des morceaux du plafond.

— Ça craint carrément, ça, dit-il d'un ton plaintif. J'arrive enfin à avoir une taille correcte et maintenant je dois y renoncer avant même d'avoir pu m'offrir un bon petit pillage.

— Non ! (La naïade jusqu'alors silencieuse agrippa soudain le bras de la gargouille, avec une expression suppliante.) Ne les écoute pas. Ils essaient de te rouler et de te faire renoncer à ton dernier vœu. On peut sortir de là. Je connais un chemin…

— Oh, tais-toi, tu veux ? l'interrompit sèchement Levet. Rien que pour être débarrassé de toi, ça vaut le coup de renoncer à un vœu. (Il prit une profonde inspiration.) Je souhaite avoir ma taille normale.

En un clin d'œil, il avait retrouvé sa courte stature et surtout, la naïade pleurnicheuse avait disparu.

Avec un petit sourire, Shay s'avança pour serrer son cher ami dans ses bras.

— Je t'aime, Levet, chuchota-t-elle.

Il accueillit cet aveu à l'eau de rose d'un grognement railleur, mais n'essaya pas de se dégager. D'un geste gauche, il lui tapota le dos de sa petite main.

— *Oui, oui* *. On peut rentrer à la maison, maintenant ?

À la maison. Oui, elle rentrait chez elle. Avec sa famille.

Quel démon aurait demandé plus ?

Viper n'avait pas menti.

Il avait effectivement les contacts nécessaires pour trouver une sorcière qui accepte de rompre le sort jeté à Shay.

Bien sûr, il n'apprécia pas la décision de celle-ci de laisser Evor repartir en rampant. Les intentions du vampire pour le troll étaient parfaitement claires. Une bonne séance de torture bien longue, suivie de plusieurs heures de découpage en tout petits morceaux.

Mais Shay avait découvert que sa farouche soif de vengeance n'était plus le moteur de son existence. Pas alors qu'elle avait une éternité à préparer avec le vampire qu'elle aimait.

Elle était débarrassée d'Evor, et tant que les vampires le surveillaient pour s'assurer qu'il ne fasse plus de mal à un seul autre démon, elle était satisfaite.

Ils s'étaient disputés à ce sujet, bien sûr, mais elle avait eu le dernier mot. Et ils avaient tous deux savouré le plaisir de se réconcilier sur l'oreiller.

À présent que le maléfice n'était plus, Shay pouvait faire des projets d'avenir pour la première fois depuis presque un siècle.

Avec un bonheur suprême, elle avait abandonné son rôle de servante pour prendre celui de compagne.

Ç'avait été une magnifique cérémonie organisée dans la maison de campagne de Viper, au milieu de centaines de bougies et de roses, avec dans l'air une odeur de tarte aux pommes fraîche sortie du four.

Lorsque Viper avait enfoncé les crocs dans sa chair en invoquant les pouvoirs séculaires pour les unir, elle et lui, Shay avait cru qu'elle ne connaîtrait jamais moment plus parfait dans sa vie.

Elle s'était trompée.

Au fil des jours, elle s'était rendu compte que son existence était maintenant remplie de ces instants de perfection.

Les virées shopping ou les simples déjeuners en compagnie d'Abby. La vue de Viper en train d'apprendre à Levet à manier une épée avec une précision meurtrière. Les dîners tardifs avec Viper qui la taquinait tandis qu'elle dévorait jusqu'à la dernière miette un énorme repas laissé pour elle par la gouvernante. Les rassemblements festifs du clan, où les vampires révélaient leur profond respect et leur loyauté inébranlable envers le chef qui assurait leur protection.

Il y avait des joies qui pour beaucoup seraient allées de soi.

Mais pas pour elle, jamais.

Rentrant d'une séance-marathon de shopping avec Abby, Shay se glissa silencieusement dans la chambre qu'elle partageait avec Viper et laissa tomber ses nombreux sacs. Avant de tomber amoureuse, elle ne s'était jamais intéressée à quelque chose d'aussi bête que la mode.

Mais à présent, elle avait une envie toute particulière de se faire belle.

Soulagée de découvrir que Viper était sous la douche, elle se dévêtit précipitamment et sortit d'un de ses sacs une nuisette blanche.

C'était un magnifique vêtement.

En satin chatoyant, avec des incrustations de dentelle sur les seins, descendant vers le ventre, il réussissait à révéler bien plus qu'il ne couvrait.

Il semblait fait sur mesure pour éveiller l'intérêt du plus difficile des vampires.

Elle venait juste de l'enfiler lorsque la porte de la salle de bains attenante à la chambre s'ouvrit et Viper entra dans la pièce.

L'espace d'une seconde, elle dut faire un effort pour se rappeler comment respirer.

Il était tout simplement trop beau.

Vêtu d'un lourd peignoir de brocart, sa cascade soyeuse de cheveux argentés encadrant son visage parfait, il semblait sorti tout droit d'un fantasme extrêmement raffiné.

Son fantasme à elle.

S'arrêtant brusquement, il écarquilla les yeux en détaillant du regard, avec une extrême lenteur, sa silhouette à peine vêtue.

Shay dissimula un sourire en sentant l'air de la pièce commencer à ondoyer sous l'effet de l'énergie brûlante et passionnée que dégageait Viper. Il donnait l'impression qu'il ne pourrait jamais se rassasier d'elle.

Les yeux du vampire s'assombrirent alors qu'il prenait le temps d'allumer les dizaines de bougies laissées sur la coiffeuse avant d'éteindre le plafonnier et de s'approcher pour s'arrêter juste devant elle.

Il resta là une éternité, savourant avec une expression indéchiffrable la vision qu'elle lui offrait. Shay finit par pousser un soupir impatient.

— Alors ? demanda-t-elle.

— Alors quoi ? répondit-il d'une voix adéquatement chargée d'émotion.

À quoi bon le satin et la dentelle s'ils n'ôtaient pas un minimum l'usage de la parole à un homme ?

Elle fit posément glisser ses mains sur l'étoffe soyeuse.

— Tu es censé me dire que tu trouves belle ma nouvelle nuisette.

Les canines de Viper s'allongèrent alors qu'il faisait un effort pour ne pas simplement la porter jusqu'au lit et laisser l'instinct prendre les commandes. Malgré tout son raffinement et son élégance, il y avait des moments où il était entièrement mâle.

— Tout est beau du moment que tu le portes, murmura-t-il.

— J'ai pensé que ça te plairait.

Shay sentit son cœur bondir d'excitation dans sa poitrine lorsqu'il l'enlaça de ses bras et l'attira fermement contre lui. Le contact et l'odeur de Viper suffisaient à accélérer son pouls et faire naître un spasme de plaisir anticipé au creux de son ventre.

— Ça me plaît beaucoup, mais je ne suis pas sûr que ça vaille le prix que tu y as mis, dit-il en inclinant la tête pour frotter doucement son nez contre la joue de la jeune femme.

— Ne me dis pas que tu es devenu pingre avec l'âge ? protesta-t-elle.

Il lui mordilla l'oreille.

— Je me fiche pas mal du prix que tu l'as payée, c'est le temps qu'il t'a fallu pour l'acheter que je regrette.

Frémissante, Shay lui passa les bras autour du cou. Elle savait fort bien que Viper était content de la voir se lier d'amitié avec Abby.

Mieux que personne, il comprenait à quel point c'était important pour elle.

— Je n'ai été partie que cinq heures.

Il suivit la courbe de sa mâchoire du bout de la langue, faisant naître une vague de chaleur dans tout son corps. Nom de Dieu, qu'il savait y faire.

— Bien trop longtemps, l'informa-t-il.

Shay lutta pour se rappeler qu'elle avait un cerveau. Lequel fonctionnait d'habitude plutôt bien.

Mais ce n'était pas chose facile, avec les mains de Viper qui commençaient à explorer la fine dentelle recouvrant sa poitrine.

— Tu ne sais manifestement rien des rites complexes qu'implique le shopping, dit-elle dans un souffle.

Du pouce, il lui effleura le bout des seins, les faisant se dresser fébrilement.

— Des rites complexes ?

Shay se cambra obligeamment pour qu'il puisse couvrir plus facilement ses tétons endoloris de ses lèvres talentueuses. Elle laissa échapper un soupir alors qu'il tirait dessus avec une insistance croissante.

— Abby me les enseigne. C'est très compliqué et très secret.

— Hmm. (Il lui caressa le téton du bout de la langue jusqu'à ce qu'elle ait les jambes en coton.) Ça m'a l'air bien trop fastidieux pour que tu perdes ton temps avec ça. Tu as des choses bien plus importantes à faire.

Elle lui agrippa les épaules.

— Et quelles choses exactement ?

— Laisse-moi réfléchir.

Avant qu'elle ait pu deviner son intention, il l'avait soulevée du sol et se dirigeait vers le lit voisin. En un clin d'œil, elle se retrouva allongée de tout son long sur le matelas, Viper au-dessus d'elle. Non qu'elle songe à s'en plaindre. C'était précisément là qu'elle avait eu l'intention de finir. Même si pas nécessairement avec Viper au-dessus. Il l'observa d'un air ridiculement fier de lui.

— D'abord, tu devrais toujours accueillir ton compagnon d'un baiser, dit-il.

— Ah.

Elle comptait bien faire disparaître rapidement ce sourire suffisant.

Lui prenant le visage entre les mains, elle souleva la tête pour poser les lèvres sur les siennes. D'abord avec une extrême douceur. Effleurant sa bouche de baisers légers comme l'air, de coups de langue timides. Viper gémit mais elle refusa d'approfondir ses caresses, continuant à lui mordiller le coin de la bouche.

Elle sentit le corps du vampire se raidir, son érection appuyer contre sa cuisse avec une insistance farouche. Alors seulement inséra-t-elle sa langue entre ses lèvres et laissa-t-elle libre cours à son propre désir, jusqu'alors refréné, de le goûter.

Il poussa un grognement guttural tout en tirant d'une main impatiente sur son onéreuse nuisette.

— Est-ce comme ça que je devrais t'embrasser ? murmura-t-elle.

— Oh, oui, répondit-il en lui arrachant fébrilement le vêtement de satin. C'est exactement comme ça.

— Autre chose ?

— Tu devrais m'enlever mon peignoir. (Il sourit en la voyant hausser les sourcils.) Juste pour vérifier que je me suis bien rincé.

— Ah, je vois.

Avec un petit rire, elle fit obligeamment glisser la riche étoffe du corps de Viper et la jeta par terre. Puis elle fit courir ses mains sur les muscles saillants de son dos.

— Il ne faudrait pas qu'il reste des bulles de savon ici et là.

Les yeux du vampire étaient noirs comme la nuit et ses cheveux argentés étaient tombés comme un rideau de soie de part et d'autre de Shay. Avec ses canines allongées au maximum, il avait un air dangereusement malicieux et exotique.

— Tu devrais vraiment chercher plus attentivement, mon cœur.

— Vraiment ?

Elle pencha la tête pour déposer une ligne de baisers le long de son cou et jusqu'à sa clavicule. Elle s'attarda là un moment, mordillant sa peau froide et d'une douceur scandaleuse, avant de continuer jusqu'à son téton qu'elle flatta comme il avait flatté le sien.

— Et comme ça ?

— Parfait, répondit-il dans un gémissement, en plongeant les doigts dans ses cheveux pour les libérer de leur tresse soignée. Shay…

D'un mouvement brusque, il la fit se redresser pour trouver ses lèvres. Il n'y avait plus la moindre prétention de douceur dans ses gestes lorsqu'il lui captura la bouche en un baiser qui réclamait sa capitulation absolue.

Shay ne se fit pas prier pour ouvrir les lèvres à la caresse profonde de sa langue. En même temps, il se mit à faire courir ses mains sur sa peau avec une fébrilité qui fit naître un spasme de volupté dans le cœur de la jeune femme.

Il n'y avait rien de plus délicieux qu'un vampire au comble de l'excitation.

Savourant le désir qu'il sentait émaner d'elle, il couvrit son visage de baisers fougueux avant de faire descendre sa bouche le long de son cou. Shay retint son souffle, s'attendant à sentir ses canines s'enfoncer doucement dans sa gorge.

Ces dernières semaines lui avaient appris qu'il n'y avait rien à craindre dans le fait d'offrir à Viper le sang qu'il convoitait si avidement. C'était un acte de communion intime qui procurait un plaisir dépassant l'imagination.

Il lui érafla très légèrement la peau mais continua à descendre, lui plantant des baisers affolants sur la poitrine, le ventre et enfin la courbe de la hanche.

Les yeux de Shay chavirèrent alors qu'il lui écartait les jambes pour s'installer entre elles. Oh oui, elle aimait cette partie.

Avec une patience dont seul un immortel était capable, Viper fit courir ses lèvres sur sa cuisse, puis sa langue jusqu'au bout de ses orteils, avant de remonter. Elle décolla les fesses du lit en une adjuration silencieuse.

— Je t'en prie, chuchota-t-elle.

Tout en continuant à lui lécher l'intérieur de la cuisse, il leva les yeux pour rencontrer son regard étincelant. D'un geste posé, il lui perça la peau de ses canines, et tout aussi posément attendit qu'elle l'autorise à poursuivre.

C'était sa manière de lui garantir qu'il ne prendrait jamais son sang contre son gré. Qu'elle avait le pouvoir de le lui refuser à tout moment.

Le ventre noué d'excitation, elle étudia la beauté satinée de ses traits.

— Si tu me mords, je ne vais jamais tenir, dit-elle.

Les yeux noirs de Viper brillèrent de satisfaction masculine. Elle ne put s'empêcher de rire. C'était peut-être un vampire, mais il y avait plein de testostérone dans ses veines.

Elle acquiesça lentement et retint un cri lorsqu'il enfonça profondément ses crocs dans sa chair. Un cri non de douleur, mais de pur plaisir.

Agrippant les draps sous elle, elle prit une inspiration rauque en le sentant boire son sang à grands traits. À chaque succion, elle se tordait d'un plaisir croissant. Il ne touchait que sa jambe, mais elle se mit bientôt à haleter rapidement et une pression qu'elle connaissait bien commença à se développer dans son bas-ventre.

Elle savait qu'il était inutile d'essayer de retarder l'orgasme qui arrivait.

Il était aussi inéluctable que le déferlement d'une vague sur le rivage.

— Viper !

Elle tendit la main pour emmêler ses doigts dans les cheveux de son amant et laissa la sensation explosive lui secouer le corps.

Putain… de… merde. Des étoiles filantes passèrent devant ses yeux. La terre tourna. Le temps s'arrêta.

Ç'avait été comme ça l'était chaque fois. Parfait.

Même si elle devait vivre une éternité, elle ne s'habituerait jamais à la pure intensité de leurs passions.

Avec un gémissement qui n'avait rien de feint, elle se laissa retomber sur le matelas tandis que d'un mouvement fluide Viper se soulevait pour glisser en elle d'un coup de reins énergique.

Lui agrippant les épaules, elle replia les jambes autour de sa taille tandis qu'il allait et venait en elle à un rythme rapide et régulier qui eut vite fait de ranimer son désir.

— Je t'aime, mon cœur, dit-il d'une voix rauque tandis qu'elle lui griffait le dos. J'aime chaque magnifique parcelle de ton corps et de ton âme.

Shay sourit en sentant ces mots doux lui effleurer la joue. Qui aurait cru qu'un jour elle accueillerait un vampire entre ses bras ? Ou qu'elle lui donnerait le cœur qu'elle croyait enterré à tout jamais ?

Et qui aurait cru qu'elle en viendrait un jour à accepter l'idée qu'être moitié Shalott et moitié humaine était finalement quelque chose d'assez merveilleux ?

Resserrant son étreinte sur l'homme qui avait si profondément transformé sa vie, Shay laissa l'onde de plaisir qui l'envahissait atteindre son paroxysme juste au moment où Viper, avec un cri rauque, s'enfonçait profondément en elle.

Il se laissa retomber à côté d'elle et l'attira entre ses bras, effleurant des lèvres ses cheveux emmêlés.

— Désolé pour ta nouvelle nuisette, mon cœur, murmura-t-il.

Il n'avait pas l'air désolé pour deux sous, constata-t-elle en jetant avec regret un coup d'œil à la nuisette en satin déchirée, irrécupérable. En fait, il paraissait franchement content de lui.

— T'inquiète. (Elle se lova plus confortablement contre lui.) Je peux toujours retourner faire les boutiques demain.

— Demain ? (Il resserra l'étreinte de ses bras.) Tu sais qu'il y a une chose merveilleuse qui a été inventée ? Ça s'appelle l'achat en ligne…

Viper attendit que Shay se soit endormie puis se dégagea délicatement de ses bras et enfila son peignoir. Il esquissa un sourire en contemplant la femme mince qui avait trouvé le moyen de devenir la chose la plus importante au monde pour lui.

Même après des semaines d'ébats passionnés, il ressentait toujours ce petit sursaut de joie au réveil lorsqu'il la découvrait dans ses bras.

Il n'avait jamais éprouvé un tel sentiment de paix et de contentement de toute son existence ; et pourtant, il y avait une tache à son bonheur dont il n'arrivait pas à se débarrasser complètement.

Il s'approcha de la fenêtre pour regarder l'obscurité au-dehors. Parmi les arbres, il percevait la présence de Santiago et des autres jeunes vampires qui patrouillaient avec zèle. Le danger menaçant Shay était passé, mais avec sa position de chef de clan, il ne pouvait jamais totalement se croire en sécurité.

Or, il comptait bien tout faire pour éviter les mauvaises surprises.

Perdu dans ses pensées, il fut pris au dépourvu par la voix douce qui rompit soudain le silence.

— Tu devrais aller le voir, tu sais.

Se retournant vers la femme allongée sur son lit, il haussa les sourcils.

— Je croyais que tu dormais.

Shay, qui offrait une vision bien trop tentante, ainsi étendue nue sur la couverture dorée avec ses cheveux étalés comme un rideau de satin autour d'elle, sourit d'un air paresseux.

— Viper, va le voir.

— Qui ? demanda-t-il tout en commençant à se diriger vers le lit.

Son corps réagissait déjà à la vue de la jeune femme. Il était peut-être théoriquement mort, mais il n'était pas enterré.

Une femme nue sur son lit était une occasion à ne pas manquer.

— Styx, répondit Shay.

Il s'arrêta, stupéfait.

— Comment as-tu su ?

— Je suis plus qu'un joli minois.

Il laissa son regard vagabonder lentement sur ses rondeurs dénudées.

— Oh, j'en suis parfaitement conscient, dit-il d'un ton vexé. Mais je ne savais pas que tu pouvais entendre les pensées des gens.

Une rougeur charmante monta aux joues de Shay et elle tira la couverture par-dessus elle. Viper poussa un soupir de regret. Bon sang. C'était presque un crime de cacher une telle beauté.

— Il n'y a pas besoin d'être très perspicace pour se rendre compte que tu es troublé depuis que nous sommes sortis des grottes, répondit-elle. Et que tu dois éprouver des regrets à propos de ce qui s'est passé là-bas.

Viper fit la grimace. Cette femme commençait à le connaître beaucoup trop bien.

— C'est par ma main que le chef des vampires est tombé. Styx doit prendre le commandement, si nous ne voulons pas nous enfoncer dans le chaos.

Elle fronça les sourcils.

— Tu crois qu'il va le faire ?

Viper secoua lentement la tête. Comme tous les vampires, Styx pouvait être têtu, arrogant, et enclin à se replier sur lui-même lorsqu'il était perturbé.

S'il parvenait à la conclusion que c'était lui le responsable de la mort de l'Anasso, ou s'il se croyait, pour une raison ou pour une autre, indigne du commandement, il s'évanouirait dans la brume et personne ne saurait le trouver.

Viper ne pouvait pas laisser faire cela.

Peu importaient son embarras et ses doutes : Styx était désormais leur chef suprême.

— Je suppose que là est toute la question, répondit-il doucement.

Elle le regarda longuement, d'un air sombre.

— Va le voir.

Finalement, ce fut seulement près d'une semaine plus tard que Viper se retrouva à longer les hautes berges qui encadraient le Mississippi. Il avait beau se faire du souci pour Styx, il avait l'activité de son propre clan à superviser, et il avait bien trop négligé ses affaires ces dernières semaines.

À la fin, c'était Shay qui l'avait forcé, en le harcelant sans répit, à se rendre à la ferme isolée. Elle avait prétendu qu'il la rendait folle, à déprimer ainsi toutes les nuits. Et qu'elle l'exilerait à la cave s'il ne se décidait pas à aller voir son vieil ami pour essayer de se soulager l'esprit.

C'était un châtiment qu'il ne voulait même pas envisager.

Il avait quitté Chicago une nuit pour gagner Rockford, où il avait garé sa voiture non loin de l'autoroute. Il avait préféré remonter à pied l'allée étroite qui serpentait entre les bois clairsemés. Il ne savait toujours pas ce qu'il comptait dire à Styx. Ou si l'orgueilleux vampire allait seulement consentir à lui parler.

Il était encore à quelque distance de la ferme lorsqu'une ombre sortit de derrière un arbre et qu'il se retrouva nez à nez avec l'imposant vampire aux cheveux de jais.

Aucune expression ne se lisait sur son visage cuivré, et Viper leva prudemment les mains pour indiquer qu'il venait en paix.

Théoriquement parlant, il était entré sans permission sur le territoire d'un autre chef de clan. Styx avait parfaitement le droit de le faire exécuter.

— Tu joues les comités d'accueil, ou tu as l'intention de me tuer ? demanda-t-il d'un ton léger mais le corps crispé, prêt à réagir à la moindre attaque.

Styx haussa les épaules, en tripotant distraitement le médaillon pendu à son cou.

— Je pourrais te poser la même question. Il doit y avoir une sérieuse raison pour qu'un vampire qui vient juste de prendre une compagne se trouve si loin de son repaire.

— Sérieuse comme notre amitié et le souci que je me fais pour toi, mon vieux compagnon, répliqua Viper.

— Le souci que tu te fais pour moi ? (Le regard de Styx se durcit.) Craignais-tu que je suive l'exemple de mon maître et développe une addiction à ces lamentables humains ?

Viper s'approcha d'un pas. Autour d'eux, l'air nocturne était agité d'un vent glacé qui tirait sur leurs capes et passait en sifflant parmi les arbres dépourvus de feuilles.

Heureusement, les vampires ne sentaient pas le froid.

— Ma seule crainte est que tu restes là à déprimer et à t'en vouloir pour le sort tragique de l'Anasso. (Il posa la main sur l'épaule large de Styx.) Je t'aime comme un frère, mais laisse-moi te dire que tu as une fâcheuse tendance à croire que tu dois être infaillible.

— Je suis loin de l'être. (Une lueur de culpabilité passa dans les yeux noirs, si intense que Viper en tressaillit.) J'ai failli laisser ta compagne être tuée.

— Shay va bien, et est ravie de son nouveau compagnon. Tout comme moi, insista Viper.

Aucun d'eux ne pouvait se permettre de voir Styx handicapé par un sentiment d'incompétence. Ils avaient besoin qu'il soit fort et prêt à prendre le commandement.

— Ce qui est fait est fait, Styx. Maintenant, il est temps de te tourner vers l'avenir. Notre avenir à tous.

— Et c'est pour ça que tu es là ?

— Tu es notre nouveau chef. Je souhaite te faire savoir que tu as ma loyauté, et celle de mon clan.

Le visage de Styx se durcit.

— Je n'ai jamais désiré cette position.

Viper ne put s'empêcher de sourire.

— Le destin se soucie rarement de nos désirs. Il fait ce qu'il veut.

Styx émit un grognement agacé.

— J'ai toujours détesté les philosophes.

— Alors laisse-moi être terre à terre. (Viper resserra son étreinte sur l'épaule de son ami, l'air sombre.) On a besoin de toi, Styx. C'est le respect que vous inspirez, tes Corbeaux et toi, qui a permis d'éviter les luttes ouvertes entre vampires ; et surtout, c'est la peur de toi qui tient les autres démons à distance. Si tu ne prends pas le commandement, tu sais comme moi que tout ce pour quoi nous nous sommes battus sera perdu.

Styx serra les poings.

— Pourquoi moi ? Tu es parfaitement capable de le faire à ma place.

Viper secoua lentement la tête.

— Si n'importe qui d'autre essayait de te remplacer, alors tous les vampires aux mesquines ambitions de pouvoir se révolteraient, fit-il remarquer avec une logique irréfutable. Non. Tu es son successeur naturel, et toi seul peux préserver l'intégrité des traités.

— Maudit sois-tu, Viper, murmura son ami.

— Je ne fais que dire ce que tu sais déjà.

— Ce n'est pas pour ça que je suis obligé d'apprécier.

Viper éclata brusquement de rire.

— Non, tu n'es pas obligé.

Une profonde lassitude sembla s'emparer du sombre vampire.

— Retourne auprès de ta compagne, Viper. Je ferai mon devoir.

— Et tu m'appelleras si tu as besoin de moi ?

— D'accord, accepta Styx de mauvaise grâce.

Rassuré sur le fait que son ami ferait effectivement son devoir, Viper recula et lui adressa un sourire malicieux.

— Tu sais qu'il y a forcément quelques avantages liés à ta nouvelle position.

— Des avantages ? répéta Styx en fronçant les sourcils.

— Il n'y aura pas une seule vampire dans les environs qui ne rêvera de partager la couche de notre nouvel Anasso.

Styx haussa un sourcil.

— Je n'ai pas besoin d'être l'Anasso pour avoir une femme dans mon lit.

Avec un rire, Viper repoussa sa cape pour révéler le tatouage complexe qui occupait l'intérieur de son avant-bras. C'était la marque de son union avec Shay.

— N'oublie pas que les femmes présentent un risque plus grand que tous les démons réunis, c'est tout.

Son aîné le regarda comme s'il craignait qu'il ait perdu l'esprit.

— C'est un risque dont je n'ai pas à m'inquiéter, mon vieux compagnon. Certains d'entre nous sont assez sages pour éviter un piège aussi évident, déclara-t-il d'un ton fermement convaincu.

Viper se contenta de sourire, se rappelant sa propre certitude. Il avait été persuadé qu'il ne serait jamais assez stupide pour prendre une compagne.

— Tu sais ce qu'on dit, mon ami. Les vampires ne choisissent pas leur destin…

EN AVANT-PREMIÈRE

Découvrez un extrait de la suite des aventures
des Gardiens de l'éternité :

STYX
(version non corrigée)

Traduit de l'anglais (États-Unis) par Hélène Assens

Chapitre premier

En matière de boîtes de nuit, l'*Enfer de Viper* était de loin la plus onéreuse, la plus élégante et la plus select de toute la ville de Chicago.

Bizarrement, c'était aussi la moins connue.

Elle ne figurait pas dans l'annuaire. Pas de pubs tape-à-l'œil sur des panneaux d'affichage, ni de néons clignotants pour signaler sa présence. En fait, le bâtiment entier était dissimulé derrière un glamour subtil.

Quand on était *quelqu'un d'important*, on savait où se trouvait cet endroit. Et les humains ne faisaient pas partie des gens *importants*.

Entre les colonnes de marbre et les fontaines miroitantes, divers démons se déplaçaient, tous s'adonnant à un éventail de viles activités. Toutes coûtant une petite fortune.

Jeu, boisson, danses exotiques ou encore orgies… plus ou moins discrètes.

Des distractions certainement délicieuses mais, en cette froide nuit de décembre, le vampire connu sous le nom de Styx n'était pas intéressé par les plaisirs disponibles en contrebas du balcon privé. Ni même par les différents démons qui s'interrompirent pour lui adresser un signe de tête révérencieux.

Il reporta le regard sur son compagnon avec une certaine résignation.

À première vue, ces deux-là n'auraient pu être plus dissemblables.

Enfin, ce n'était pas tout à fait exact.

D'accord, ils étaient tous deux grands et dotés du corps musclé propre à tous les vampires. Tous deux avaient les yeux sombres et les indispensables crocs. Mais leur ressemblance s'arrêtait là.

Le plus jeune, Viper, venait des terres slaves septentrionales et avait hérité de ses ancêtres ses cheveux d'argent clairs et sa carnation encore plus pâle. Styx, lui, était originaire de la chaude Amérique du Sud et avait conservé, même après sa transformation, la peau hâlée et les traits fiers et anguleux des Aztèques.

Ce soir-là, il avait mis de côté sa robe traditionnelle et choisi un pantalon en cuir noir, des cuissardes et une chemise de soie noire. Il s'était dit qu'il se ferait moins remarquer dans ces vêtements quand il arpenterait les rues de Chicago. Malheureusement, il était impossible qu'un homme d'un mètre quatre-vingt-quinze aux cheveux de jais tressés en une natte qui lui retombait jusqu'aux genoux passe inaperçu.

En particulier aux yeux des mortelles que l'ascendant des vampires subjuguait.

En marchant dans les ruelles obscures, il avait attiré près d'une demi-douzaine de femmes qui l'avaient suivi, pleines d'adoration. Finalement, il avait grimpé sur les toits pour échapper à leurs incessantes attentions.

Par tous les dieux, si seulement il avait pu rester terré dans ses grottes, regretta-t-il en soupirant.

Pendant des siècles, il s'était tenu à l'écart du monde afin de se consacrer à sa mission : protéger l'Anasso – le chef de tous les vampires –, et veiller à la bonne exécution des volontés de ce dernier.

L'Anasso n'étant désormais plus de ce monde, Styx avait été contraint d'endosser son rôle et il s'apercevait qu'il ne pouvait plus se cacher. Pas quand les problèmes l'assaillaient de toutes parts.

Il y avait de quoi exaspérer le plus patient des démons.

— C'est toujours un plaisir de te recevoir, Styx, mais je dois t'avertir que ta présence parmi nous inquiète déjà mon clan, dit Viper d'une voix traînante. Si tu continues à me foudroyer du regard, mes protégés vont sûrement craindre de se retrouver bientôt sans chef.

Prenant conscience qu'il avait eu l'esprit ailleurs, Styx se redressa brusquement dans le somptueux fauteuil en cuir. Instinctivement, il porta la main au médaillon en os attaché autour de son cou.

Un symbole de son peuple.

On lui attribuait le pouvoir de transmettre l'énergie vitale d'une génération à l'autre.

Bien entendu, Styx étant un vampire, il ne gardait aucun souvenir tangible de l'existence qu'il avait menée avant de renaître sous la forme d'un démon. Ce qui ne l'empêchait pas, néanmoins, de tenir à ne serait-ce qu'à quelques-unes des traditions les plus sacrées de ceux qui avaient été les siens.

— Je te regarde normalement.

Viper esquissa un sourire teinté d'ironie.

— Tu oublies, Styx, que j'ai une compagne, ce qui signifie que je connais parfaitement chacun des différents regards exprimant la colère. Et toi, mon ami, tu me regardes assurément d'un œil mauvais.

Le sourire de Viper s'effaça tandis qu'il observait Styx d'un air malicieux.

— Pourquoi ne me dis-tu pas ce qui te préoccupe ?

Styx hésita avant de pousser un léger soupir. Il fallait qu'il le fasse. Même s'il préférerait être flagellé, écorché et qu'on lui arrache les crocs plutôt que de reconnaître qu'il avait besoin d'aide.

En tant que chef de clan de ce territoire, Viper connaissait mieux Chicago que n'importe quel autre démon. Ne pas accepter son assistance serait complètement idiot.

— Ce sont les Garous, dit-il abruptement.

— Les Garous ?

Viper feula doucement. À l'instar des supporters des Chicago Bulls et des Boston Celtics, les vamps et les chacals ne pouvaient pas se sentir.

— Qu'est-ce qu'ils mijotent encore comme mauvais coup ?

— Ça va au-delà d'un simple mauvais coup. Ils ont quitté leurs terrains de chasse attitrés et j'ai retrouvé la trace d'au moins une partie de la meute à Chicago. (Styx serra les poings sur ses genoux.) Ils ont déjà tué plusieurs humains, sans prendre la peine de dissimuler les cadavres aux autorités.

Viper ne tressaillit même pas. Bien entendu, il aurait fallu davantage qu'une bande de Garous pour alarmer ce puissant vampire.

— Des rumeurs ont circulé sur des chiens errants qui traînaient dans les ruelles de Chicago. Je me suis effectivement demandé s'il ne s'agissait pas de Garous.

— Ils ont un nouveau chef. Un jeune loup dénommé Salvatore Giuliani qui est originaire de Rome. Un sang-pur assurément trop ambitieux pour son propre bien.

— Tu as tenté de lui faire entendre raison ?

Styx plissa les yeux. Que cette position lui convienne ou non, il était désormais à la tête des vampires. Ce qui signifiait que le monde des démons se soumettait à ses ordres. Y compris les Garous.

Jusqu'ici, cependant, ce tout nouveau maître de meute n'avait montré que du mépris pour son devoir envers Styx.

Il allait bientôt apprendre à regretter une telle erreur.

— Il refuse de me rencontrer. (Le ton de Styx était aussi froid que son expression.) Il affirme que les Garous ne seront plus asservis aux autres démons et que tous les traités conclus par le passé sont désormais caducs.

Viper haussa les sourcils, se demandant manifestement pourquoi Styx n'avait pas déjà exécuté cette sale bête.

— Il est soit particulièrement courageux, soit particulièrement stupide.

— Particulièrement stupide. J'ai sollicité une réunion du Conseil mais il va s'écouler des jours, si ce n'est des semaines, avant que ses membres puissent s'assembler en un même lieu.

Styx faisait allusion à la commission qui réglait les conflits entre les différentes espèces de démons. Cette dernière était composée d'oracles très âgés qui quittaient rarement leurs retraites secrètes. Malheureusement, c'était le seul moyen légal de prononcer un jugement sur le roi ou le chef d'une autre espèce sans représailles.

— Pendant ce temps, nous sommes tous menacés par les agissements déraisonnables des Garous.

— Mon clan se tient prêt à t'aider. (Un sourire effleura les lèvres de Viper à cette pensée.) Si tu veux la mort de ce Salvatore, je suis sûr de pouvoir m'en charger.

Peu de choses auraient davantage fait plaisir à Styx que d'ordonner l'exécution de Salvatore Giuliani. À part plonger ses propres crocs dans la gorge de ce chien galeux.

Parfois, être un chef responsable était une galère.

— Une offre alléchante, mais je crains que les Garous vouent une dévotion sans pareil à cet homme. S'il venait à disparaître subitement, son meurtre serait certainement imputé aux vampires. Je souhaite éviter toute guerre ouverte pour le moment.

Viper inclina légèrement la tête. Quels que soient ses propres désirs, il se soumettrait à l'autorité de Styx.

— Tu as un plan ?

— Pas exactement, mais j'espère en revanche avoir découvert un moyen de pression sur Salvatore.

Il sortit une petite photographie de sa poche et la tendit à son compagnon.

Pendant quelques instants, Viper examina la petite femme frêle sur le cliché. Avec ses courts cheveux blonds hirsutes et ses yeux verts bien trop grands pour son visage en forme de cœur, elle avait l'air d'une jolie gamine.

— Pas mon genre, même si c'est indéniablement un beau brin de fille. (Il releva la tête.) C'est sa maîtresse ?

— Non, mais Salvatore a dépensé une somme d'argent et d'énergie considérable pour retrouver la trace de cette femme. Je crois qu'il l'a enfin dénichée ici, à Chicago.

— Qu'est-ce qu'il lui veut ?

Styx haussa les épaules. Les vampires qu'il avait chargés de surveiller l'imprévisible Garou avaient réussi à mettre la main sur cette photo, en plus de suivre Salvatore jusqu'à Chicago. Toutefois, ils n'étaient pas parvenus à l'approcher suffisamment pour découvrir la raison pour laquelle le loup était obsédé par cette femme.

— Je n'en ai pas la moindre idée, mais elle compte manifestement beaucoup pour lui. Au point qu'il pourrait accepter de négocier pour la récupérer… si j'arrive à l'enlever avant lui.

Une lueur de surprise éclaira le visage pâle de Viper.

— Tu as l'intention de la kidnapper ?

— J'envisage de la garder en tant qu'invitée jusqu'à ce que les Garous reviennent à la raison, rectifia-t-il.

Tout son corps se raidit lorsque Viper pencha la tête en arrière pour rire avec une intense satisfaction.

— Qu'y a-t-il de si drôle ?

Viper montra la photographie qu'il tenait à la main.

— As-tu bien regardé cette femme ?

— Bien sûr. (Styx fronça les sourcils.) Mémoriser ses traits était capital au cas où la photo serait perdue ou détruite.

— Et malgré ça tu es prêt à la prendre sous ton toit ?

— Aurais-je des raisons de ne pas le faire ? s'enquit Styx.

— Des raisons évidentes.

Styx réprima l'impatience qui montait en lui. Si Viper détenait des informations sur cette personne, pourquoi ne les disait-il pas au lieu de se comporter d'une façon si mystérieuse ?

— Tu parles par énigmes, mon vieil ami. Penses-tu que cette femme pourrait représenter un danger quelconque ?

Viper leva les mains.

— Seulement dans la mesure où toute belle femme constitue un danger.

Achevé d'imprimer en avril 2011 par Hérissey à Évreux (Eure)
N° d'impression : 116443 - Dépôt légal : mai 2011
Imprimé en France
81120513-1